中国历代诗名篇鉴赏

郭素媛　付成波　编著

花山文艺出版社

河北·石家庄

图书在版编目（CIP）数据

中国历代诗名篇鉴赏 / 郭素媛，付成波编著. -- 石
家庄：花山文艺出版社，2020.4
　ISBN 978-7-5511-2887-2

　Ⅰ．①中… Ⅱ．①郭… ②付… Ⅲ．①古典诗歌－鉴
赏－中国 Ⅳ．①I207.2

中国版本图书馆CIP数据核字（2016）第156394号

书　　名：**中国历代诗名篇鉴赏**
ZHONGGUO LIDAISHI MINGPIAN JIANSHANG

编　　著：郭素媛　付成波

责任编辑：梁　瑛
责任校对：李　鸥
美术编辑：胡彤亮
出版发行：花山文艺出版社（邮政编码：050061）
　　　　　（河北省石家庄市友谊北大街330号）
销售热线：0311-88643221/29/31/32/26
传　　真：0311-88643225
印　　刷：三河市华东印刷有限公司
经　　销：新华书店
开　　本：710×1000　1/16
印　　张：26.5
字　　数：410千字
版　　次：2020年4月第1版
　　　　　2020年4月第1次印刷
书　　号：ISBN 978-7-5511-2887-2
定　　价：78.00元

中国诗之美

中国诗的历史是非常悠久的，可以说中国诗歌的起源，就是中华文学的滥觞。沈德潜在他《古诗源·例言》中写道："《康衢》《击壤》，肇开声诗。"他认为传说创作于帝尧时代的《击壤歌》是中国现存最早的古诗。虽然《击壤歌》的创作年代不见得是帝尧时代，但是中国诗的起源，无疑是很早的。

由于种种原因，我们已经不能看到中国诗的最初面貌，但后世大批优秀诗作的涌现和众多卓越诗人的兴起，足以弥补这一缺憾。从最有据可考的《诗经》算起，中国诗到现在已经历了三千多年的风雨洗礼，历久而弥新，始终保持着旺盛的生命力。时至今日，它依旧以它独特的美感而深刻地影响着我们的生活。

有没有韵律，是诗与其他文体的重要区别之一。诗，特别是中国诗的功用，主要体现在两个方面，一个是"道志"，另一个则是"和声"。所谓"道志"，就是以诗言志，抒发自己的感情和心志；所谓"和声"，就是锤炼字句，让诗在歌咏出来的时候，能够悦耳动听。诗的音乐美，是其他文体难以企及的。即便如六朝骈文，所体现出来的也是一种散文诗歌化的倾向。诗歌的音乐美不是中国诗所独有的，这是诗歌这一文体于世通用的准则；但是中国音韵学又是其他语言体系所没有的，这使得中国诗在音乐美的塑造上显得尤其出类拔萃。在魏晋南北朝的时候，佛经的大量翻译，催生了汉语的音韵学，而后沈约又提出了"四声八病"之说，这使得中国诗愈发地重视音乐美。平上去入，声调铿锵，让中国诗充满了动感。

中国诗，不仅仅具有诗歌所特有的音乐美，还具备其他国家诗歌无法企及的形式美。这是由汉字这一特殊载体所决定的。外国文字多为表音文字，而汉字则是少见的表意文字。这使得中国诗可以做到字句严整，整齐划一，进而产生对仗等中国诗特有的修辞手法。这种形式美在律诗当中体现得最为明显。律诗一律八句，每句字数一致，中间两联讲究对仗，全诗都要押平水韵。"星垂平野阔，月涌大江流""雨中山果落，灯下草虫鸣""九天阊阖开宫殿，万国衣冠拜冕旒""织女机丝虚夜月，石鲸鳞甲动秋风"……这些句子，穿越千年，至今仍然凛凛有生气。而古体诗的形式美同样也很突出。比如《诗经·豳风·七月》，这是国风中最长的一篇，有八十八句之多。它以四言为主，辅以五言、六言句，以一年里奴隶们的劳动生活为主线，为我们全景式地展现了先民们宏大壮阔的劳动场景。再比如白居易的《长恨歌》，一百二十句，从开元盛世，写到大厦将倾，动人心魄。如果不是采用长篇巨制，很难想象这两篇作品会有这样强的艺术感染力。

音乐美，形式美，都是诗歌的外在美。吴冠中先生曾经说过："脱离了具体画面的孤立的笔墨，其价值等于零。"（《笔墨等于零》）文艺作品的所有形式，都要以内容为中心，为内容服务。《史记·郦生陆贾列传》里有这么一段话："夫足下欲兴天下之大事而成天下之大功，而以目皮相，恐失天下之能士。"文艺作品也不能只看"皮相"。徒有形式而无内涵的诗作是不值一提的。我们也要透过诗歌的形式美，来窥探其中的内在美。而诗歌的外在美与其内在美，都有一个共同的载体，这一载体，就是语言。形式的塑造离不开语言，感情的寄托更不能脱离语言。而语言美，在浅层次上，体现在音乐美和形式美上；深层次上，则体现在意境美与感情美上。

中国诗的语言美，催生了其意境之美。"意境"这个词，挺值得玩味。中国诗的语言，大抵不会太过于暴露。即便狂放如李白，也需要借典故和意象来抒发自己的感情。典故和意象的合理堆砌，便生意境。意境可以分为很多种风格或者类型，但是我们并不能以其风格或者类型来分优劣。同是王维的句子，不能说"大漠孤烟直，长河落日圆"就比"明月松间照，清泉石上流"高明。因为这两联所体现出来的意境风格类型并不一致。诗人在不同时空条件下的不同作品，自然会体现出不同的风格。然而不论什么风格，意境的塑造，总该以美为准则。美，不同于漂亮，而丑，也不同于难看；美的东西，可能是难看的，而丑的东西，可能是漂亮的；但是美的东西一定不丑，漂亮的东西一定不难看。蒋兆和先生画过一卷《流民图》，反映的是抗战中逃难的人群。画中的人，有面黄肌瘦的老翁，有赤身裸体的孩童，有奄奄一息的妇人。这画看上去，一定不漂亮，但是它是美的，是一种悲剧性的美。杜甫在《兵车行》里写道："君不见青海头，古来白骨无人收！"白骨委地，暴尸荒野，岂止是难看，简直是恐怖了！但是这其中是有美的，也是一种赤裸裸的、悲剧性的美。而六朝一些满眼珠玉锦绣的诗文，漂亮吗？当然，它们漂亮，精致。但是它们太苍白，它们不美。

诗歌的最终功用，应当是抒情。因而音乐美也罢，形式美也罢，语言美也罢，意境美也罢，它们都是直接或者间接地服务于抒情这一最终目的的。我们常常批评魏晋玄言诗没有诗味，就是因为玄言诗空谈玄理，无视了诗歌最重要的抒情功用，仅仅空有诗的躯壳。我们对诗的欣赏，应该是从外在美，到内在美。这是一个循序渐进的过程。外在美的欣赏，需要一定的知识积累和专业学习；而内在美的欣赏，则需要一定的人生阅历和个人情感。叶嘉莹先生是当代的古典文学大家，她在给学生们讲诗的时候，在必要的历史背景和文学技巧之外，特别注重用情。她自己对于古典文学，便是一往情深。外在美，毕竟是形而下的东西，靠知识就能加以分析；而内在美，则需要用心去感悟，去体会。这并不是要求我们去做诗人，而是说，我们也许不会作诗，但是我们要有一颗诗人之心，才能真正意义上去欣赏诗。

丰富的人生阅历也可以帮我们理解诗作中所蕴含的感情。叶嘉莹先生研究杜诗用功很深，有一次，她入蜀，真正站到锦江边上的时候，感慨万千，写下了"一生最耽工部句，今朝真到锦江边"的句子。这其中甘苦，是很难言说的。现如今的追星族，为了看到偶像真人，可谓煞费苦心。古代的诗人，我们再怎么想追，都不可能看到了。但是，他们的足迹，我们是可以追蹑的；他们笔下的山河风物，我们依然可以看到。"读万卷书，行万里路"绝不是一句空话。

从古到今，诗人们就像一个个伟大的预言家，他们的作品就是一个个谶言。也许有朝一日，你在读诗的时候就会发现：我想说的，怎么就让他先写出来了？这一点跨越千年的心有灵犀，就是诗最大的美。

2015 年春于佛山下

目 录

魏晋南北朝

明

清

先
秦

先秦是指公元前 221 年秦始皇统一六国之前的历史时期，先秦文学是人类文明之花初次在九州大地的惊艳绽放，是中华文史哲相容共生繁荣发展的辉煌时期，是浩浩汤汤两千多年中国文学发展的活水源头。

我国文字大约产生于公元前 14 世纪的殷商中期，文字产生之前的原始社会的文学形式是歌谣和神话。文字产生之后，保存至今的成熟的文学作品集中在春秋战国时期，现实主义文学起点的《诗经》、光耀千古的浪漫主义杰作《楚辞》都是其主要标志。这些中国文学的发轫之作，是后代尊崇取法的典范，内容丰富，影响深远。

先秦诗歌在北方文化中产生了《诗经》，在南方楚文化中孕育了"楚辞"。《诗经》是我国最早的一部诗歌总集，其现实主义精神和生动表现手法显示了巨大的艺术魅力，并以经学的地位和传播方式深远地影响了中国古代文化和文学。南方楚国文化特殊的美学特质，以及屈原不同寻常的政治经历和卓异的个性品质，造就了光辉灿烂的"楚辞"，并使屈原成为中国文学史上第一位伟大诗人。"楚辞"浪漫的精神、自由的形式、华美的词采以及艺术表现技巧，对后世文学也产生了经久的影响。《诗经》与"楚辞"，是中国诗歌发展的先声，形成了中国后世诗歌发展的风、骚传统。

《诗经》

　　《诗经》是我国最早的诗歌总集，也是儒家"六艺"之一。相传为孔子所编定。本来只称作《诗》，后世才称为《诗经》。现存诗三百零五篇，分为《风》《雅》《颂》三大类，大抵皆是周初至春秋中叶五百多年间的作品。这些诗从各个方面表现了当时的社会生活，对于周人的建国经过、周初的经济制度和生产情况，以及某些重大的政治历史事件，都有直接或间接的反映；对于人民所遭受的痛苦、西周后期迄至春秋的政治混乱局面、统治者的残暴和丑恶行为，尤有深刻的揭露。

关　雎

关关雎鸠[1]，在河之洲。窈窕[2]淑女，君子好逑[3]。

参差荇菜[4]，左右流[5]之。窈窕淑女，寤寐[6]求之。

求之不得，寤寐思服[7]。悠哉悠哉，辗转反侧。

参差荇菜，左右采之。窈窕淑女，琴瑟友之[8]。

参差荇菜，左右芼[9]之。窈窕淑女，钟鼓乐之[10]。

【注释】

[1] 关关：水鸟相互和答的鸣声。雎鸠（jū jiū）：水鸟名，即鱼鹰。相传这种鸟情意专一。

[2] 窈窕：娴静美好的样子。

[3] 逑：配偶、伴侣。

[4] 荇（xìng）菜：一种可食的水草。

[5] 流：摘取。

[6] 寤（wù）寐：寤，睡醒；寐，睡眠。意为日日夜夜。

[7] 思服：思念。

[8] 琴瑟友之：弹琴鼓瑟，表示亲近。

[9] 芼（mào）：挑选，择取。

[10] 钟鼓乐之：敲击钟鼓使她感到欢乐。

【解读】

这首小诗，在中国文学史上占据着特殊的位置。它是《诗经》的第一篇，而《诗经》是中国文学最古老的典籍。可以说，一翻开中国文学的历史，首先遇到的就是《关雎》。本诗开爱情诗之先河，并且风格清新，带有明显的礼乐文明的意味。

《关雎》的内容其实很单纯，是写一个"君子"对"淑女"的追求，写他得不到"淑女"时心里苦恼，翻来覆去睡不着觉；得到了"淑女"就很开心，叫人奏起音乐来庆贺，并以此让"淑女"快乐。作品中人物的身份十分清楚："君子"在《诗经》的时代是对贵族的泛称，而且这位"君子"家备琴瑟钟鼓之乐，那是要有相当的地位。以前常把这诗解释为"民间情歌"，恐怕不对头，它所描绘的应该是贵族阶层的生活。另外，说它是爱情诗当然不错，但恐怕也不是一般的爱情诗。这原来是一首婚礼上的歌曲，是男方家庭赞美新娘、祝颂婚姻美好的。《诗经·国风》中的很多歌谣，都是既具有一般的抒情意味、娱乐功能，又兼有礼仪上的实用性，只是有些诗原来派什么用场后人不清楚了，就仅当作普通的歌曲来看待。把《关雎》当作婚礼上的歌来看，从"窈窕淑女，君子好逑"，唱到"琴瑟友之""钟鼓乐之"，也是喜气洋洋的，很合适的，

当然这首诗本身，还是以男子追求女子的情歌的形态出现的。之所以如此，大抵与在一般婚姻关系中男方是主动的一方有关。就是在现代，一个姑娘看上个小伙，也总要等他先开口，古人更是如此。娶个新娘回来，夸她是个美丽又贤淑的好姑娘，是君子的好配偶，说自己曾经想她想得害了相思病，必定很讨新娘的欢喜。然后在一片琴瑟钟鼓之乐中，彼此的感情相互靠近，美满的婚姻就从这里开了头。即使单从诗的情绪结构来说，从见关雎而思淑女，到结成琴瑟之好，中间一番周折也是必要的：得来不易的东西，才特别可贵，特别让人高兴。

这首诗可以被当作表现夫妇之德的典范，主要是由于有这些特点：首先，它所写的爱情，一开始就有明确的婚姻目的，最终又归结于婚姻的美满，不是青年男女之间短暂的邂逅、一时的激情。这种明确指向婚姻、表示负责任的爱情，更为社会所赞同。其次，它所写的男女双方，乃是"君子"和"淑女"，表明这是一种与美德相联系的结合。"君子"是兼有地位和德行双重意义的，而"窈窕淑女"，也是兼说体貌之美和德行之善。这里"君子"与"淑女"的结合，代表了一种婚姻理想。最后，是诗歌所写恋爱行为的节制性。细读可以注意到，这诗虽是写男方对女方的追求，但丝毫没有涉及双方的直接接触。"淑女"固然没有什么动作表现出来，"君子"的相思，也只

是独自在那里"辗转反侧"，什么攀墙折柳之类的事情，好像完全不曾想到，爱得很守规矩。这样一种恋爱，既有真实的颇为深厚的感情（这对情诗而言是很重要的），又表露得平和而有分寸，对于读者所产生的感动，也不致过于激烈。以上种种特点，恐怕确实同此诗原来是贵族婚礼上的歌曲有关，那种场合，要求有一种与主人的身份地位相称的有节制的欢乐气氛。

由于《关雎》既承认男女之爱是自然而正常的感情，又要求对这种感情加以克制，使其符合于社会的美德，后世之人往往各取所需的一端，加以引申发挥，而反抗封建礼教的非人性压迫的人们，也常打着《关雎》的权威旗帜，来伸张满足个人情感的权利。所谓"诗无达诂"，于《关雎》则可见一斑。

本诗的表现手法为"兴"，"兴"即先言他物以引起所咏之词。首章四句见物起兴，表达了自己的爱情愿望。鸠，一种鸟，因为雎鸟一声声的鸣叫，引发了青年无限的情思，想到那位贤淑善良的姑娘，便是自己理想的配偶。至于说"窈窕淑女"是谁，是青年在河畔边邂逅的美丽佳人，一见钟情，而倾慕追求，还是青年见到雎鸠成双成对而萌发情思，思念起心中的佳人？这里留给读者丰富的想象空间，这种手法委婉含蓄，寄托深远，文已尽而意有余。

桃　夭

桃之夭夭[1]，灼灼其华[2]。之子[3]于归[4]，宜[5]其室家。

桃之夭夭，有蕡[6]其实。之子于归，宜其家室。

桃之夭夭，其叶蓁蓁[7]。之子于归，宜其家人。

【注释】

[1] 夭夭：怒放的样子。

[2] 灼灼：花朵色彩鲜艳如火。华：同花。

[3] 之：指示代词，这，这位。子：这里指女子、姑娘。

[4] 于归：指出嫁。

[5] 宜：适宜、和顺。使动用法，使……和顺。

[6] 蕡（fén）：果实将熟的样子。

[7] 蓁蓁（zhēn）：繁茂的样子。

【解读】

这首诗选自《国风·周南》，为女子出嫁时所唱。女子出嫁之时，对未来的婚姻生活寄予了无限憧憬，希望一切美满、顺意。桃树娇艳的花朵、累累的果实、繁茂的枝叶皆象征着婚姻生活的幸福。

很多人都非常熟悉"桃之夭夭，灼灼其华"这句诗。这句诗之所以如此让人印象深刻、念念不忘，原因如下：其一，诗中塑造的形象十分生动。拿鲜艳的桃花，比喻少女的美丽，实在是妙不可言。读过这样的诗后，谁的眼前会不浮现出一个面若桃花、热情洋溢的少女的形象呢？写过《诗经通论》的清代学者姚际恒说，此诗"开千古辞赋咏美人之祖"，并非过当的称誉。其二，短短的四字句，便可传达出一种喜气洋洋的气氛，这很难得。

全诗传达出一种喜气洋洋的气氛，这很可贵。"桃之夭夭，灼灼其华。之子于归，宜其室家"的意思是说，嫩嫩的桃枝，鲜艳的桃花，那姑娘今朝出嫁，把欢乐和美带给她的婆家。细细吟咏，一种喜气洋洋、让人快乐的气氛充溢字里行间。这种情绪，这种祝愿，反映了人民群众对生活的热爱，对幸福和美的家庭的追求。这首诗还透露了这样一种思想：一个姑娘，不仅要有艳如桃花的外貌，还要有"宜室""宜家"的内在美。这首诗，祝贺人新婚，但不像一般贺人新婚的诗那样，或者夸耀男方家世如何显赫，或者显示女方陪嫁如何丰盛，而是再三再四地讲"宜其家人"，要使家庭和美，确实高人一筹。这让我们想起孔子称赞《诗经》的话："诗三百，一言以蔽之，曰'思无邪'。"

《桃夭》篇的写法也很讲究。表面看只是变换了几个字，反复咏唱，实际上诗人很具匠心。第一章写"花"，第二章写"实"，第三章写"叶"，利用桃树的三变，表达了三层不同的意思。写花，是形容新娘子的美丽；写实，写叶，让读者想得更多更远。密密麻麻的桃子，郁郁葱葱的桃叶，真是一派兴旺景象。

邶风·柏舟

泛彼柏舟[1]，亦泛其流[2]。耿耿不寐[3]，如有隐忧[4]。微[5]我无酒，以敖[6]以游。

我心匪鉴[7]，不可以茹[8]。亦有兄弟，不可以据[9]。薄言往愬[10]，逢彼之怒。

我心匪石，不可转也。我心匪席，不可卷也。威仪棣棣[11]，不可选[12]也。

忧心悄悄[13]，愠于群小[14]。觏闵[15]既多，受侮不少。静言思之，寤辟有摽[16]。

日居月诸[17]，胡迭而微[18]？心之忧矣，如匪浣衣。静言思之，不能奋飞。

【注释】

[1] 泛：意思是在水面上漂浮。柏舟：柏木制成的小船。

[2] 流：水流的中间。

[3] 耿耿：心中忧愁不安的样子。寐：睡着。

[4] 隐忧：内心深处的痛苦。

[5] 微：非，无。

[6] 敖：同"遨"，出游。

[7] 匪：非。鉴：镜子。

[8] 茹：容纳，包容。

[9] 据：依靠。

[10] 愬（sù）：同"诉"，告诉，倾诉。

[11] 威仪：庄严的容貌举止。棣棣：雍容娴雅的样子。

[12] 选（xùn）：屈挠退让。

[13] 悄悄：心里忧愁的样子。

[14] 愠：心里动怒。群小：众多奸邪的小人。

[15] 觏（gòu）：遭受。闵：痛苦忧伤。

[16] 寐：醒来。辟：同"擗"，意思是捶胸。摽：捶胸的样子。

[17] 居、诸：语气助词，没有实义。

[18] 胡：为什么。迭：更换，交替。微：昏暗无光。

【解读】

无论说这首诗是写君子怀才不遇、受小人欺侮的内心痛苦，还是说写的是妻子被丈夫遗弃而不甘屈服的忧愤，却有一点是无可置疑的：个体的自我价值在现实中惨遭否定，郁郁不得志，痛苦忧愤成疾，以诗言志，表明自己志向高洁，矢志不渝，坚贞不屈。

因此，这是一篇内心情怀的自白书。

物不平则鸣，这大概是千古不易的真理。人在世上度过，不可能一帆风顺，不可能时时处处事事顺心如意，总会有坎坷、困难、挫折、不幸。如果有了这样的遭遇，连表达的冲动都没有，就麻木得太可以了。表达的方式可以有多种，诗（包括其他文学形式）仅仅是方式之一，所以古人说诗"可以怨"，也就是表达内心的幽怨愤恨之情。也许，这是一种比造反或暴力行为更合统治者胃口的方式，因而受到包括圣人孔子在内的显赫人士的推崇。在他们看来，"诗可以怨"的最佳标准是"怨而不怒"，也就是说，表达怨恨是允许的，合情合理的，但要把握好"度"，不能太火爆，太愤激，太直露，太赤裸裸，而要含蓄委婉，温文尔雅。

用现在的话来说，表达内心的不满、忧愁、怨恨，是一种"发泄"。发泄出来了，心里就好受了，就容易平衡了。这种效果，很像古希腊哲学家亚里士多德所说的"净化"，通过净化，保持心理的卫生和健康。

不过，我们从《邶风·柏舟》中读到的不平之情，似乎不那么"怨而不怒"，不那么温文尔雅。反复地申说，反复地强调，反复地倾吐，足以一遍又一遍地震撼人心。可以设想。主人公遭受挫折的打击之大，已到了不得不说、非说不可的地步。

是的，人在现实中常常像一根软弱无力的芦苇，但却是一根会思想的芦苇。他可能没有力量摆脱命运的不公，没有力量反抗制度的压迫，无法避开他人的陷阱。但是，他可以思想，可以由此反思自我存在的意义和价值，并把它表达出来。从更高的意义上说，当他在这样做的时候，便是在用自己的方式肯定自己存在的意义和价值，而不仅仅是一种单纯的发泄和自我表现。

蒹 葭

蒹葭 [1] 苍苍 [2]，白露为霜 [3]。所谓伊人 [4]，在水一方。

溯洄 [5] 从 [6] 之，道阻且长。溯游从之，宛在水中央。

蒹葭凄凄，白露未晞 [7]。所谓伊人，在水之湄 [8]。

溯洄从之，道阻且跻 [9]；溯游从之，宛在水中坻 [10]。

蒹葭采采，白露未已，所谓伊人，在水之涘。

溯洄从之，道阻且右；溯游从之，宛在水中沚。

【注释】

[1] 蒹葭（jiān jiā）：蒹，荻；葭，芦苇。

[2] 苍苍：茂盛的样子。

[3] 白露为霜：晶莹的露水凝结成了霜。为，凝结成。

[4] 伊人：那人，指意中人。

[5] 溯洄（sù huí）：逆流而上。

[6] 从：追寻。

[7] 晞（xī）：晒干。

[8] 湄（méi）：岸边，水与草交接之处。

[9] 跻（jī）：登，升高，意思是道路险峻，需攀登而上。

[10] 坻（chí）：指水中的小洲、高地、小岛。

【解读】

《蒹葭》是诗经中最优秀的篇章之一，一般认为这是一首爱情诗，写在恋爱中一个痴情人的心理和感受，十分真实、曲折、动人。

"蒹葭苍苍，白露为霜"，描写了一幅秋苇苍苍、白露茫茫、寒霜浓重的清凉景色，暗衬出主人公身当此时此景的心情。"所谓伊人，在水一方"，朱熹《诗集传》："伊人，犹彼人也。"在此处指主人公朝思暮想的意中人。眼前本来是秋景寂寂，秋水漫漫，什么也没有，可由于牵肠挂肚的思念，他似乎遥遥望见意中人就在水的那一边，于是想去追寻她，以期欢聚。"溯洄从之，道阻且长"，主人公沿着河岸向上游走，去寻求意中人的踪迹，但道路上障碍很多，很难走，且又迂曲遥远。"溯游从之，宛在水中央"，那就从水路游着去寻找她，但无论主人公怎么游，总到不了她的身边，她仿佛就永远在水中央，可望而不可即。这几句写的是主人公的幻觉，眼前总是浮动着一个迷离的人影，似真不真，似假不假，不管是陆行，还是水游，总无法接近她，仿佛在绕着圆心转圈子。因而他兀自在水边徘徊往复，神魂不安。这显然勾勒的是一幅朦胧的意境，描写的是一种痴迷的心情，使整个诗篇蒙上了一片迷惘与感伤的情调。下面两章只换少许字词，反复咏唱。

这首诗三章都用秋水岸边凄清的秋景起兴，所谓"蒹葭苍苍，白露为霜""蒹葭凄凄，白露未晞""蒹葭采采，白露未已"，刻画的是一片水乡清秋的景色，既明写了主人公此时所见的客观景色，又暗寓了他此时的心情和感受，与诗人困于愁思苦想之中的凄婉心境是相一致的。换过来说，诗人的凄婉的心境，也正是借这样一幅秋凉之景得到渲染烘托，得到形象具体的表现。另外，《蒹葭》一诗，又是把实情实景与想象幻想结合在一起，用虚实互相生发的手法，借助意象的模糊性和朦胧性，来加强抒情写物的感染力的。"所谓伊人，在水一方"，这是他第一次的幻觉，明明看见对岸有个人影，可是怎么走也走不到她的身边。"宛在水中央"，这是他第二次的幻觉，忽然觉得所爱的人又出现在前面流水环绕的小岛上，可是怎么游也游不到她的身边。那个倩影，一会儿"在水一方"，一会儿"在水中央"；一会儿在岸边，一会儿在高地。真是如同在幻景中，在梦境中，但主人公却坚信这是真实的，不惜一切努力和艰辛去追寻她。这正生动深刻地写出了一个痴情者的心理变化，写出了他对所爱者的强烈感情。而这种意象的模糊和迷茫，又使全诗具有一种朦胧的美感，生发出韵味无穷的艺术感染力。

此外，本诗的主旨亦超出了爱情，象征着对一切美好事物的追求，这给诗歌增添了一种别致的意蕴。

采薇[1]

采薇采薇，薇亦作止[2]。曰归曰归，岁亦莫[3]止。靡室靡家，猃狁[4]之故。不遑启居[5]，猃狁之故。

采薇采薇，薇亦柔[6]止。曰归曰归，心亦忧止。忧心烈烈，载饥载渴。我戍未定，靡使归聘[7]。

采薇采薇，薇亦刚[8]止。曰归曰归，岁亦阳[9]止。王事靡盬[10]，不遑启处。忧心孔疚[11]，我行不来！

彼尔[12]维何？维常之华。彼路[13]斯何？君子之车。戎车既驾，四牡业业[14]。岂敢定居？一月三捷[15]。

驾彼四牡，四牡骙骙[16]。君子所依，小人所腓[17]。四牡翼翼[18]，象弭鱼服[19]。岂不日戒？猃狁孔棘[20]！

昔我往矣，杨柳依依[21]。今我来思，雨雪霏霏[22]。行道迟迟，载渴载饥。我心伤悲，莫知我哀！

【注释】

[1] 薇：一种野菜。

[2] 亦：语气助词，没有实义。作：初生。止：语气助词，没有实义。

[3] 莫：同"暮"，晚。

[4] 猃狁（xiǎn yǔn）：北方少数民族戎狄。

[5] 遑：空闲。启：坐下。居：住下。

[6] 柔：软嫩。这里指初生的薇菜。

[7] 聘：问候。

[8] 刚：坚硬。这里指薇菜已长大。

[9] 阳：指农历十月。

[10] 盬（gǔ）：止息。

[11] 疚：病。

[12] 尔：花开茂盛的样子。

[13] 路：辂，大车。

[14] 业业：强壮的样子。

[15] 捷：交战，作战。

[16] 骙骙（kuí kuí）：马强壮的样子。

[17] 腓（féi）：隐蔽，掩护。

[18] 翼翼：排列整齐的样子。

[19] 弭（mí）：弓两头的弯曲处。鱼服：鱼皮制的箭袋。

[20] 棘：危急。

[21] 依依：茂盛的样子。

[22] 霏霏：纷纷下落的样子。

【解读】

　　《采薇》是出自《诗经·小雅·鹿鸣之什》中的一篇。据它的内容和其他历史记载的考订大约是周宣王时代的作品。周代北方的猃狁（即后来的匈奴）已十分强悍，经常入侵中原，给当时北方人民生活带来不少灾难。历史上有不少周天子派兵戍守边外和命将士出兵打击猃狁的记载。从《采薇》的内容看，当是将士戍役劳还时之作。诗中唱出从军将士的艰辛生活和思归的情怀。萧索寒冬，雪花纷纷，一位解甲退役的征夫在返乡途中踽踽独行，边关渐远，乡关渐近，但笼罩在他心头的却是一种复杂难言的感情，他遥望家乡，抚今追昔，艰苦的军旅生活，激烈的战斗场面，无数次的登高望归情景，一幕幕在眼前重现。

　　全诗共分六章，前三章以倒叙的方式，回忆了征战的苦况。这位戍边战士长期远离家室，戎马倥偬。军旅生活是那么艰苦，驻守地转移不定，王室公事无休无止，战士们无暇休息，有时还得采薇充饥。对此，难免怨嗟，产生渴望返回故乡之情，但为了抵御猃狁的侵扰，为了实现边境早日安定，战士们坚持下来，恰当地处理了个人忧伤痛苦与保卫疆土的矛盾。四、五两章笔锋陡转，描写边防将士出征威仪，全篇气势为之一振。先以自问自答的形式，流露出出征将士们雄赳赳气昂昂的自豪感。接下来对战车以及弓箭的描写，显示出将士们装备的精良和高度警惕的精神状态，使主人公的爱国思想得到了充分的体现。末章忆昔伤今。在九死一生归来之际，庆幸之余，难免痛定思痛；加之归途艰难，又饥又渴，怎不悲从中来呢！

综观全诗，笼罩全篇的情感基调是悲伤的家园之思，集中表现了戍卒们久戍难归、忧心如焚的内心世界，同时也表现出了周人对战争的厌恶和反感。《采薇》可称为千古厌战诗之祖。

此诗用了重叠的句式与比兴的手法。如前三章的重章叠句中，以薇的生长过程衬托离家日久企盼早归之情，异常生动妥帖。第四章以棠棣盛开象征军容之壮、军威之严，新颖奇特。末章"昔我"四句，分别抒写当年出征和此日生还这两种特定时刻的景物和情怀，言浅意深，情景交融，历来被认为是《诗经》中最有名的诗句。

蓼　莪

蓼蓼者莪 [1]，匪莪伊 [2] 蒿。哀哀父母，生我劬劳 [3]。

蓼蓼者莪，匪莪伊蔚 [4]。哀哀父母，生我劳瘁。

瓶之罄矣 [5]，维罍 [6] 之耻。鲜民 [7] 之生，不如死之久矣。无父何怙 [8]？无母何恃？出则衔恤 [9]，入则靡至。

父兮生我，母兮鞠 [10] 我。拊我畜我 [11]，长我育我，顾我复我 [12]，出入腹 [13] 我。欲报之德。昊天罔极 [14]！

南山烈烈 [15]，飘风发发 [16]。民莫不穀 [17]，我独何害！南山律律 [18]，飘风弗弗 [19]。民莫不穀，我独不卒 [20]！

【注释】

[1] 蓼（lù）蓼：长又尖的样子。莪（é）：一种草，即莪蒿。李时珍《本草纲目》："莪抱根丛生，俗谓之抱娘蒿。"

[2] 匪：同"非"。伊：是。

[3] 劬（qú）劳：与下章"劳瘁"皆劳累之意。

[4] 蔚（wèi）：一种草，即牡蒿。

[5] 瓶：汲水器具。罄（qìng）：尽。

[6] 罍（léi）：盛水器具。

[7] 鲜（xiǎn）：指寡、孤。民：人。

[8] 怙（hù）：依靠。

[9] 衔恤：含忧。

[10] 鞠：养。

[11] 拊：通"抚"。畜：通"慉"，喜爱。

[12] 顾：顾念。复：返回，指不忍离去。

[13] 腹：指怀抱。

[14] 昊（hào）天：广大的天。罔：无。极：准则。

[15] 烈烈：通"颲颲"，山风大的样子。

[16] 飘风：同"飙风"。发发：读如"拨拨"，风声。

[17] 穀：善。

[18] 律律：同"烈烈"。

[19] 弗弗：同"发发"。

[20] 卒：终，指养老送终。

【解读】

《毛诗序》说此诗"刺幽王也，民人劳苦，孝子不得终养尔"，只有最后一句是中的之言，至于"刺幽王，民人劳苦"云云，正如欧阳修所说"非诗人本意"（《诗本义》），诗人所抒发的只是不能终养父母的痛极之情。

此诗六章，似是悼念父母的祭歌，分三层意思：

首两章是第一层，写父母生养"我"辛苦劳累。头两句以比引出，诗人见蒿与蔚，却错当莪，于是心有所动，遂以为比。莪香美可食用，并且环根丛生，故又名抱娘蒿，喻人成材且孝顺；而蒿与蔚，皆散生，蒿粗恶不可食用，蔚既不能食用又结子，故称牡蒿，蒿、蔚喻不成材且不能尽孝。诗人有感于此，借以自责不成材又不能终养尽孝。后两句承此思言及父母养大自己不易，费心劳力，吃尽苦头。朱熹于此指出："言昔谓之莪，而今非莪也，特蒿而已。以比父母生我以为美材，可赖以终

其身，而今乃不得其养以死。于是乃言父母生我之劬劳而重自哀伤也。”（《诗集传》）

中间两章是第二层，写儿子失去双亲的痛苦和父母对儿子的深爱。第三章头两句以瓶喻父母，以罍喻子。因瓶从罍中汲水，瓶空是罍无储水可汲，所以为耻，用以比喻子无以赡养父母，没有尽到应有的孝心而感到羞耻。句中设喻是取瓶罍相资之意，非取大小之义。“鲜民”以下六句诉述失去父母后的孤身生活与感情折磨。汉乐府诗《孤儿行》说“居生不乐，不如早去，下入地下黄泉”，那是受到兄嫂虐待产生的想法，而此诗悲叹孤苦伶仃，无所依傍，痛不欲生，完全是出于对父母的亲情。诗人与父母相依为命，失去父母，没有了家庭的温暖，以至于有家好像无家。曹粹中说：“以无怙恃，故谓之鲜民。孝子出必告，反必面，今出而无所告，故衔恤。上堂入室而不见，故靡至也。”（转引自戴震《毛诗补传》）理解颇有参考价值。第四章前六句一一叙述父母对“我”的养育抚爱，这是把首两章说的“劬劳”“劳瘁”具体化。诗人一连用了生、鞠、拊、畜、长、育、顾、复、腹九个动词和九个“我”字，语拙情真，言真意切，絮絮叨叨，不厌其烦，声促调急，确如哭诉一般。如果借现代京剧唱词“声声泪，字字血”来形容，那是最恰切不过了。姚际恒说：“勾人眼泪全在此无数‘我’字。”（《诗经通论》）这章最后两句，诗人因不得奉养父母，报大恩于万一，痛极而归咎于天，责其变化无常，夺去父母生命，致使“我”欲报不能！

后两章第三层正承此而来，抒写遭遇不幸。头两句诗人以眼见的南山艰危难越，耳闻的飙风呼啸扑来起兴，创造了困厄危艰、肃杀悲凉的气氛，象征自己遭遇父母双亡的剧痛与凄凉，也是诗人悲怆伤痛心情的外化。四个入声字重叠：烈烈、发发、律律、弗弗，加重了哀思，读来如呜咽一般。后两句是无可奈何的怨嗟，方玉润说：“以众衬己，见己之抱恨独深。”（《诗经原始》）

赋比兴交替使用是此诗写作一大特色，丰坊《诗说》云：“是诗前三章皆先比而后赋也；四章赋也；五、六章皆兴也。”后两章也应该说是“先兴后赋”。三种表现方法灵活运用，前后呼应，抒情起伏跌宕，回旋往复，传达孤子哀伤情思，可谓珠落玉盘，运转自如，艺术感染力强烈。子女赡养父母，孝敬父母，本是中华民族的美德之一，实际也应该是人类社会的道德义务，而此诗则是以充沛情感表现这一美德最早的文学作品，对后世影响极大，不仅在诗文赋中常有引用，甚至在朝廷下的诏书中也屡屡言及。《诗经》这部典籍对民族心理、民族精神形成的影响由此可见一斑。

屈原

　　屈原（约前340—前278），芈姓屈氏，名平，字原，又自云名正则，字灵均，战国末期楚国丹阳（今湖北秭归）人。楚武王熊通之子屈瑕的后代。自称颛顼的后裔。屈原早年受楚怀王信任，任左徒、三闾大夫，常与怀王商议国事，主张楚国与齐国联合，共同抗衡秦国。后来由于自身性格耿直，加之他人谗言与排挤，屈原逐渐被楚怀王疏远，开始了流放生涯。屈原是中国最伟大的浪漫主义诗人之一，也是我国已知最早的著名诗人，世界文化名人。他创立了"楚辞"这种文体，也开创了"香草美人"的传统。屈原的作品，根据刘向、刘歆父子的校订和王逸的注本，有二十五篇，即《离骚》一篇，《天问》一篇，《九歌》十一篇，《九章》九篇，《远游》《卜居》《渔父》各一篇。其中《渔父》《卜居》和《远游》三篇作品的归属，后世学者有不同的看法。

九歌·国殇 [1]

操吴戈兮被犀甲 [2]，车错毂兮短兵接 [3]。

旌蔽日兮敌若云 [4]，矢交坠 [5] 兮士争先。

凌余阵兮躐余行 [6]，左骖殪兮右刃伤 [7]。

霾两轮兮絷四马 [8]，援玉枹兮击鸣鼓 [9]。

天时怼兮威灵怒 [10]，严杀尽兮弃原野 [11]。

出不入兮往不反 [12]，平原忽兮路超远 [13]。

带长剑兮挟秦弓 [14]，首身离兮心不惩 [15]。

诚既勇兮又以武 [16]，终刚强兮不可凌 [17]。

身既死兮神以灵 [18]，魂魄毅兮为鬼雄 [19]。

【注释】

[1] 国殇：指为国捐躯的人。殇：指未成年而死，也指死难的人。戴震《屈原赋注》："殇之义二：男女未冠（男二十岁）笄（女十五岁）而死者，谓之殇；在外而死者，谓之殇。殇之言伤也。国殇，死国事，则所以别于二者之殇也。"

[2] 操吴戈兮被（pī）犀甲：手里拿着吴国的戈，身上披着犀牛皮制作的甲。吴戈：吴国制造的戈，当时吴国的冶铁技术较先进，吴戈因锋利而闻名。被：通"披"，穿着。犀甲：犀牛皮制作的铠甲，特别坚硬。

[3] 车错毂（gǔ）兮短兵接：敌我双方战车交错，彼此短兵相接。毂：车轮的中心部分，有圆孔，可以插轴，这里泛指战车的轮轴。错：交错。短兵：指刀剑一类的短兵器。

[4] 旌蔽日兮敌若云：旌旗遮蔽的日光，敌兵像云一样涌上来。极言敌军之多。

[5] 矢交坠：两军相射的箭纷纷坠落在阵地上。

[6] 凌：侵犯。躐（liè）：践踏。行：行列。

[7] 左骖（cān）殪（yì）兮右刃伤：左边的骖马倒地而死，右边的骖马被兵刃所伤。殪：死。

[8] 霾（mái）两轮兮絷（zhí）四马：战车的两个车轮陷进泥土被埋住，四匹马也被绊住了。霾：通"埋"。古代作战，在激战将败时，埋轮缚马，表示坚守不退。

[9] 援玉枹（fú）兮击鸣鼓：手持镶嵌着玉的鼓槌，击打着声音响亮的战鼓。先秦作战，主将击鼓督战，以旗鼓指挥进退。枹：鼓槌。鸣鼓：很响亮的鼓。

[10] 天时怼（duì）兮威灵怒：天地一片昏暗，连威严的神灵都发起怒来。天怨神怒。天时：上天际会，这里指上天。天时怼：指上天都怨恨。怼：怨恨。威灵：威严的神灵。

[11] 严杀尽兮弃原野：在严酷的厮杀中战士们全都死去，他们的尸骨都丢弃在旷野上。严杀：严酷的厮杀。一说严壮，指士兵。尽：皆，全都。

[12] 出不入兮往不反：出征以后就不打算生还。反：通"返"。

[13] 忽：渺茫，不分明。超远：遥远无尽头。

[14] 秦弓：指良弓。战国时，秦地木材质地坚实，制造的弓射程远。

[15] 首身离：身首异处。心不惩：壮心不改，勇气不减。惩：悔恨。

[16] 诚：诚然，确实。以：且，连词。武：威武。

[17] 终：始终。凌：侵犯。

[18] 神以灵：指死而有知，英灵不泯。神：指精神。

[19] 鬼雄：战死了，魂魄不死，即使做了死鬼，也要成为鬼中的豪杰。

【解读】

《九歌》是一组祭歌，共十一篇，是屈原据民间祭神乐歌的再创作。据史书记载，自楚怀王十六年（前313年）起，楚国曾经和秦国发生多次战争，都是秦胜而楚败。在屈原生前，楚国有十五万以上的将士在与秦军的血战中横死疆场。古代将尚未成年（不足二十岁）而夭折的人称为殇，也用以指未成丧礼的无主之鬼。按古代葬礼，在战场上"无勇而死"者，照例不能敛以棺椁，葬入墓域，也都是被称为"殇"的无主之鬼。在秦楚战争中，战死疆场的楚国将士因是战败者，故而也只能暴尸荒野，无人替这些为国战死者操办丧礼，进行祭祀。正是在这一背景下，放逐之中的屈原创作了这一不朽名篇，以哀悼死难的爱国将士，追悼和礼赞为国捐躯的楚国将士的亡灵。

　　诗歌分为两节，先是描写在一场短兵相接的战斗中，楚国将士奋死抗敌的壮烈场面，继而颂悼他们为国捐躯的高尚志节。由第一节"旌蔽日兮敌若云"一句可知，这是一场敌众我寡的殊死战斗。当敌人来势汹汹，冲乱楚军的战阵，欲长驱直入时，楚军将士仍个个奋勇争先。但见战阵中有一辆主战车冲出，这辆原有四匹马拉的大车，虽左外侧的骖马已中箭倒毙，右外侧的骖马也被砍伤，但他的主人，楚军统帅仍毫无惧色，他将战车的两个轮子埋进土里，笼住马缰，反而举槌擂响了进军的战鼓。一时战气肃杀，引得苍天也跟着威怒起来。待杀气散尽，战场上只留下一具具尸体，静卧荒野。

　　诗人描写场面、渲染气氛的本领十分高强。区区十句，已将一场殊死恶战状写得栩栩如生，极富感染力。以下，则以饱含情感的笔触，讴歌死难将士。有感于他们自披上战甲一日起，便不再想全身而返，此刻他们紧握兵器，安详地、无怨无悔地躺在那里。他对这些将士满怀敬爱，正如他常用美人香草指代美好的人事一样，在诗篇中，他也同样用一切美好的事物，来修饰笔下的人物。这批神勇的将士，操的是吴地出产的以锋利闻名的戈、秦地出产的以强劲闻名的弓，披的是犀牛皮制的盔甲，拿的是有玉嵌饰的鼓槌，他们生是人杰，死为鬼雄，气贯长虹，英名永存。

　　此篇在艺术表现上与诗人其他作品有些区别，乃至与《九歌》中其他乐歌也不尽一致。它不是一篇想象奇特、辞采瑰丽的华章，然其"通篇直赋其事"（戴震《屈原赋注》），挟深挚炽烈的情感，以促迫的节奏、开张扬厉的抒写，传达出了与所反映的人事相一致的凛然亢直之美，一种阳刚之美，在楚辞体作品中独树一帜，读罢实在让人有气壮神旺之感。

九章·涉江

余幼好此奇服兮[1]，年既老而不衰[2]。
带长铗之陆离兮[3]，冠切云之崔嵬[4]，被明月兮佩宝璐[5]。
世溷浊而莫余知兮[6]，吾方高驰而不顾[7]。

驾青虬兮骖白螭[8]，吾与重华游兮瑶之圃[9]。

登昆仑兮食玉英[10]，与天地兮同寿，与日月兮同光。

哀南夷之莫吾知兮[11]，旦余济乎江湘[12]。

乘鄂渚而反顾兮[13]，欸秋冬之绪风[14]。

步余马兮山皋[15]，邸余车兮方林[16]。

乘舲船余上沅兮[17]，齐吴榜以击汰[18]。

船容与而不进兮[19]，淹回水而凝滞[20]。

朝发枉陼兮[21]，夕宿辰阳[22]。

苟余心其端直兮[23]，虽僻远之何伤[24]？

入溆浦余儃徊兮[25]，迷不知吾所如[26]。

深林杳以冥冥兮[27]，乃猿狖之所居[28]。

山峻高而蔽日兮，下幽晦以多雨[29]。

霰雪纷其无垠兮[30]，云霏霏其承宇[31]。

哀吾生之无乐兮，幽独处乎山中。

吾不能变心以从俗兮，固将愁苦而终穷[32]。

接舆髡首兮[33]，桑扈臝行[34]。

忠不必用兮，贤不必以[35]。

伍子逢殃兮[36]，比干菹醢[37]。

与前世而皆然兮[38]，吾又何怨乎今之人？

余将董道而不豫兮[39]，固将重昏而终身[40]。

乱曰：鸾鸟凤凰[41]，日以远兮。

燕雀乌鹊[42]，巢堂坛兮[43]。

露申辛夷[44]，死林薄兮[45]。

腥臊并御[46]，芳不得薄兮[47]。

阴阳易位[48]，时不当兮[49]。

怀信侘傺[50]，忽乎吾将行兮[51]。

【注释】

[1] 奇服：奇伟的服饰，是用来象征自己与众不同的志向品行的。

[2] 衰：懈怠，衰减。

[3] 铗（jiá）：剑柄，这里代指剑。长铗即长剑。陆离：长貌。

[4] 切云：当时一种高帽子之名。崔嵬：高耸。

[5] 被：同"披"，戴着。明月：夜光珠。璐：美玉名。

[6] 莫余知：即"莫知余"，没有人理解我。

[7] 方：将要。高驰：远走高飞。顾：回头看。

[8] 虬：无角的龙。骖：四马驾车，两边的马称为骖，这里指用螭（chī）来做骖马。螭：一种龙。

[9] 重华：帝舜的名字。瑶：美玉。圃：花园。"瑶之圃"指神话传说中天帝所居的盛产美玉的花园。

[10] 英：花朵。玉英：玉树之花。

[11] 夷：当时对周边落后民族的称呼，带有蔑视侮辱的意思。南夷：指屈原流放的楚国南部的土著。

[12] 旦：清晨。济：渡过。湘：湘江。

[13] 乘：登上。鄂渚：地名，在今湖北武昌西。反顾：回头看。

[14] 欸（ǎi）：叹息声。绪风：余风。

[15] 步余马：让马徐行。山皋：山冈。

[16] 邸：同"抵"，抵达，到。方林：地名。

[17] 舲（líng）船：有窗的小船。上：溯流而上。

[18] 齐：同时并举。吴：国名，也有人解为"大"。榜：船桨。汰：水波。

[19] 容与：缓慢，舒缓。

[20] 淹：停留。回水：回旋的水。这句是说船徘徊在回旋的水流中停滞不前。

[21] 陼：同"渚"。枉陼：地名，在今湖南常德一带。

[22] 辰阳：地名，在今湖南辰溪县西。

[23] 苟：如果。端：正。

[24] 伤：损害。这两句是说如果我的心是正直的，即使流放在偏僻荒远的地方，对我又有什么伤害呢？

[25] 溆浦：溆水之滨。僮佪：徘徊。这两句是说进入溆浦之后，我徘徊犹豫，不知该去哪儿。

[26] 如：到，往。

[27] 杳：幽暗。冥冥：幽昧昏暗。

[28] 狖（yòu）：长尾猿。

[29] 幽晦：幽深阴暗。

[30] 霰：雪珠。纷：繁多。垠：边际。这句是说雪下得很大，一望无际。

[31] 霏霏：云气浓重的样子。承：弥漫。宇：天空。这句是说阴云密布，弥漫天空。

[32] 终穷：终生困厄。

[33] 接舆：春秋时楚国的隐士，即《论语》所说的"楚狂接舆"，与孔子同时，佯狂傲世。髡（kūn）首：古代刑罚之一，即剃发。相传接舆自己剃去头发，避世不出仕。

[34] 桑扈：古代的隐士，即《论语》所说的子桑伯子，《庄子》所说的子桑户。臝：同"裸"。桑扈用裸体行走来表示自己的愤世嫉俗。

[35] 以：用。这两句是说忠臣贤士未必会为世所用。

[36] 伍子：伍子胥，春秋时吴国贤臣。逢殃：指伍子胥被吴王夫差杀害。吴王夫差听信伯嚭的谗言，逼迫伍子胥自杀。

[37] 比干：商纣王时贤臣，一说纣王的叔伯父，一说是纣王的庶兄。传说纣王淫乱，不理朝政，比干强谏，被纣王剖心而死。菹醢（zū hǎi）：古代的酷刑，将人剁成肉酱。此二字极云比干被刑之残酷。

[38] 皆然：都一样。

[39] 董道：坚守正道。豫：犹豫，踟蹰。

[40] 重：重复。昏：暗昧。这句是说必定将终生看不到光明。

[41] 鸾鸟、凤凰：都是祥瑞之鸟，比喻贤才。这两句是说贤者一天天远离朝廷。

[42] 燕雀、乌鹊：比喻谄佞小人。

[43] 堂：殿堂。坛：祭坛。比喻小人挤满朝廷。

[44] 露申：一做"露甲"，即瑞香花。辛夷：一种香木，即木兰。

[45] 林薄：草木杂生的地方。

[46] 腥臊：恶臭之物，比喻谄佞之人。御：进用。

[47] 芳：芳洁之物，比喻忠直君子。薄：靠近。

[48] 阴阳易位：比喻楚国混乱颠倒的现实。

[49] 当：合。

[50] 怀信：怀抱忠信。侘傺：惆怅失意。

[51] 忽：恍惚，茫然。

【解读】

此诗当为屈原晚年的作品，全诗塑造了一个充满浪漫主义色彩的高洁脱俗的形象。在这首诗中，诗人尖锐地揭露了楚国的统治者的腐朽和罪恶，有力地申述了要坚持自己的政治主张和保持高尚情操的决心，反复表示要斗争到底。

全诗可以分为五部分。

从开头至"且余济乎江湘"为第一部分，述说自己高尚理想和现实的矛盾，阐明这次涉江远走的基本原因，"奇服""长铗""切云""明月""宝璐"等都用以象征自己高尚的品德与才能。他坚持改革，希望楚国强盛的想法始终没有减弱，绝不因为遭受打击，遇到流放而灰心。但他心中感到莫名的孤独。"世溷浊而莫余知兮""哀南夷之莫吾知兮"，自己的高行洁志却不为世人所理解，这真使人太伤感了。因此，决定渡江而去。

从"乘鄂渚而反顾兮"至"虽僻远之何伤"为第二部分，叙述一路走来，途中的经历和自己的感慨。他坚信自己的志向是正确的，是忠诚的，是无私的。同时，坚信无论如何的艰难困苦，自己都不感到悲伤。

从"入溆浦余儃徊兮"至"固将愁苦而终穷"为第三部分，写进入溆浦以后，独处深山的情景。诗人通过夸张描写流放地的环境，隐喻了自己所处的政治环境。然而即使环境恶劣，也绝不改变自己原先的政治理想与生活习惯，绝不与黑暗势力同流合污，妥协变节。

从"接舆髡首兮"至"固将重昏而终身"是第四部分，从自己本身经历联系历史上的一些忠诚义士的遭遇，进一步表明自己的政治立场。"接舆"六句是通过两种不同类型的四个事例来说明一个观点：接舆、桑扈是消极不合作，结果为时代所遗弃；伍子胥、比干是想拯救国家改变现实的，但又不免杀身之祸，所以结论是"忠不必用兮，贤不必以"。"与前世而皆然兮"四句说自己知道，所有贤士均是如此，自己又何怨于当世之人！表明自己仍将正道直行，毫不犹豫，而这样势必遭遇重重黑暗，必须准备在黑暗中奋斗终生。

"乱曰"以下为第五段。批判楚国政治黑暗，邪佞之人执掌权柄，而贤能之人却遭到迫害。"鸾鸟凤凰"四句，比喻贤士远离，小人窃位。凤凰是古代传说中的神鸟，这里比喻贤士。"燕雀、乌鹊"用以比喻小人。"露申辛夷"四句言露申辛夷等香草香木竟死于丛林之中，"腥臊"比喻奸邪之人陆续进用，而忠诚义士却被拒之门外。"阴阳易位"四句更点出了社会上阴阳变更位置的情况，事物的是非一切都颠倒了，他竟不得其时。不言而喻，他一方面胸怀坚定的信念，另一方面又感到失意彷徨。既然龌龊的环境难以久留，他将要离开这里远去。

　　本诗的突出特点是诗中有一大段记行文字。这段文字描绘了沅水流域的景物，成为中国最早的一首卓越的纪行诗歌，对后世同类诗歌的创作发生了影响。诗中景物描写和情感抒发的有机结合，达到了十分完美的程度。本诗比喻象征手法的运用也十分纯熟。诗歌一开始，诗人便采用了象征手法，用好奇服、带长铗、冠切云、被明月、佩宝璐来表现自己的志行，以驾青虬、骖白螭、游瑶圃、食玉英来象征自己高远的志向。最后一段，又以鸾鸟、凤凰、香草来象征正直、高洁；以燕雀、乌鹊、腥臊来比喻邪恶势力，充分抒发了诗人内心对当前社会的深切感受。

两汉

公元前221年，秦始皇统一中国。然而秦朝大一统中央集权国家的建立，并没有带来文学发展的春天，反倒是破坏了文化的传承，出现了文学的冷落局面。公元前202年，汉朝建立，400余年两汉文学的发展呈现出蓬勃的生机与活力，其中乐府民歌的现实主义精神直接与唐朝的新乐府运动遥相呼应。

汉初设立的乐府，其三要职能就是为了管理郊庙、朝会的乐章。汉武帝以"兴废继绝，润色鸿业"（班固《两都赋序》）"以兴太平"（《汉书·礼乐志》）为目的，把乐府规模和职能加以扩大，大规模搜集各地的民间歌谣，以丰富朝廷乐章。乐府机关的设立和扩大，使各地民歌有了记录、集中和提高的条件，这在中国文学史上有着划时代的意义，它对中国古代诗歌的发展有着深远的影响。西汉乐府所演奏的乐章，据《汉书·艺文志》所载遍及黄河、长江两大流域的各地。

现存汉乐府民歌大都是东汉的作品。这些民歌形式多样，反映了东汉人民的苦难处境和思想感情，是东汉文学的重大收获。东汉文学的另一重大收获，是在乐府民歌和民谣的影响下，出现了文人创作的五言诗，《古诗十九首》是东汉文人五言的成熟作品，反映了中下层士人的生活和思想。这些诗人有一定的文化素养，在创作中既保持了乐府民歌的朴素自然、平易流畅的特色，又能借鉴《楚辞》的艺术手法，在朴素自然中求工整，在平易流畅中见清丽，"深衷浅貌，短语长情"，极大地提高了诗歌的表现力和抒情性，对以后魏晋五言诗的发展产生了巨大影响。

汉武帝刘彻（前156—前87），西汉第七位皇帝，杰出的政治家、战略家、诗人。生于汉景帝前元元年（前156年）。十六岁登基。为巩固皇权，汉武帝建立了中朝，在地方设置刺史。开创察举制选拔人才。采纳主父偃的建议，颁行"推恩令"，解决王国势力，并将盐铁和铸币权收归中央。文化上采用了董仲舒的建议，"罢黜百家，独尊儒术"。结束先秦以来"师异道，人异论，百家殊方"的局面。汉武帝时期开疆拓土，击溃匈奴、东并朝鲜、南诛百越、西逾葱岭，征服大宛，奠定了中华疆域版图，首开丝绸之路、首创年号，兴太学。刘彻开拓汉朝最大版图，在各个领域均有建树，汉武盛世是中国历史上的三大盛世之一。晚年穷兵黩武，又造成了巫蛊之祸，征和四年（前89年），刘彻下罪己诏。后元二年（前87年），刘彻崩于五柞宫，享年七十岁，谥号孝武皇帝，庙号世宗，葬于茂陵。

刘　彻

秋风辞

秋风起兮白云飞，草木黄落兮雁南归。

兰有秀兮菊有芳[1]，怀佳人兮不能忘。

泛楼船兮济汾河[2]，横中流兮扬素波[3]。

箫鼓鸣兮发棹歌[4]，欢乐极[5]兮哀情多。

少壮几时兮奈老何！

【注释】

[1] "兰有秀"与"菊有芳"是互文见义，意思是说兰花和菊花都美丽芳香。

[2] 楼船：指比较豪华的船。汾河：起源于山西宁武，西南流至河津西南入黄河。

[3] 扬素波：激起白色波浪。

[4] 棹歌：划船时唱的歌。

[5] 极：尽。

【解读】

公元前113年，汉武帝刘彻率领群臣到河东郡汾阳县祭祀后土，时值秋风萧瑟，鸿雁南归，汉武帝乘坐楼船泛舟汾河，饮宴中流，触景生情，感慨万千，写下了这首《秋风辞》。诗以景物起兴，继写楼船中的歌舞盛宴的热闹场面，最后以感叹乐极生悲，人生易老，岁月流逝作结。全诗比兴并用，情景交融，意境优美，音韵流畅，且适合传唱，是中国文学史上"悲秋"的佳作，历来受到赞誉。

诗一开篇即渲染了秋风乍起、白云朵朵、草木枯黄、大雁苍鸣的秋日景象，为下文的感慨做了良好的铺陈。秋日最是惹人情思，虽有幽兰含芳，秋菊斗艳，然而对佳人的思念却是绵绵无尽的。"兰有秀兮菊有芳，怀佳人兮不能忘"一句所写出的缠绵流丽可谓是全诗的精华。

接下来，诗人描写了泛舟中流、君臣欢宴的盛大场面。这本来是令人欢欣鼓舞的，然而紧接着却出现了"欢乐极兮哀情多"的感慨。是啊，即便是君临天下、俯视天地又如何？生老病死的自然规律是谁也逃脱不了的，眼前的尊贵荣华终有尽时，这怎能不令人感到黯然忧伤！

从艺术上看，此诗语言清丽、明快，句句押韵，节奏快，乐感强，在艺术风格上受楚辞影响较大。在句式上，每句中带一"兮"字，也与楚辞相近，所以被辨体批评家称为楚周乐府。全诗构思巧妙，意境优美，音韵流畅，非常适于传唱。

李延年

李延年，西汉音乐家，生年不详。汉武帝宠妃李夫人的哥哥。李家世代为娼，李延年与其妹李夫人皆出自娼门，能歌善舞，容貌喜人。李延年原本因犯法而受到腐刑，负责饲养宫中的狗，后因擅长音律，故颇得武帝宠爱。一日为武帝献歌："北方有佳人，绝世而独立，一顾倾人城，再顾倾人国。宁不知倾城与倾国，佳人难再得。"李延年的妹妹由此入宫，称李夫人。后因李夫人生下了昌邑王刘髆，李延年也得以被封"协律都尉"，负责管理皇宫的乐器，极得武帝宠爱，"与上卧起，甚贵幸，埒如韩嫣"。幼年时被送往弓高侯府与二子韩嫣共读，见证了宠臣韩嫣与汉武帝的情史。

北方有佳人

北方有佳人，绝世而独立。

一顾倾人城，再顾倾人国。

宁不知倾城与倾国，佳人难再得！

【解读】

在武帝宠爱的众多后妃中，最生死难忘的，要数妙丽善舞的李夫人；而李夫人的得幸，则是靠了她哥哥李延年这首名动京师的佳人歌：初，（李）夫人兄延年性知音，善歌舞，武帝爱之。每为新声变曲，闻者莫不感动。延年侍上，起舞歌曰："北方有佳人，绝世而独立。一顾倾人城，再顾倾人国。宁不知倾城与倾国，佳人难再得！"上叹息曰："善！世岂有此人乎？"平阳公主因言延年有女弟。上乃召见之，实妙丽善舞，由是得幸。（《汉书·外戚传》）一阕短短的歌，居然能使雄才大略的武帝闻之而动心，立时生出一见伊人的向往之情。这在我国古代诗歌史上，恐怕是绝无仅有之例。它为何具有如此动人的魅力呢？

初看起来，这首歌的起句平平，对"佳人"的夸赞开门见山，一无渲染铺垫。但其意蕴，却非同凡俗。南国秀丽，其佳人多杏目柳腰、清艳妩媚；北国苍莽，其仕女多雪肤冰姿、妆淡情深。此歌以"北方"二字领起，开笔就给所歌佳人，带来了一种与南方异的晶莹素洁的风神。北方的佳人何止千万，而此歌所属意的，则是万千佳人中"绝世独立"的一人而已，"绝世"夸其姿容出落之美，简直是举世无双；"独立"状其幽处娴雅之性，更见得超俗而出众。不仅如此，"绝世而独立"还隐隐透露出，这位佳人不屑与众女为伍而独立栏杆的淡淡哀愁——那就不仅是超世脱俗，而且更楚楚可怜了。这就是平中孕奇，只开篇两句，恐怕就令武帝企足引领，生出对佳人的心向神往之情了。

北方佳人既如此脱俗可爱，当其顾盼之间，又该有怎样美好的风姿呢？要表现这一点，就不太容易了。何况在李延年之前，许多诗、赋中就已有过精妙的描摹。《诗经·卫风·硕人》表现后宫丽人，有"手如柔荑，肤如凝脂，领如蝤蛴，齿如瓠犀，螓首蛾眉，巧笑倩兮，美目盼兮"之句。风流儒雅的宋玉吟咏东邻女子，亦有"增之一分则太长，减之一分则太短""嫣然一笑，惑阳城、迷下蔡"之赋，更见其绰约之姿、流盼之美（《登徒子好色赋》）。在这种情况下，李延年欲赞北方佳人，倘若没有非常之辞，恐怕就只能罢舞辍歌了。然而，这位富于才情的音乐家，却出人意料地唱出了"一顾倾人城，再顾倾人国"的奇句——她只要对守卫城垣的士卒瞧上一眼，便可令士卒弃械、墙垣失守；倘若再对驾临天下的人君"秋波那么一转"，亡国灭宗的灾祸，可就要降临其身了！表现佳人的顾盼之美，竟然发为令人生畏的"倾城""倾国"之语，真是匪夷所思！但如果不是这样夸张，又何以显出这位佳人惊世骇俗的美好风姿？而正因为这风姿美得令人生畏，才更让人心驰神往、倍加牵怀。如果美好的事物都那么可近而易得，恐怕就没有这样摄人心魄的吸引力了。

此歌的结尾也耐人咀嚼。上文对佳人的美好作了极度的夸张，结尾则突然一转，化为深切的惋惜之语："宁不知倾城与倾国，佳人难再得！"美好的佳人，常常给人君带来"倾城""倾国"的灾难。这样的例子在历史上见得还少吗？这似乎是要告诫人君，记取倾城、倾国的古鉴，不可为"佳人"所误。但接着一句则又紧摄一层，纵然是倾城、倾国，也别失去获得佳人的良机，美好的佳人，毕竟是世所难逢、不可再得的呀！这二句故作取舍两难之语，实有"欲擒故纵"之妙：愈是强调佳人之不可近，便愈见其美；而愈是惋惜佳人之难得，就愈能促人赶快去获取。诗人的用意，正是要以深切的惋惜之辞，牵动武帝那难获绝世佳人的失落之感，从而迅速做出抉择。这样收尾，可谓一唱三叹、余音袅袅，令人闻之而怅然不已。难怪武帝听完此歌，不禁发出"世岂有此人乎"的喟然叹息了——李夫人在这样的时刻被举荐、召见，正适合于李延年这首非同凡响之歌所造成的情感氛围。

这首歌表现佳人之美，不像《诗经·卫风·硕人》那样，以形象的比喻、生动的肖像描绘见长，而以惊人的夸张和反衬，显示了自己的特色。这首歌还有一点值得注意的，就是采用了大体整齐的五言体式（第五句"宁不知"三字实际上可以删除）。这种体式，当时还只在民间的"俚歌俗曲"中流行。李延年将其引入上层宫廷．配以美妙动人的"新声变曲"。这对于汉代文人五言诗的萌芽和生长，无疑起了某种催化作用。

张　衡

张衡（78—139），字平子，南阳郡西鄂县（今河南省南阳市）人，东汉著名的科学家、文学家。张衡十七岁离家，后到长安、洛阳，就读于太学，通五经，贯六艺，精天文历算。张衡二十八岁任南阳鲍德主簿，三十四岁为郎中，升迁太史令，掌管天象观测，写成天文著作《灵宪》，创造浑天仪。汉顺帝统治初期，张衡复任太史令，公元132年（阳嘉元年）创造地动仪。张衡五十九岁时，离京任河间相，在职三年归，又被征为尚书，不久病逝。张衡著有诗、赋、铭、七言凡三十二篇，其诗今存数首，《同声歌》《四愁诗》是五言诗、七言诗创始期间的重要作品。张衡原有集十二卷，已散佚。明人著有《张河间集》。《后汉书》有张衡传。

四愁诗

我所思兮在太山。

欲往从之梁父^[1]艰，侧身东望涕沾翰^[2]。

美人赠我金错刀^[3]，何以报之英^[4]琼瑶^[5]。

路远莫致倚^[6]逍遥，何为怀忧心烦劳。

我所思兮在桂林^[7]。

欲往从之湘水^[8]深，侧身南望涕沾襟。

美人赠我琴琅玕^[9]，何以报之双玉盘。

路远莫致倚惆怅，何为怀忧心烦伤。

我所思兮在汉阳^[10]。

欲往从之陇阪^[11]长，侧身西望涕沾裳。

美人赠我貂襜褕^[12]，何以报之明月珠。

路远莫致倚踟蹰^[13]，何为怀忧心烦纡。

我所思兮在雁门^[14]。

欲往从之雪雰雰^[15]，侧身北望涕沾巾。

美人赠我锦绣段^[16]，何以报之青玉案^[17]。

路远莫致倚增叹，何为怀忧心烦惋。

【注释】

[1] 梁父：泰山下小山名。

[2] 翰：衣襟。

[3] 金错刀：王莽铸币"一刀平五千"，因"一刀"两字用错金工艺，故称之为"金错刀"。

[4] 英："瑛"的借字，瑛是美石似玉者。

[5] 琼瑶：两种美玉。

[6] 倚：通"猗"，语助词，无意义。

[7] 桂林：郡名，今广西壮族自治区地。

[8] 湘水：源出广西壮族自治区兴安县阳海山，东北流入湖南省会合潇水，入洞庭湖。

[9] 琴琅玕：琴上用琅玕装饰。琅玕是一种似玉的美石。

[10] 汉阳：郡名，前汉称天水郡，后汉改为汉阳郡，今甘肃省甘谷县南。

[11] 陇阪：山坡为"阪"。天水有大阪，名陇阪。

[12] 襜褕：直襟的单衣。

[13] 踟蹰（chí chú）：徘徊不前貌。

[14] 雁门：郡名，今山西省西北部。

[15] 雰雰：雪盛貌。

[16] 段：同"缎"，履后跟。

[17] 案：放食器的小几（形如有脚的托盘）。

【解读】

张衡诗歌留传下来的不多，以这首《四愁诗》为最有名，这是中国诗歌史上第一首成熟的七言诗。《张衡年谱》认为此诗作于公元 137 年（汉顺帝永和二年）。汉安帝于公元 107 年即位，在位十八年中，外戚专权，宦官乱政，皇帝徒有虚名。公元 126 年，顺帝即位，不能革新政治，种种弊端不但没有革除，反而变本加厉。据《文选》所收此诗小序说，"时天下渐弊，张衡郁郁不得志，为《四愁诗》。"

本诗共分四章，分别列举东、西、南、北四个方位的四个远处地名，表达诗人四处寻找美人而不可得的惆怅忧伤的心情。第一章说思念之人在泰山，我想去追寻她。但有泰山下的小山"梁父"阻隔，只能侧身东望，眼泪沾湿衣襟。那美人赠给我一把"金错刀"的佩刀，我用"英琼瑶"这几种美玉回报她，但路途太远，无法送达，心中烦忧，徘徊不安。其余三章结构相同，按"所思、欲往、涕泪、相赠、伤情"的次序来写，除了美人所赠及诗人回报物品不同之外，每章方位地名亦不同。

这四章中不同方位的地名并非随便写来。第一章地点是泰山，古人认为"王者有德功成则东封泰山，故思之"。汉武帝曾登封泰山，东汉安帝在公元 124 年（延光三年）亦登泰山祭告岱宗。可见诗人是寄希望于君王，希望他振作有为，诗人愿以道术报君，使天下大治。但外戚宦官这些小人的阻挡，使诗人的政治理想无法实现，只能徘徊忧伤。第二章地点是在桂林郡。据史载，东汉安帝、顺帝时，这一带民族矛盾尖锐，顺帝为此极为忧虑。第三章所思之处在"汉阳"，史载安帝、顺帝时这一带羌人时时入侵，大将不能守边。第四章诗人所思之处在雁门，即今山西北部雁门关，为汉之北疆。据史载，安帝时，鲜卑人常来攻略，掳掠人马，诗人以此为忧。

本诗运用了"美人香苴"的比兴手法。古诗中传统的比兴手法是常以美人比理想中的贤人，诗中四处远方地名，正是关系国家安危的处所，表现了诗人对国事的关怀和忧虑。这四方的遥远的地名也体现了诗人为理想而上下四方不倦地探索追寻的精神，但处处都有难以逾越的障碍，追寻思念而不可得，故而忧伤。这从侧面曲折反映了现实社会的污浊黑暗，这些，就是诗人忧伤的社会内容。除了比兴手法而外，本诗还运用了《诗经》民歌中回环重叠、反复咏叹的艺术手法。这四章意思相同，结构相同，句式相同，形式上非常整齐，但每章又换词押韵，在整齐中显出变化。

蔡琰

蔡琰，原字昭姬，晋时因避司马昭之讳，改字文姬，生卒年不详。东汉陈留围人，东汉大文学家蔡邕的女儿。初嫁于卫仲道，丈夫死去而回到自己家里，后在匈奴入侵时被掳走，嫁给左贤王，并育有两个儿子。十二年后，曹操统一北方，用重金将蔡琰赎回，并将其嫁给董祀。蔡琰同时擅长文学、音乐、书法。《隋书·经籍志》著录有《蔡文姬集》一卷，但已经失传。现在能看到的蔡文姬作品只有《悲愤诗》二首和《胡笳十八拍》。

历史上记载蔡琰的事迹并不多，但"文姬归汉"的故事却在历朝历代广为流传。

悲愤诗

汉季失权柄，董卓乱天常[1]。

志欲图篡弑[2]，先害诸贤良[3]。

逼迫迁旧邦[4]，拥主以自强。

海内兴义师[5]，欲共讨不祥[6]。

卓众[7]来东下，金甲耀日光。

平土人脆弱，来兵皆胡羌[8]。

猎野围城邑，所向悉破亡。

斩截[9]无孑[10]遗，尸骸相撑拒[11]。

马边悬男头，马后载妇女。

长驱西入关[12]，迥[13]路险且阻。

还顾邈冥冥[14]，肝胆为烂腐。

所略有万计，不得令屯聚。

或有骨肉俱，欲言不敢语。

失意机微间，辄言弊降虏[15]。

要当以亭刃[16]，我曹不活汝[17]。

岂敢惜性命，不堪其詈骂。

或便加棰杖，毒[18]痛参[19]并下。

旦则号泣行，夜则悲吟坐。

欲死不能得，欲生无一可。

彼苍者[20]何辜，乃遭此厄祸。

边荒[21]与华异，人俗少义理[22]。

处所多霜雪，胡风春夏起。

翩翩吹我衣，肃肃入我耳。

感时念父母，哀叹无穷已。

有客从外来，闻之常欢喜。

迎问其消息，辄复非乡里。

邂逅^[23]徼^[24]时愿，骨肉^[25]来迎己。

己得自解免，当复弃儿子。

天属^[26]缀^[27]人心，念别无会期。

存亡永乖隔，不忍与之辞。

儿前抱我颈，问母欲何之。

人言母当去，岂复有还时。

阿母常仁恻，今何更不慈。

我尚未成人，奈何不顾思。

见此崩五内^[28]，恍惚^[29]生狂痴^[30]。

号泣手抚摩，当发复回疑。

兼有同时辈，相送告离别。

慕我独得归，哀叫声摧裂。

马为立踟蹰，车为不转辙。

观者皆嘘唏，行路亦呜咽。

去去割情恋，遄征^[31]日遐迈^[32]。

悠悠三千里，何时复交会。

念我出腹子，胸臆为摧败。

既至家人尽，又复无中外^[33]。

城郭为山林，庭宇生荆艾。

白骨不知谁，纵横莫覆盖。

出门无人声，豺狼号且吠。

茕茕^[34]对孤景^[35]，怛咤^[36]糜肝肺。

登高远眺望，魂神忽飞逝。

奄若寿命尽，旁人相宽大^[37]。

为复强视息^[38]，虽生何聊赖^[39]。

托命于新人^[40]，竭心自勖^[41]励。

流离成鄙贱，常恐复捐废^[42]。

人生几何时，怀忧终年岁。

【注释】

[1] 天常：天之常道。"乱天常"，犹言悖天理。

[2] 篡弑：言杀君夺位。董卓于公元189年以并州牧应袁绍召入都，废汉少帝（刘辩）为弘农王，次年杀弘农王。

[3] 诸贤良：指被董卓杀害的丁原、周珌、任琼等。

[4] 旧邦：指长安。公元190年董卓焚烧洛阳，强迫君臣百姓西迁长安。

[5] 兴义师：指起兵讨董卓。初平元年（190年）关东州郡皆起兵讨董，以袁绍为盟主。

[6] 祥：善。"不祥"，指董卓。

[7] 卓众：指董卓部下李榷、郭汜等所带的军队。初平三年（192年）李、郭等出兵关东，大掠陈留、颍川诸县。蔡琰于此时被掳。

[8] 胡羌：指董卓军中的羌胡。董卓所部本多羌、氏族人（见《后汉书·董卓传》）。李榷军中杂有羌胡（见《后汉纪·献帝纪》记载）。

[9] 截：斩断。

[10] 孑：独。这句是说杀得不剩一个。

[11] 相撑拒：互相支撑。这句是说尸体众多堆积杂乱。

[12] 西入关：指入函谷关。卓众本从关内东下，大掠后还入关。

[13] 迥：遥远。

[14] 邈冥冥：邈远迷茫貌。

[15] 弊：即"毙"，詈骂之词。"弊降虏"，犹言"死囚"。

[16] 亭：古通"停"。"停刃"犹言加刃。

[17] 我曹：犹我辈，兵士自称。以上四句是说兵士对于被虏者不满意就说："杀了你这死囚，让你吃刀子，我们不养活你了。"

[18] 毒：恨。

[19] 参：兼。这句是说毒恨和痛苦交并。

[20] 彼苍者：指天。这句是呼天而问，问这些被难者犯了什么罪。

[21] 边荒：边远之地，指南匈奴，其地在河东平阳（今山西省临汾附近）。蔡琰如何入南匈奴人之手，此诗略而不叙，史传也不曾明载。《后汉书》本传只言其时在兴平二年（195年）。是年十一月李榷、郭汜等军为南匈奴左贤

王所破，疑蔡琰就在这次战争中由李、郭军转入南匈奴军。

[22] 少义理：言其地风俗野蛮。这句檃栝自己被蹂躏被侮辱的种种遭遇。

[23] 邂逅：不期而遇。

[24] 徼：侥幸。这句是说平时所觊望的事情意外地实现了。

[25] 骨肉：喻至亲。诗人苦念故乡，见使者来迎，如见亲人，所以称之为骨肉。或谓曹操遣使赎蔡琰或许假托其亲属的名义，所以诗中说"骨肉来迎"。

[26] 天属：天然的亲属，如父母、子女、兄弟、姐妹。

[27] 缀：联系。

[28] 五内：五脏。

[29] 恍惚：精神迷糊。

[30] 生狂痴：发狂。

[31] 遄征：疾行。

[32] 日遐迈：一天一天地走远了。

[33] 中外：犹中表，"中"指舅父的子女，为内兄弟，"外"指姑母的子女，为外兄弟。以上两句是说到家后才知道家属已死尽，又无中表近亲。

[34] 茕茕：孤独貌。

[35] 景：同"影"。

[36] 怛咤：惊痛而发声。

[37] 相宽大：劝她宽心。

[38] 息：呼吸。这句是说又勉强活下去。

[39] 何聊赖：言无聊赖，就是无依靠，无乐趣。

[40] 新人：指诗人重嫁的丈夫董祀。

[41] 勖：勉励。

[42] 捐废：弃置不顾。以上两句是说自己经过一番流离，成为被人轻视的女人，常常怕被新人抛弃。

【解读】

《悲愤诗》是我国诗史上文人创作的第一首自传体的五言长篇叙事诗。全诗一百零八句，计五百四十字，它真实而生动地描绘了诗人在汉末大动乱中的悲惨遭遇，也写出了被掠人民的血和泪，是汉末社会动乱和人民苦难生活的实录，具有史诗的规模和悲剧的色彩。诗人的悲愤，具有一定的典型意义，它是受难者对悲剧制造者的血泪控诉。字字是血，句句是泪。

全诗可分三大段，前四十句为第一大段，其中分三个层次。前十四句，先从董卓之乱写起。这是诗人蒙难的历史背景，它概括了中平六年（189年）至初平三年（192年）这三四年的动乱情况，诗中所写，均有史可证。"斩截无孑遗"以下八句，写出了以董卓为首的一群穷凶极恶的豺狼所进行的野蛮屠杀与疯狂掠夺。据《三国志·董卓传》记载："（董卓）尝遣军到阳城，时适二月社，民各在其社下，悉就断其男子头，驾其车牛，载其妇女财物，以所断头系车辕轴，连轸而还洛，云攻城大获，称万岁。入开阳城门，焚烧其头，以妇女与甲兵为婢妾。"诗中所写的卓众东下，杀人如麻，以至积尸盈野、白骨相撑以及"马边悬男头，马后载妇女"的惨象，是这场浩劫的实录。"载妇女"三字，把诗人自己的遭遇暗暗引入。初平三年春，董卓部将李傕、郭汜大掠陈留、颍川诸县，他们的部队中又杂有羌胡兵，蔡琰就是此时被掳的。"所略有万计"以下十六句，细述诗人在俘虏营中的生活。这些成千上万的俘虏，贼兵不让他们在一起屯聚，即使骨肉之间碰在一起，也不敢说一句话。稍不留意，就会遭到一顿臭骂和毒打。他们日夜号泣悲吟，欲死不得，欲生不能，于是诗人含着满腔的悲愤，只好呼天而问。"彼苍者"两句，将途中之苦总括收住。这一大段最精彩的艺术描写，是贼兵辱骂俘虏的几句话，口吻毕肖，活画出贼兵一副狰狞的嘴脸。

"边荒与华异"以下四十句为第二大段，主要描写在边地思念骨肉之亲的痛苦及迎归别子时不忍弃子、去留两难的悲愤。"边荒与华异，人俗少义理"两句，高度概括了诗人被掳失身的屈辱生活，在不忍言、不便言之处，仅用"少义理"三字概括。"以少总多"，暗含着她被侮辱被蹂躏的无数伤心事。"处所多霜雪"以下六句，用"霜雪""胡风"，略言边地之苦，以引出念父母的哀叹。诗人通过居处环境的描写，以景衬情，以无穷无尽的"霜雪"和四季不停的"胡风"，来烘托出无穷已的哀叹，增强了酸楚的悲剧气氛。有的注家认为蔡琰被掠后所居之地在河东平阳（今山西临汾附近），这是不确切的。暂居在河东平阳的，是南匈奴右贤王去卑的一支，非左贤王所居之地。谭其骧先生考证出蔡琰所居之地在西河美稷（今内蒙古自治区鄂尔多斯市一带），较为可信，不然，地近中原的河东平阳焉能称作"边荒"？又何言"悠悠三千里"呢？"有客从外来"以下六句，叙述引领望归和急盼家人消息的心情，忽喜忽悲，波澜起伏。客从外来，闻之高兴；迎问消息，方知不是同乡，也不是为迎己而来，希望转为失望。"邂逅徼时愿，骨肉来迎己"两句，诗的意脉忽又转折，平时所企望的事情意外地实现了，真是喜出望外。"己得自解免"以下六句，忽又由喜而悲。返回故乡必须丢弃两个儿子，可能一别永无再见之日，念及母子的骨肉之情，怎能忍心抛弃自己的儿子呢？诗人于是陷入痛苦与矛盾之中。"别子"的一段艺术描写，感情真挚，而且挖掘得深而婉，最为动人。儿子劝母亲留下的几句话，句句刺痛了母亲的心。清人张玉谷评"天属缀人心"以下十六句诗说："夫琰既失身，不忍别者岂止于子。子则其可明言而尤情至者，故特反复详言之。己之不忍别子说不尽，妙介入子之不忍别己，对面写得沉痛，而己之不忍别愈显矣，最为文章妙诀。"（《古诗赏析》卷六）此言颇为精到。儿子的几句质问，使诗人五内俱焚，恍惚若痴，号泣抚摩其子，欲行不前。在去住两难中，突现了抒情主人公的复杂矛盾心情。"兼有同时辈"以下八句，插叙同辈送别的哀痛，"同时辈"应指与蔡琰一起被掳，同时流落在南匈奴的人，其中应多为妇人女子。她们羡慕蔡琰能返回故乡，哀叹自己的命运，故号啕痛哭。诗人描绘出马不肯行、车不转辙、观者和路人目睹此情此景无不嘘唏流涕的场面。不言而喻，当事者的痛苦，要甚于旁观者十倍、百倍。此种衬托手法，更加突出了诗人悲痛欲绝的心境。

"去去割情恋"以下二十八句为第三大段，叙述归途及归后的遭遇。首六句写归途：割断情恋，别子而去，上路疾行，日行日远，但情恋又何尝能割去？"念我出腹子，胸臆为摧败"两句，以念子作收，随作一顿。"既至家人尽"以下十二句，先叙述归后方知亲人凋丧，连中表近亲也没有，以此状写诗人的孤苦无依。接叙乱后荒凉：城郭变成山林，庭院长满荆棘蔓草，白骨纵横，尸骸相撑。特别是"出门无人声，豺狼号且吠"两句，把战后的荒凉，通过阴森恐怖气氛的渲染，表现得十分透足。"茕茕对孤景"句，遥接"既至家人尽，又复无中外"两句。"登高远眺望"两句，又以念子暗收，遥应"念我出腹子"两句，把念子之情表现得回环往复。以下四句，叙述诗人在百忧煎熬之下，自己感到已快到生命的尽头，虽勉强生活下去，也失去了生活的乐趣。"托命于新人"以下四句，叙述重嫁董祀之后，虽用尽心力，勉励自己活下去，但自己经过一番流离之后，已经成为被人轻视的女人，常常担心被新人抛弃，这反映了加在妇人身上的精神枷锁及自轻自贱的女性心态。最后以"人生几何时，怀忧终年岁"作结，"虽顶末段，却是总束通章，是悲愤大结穴处"（《古诗赏析》），说明自己的悲剧生涯已无法解脱，悲愤无时无刻不在，没有终极。

通观全诗，《悲愤诗》在艺术上有几点突出的成就。

诗人善于挖掘自己的感情，将叙事与抒情紧密地结合在一起。虽为叙事诗，但情系乎辞，情事相称，叙事不板不枯，不碎不乱。它长于细节的描绘，当详之处极力铺写，如俘虏营中的生活和别子的场面，描写细腻，如同电影中的特写镜头；当略之处，一笔带过，如"边荒与华异，人俗少义理"两句，就是高度的艺术概括。叙事抒情，局阵恢张，波澜层叠。它的叙事，以时间先后为序。以自己遭遇为主线，言情以悲愤为旨归。在表现悲愤的感情上，纵横交错，多层次，多侧面。她的伤心事太多了：被掠、杖骂、受侮辱、念父母、别子、悲叹亲人丧尽、重嫁后的怀忧，诗中可数者大约有七八种之多，但是最使她痛心的是别子。诗人为突出这一重点，用回环往复的手法，前后有三四次念子的艺术描写。别子之前，从略述边地之苦，引出"感时念父母，已为念子作影"（《古诗赏析》）。正面描写别子的场面，写得声泪俱下。同辈送别的哀痛，又为别子的哀痛做了衬托。赎归上路后，又翻出"念我出腹子，胸臆为摧败"一层。见得难以割舍的情恋，是因别子而发。至"登高远眺望，神魂忽飞逝"，又暗收念子。从这里可以看出别子是诗人最强烈、最集中、最突出的悲痛，从中可以看到一颗伟大的母亲的心在跳动。诗人的情感在这方面挖掘得最深，因此也最为动人，这是令人叹为观止的艺术匠心之所在。

《悲愤诗》的真实感极强，诗中关于俘虏生活的具体描写和别子时进退两难的复杂矛盾心情，非亲身经历是难以道出的。诚如近代学者吴闿生所说："吾以谓（《悲愤诗》）绝非伪者，因其为文姬肺腑中言，非他人所能代也。"（《古今诗范》）沈德潜说《悲愤诗》的成功"由情真，亦由情深也"（《古诗源》卷三）。足见它的真实感是有目共睹的。

《悲愤诗》语言浑朴，"真情穷切，自然成文"，它具有明白晓畅的特

两汉

点，无雕琢斧凿之迹。某些人物的语言，逼真传神，具有个性化的特点。如贼兵骂俘虏的几句恶言恶语，与人物身份吻合，如闻其声，如见其人，形象鲜明生动。文姬别子时，儿子说的几句话，酷似儿童的语气，似乎可以看到儿童抱着母亲的颈项说话的神态，看出小儿嘟着小嘴的样子，孩子的天真、幼稚和对母亲的依恋，跃然纸上，这在此前的诗歌中是罕见的。

《悲愤诗》激昂酸楚，在建安诗歌中别构一体，它深受汉乐府叙事诗的影响，如《十五从军征》《孤儿行》等，都是自叙身世的民间叙事诗，《悲愤诗》一方面取法于它们，另方面又糅进了文人抒情诗的写法。前人指出它对杜甫的《北征》《奉先咏怀》均有影响，不为无据。它与《古诗为焦仲卿妻作》，堪称建安时期叙事诗的双璧。

乐府初设于秦，为当时"少府"下辖的一个专门管理乐舞演唱教习的机构。汉初，乐府并没有保留下来。到了汉武帝时，在定郊祭礼乐时重建乐府，它的职责是采集汉族民间歌谣或文人的诗来配乐，以备朝廷祭祀或宴会时演奏之用。它搜集整理的诗歌，后世就叫"乐府诗"，或简称"乐府"。它是继《诗经》《楚辞》而起的一种新诗体。后世文人仿此形式所作的诗，亦称"乐府诗"。

《汉乐府》

上 邪

上邪[1]！我欲与君相知[2]，长命[3]无绝衰。山无陵，江水为竭，冬雷震震，夏雨雪，天地合，乃敢[4]与君绝！

【注释】

[1] 上：指天。上邪：天啊。这里是指天为誓。

[2] 相知：相亲。

[3] 命：令，使。

[4] 乃敢：才会。

【解读】

本篇是汉乐府民歌《饶歌》中的一首情歌，是一位痴情女子对爱人的热烈表白。与文人诗词喜欢描写少女初恋时的羞涩情态相反，在民歌中最常见的是以少女自述的口吻来表现她们对于幸福爱情的大胆追求。

首句"上邪"是指天为誓，犹言"天啊"！古人敬天畏命，非不得已，不会轻动天的威权。现在这位姑娘开口便言天，可想见她神情庄重，有异常重要的话要说。果然，姑娘终于把珍藏在自己内心，几次想说而又苦于没有机会说的秘密吐出来了："我欲与君相知，长命无绝衰。""相知"就是相爱，相好。姑娘经过自己的精心选择，认为这位男子确实值得相爱。"长命无绝衰"是说两个人的命运永生永世联结在一起，两个人的爱情永生永世不会衰退。前一句是表白爱情的态度，后一句是进一层表白爱情的坚贞。爱情，只有与坚贞联系在一起的时候，才是无比纯洁美好的。姑娘当然懂得这一点，因此她要进一步表明心迹。不过，她不愿再从正面直说，而是通过出人意料的逆向想象，从反面设誓。她先举出了五件非常之事作为设誓的前提："山无陵，江水为竭"，是说世上最永久的存在物发生了巨变；"冬雷震震，夏雨雪"，是说自然界最永恒的规律发生了怪变；"天地合"是说整个宇宙发生了毁灭性的灾变，然后吐出了"乃敢与君绝"五个字。由于这五个字有五件非常之事作为支撑点，因此字字千钧，不同凡响；又由于设誓的前提没有一个会出现，因此"乃敢与君绝"的结果也就无从说起了。

本诗之所以为众多读者所喜欢，主要在于它丰富的想象，奇特的构思，以及在艺术上的独具匠心。前三句指天发誓，用的是直笔。后六句则用曲笔。诗人一连假设了五种不可能出现的自然现象，以此作为"与君绝"的先决条件，恰因如此，使末句包含的实际语意与字面显示的语意正好相反，有力地体现了主人公"与君相知，长命无绝衰"的愿望，表达了女主人公对爱情的执着和坚定，令人钦佩不已。

有所思

有所思[1]，乃在大海南。何用问遗[2]君？双珠玳瑁[3]簪，用玉绍缭[4]之。闻君有他心，拉杂[5]摧烧之。摧烧之，当风扬其灰。从今以往，勿复相思！相思与君绝[6]！鸡鸣狗吠[7]，兄嫂当知之。妃呼豨[8]！秋风肃肃晨风飔[9]，东方须臾高[10]知之。

【注释】

[1] 有所思：指诗人所思念的那个人。

[2] 问遗（wèi）："问""遗"二字同义，作"赠予"解，是汉代习用的联语。

[3] 玳瑁（dài mào）：是一种龟类动物，其甲壳光滑而多文采，可制装饰品。

[4] 绍缭：同"缭绕"，意思是缠绕。

[5] 拉杂：堆集。这句是说，听说情人另有所爱了，就把原拟赠送给他的东西堆集在一块儿砸碎，烧掉。

[6] 相思与君绝：与君断绝相思。

[7] 鸡鸣狗吠：也说"惊动鸡狗"，古诗中常以"鸡鸣狗吠"借指男女幽会。

[8] 妃（bēi）：同"悲"。呼豨（xī）：同"嘘唏"，感慨。

[9] 晨风飔（sī）：据闻一多《乐府诗笺》说：晨风，就是雄鸡，雄鸡常晨鸣求偶。飔当为"思"，是"恋慕"的意思。一说"晨风飔"就是指"晨风凉"的意思。

[10] 须臾：不一会儿。高："皜""皓"的通假字，意思是"白"。

【解读】

这是《汉铙歌十八曲》之一。铙歌本为用以激励士气的军乐，流传至今的十八曲却内容庞杂，叙战阵、纪祥瑞、表武功、写爱情者皆有。本篇即用第一人称，表现了一位女子遭受到爱情波折前后的复杂心绪。

开头五句写其对远方的情郎心怀真挚热烈的相思爱恋：她所思念的情郎，远在大海的南边。相去万里，用什么信物赠予情郎，方能坚其心而表己意呢？她经过一番精心考究，终于选择了"双珠玳瑁簪"。这在当时可谓精美绝伦的佩饰品了。然而女主人公意犹未尽，再用美玉把簪子装饰起来，更美观。这几句写物寄情，以少总多，表达已言简意丰，情调复缠绵悱恻。可惜天有不测风云，晴光潋滟的爱河上顿生惊涛骇浪，爱情的指针突然发生偏转，"闻君有他心"以下六句，写出了这场风波及其严重后果：她听说情郎已倾心他人，真如晴天霹雳！骤然间，爱的柔情化作了恨的力量，悲痛的心窝燃起了愤怒的烈火。她将那凝聚着一腔痴情的精美信物，愤然地始而折断（拉杂），再而砸碎（摧），三而烧毁，摧毁烧掉仍不能泄其愤，消其怒，复又迎风扬掉其灰烬。"拉、摧、烧、扬"，一连串动作，如快刀斩乱麻，干脆利落，何等愤激！"从今以后，勿复相思！"一刀两断，又何等决绝！非如此，不足以状其"望之深，怨之切"。（陈祚明《采菽堂古诗选》评语）

"相思与君绝"以下六句，写其由激怒渐趋冷静之后，欲断不能的种种矛盾、彷徨的复杂心态。"相思"句较上文"勿复相思"之果断决绝，口气已似强弩之末。盖"相思"乃长期的感情积淀，而"与君绝"，只一时愤激之念，二者本属对立而难统一，故此句实乃出于矛盾心情的叹惋，大有"剪不断，理还乱"之意蕴。循此绪端，自然生出"鸡鸣狗吠，兄嫂当知之"的回忆和忧虑。"妃呼狶"，正是她在瞻前顾后、心乱如麻的处境中情不自禁地发出的一声嘘唏长叹，直贯结尾二句意脉——女子在悲叹中但闻秋风阵阵凄紧，野雉求偶不得的悲鸣不时传来，使她更加感物共鸣，相思弥甚，犹豫不决。然而她又自信：只待须臾东方皓白，定会知道该如何解决这一难题的。

此诗的结构，以"双珠玳瑁簪"这一爱情信物为线索，通过"赠"与"毁"及毁后三个阶段，来表现主人公的爱与恨，决绝与不忍的感情波折，由大起大落到余波不竭。中间又以"摧烧之""相思与君绝"两个顶真句，作为爱憎感情递增与递减的关纽；再以"妃呼豨"的长叹，来连缀贯通昔与今、疑与断的意脉，从而构成了描写女子热恋、失恋、眷恋的心理三部曲。层次清晰而又错综，感情跌宕而有韵致。其次，这首诗通过典型的行动细节描写（选赠礼物的精心装饰，摧毁礼物的连贯动作）和景物的比兴烘托（"鸡鸣狗吠"及末尾二句）来刻画人物的细微心曲，也是相当成功的。

陌上桑

日出东南隅，照我秦氏楼。秦氏有好女，自名为罗敷。罗敷喜蚕桑，采桑城南隅。青丝为笼系，挂枝为笼钩。头上倭堕髻[1]，耳中明月珠。缃绮为下裙，紫绮为上襦[2]。行者见罗敷，下担捋[3]髭[4]须。少年见罗敷，脱帽着帩头[5]。耕者忘其犁，锄者忘其锄。来归相怨怒，但坐观罗敷。使君[6]从南来，五马[7]立踟蹰。使君遣吏往，问是谁家姝？"秦氏有好女，自名为罗敷。""罗敷年几何？""二十尚不足，十五颇有余。"使君谢罗敷："宁可共载不？"罗敷前置辞："使君一何愚！使君自有妇，罗敷自有夫！东方千余骑，夫婿居上头。何用识夫婿？白马从骊[8]驹；青丝系马尾，黄金络马头；腰中鹿卢剑[9]，可值千万余。十五府小史，二十朝大夫，三十侍中郎，四十专城居。为人洁白皙，鬑鬑[10]颇有须。盈盈公府步，冉冉府中趋[11]。坐中数千人，皆言夫婿殊。"

【注释】

[1] 倭堕髻（wō duò jì）：一名堕马髻，其髻斜在一边，呈似堕非堕之状，为当时时髦发式。

[2] 襦（rú）：短袄。

[3] 捋（lǔ）：摸弄。

[4] 髭（zī）：嘴上边的胡子。

[5] 帩（qiào）头：古代男子包头发的纱巾。

[6] 使君：汉时对太守的称呼。

[7] 五马：汉太守驾车用五马。此句是说使君的车马停止不进。

[8] 骊（lí）：深黑色的马。

[9] 鹿卢剑：剑柄玉作辘轳形。鹿卢，即辘轳，井上吸水用具。

[10] 鬑鬑（lián lián）：须发稀疏的样子。

[11] 盈盈、冉冉：都是美好而舒缓的样子，此处形容贵人的步法。

【解读】

本篇是汉乐府民歌中著名的叙事诗，采用喜剧手法来揭露统治阶级的荒淫无耻，同时塑造了一个坚贞美丽的农家女子形象。

诗歌的第一部分描写罗敷的惊人美貌。诗人没有作正面描绘，而是从她生活的环境、所用的器物、所梳的发式及所着的衣服落墨。诗歌的第二部分写"使君"仗着权势强要罗敷与他一起坐车回去，遭到罗敷的断然拒绝。诗歌的第三部分描写罗敷向"使君"盛夸自己的夫婿，说他官居要职，才貌出众。这充分显示了罗敷的智慧，令仗势欺人的"使君"目瞪口呆，自惭形秽。

诗人成功地塑造了一个貌美品端、机智活泼、亲切可爱的女性形象。一般来说，人们认识一个人，总是先识其外貌，然后再洞达其心灵。《陌上桑》塑造罗敷的形象也依循人们识辨人物的一般顺序，在写法上表现为由容貌而及品性。罗敷刚出现，还只是笼统地给人一个"好女"的印象，随着叙述的展开，通过她服饰的美丽和路人见到她以后无不倾倒的种种表现，"好女"的形象在读者眼前逐渐变得具体和彰明。第二、三段，诗人的笔墨从摹写容貌转为表现性情，通过罗敷与使君的对话，她抗恶拒诱，刚洁端正的品格得到了充分的展示。从她流利得体，同时又带有一点儿调皮嘲弄的答语中，还可看出她禀性开朗、活泼、大方，对自己充满自信，并且善于运用智慧保护自己不受侵害。

《陌上桑》在写作手法方面，最受人们称赞的是侧面映衬和烘托。如第一节写罗敷之美，不用直接形容具体对象容貌的常套，而是采用间接的、静动结合的描写来暗示人物形象的美丽。先写罗敷采桑的用具和她装束打扮的鲜艳夺目，渲染服饰之美又是重点。"青丝为笼系，桂枝为笼钩。头上倭堕髻，耳中明月珠。缃绮为下裙，紫绮为上襦。"这些诗句一字不及罗敷的容貌，而人物之美已从衣饰等的铺叙中映现出来。

　　幽默风趣也是《陌上桑》明显的风格特点。如写旁观者见到罗敷时不由自主地表现出来的种种神态，十分好笑，而又无不是乡民的真趣流露。又如罗敷讲自己的年龄，"二十尚不足，十五颇有余"，口齿伶俐，而又暗带调皮，"颇"字尤见口角语态之妙。最后一段罗敷盛夸夫婿，使眼前那位听着的太守感到通身不自在，羞愧难状。这一寓严肃的主题于诙谐的风格之中的优秀诗篇，体现了乐观和智慧，它与《孔雀东南飞》《东门行》等体现的悲慨和亢烈相比，代表着汉乐府又一种重要的艺术精神。

长歌行

青青园中葵[1]，朝露待日晞[2]。
阳春布德泽[3]，万物生光辉[4]。
常恐秋节至[5]，焜黄华叶衰[6]。
百川[7]东到海，何时复西归？
少壮不努力，老大徒[8]伤悲。

【注释】

[1] 葵：我国古代重要的蔬菜之一。

[2] 朝露：清晨的露水。待：等待。日：太阳。晞：晒干、天亮，引申为阳光的照耀。

[3] 阳春：温暖的春天。布：散布。德泽：恩惠。

[4] 万物：大地上的各种生物。生光辉：形容万物生机盎然、欣欣向荣的样子。

[5] 常：时常。恐：担心。秋节：秋季。至：到。

[6] 焜黄：颜色衰败的样子。华：同"花"。衰：衰老，衰败。

[7] 百川：泛指所有的河流。

[8] 老大：年老。徒：徒然。

【解读】

长歌行是汉乐府的曲调名。长歌，长声的歌咏，也指写诗；行（xíng）是古代歌曲的一种体裁，歌行体的简称，诗歌的字数和句子的长度不受限制。长歌行是指"长声歌咏"为曲调的自由式歌行体。本诗选自《乐府诗集》卷三十，属相和歌辞中的平调曲，是一首汉代的五言古诗。

这是一首托物言志诗。从这首诗的整体构思来看，主要是说时节变换得很快，光阴一去不返，因而劝人要珍惜青年时代，发奋努力，使自己有所作为。诗人首先从园中郁郁葱葱、蓬勃生长的葵菜说起，进而写到整个自然界，由于有春天的阳光、雨露布施恩泽，万物都闪耀着生命的光辉，处处是生机盎然、欣欣向荣的景象。这四句，字面上是对春天的礼赞，实际上是借物比人，是对人生最宝贵的东西——青春的赞歌。人生充满青春活力的时代，正如一年四季中的春天一样美好。然而越是美好的东西越是短暂，诗人觉察到了这一点，也抒发了自己内心的担忧。接着，诗人再用水流到海不复回打比方，提示人们光阴如流水，一去不再回。最后劝导人们，要珍惜大好的青春年华，发奋努力，不要等老了再后悔。尤其是这首诗的最后两句，乃千古名句，浑厚有力，深沉含蓄，如洪钟长鸣一般，深深地打动了读者的心。是啊，自然界的万物都有一个春华秋实的过程，人生也是一样，是一个少年努力、老有所成的过程，及时当勉励，时光莫虚度。

通过朝露易逝、花草枯萎和百川归海说明美好时光短暂而易逝，且一去不复返。其中的"少壮不努力，老大徒伤悲"直抒胸臆，劝诫人们珍惜时光，及早努力，不要等老了再徒然叹息。这一句成为古代劝诫人珍惜时光的名句。

十五从军征

十五从军征，八十始得归。

道逢乡里人：家中有阿[1]谁？

遥看是君家，松柏冢累累[2]。

兔从狗窦[3]入，雉从梁上飞。

中庭生旅谷，井上生旅葵[4]。

舂谷持作饭，采葵持作羹。

羹饭一时熟，不知贻[5]阿谁！

出门东向看，泪落沾我衣。

【注释】

[1] 阿：发语词。

[2] 冢：高坟。累累：与"垒垒"通，形容丘坟一个连一个的样子。当归客打听家中有什么人的时候，被问的人不愿明告，但指着那松柏成林荒冢垒垒的地方说：那就是你的家。言外之意就是说你自己去一看就明白了。以下便是到家后的事。

[3] 狗窦：给狗出入的墙洞。

[4] 植物未经播种而生叫"旅生"。旅生的谷与葵叫"旅谷""旅葵"。

[5] 贻：送给。

【解读】

这首诗描绘了一个家破人亡的老兵形象，控诉了汉代兵役制给人民带来的深重苦难。少小离家，垂老归来，看到的却是"松柏冢累累"，院舍荒芜，连一个共话凄凉的人都没有了，他只好"出门东向看"，老泪纵横。有多少血泪的控诉，多少人生的辛酸，都凝结在那默然眺望的身影中。诗歌正是选取了老兵重返故里这一片断，给他悲惨的一生画上一个句号。

这是一首叙事诗。诗歌依照人物回家的程序，由远而近，逐次描写，很有层次。人物的情感也随着场景的移换而变化，由起初的热望化为痛苦，陷入绝望之中。尽管诗中没有对老兵的心情做过多的正面描述，然而从场景的描绘中依然能感受到一种越来越深沉的哀痛。

这首诗通过对景物和动作的描写来刻画人物的悲剧命运。如诗人选取了象征死亡的松柏、坟墓来暗示老兵亲友凋零；通过对兔雉栖身于家屋、谷葵丛生于庭院的景物描写，来说明老兵家园的残破。而采葵作羹、"不知贻阿谁"的动作，则表现出老兵的孤苦伶仃；尤其是"出门东向看"这一动作，更写出了老兵悲哀至甚，以至精神恍惚、表情呆滞的情态，催人泪下。

《古诗十九首》，最早见于《文选》，为南朝梁萧统从传世无名氏《古诗》中选录十九首编入，编者把这些诗人已经无法考证的五言诗汇集起来，冠以此名，列在"杂诗"类之首，后世遂作为组诗看待。这一组诗每首以首句为题。

《古诗十九首》是在汉代汉族民歌基础上发展起来的五言诗，内容多写离愁别恨和彷徨失意，思想消极，情调低沉。但它的艺术成就却很高，长于抒情，善用事物来烘托，寓情于景，情景交融。

《古诗十九首》

西北有高楼

西北有高楼，上与浮云齐。

交疏结绮窗^[1]，阿阁三重阶^[2]。

上有弦歌声，音响一何悲！

谁能为此曲？无乃杞梁妻^[3]。

清商^[4]随风发，中曲正徘徊^[5]。

一弹再三叹，慷慨^[6]有余哀。

不惜^[7]歌者苦，但伤知音稀。

愿为双鸿鹄^[8]，奋翅起高飞。

【注释】

[1] 疏：镂刻。绮：有花纹的丝织物。这句是说刻镂交错成雕花格子的窗。

[2] 阿阁：四面有曲檐的楼阁。这句是说阿阁建在有三层阶梯的高台上。

[3] 无乃：莫非、大概。杞梁妻：杞梁妻的故事，最早见于《左传·襄公二十三年》，后来许多书都有记载。据说齐国大夫杞梁，出征莒国，战死在莒国城下。其妻临尸痛哭，一连哭了十个日夜，连城也被她哭塌了。

[4] 清商：乐曲名，声情悲怨。清商曲音清越，宜于表现哀怨的情绪。

[5] 中曲：乐曲的中段。徘徊：指乐曲旋律回环往复。

[6] 慷慨：感慨、悲叹的意思。

[7] 惜：痛。

[8] 鸿鹄：指天鹅，一说"鸣鹤"。此二句以双鸿鹄比喻情志相通的人，意谓愿与歌者同心，如双鹄高飞，一起追求美好的理想。

【解读】

此诗的诗人，应该是一位彷徨中路的失意人。这失意当然是政治上的。

汉末文人，面对的是一个君门深远、宦官当道的苦闷时代。是骐骥，总得有识马的伯乐才行；善琴奏，少不了钟子期这样的知音。壮志万丈而报国无门，在茫茫人世间，没有什么比这更叫人嗟伤的了。在这样的时代背景之下，诗人偶尔驻足，高楼听曲的凄切从内心逸出。有人称《古诗十九首》中，"惟此首最为悲酸"，是呀，在万籁俱寂中，听那"音响一何悲"的琴曲，加上心中不可言说的愁苦，自然一切都会笼罩上一层凄凉的气氛。

从那西北方向，隐隐传来铮铮的弦歌之音。诗人寻声而去，蓦然抬头，便已见有一座"高楼"矗立眼前。这高楼是那样堂皇，而且在恍惚之间又很眼熟："交疏结绮窗，阿阁三重阶"——刻镂着花纹的木条，交错成绮文的窗格；四周是高翘的阁檐，阶梯有层叠三重，正是诗人所见过的帝宫气象。但帝宫又不似这般孤清，而且也比不上它的高峻：那巍峨的楼影，分明耸入了飘忽的"浮云"之中。

那"弦歌"之声就从比楼高处飘下。诗中没有点明时间，从情理说大约正值夜晚。在万籁俱寂中，听那"音响一何悲"的琴曲，恐怕更多一重哀情笼盖而下的感觉吧。这感觉在诗人心中造成一片迷茫："谁能为此曲？无乃杞梁妻！""杞梁"即杞梁殖。传说他为齐君战死，妻子悲恸于"上则无父，中则无夫，下则无子，人生之苦至矣"，乃"抗声长哭"，竟使杞之都城为之倾颓（崔豹《古今注》）。而今，诗人所听到的高楼琴曲，似乎正有杞梁妻那哭颓杞都之悲，故以之为喻。全诗至此，方着一"悲"字，顿使高楼听曲的虚境，蒙上了一片凄凉的氛围。

那哀弦歌于高处的"歌者"是谁，诗人既在楼下，当然无从得见；对于读者来说，便始终是一个无揭之谜。不过有一点是清楚的：诗中将其比为"杞梁妻"，自必是一位女子。这女子大约全不知晓，此刻楼下正有一位寻声而来、伫听已久的诗人在。她只是铮铮地弹着，让不尽的悲哀在琴声倾泻："清商随风发，中曲正徘徊。""商"声清切而"多伤"，当其随风飘发之际，听去该是无限凄凉。这悲弦奏到"中曲"，便渐渐舒徐迟回，大约正如白居易《琵琶行》所描述的，已到了"幽咽泉流水下滩""冰泉冷涩弦凝绝"之境。接着是铿然"一弹"，琴歌顿歇，只听到声声叹息，从高高的楼窗传出。"一弹再三叹，慷慨有余哀"：在这阵阵的叹息声中，正有几多压抑难伸的慷慨之情，追着消散而逝的琴韵回旋！

这四句着力描摹琴声，全从听者耳中写出。读者从那琴韵和"叹"息声中，能隐隐约约，"看见"了一位蹙眉不语、抚琴堕泪的"绝代佳人"的身影。当高楼弦歌静歇的时候，楼下的诗人早激动得泪水涔涔："不惜歌者苦，但伤知音稀。"人生不可能无痛苦，但这歌者的痛苦似乎更深切、广大，而且是那样难以言传。当她借铮铮琴声倾诉的时候，当然希望得到"知音"的理解和共鸣，但她没有找到"知音"。这人世间的"知音"，原本就是那样稀少而难觅的。如此说来，这高楼佳人的痛苦，即使借琴曲吐露，也是枉然——这大约正是使她最为伤心感怀、再三叹息的缘故罢。但是，诗人却从那寂寂静夜的凄切琴声中，理解了佳人不遇"知音"的伤情。这伤情是那样强烈地震撼了他——因为他自己也正是一位不遇"知音"的苦苦寻觅者。共同的命运，把诗人和"歌者"的心联结在了一起；他禁不住要脱口而出，深情地安慰这可怜的"歌者"：再莫要长吁短叹！在这茫茫的人世间，自有和你一样寻觅"知音"的人儿，能理解你长夜不眠的琴声。"愿为双鸿鹄，奋翅起高飞"，意谓：愿我们化作心心相印的鸿鹄，从此结伴高飞，去遨游那无限广阔的蓝天长云！这就是发自诗人心底的热切呼唤，它从诗之结句传出，直向着"上与浮云齐"的高楼绮窗飘送而去：伤心的佳人啊，你可听到了这旷世"知音"的深情呼唤？正如"西北有高楼"的景象，全是诗人托化的虚境一样；人们自然明白：就是这"弦歌"高楼的佳人，也还是出于诗人的虚拟。

本诗在艺术上的突出特点是"托"，诗中所写皆为诗人假托之"境"，"高楼"云云，全从虚念中托生，故突兀而起、孤清不群，而且"浮云"缥缈，呈现出一种奇幻的景象。对于声音的描写细腻生动，歌者与听者遥相呼应，把失意之人的徘徊、悲切、希冀全面地展现出来了。

明月何皎皎

明月何皎皎，照我罗床帏[1]。
忧愁不能寐，揽衣[2]起徘徊。

客行虽云乐，不如早旋归[3]。

出户独彷徨，愁思当告谁？

引领[4]还入房，泪下沾裳衣[5]。

【注释】

[1] 罗床帏：罗帐。

[2] 揽衣：同"披衣""穿衣"。揽，取。

[3] 旋归：指回家。

[4] 引领：伸颈，"抬头远望"的意思。

[5] 裳衣：指衣裳。

【解读】

这首诗写游子离愁，刻画了一个久客异乡、愁思辗转、夜不能寐的游子形象，心理描写十分细腻。

夜阑人静，千里与共的明月，最是能够勾起旅人的无限乡愁。夜已深沉，主人公却辗转反侧，"忧愁不能寐"，无奈之下，索性揽衣而起，在室内徘徊。这种情态，深刻揭示了主人公内心由于乡愁而引起的不安和痛苦。"客行虽云乐，不如早旋归"，这是全诗的关键语，起着画龙点睛、点明主题的作用。这两句虽是直说缘由，但语有余意，耐人寻味。诗人点出这种欲归不得的处境后，下面四句又像开头四句那样，通过主人公的动作进一步表现他心灵最深层的痛苦。前面写到"揽衣起徘徊"，尚是在室内走走，但感到还是无法排遣心中的烦闷，于是他走到户外。然而独自一人在月下彷徨，更有一阵孤独感袭上心头。尤其是主人公情不自禁地向千里之外的故乡引领遥望之后，反而更加失望，于是他又回到室内去。从"出户"到"入房"，这一出一入，把游子心中翻腾的愁情推向顶点，以至再也禁不住"泪下沾裳衣"了。

全诗共十句，除了"客行"两句外，所描写的都是极其具体的行动，而这些行动是一个紧接着一个，是一层深似一层，细致地刻画了游子欲归不得的心理状态，手法是很高明的。

魏晋南北朝

魏晋南北朝是从公元196年汉末建安时期至公元589年隋文帝统一中国的历史时期，历经建安时期，魏、蜀、吴三国，西晋短期统一，东晋与十六国，南朝宋、齐、梁、陈与北朝魏、齐、周，是我国封建历史中社会长期分裂、战乱频仍、动荡不安的时期。但就在这样的393年间，文学以其蓬勃的生命力晕染出绚丽的色彩——魏晋南北朝文学是中国文学的自觉时代，是新的文学现象孕育、成长的创新时期，是唐代文学全面繁荣的奠基时期。

这一时期诗歌创作在不同阶段体现出不同的特点。建安诗歌是魏晋南北朝文学史上光辉夺目的一章。"三曹""七子"、蔡琰等描写社会动乱的现实，抒发建功立业的抱负，形成了"慷慨任气"的"建安风骨"。曹植的诗集中体现了建安诗人在艺术表现上由质朴转向华美。魏末，文人为避祸，崇尚老庄，高谈玄理，遗落世事，玄学兴起。正始时期的代表作家阮籍、嵇康等对黑暗政治满怀愤恨，但为免遭不测，诗中往往多用比喻象征。

西晋太康中，有三张（张载、张协、张亢）二陆（陆机、陆云）二潘（潘岳、潘尼）一左（左思）为代表的一批作家。其中左思的《咏史》八首抒写当时寒门失意之士的怨愤，情调高亢，笔力矫健，被钟嵘称之为"左思风力"。

　　东晋末年，出现了杰出诗人陶渊明。他的诗可分田园诗和咏怀诗两类，描写田园风光，抒写农村体验，风格平淡自然，后人称他为"田园诗人"。

　　晋宋之际，诗风最重要的变化是山水诗的兴起。谢灵运是我国诗史上第一个精细刻画山水景物的诗人，他的诗追求对偶工整，刻意雕琢。与其同时代的鲍照诗则继承和发扬汉乐府反映现实的优良传统，抒写怀才不遇的内心愤懑，具有独特风格。齐永明年间，著名诗人沈约、谢朓等根据四声和双声叠韵来研究诗句中的声、韵、调的配合，自觉地运用声律来写诗，形成了所谓"永明体"的新体诗，反映出诗歌从比较自由到讲究格律的趋势。北朝文人多崇尚南朝著名作家，多事模仿，由南入北的庾信却是集南北文学之大成的作家。

　　东晋、南北朝也是乐府民歌发达的时期。南朝民歌几乎全是情歌，体制短小；北朝民歌题材较南朝民歌广泛，诸如战争、尚武、羁旅，人民的贫寒等内容，都有所反映。

曹操（155—220），字孟德，小名阿瞒，沛国谯县（今安徽亳州）人。东汉末年杰出的政治家、军事家和诗人。在政治方面，曹操消灭了北方的众多割据势力，恢复了中国北方的统一，并实行一系列政策恢复经济生产和社会秩序。文化方面，在曹操父子的推动下形成了以曹氏父子（曹操、曹丕、曹植）为代表的建安文学，史称建安风骨，在文学史上留下了光辉的一页。

曹操

短歌行^[1]

对酒当歌，人生几何？譬如朝露，去日苦多。

慨当以慷，忧思难忘。何以^[2]解忧？唯有杜康^[3]。

青青子衿^[4]，悠悠^[5]我心。但为君故，沉吟至今。

呦呦^[6]鹿鸣，食野之苹^[7]。我有嘉宾，鼓瑟吹笙。

明明如月，何时可掇^[8]？忧从中来，不可断绝。

越陌度阡^[9]，枉用相存^[10]。契阔^[11]谈宴，心念旧恩^[12]。

月明星稀，乌鹊南飞。绕树三匝^[13]，何枝可依？

山不厌高，水不厌深。周公吐哺^[14]，天下归心^[15]。

【注释】

[1] 这一篇诗是用于宴会的歌辞，包含怀念朋友、叹息时光消逝和希望得贤才帮助他建立功业的意思。

[2] 何以：以何。

[3] 杜康：人名。相传他是第一个开始造酒的人。一说这里用为酒的代称。

[4] 衿：衣领。青衿是周代学子的服装。

[5] 悠悠：长貌，形容思念之情。

[6] 呦呦：鹿鸣声。以下四句表示招纳贤才的意思。

[7] 苹：艾蒿。

[8] 掇（duō）：采拾。一作"辍"，停止。明月是永不能拿掉的，它的运行也是永不能停止的，"不可掇"或"不可辍"都是比喻忧思不可断绝。

[9] 陌、阡：田间的道路。古谚有"越陌度阡，更为客主"的话，这里用成语，言客人远道来访。

[10] 存：省视。

[11] 契（qì）阔：契是投合，阔是疏远，这里是偏义复词，偏用契字的意义。

"契阔谈宴"就是说两情契合，在一处谈心宴饮。

[12] 旧恩：往日的情谊。

[13] 匝（zā）：周围。乌鹊无依似喻人民流亡。

[14] 吐哺：周公曾自谓："一沐三捉发，一饭三吐哺，起以待士，犹恐失天下之贤人。"说明求贤建业的心思。

[15] 以上四句比喻贤才多多益善。

【解读】

《短歌行》是汉乐府的旧题，也就是说，它本来是一个乐曲的名称。遗憾的是，最初的古辞已经失传。乐府里收集的同名诗有二十四首，最早的就是曹操的这首。曹操的《短歌行》共两首，这一首最为著名，其主旨十分突出和明显——希望能有大量的人才来为自己所用。此诗通过宴会的歌唱，以沉稳顿挫的笔调抒写了诗人求贤如渴的思想和统一天下的雄心壮志。全诗内容深厚，庄重典雅，感情充沛，为曹操的代表作之一。

我们按照诗意分为四节来解读，每八句为一节。

第一节中，诗人强调他非常发愁，愁得不得了。那么愁的是什么呢？原来他是苦于得不到众多的"贤才"来同他合作，一道抓紧时间建功立业。"对酒当歌"八句，猛一看很像是《古诗十九首》中的消极调子，而其实大不相同。这里讲"人生几何"，不是叫人"及时行乐"，而是要及时地建功立业。又从表面上看，曹操是在抒个人之情，发愁时间过得太快，恐怕来不及有所作为。实际上却是在巧妙地感染广大"贤才"，提醒他们人生就像"朝露"那样易于消失，岁月流逝已经很多，应该赶紧拿定主意，到我这里来施展抱负。分析便不难看出，诗中浓郁的抒情气氛包含了相当强烈的政治目的。这样积极的目的而故意要用低沉的调子来发端，这固然表明曹操真有他的愁思，所以才说得真切；但另一方面也正因为通过这样的调子更能打开处于下层，多历艰难，又急于寻找出路的人士的心扉。所以说用意和遣词既是真切的，也是巧妙的。在这八句诗中，主要的情感特征就是一个"愁"字，"愁"到需要用酒来消解。"愁"这种感情本身是无法评价的，能够评价的只是这种情感的客观内容，也就是为什么而"愁"。由于自私、颓废，甚至反动的缘故而愁，那么这愁就是一种消极的感情；反之，为着某种有进步意义的目的而愁，那就成为一种积极的情感。

第二节八句情味更加缠绵深长了。"青青"二句原来是《诗经·郑风·子衿》中的话，原诗是写一个姑娘在思念她的爱人，其中第一章的四句是："青青子衿，悠悠我心。纵我不往，子宁不嗣音？"（你那青青的衣领啊，深深萦回在我的心灵。虽然我不能去找你，你为什么不主动给我音信？）曹操在这里引用这首诗，而且还说自己一直低低地吟诵它，这实在是太巧妙了。他说"青青子衿，悠悠我心"，固然是直接比喻了对"贤才"的思念；但更重要的是他所省掉的两句话："纵我不往，子宁不嗣音？"曹操由于事实上不可能一个一个地去找那些"贤才"，所以他便用这种含蓄的方法来提醒他们："就算我没有去找你们，你们为什么不主动来投奔我呢？"由这一层含而不露的意思可以看出，他那"求才"的用心实在是太周到了，的确具有感人的力量。而这感人力量正体现了文艺创作的政治性与艺术性的结合。他这种深细婉转的用心，紧接着他又引用《诗经·小雅·鹿鸣》中的四句，描写宾主欢宴的情景，意思是说只要你们到我这里来，我是一定会待以"嘉宾"之礼的，我们是能够欢快融洽地相处并合作的。这八句仍然没有明确地说出"求才"二字，因为曹操所写的是诗，所以用了典故来作比喻，这就是"婉而多讽"的表现方法。同时，"但为君故"这个"君"字，在曹操的诗中也具有典型意义。

第三节八句是对以上两节的强调和照应。以上两节主要讲了两个意思，即为求贤而愁，又表示要待贤以礼。倘若借用音乐来作比，这可以说是全诗中的两个"主题旋律"，而这一节就是这两个"主题旋律"的复现和变奏。前四句又在讲忧愁，是照应第一节；后四句讲"贤才"到来，是照应第二节。表面看来，意思上是与前两节重复的，但实际上由于"主题旋律"的复现和变奏，因此使全诗更有抑扬低昂、反复咏叹之致，加强了抒情的浓度。再从表达诗的文学主题来看，这八句也不是简单重复，而是含有深意的。那就是说"贤才"已经来了不少，我们也合作得很融洽；然而我并不满足，我仍在为求贤而发愁，希望有更多的"贤才"到来。天上的明月常在运行，不会停止；同样，我的求贤之思也是不会断绝的。说这种话又是用心周到的表现，因为曹操不断在延揽人才，那么后来者会不会顾虑"人满为患"呢？所以曹操在这里进一步表示，他的求贤之心就像明月常行那样不会终止，人们也就不必要有什么顾虑，早来晚来都一样会受到优待。关于这一点诗人在下文还要有更加明确的表示，这里不过是承上启下，起到过渡与衬垫的作用。

最后一节，"月明"匹句既是准确而形象的写景笔墨，同时也有比喻的深意。曹操以"乌鹊绕树""何枝可依"的情景来启发他们，不要三心二意，要善于择枝而栖，赶紧到自己这一边来。这四句诗生动刻画了那些犹像彷徨者的处境与心情，然而诗人不仅丝毫未加指责，反而在浓郁的诗意中透露着对这一些人的关心和同情。这恰恰说明曹操很会做思想工作，完全是以通情达理的姿态来吸引和争取人才。而像这样一种情味，也是充分发挥了诗歌所特有的感染作用。最后四句画龙点睛，明明白白地披肝沥胆，希望人才都来归我，确切地点明了本诗的主题。周公为了接待天下之士，有时洗一次头，吃一顿饭，都曾中断数次，这种传说当然是太夸张了。不过这个典故用在这里却是突出地表现了诗人求贤若渴的心情。"山不厌高，海不厌深"二句也是通过比喻极有说服力地表现了人才越多越好，绝不会有"人满之患"。借用了《管仲·行解》中陈沆说："鸟则择木，木岂能择鸟？天下三分，士不北走，则南驰耳。分奔蜀吴，栖皇未定，若非吐哺折节，何以来之？山不厌土，故能成其高；海不厌水，故能成其深；王者不厌士，故天下归心。"

总体来说，《短歌行》正像曹操的其他诗作如《蒿里行》《对酒》《苦寒行》等一样，是政治性很强的诗作，主要是为曹操当时所实行的政治路线和政治策略服务的；然而它那政治内容和意义却完全熔铸在浓郁的抒情意境之中，全诗充分发挥了诗歌创作的特长，准确而巧妙地运用了比兴手法，来达到寓理于情，以情感人的目的。在曹操的时代，他就已经能够按照抒情诗的特殊规律来取得预期的社会效果，这一创作经验显然是值得借鉴的。同时因为曹操在当时强调"唯才是举"有一定的进步意义，所以他对"求贤"这一主题所做的高度艺术化的处理，也应得到历史的肯定。

陈　琳

　　陈琳（？—217年），字孔璋，广陵射阳（今江苏宝应，一说盐城盐都区大纵湖）人。东汉末年著名文学家，"建安七子"之一。生年无确考，唯知在"建安七子"中比较年长，约与孔融相当。汉灵帝末年，任大将军何进主簿。何进为诛宦官而召四方边将入京城洛阳，陈琳曾谏阻，但何进不纳，终于事败被杀。董卓肆恶洛阳，陈琳避难至冀州，入袁绍幕府。袁绍失败后，陈琳为曹军俘获。曹操爱其才而不咎，署为司空军师祭酒，使与阮瑀同管记室。后又徙为丞相门下督。建安二十二年（217年），与刘桢、应玚、徐干等同染疫疾而亡。陈琳著作，据《隋书·经籍志》载原有集十卷，已佚。明代张溥辑有《陈记室集》，收入《汉魏六朝百三家集》中。

饮马长城窟行 [1]

饮马长城窟，水寒伤马骨。

往谓长城吏，慎莫稽留太原卒 [2]！

官作自有程 [3]，举筑谐汝声 [4]！

男儿宁当格斗死 [5]，何能怫郁筑长城 [6]。

长城何连连 [7]，连连三千里。

边城多健少 [8]，内舍多寡妇 [9]。

作书与内舍，便嫁莫留住。

善侍新姑嫜 [10]，时时念我故夫子 [11]！

报书往边地 [12]，君今出语一何鄙 [13]？

身在祸难中，何为稽留他家子 [14]？

生男慎莫举 [15]，生女哺用脯 [16]。

君独不见长城下，死人骸骨相撑拄 [17]。

结发行事君 [18]，慊慊心意关 [19]。

明知边地苦，贱妾何能久自全 [20]？

【注释】

[1] 饮马长城窟行：汉乐府旧题，属《相和歌·瑟调曲》。长城窟，长城侧畔的泉眼。窟，泉窟，泉眼。郦道元《水经注》说："余至长城，其下有泉窟，可饮马。"

[2] 慎莫：恳请语气，千万不要。慎，小心，千万，这里是告诫的语气。稽留：滞留，阻留，指延长服役期限。太原：秦郡名，约在今山西省中部地区。这句是役夫们对长城吏说的话。

[3] 官作：官府的工程，指筑城任务而言。程：期限。

[4] 筑：夯类等筑土工具。谐汝声：喊齐你们打夯的号子。这是长城吏

不耐烦地回答太原卒们的话。

[5] 宁当：宁愿，情愿。格斗：搏斗。

[6] 怫（fú）郁：烦闷，憋着气。

[7] 连连：形容长而连绵不断的样子。

[8] 健少：健壮的年轻人。

[9] 内舍：指戍卒的家中。寡妇：指役夫们的妻子，古时凡独居守候丈夫的妇人皆可称为寡妇。

[10] 侍：侍奉。姑嫜（zhāng）：婆婆和公公。

[11] 故夫子：旧日的丈夫。以上三句是役夫给家中妻子信中所说的话。

[12] 报书：回信。

[13] 鄙：粗野，浅薄，不通情理。这是役夫的妻子回答役夫的话。

[14] 他家子：犹言别人家女子，这里指自己的妻子。这是戍卒在解释他让妻子改嫁的苦衷。

[15] 举：本义指古代给初生婴儿的洗沐礼，后世一般用为"抚养"之义。

[16] 哺：喂养。脯：干肉，腊肉。

[17] 撑拄：支架。骸骨相互撑拄，可见死人之多。以上四句是化用秦时民谣："生男慎勿举，生女哺用脯。不见长城下，尸骸相支拄。"

[18] 结发：指十五岁，古时女子十五岁开始用笄结发，表示成年。行：句中助词，如同现代汉语的"来"。

[19] 慊慊（qiàn）：空虚苦闷的样子，这里指两地思念。关：牵连。

[20] 久自全：长久地保全自己。自全，独自活着。以上四句是说，自从和你结婚以来，我就一直痛苦地关心着你。你在边地所受的苦楚我是明白的，如果你要死了，我自己又何必再长久地苟活下去呢？这是役夫的妻子回答役夫的话。

【解读】

此诗用乐府诗旧题，通过修筑长城的士兵和他妻子的书信往返，揭露了无休止的徭役给人民带来的深重灾难。全诗突出表示了一个"死"字，役夫面对长城下同伴们累累的白骨，面对繁重的无期的徭役，深知摆在自己面前的只有死路，没有活路，要么奋起反抗格斗死，要么累死，在这悲惨的死亡中死去的不仅是役夫自己，还有发誓为他殉情的妻子。这不是一个人的不幸，也不是一个家庭的悲哀，这是成千上万冤魂孤鬼的悲哀，也是一个民族的悲哀。诗人通过对一对夫妇的生存侧面叙述，展现了被压迫者悲惨的生存境遇，从而揭露了统治者的无道与残暴。

这首诗开头"饮马长城窟，水寒伤马骨"两句，缘事而发，以水寒象征性地凸现了边地艰难的生存环境，这是一个在死亡笼罩下的寒苦境遇，由此引出役夫不能忍受苦役，赶去对督工的长城吏请求："慎莫稽留太原卒！"役夫知道官家还要继续稽留他们做苦役，诚惶诚恐地找到长城吏请求，从"慎莫"两字可以看出他们对被再三稽留服役的担忧害怕。"官作自有程，举筑谐汝声！"长城吏没有正面回答役夫的问话，打着官腔说："官家的工程是有期限的，快点举起夯唱起夯歌干活吧。"从长城吏爱理不理的语气中，可以看出官吏对于役夫的不屑。在长城吏的眼里，官家的工程是最重要的，役夫的悲苦是无关紧要的事，役夫的生命如同草芥，累死、冻死都是无所谓的平常事。役夫面对无情的现实，不再抱有幻想，愤怒地呐喊："男儿宁当格斗死，何能怫郁筑长城？"在这无奈的抗争中，可以看出役夫生不如死的忍无可忍的悲痛。"格斗死"是一种含混的呐喊，有两层含义：一是役夫认为即使死在沙场上也比做这苦役强；二是你如果继续把我稽留下，我豁出去跟你拼了，即使死了也比窝囊地活下来做苦役强。从这一官一役的对话中，可以看出官家与役夫的尖锐矛盾，既然官家不顾人民的死活，那么如其死在劳役中，不如豁出去拼命，求一条活路。这种不愿忍受苦役，宁可战死的愤怒情绪，对统治者来说，是将要造反的危险信号。诗人在这里揭示了当时尖锐的阶级对立矛盾，反映了被压迫、被奴役的人民对暴政强烈的不满情绪。

此诗前半写役夫与长城吏的对话，后半写役夫与他妻子的书信往还；中间夹四句，承前启后，作为过渡："长城何连连，连连三千里。边城多健少，内舍多寡妇。"长城延绵漫长，工程浩大无尽，劳役遥遥无期，役夫难有归期。重复"连连"二字，蝉联前后句，承接上文。长城既然连绵无尽，修筑它，劳动力自然非多不可；壮丁抽得越多，拆散的家庭当然也越多。"边城多健少，内舍多寡妇"，诗中对举"边城"与"内舍""健少"与"寡妇"，继续引起彼此书信对答的布局。

在丈夫的书信中明白交代，边城健少作书寄给在家的妻子，嘱咐她"便嫁莫留住"，赶快趁年纪尚轻去重新嫁人，不必再在家等待他了，要她"善侍新姑嫜，时时念我故夫子"，好好地侍奉新公婆，能时常想念着自己。劝妻子改嫁，是出于丈夫对妻子的关爱，这是因为役夫清醒地认识到自己回家团聚是不可能的事，他不忍心耽误妻子的青春，同时他也希望妻子对自己常念不忘。役夫对妻子深切的叮嘱，很像是临死前安排后事，这入微的体贴、深挚的爱抚，给人以"人之将死，其言也善"的感觉，读来凄楚悲凉。"多情恰似总无情"。"便嫁"与"念我"看似矛盾，其实是爱的统一表现。短短几句话，写出了健少在不得已境况下的复杂内心，充满了悲剧气氛，同时也展示了役夫的无私与善良，在残酷的生存掠夺竞争中，往往是朴实善良的人被最先被推向死亡。

内舍复信报往边地，说："君今出言一何鄙"，既责备丈夫不该在来信中胡说什么"便嫁莫留住"之类粗鄙不堪的话，又表示了对丈夫的"出言"感到委屈，仿佛自己被讥刺，受到了侮辱：你把我当成什么人了，竟对我说这样的难听的话！这就突出地表现了她对丈夫的爱是忠贞不渝的。"身在祸难中，何为稽留他家子。"这里是妻子引用丈夫信中的话，道出了丈夫的苦衷和不得已。"生男慎莫举，生女哺用脯。君独不见长城下，死人骸骨相撑拄？"是借民歌点醒主题，说自己此番必死于筑城苦役无疑。秦筑长城时，死者相属，有民歌云："生男慎勿举，生女哺用脯。不见长城下，尸骸相支柱？"与诗中语仅数字之差异。封建时代，本重男轻女，如今生了男孩倒说不要去养活他，还是生女儿好，生女儿要用干肉（脯）去喂养她。谣谚一反常情，可见民愤之大。诗人在这里借役夫之口抒发了对繁重徭役的不满与怨愤。接着是妻子以死明誓："结发行事君，慊慊心意关。明知边地苦，贱妾何能久自全。"意思是说：既然嫁你，就得跟着你走，一旦知道你在边地死亡，我绝不可能再活下去。这一次语气与前次全然不同，不再是责备了，相反的，她的每一句话，都流露出对丈夫的无限温情。妻子眼中的丈夫，是生存的唯一依靠，这与上文长城吏眼中役夫不屑的草民形象形成了鲜明的对比。一个役夫死了，对于官家来说，如同割掉了一根草，紧接又会征来新的役夫。可是对于一个家庭来说，如同房子的大梁倒了，房子再也撑不起来了，一家子紧跟着都得死。妻子通过丈夫的信，明白丈夫必死无疑，但她不忍说出"死"字来，而只说"苦"，不愿把"死"字说出口，是因为她对丈夫将要发生的死亡事实的预见与恐惧，她怕丈夫死，但是丈夫在做长城的艰苦劳役中必然会死。这里的"苦"字是指丈夫死的苦。诗人以婉曲得当的措辞来表现役夫妻子的善良和对丈夫的担忧与体贴。末句把深藏在内心的念头向丈夫透露了：你既然难以存活，我也不活了，妻子的死不光是贞烈的殉情，更是一家人无法活下去的绝望的悲剧。役夫死了，役夫的妻子也死了，役夫的父母也就没有活头了。一个役夫的家庭破败消亡了，千千万万个役夫的命运可想而知。既然是共同的处境，共同的命运，悲哀的结局也就大同小异了。役夫妻子的心意是决绝的，说出来却仍是委婉的，这样就更加强了全诗的悲剧气氛。

此诗全篇采用了对话的形式表现主人公的神态和心情，简洁生动。士卒和官吏的对话表现了战士们长期服役边地的辛苦，以及他们渴望回家的迫切心情；士卒和妻子的书信表现了古代劳动妇女和从军役卒忍辱负重、互相关心、生死不渝的伟大情操。那种"生男慎勿举，生女哺用脯"的悲愤情绪，曾使多少读者为之下泪。杜甫在《兵车行》中，就曾用"信知生男恶，反是生女好。生女犹得嫁比邻，生男埋没随百草。君不见，青海头，古来白骨无人收。新鬼烦冤旧鬼哭，天阴雨湿声啾啾"的诗句，来表达他对唐代天宝年间进行的不义战争的诅咒。究其渊源，显然是受了陈琳这首乐府诗的影响。

曹丕（187—226），字子桓，曹操的次子，曹植的哥哥。建安二十五年曹操病故，曹丕代汉称帝，成为曹魏第一位皇帝——魏文帝。

曹丕自幼好文学，于诗、赋、文学皆有成就，尤擅长于五言诗，与其父曹操和弟曹植，并称三曹，今存《魏文帝集》二卷。另外，曹丕著有《典论》，当中的《论文》是中国文学史上第一部有系统的文学批评专论作品。

曹　丕

燕歌行二首（其一）（秋风萧瑟天气凉）

　　秋风萧瑟天气凉，草木摇落露为霜，群燕辞归雁南翔。念君客游思断肠，慊慊[1] 思归恋故乡，君何淹留[2] 寄他方？贱妾茕茕守空房，忧来思君不敢忘，不觉泪下沾衣裳。援[3] 琴鸣弦发清商[4]，短歌微吟不能长。明月皎皎照我床，星汉西流[5] 夜未央[6]。牵牛织女遥相望，尔独何辜[7] 限河梁？

【注释】

[1] 慊慊：空虚之感。

[2] 淹留：久留。

[3] 援：取、拿。

[4] 清商：乐曲名。

[5] 星汉西流：银河转向西边，表示夜已经很深了。

[6] 夜未央：夜已深而未尽的时候。

[7] 辜：罪过。

【解读】

　　这首诗反映的是秦汉以来四百年间的历史现象，同时也是他所亲处的建安时期的社会现实，表现了诗人对下层人民疾苦的关心与同情。

　　诗歌表现的思想并不复杂，题材也不算特别新鲜，但曹丕作为一个统治阶级的上层人物能关心这样一些涉及千家万户的事情，并在诗中寄予了如此深刻的同情，这是很可贵的。诗歌把写景抒情、写人叙事，以及女主人公的那种自言自语，巧妙地融为一体，构成了一种千回百转、凄凉哀怨的风格。这是《燕歌行》的特点，也是曹丕诗歌区别于建安其他诗人的典型特征。

　　"秋风萧瑟天气凉，草木摇落露为霜，群燕辞归雁南翔。"开头三句写出了一片深秋的肃杀情景，为女主人公的出场做了准备。这里的形象有视觉的，有听觉的，有感觉的，它给人一种空旷、寂寞、衰落的感受。这种景和即将出场的女主人公的内心之情是一致的。

"念君客游思断肠，慊慊思归恋故乡，君何淹留寄他方？"在前面已经描写过的那个肃杀的秋风秋夜的场景上，我们的女主人公登台了：她愁云满面，孤寂而又深情地望着远方自言自语，她说：你离家已经这样久了，我思念你思念得柔肠寸断。我也可以想象得出你每天那种伤心失意的思念故乡的情景，可是究竟是什么原因使你这样长久地留在外面而不回来呢？

"贱妾茕茕守空房，忧来思君不敢忘，不觉泪下沾衣裳。"这三句描写了女主人公在家中的生活情景：她独守空房，整天以思夫为事，常常泪落沾衣。这一方面表现了她生活上的孤苦无依和精神上的寂寞无聊；另一方面又表现了女主人公对她丈夫的无限忠诚与热爱。她的生活尽管这样凄凉孤苦，但是她除了想念丈夫，除了盼望着他的早日回归外，别无任何要求。

"援琴鸣弦发清商，短歌微吟不能长。"女主人公在这秋月秋风的夜晚，愁怀难释，她取过瑶琴想弹一支清商曲，以遥寄自己难以言表的衷情，但是口中吟出的都是急促哀怨的短调，总也唱不成一曲柔曼动听的长歌。《礼记·乐记》云："乐也者，情之不可变者也。"女主人公寂寞忧伤到了极点，即使她想弹别样的曲调，又怎么能弹得成呢？

"明月皎皎照我床，星汉西流夜未央。牵牛织女遥相望，尔独何辜限河梁？"女主人公伤心凄苦地怀念远人，她时而临风浩叹，时而抚琴低吟，彷徨徙倚，不知过了多久。月光透过帘栊照在她空荡荡的床上，她抬头仰望碧空，见银河已经西转，她这时才知道夜已经很深了。"夜未央"，在这里有两层含意，一层是说夜正深沉，我们的女主人公何时才能挨过这凄凉的漫漫长夜啊！另一层是象征的，是说战争和徭役无穷无尽，我们女主人公的这种人生苦难，就如同这漫漫黑夜，还长得很，还看不到个尽头呢！面对着这沉沉的夜空，仰望着这耿耿的星河，品味着这苦痛的人生，作为一个弱女子，我们的女主人公她又有什么办法能改变自己的命运呢？这时，她的眼睛忽然落在了银河两侧的那几颗亮星上：啊！牛郎织女，我可怜的苦命的伙伴，你们到底有什么罪过才叫人家把你们这样地隔断在银河两边呢？女主人公对牛郎织女所说的这两句如愤如怨、如惑如痴的话，既是对天上双星说的，也是对自己说的，同时也是对和自己命运相同的千百万被迫分离、不能团聚的男男女女们说的。这个声音是一种强烈的呼吁，是一种悲凉的控诉，是一种愤怒的抗议，它仿佛是响彻了当时的苍穹，而且在以后近两千年的封建社会里年年月月、时时刻刻都还可以听到它的响亮的回声。这样语涉双关，言有尽而余味无穷，低回而又响亮的结尾，是十分精彩的。

曹植（192—232），字子建。沛国谯（今安徽亳州）人。三国魏杰出诗人。曹操第三子。因富才学，早年曾被曹操宠爱，一度欲立为太子，后失宠。曹丕称帝后，他受曹丕的猜忌和迫害，屡遭贬爵和改换封地。曹丕死后，曹丕的儿子曹睿即位，曹植曾几次上书，希望能够得到任用，但都未能如愿，最后忧郁而死，年四十一岁。

曹　植

野田黄雀行 [1]

高树多悲风 [2]，海水扬其波 [3]。
利剑不在掌 [4]，结友何须多 [5]？
不见篱间雀，见鹞自投罗 [6]？
罗家得雀喜 [7]，少年见雀悲。
拔剑捎罗网 [8]，黄雀得飞飞 [9]。
飞飞摩苍天 [10]，来下谢少年。

【注释】

[1] 野田黄雀行：《乐府诗集》收于《相和歌·瑟调曲》，是曹植后期的作品。

[2] 悲风：凄厉的寒风。

[3] 扬其波：掀起波浪。此二句比喻环境凶险。

[4] 利剑：锋利的剑。这里比喻权势。

[5] 结友：交朋友。何须：何必，何用。

[6] 鹞(yào)：一种非常凶狠的鸟类,鹰的一种,似鹰而小。罗：捕鸟用的网。

[7] 罗家：设罗网捕雀的人。

[8] 捎(xiāo)：挥击，削破，除去。

[9] 飞飞：自由飞行貌。

[10] 摩：接近，迫近。"摩苍天"是形容黄雀飞得很高。

【解读】

建安二十四年（219年），曹操杀了曹植门下的好友、老师杨修。第二年，曹丕称帝，又杀掉了曹植的好友丁仪、丁虞。曹植身处逆境，面对知己好友被杀而难以解救，深感悲愤，只能写诗寄意。

该诗巧用比兴手法，曲折隐晦地表现朋友遭难而难以解救的忧愤和渴望冲破政治压迫，获得自由的感情。

"高树多悲风，海水扬其波"，诗篇开头就以高树呼啸着悲风，海水波涛翻涌为喻，暗示政治形势险恶寻常，引出少年救雀的情节。"利剑不在掌，结友何须多"，这两句话锋一转，以利剑喻权力，说权力的把柄不在自己的手里，朋友遭难而不能解救，又何必广泛去结交朋友，而给他们带来祸患呢？言至于此，诗人心内的困苦，忧愁已有所显露。

"不见篱间雀，见鹞自投罗"等以下八句，用"罗家"喻迫害者，以"黄雀"喻受害者，以诗中的"少年"喻诗人心目中的侠义英雄。这几句的意思是：黄雀为了躲避鹞鹰的袭击，竟自投罗网，布网者喜而少年悲，最后少年拔剑削网，救黄雀重返自由。这几句恰是诗人当时内心的梦想，多么盼望成为侠义少年，救自己的朋友脱出苦难，但这只是诗人的幻想而已，是现实中绝对不可能实现的事情。诗篇末尾，诗人借黄雀得救，展翅而飞的美好图景，来写自己也渴望脱离樊笼、重获自由的迫切心情。

该诗起势不凡，意境开阔，感情诚挚，语言悲壮，格调明朗畅快。虽以"悲"情起调却以"喜"势收尾，诗意参差变化，结尾黄雀的飞具有鲜明的浪漫主义色彩。

（210—263）三国魏哲学家、思想家和文学家。字嗣宗，陈留尉氏（今河南开封尉氏县）人，是建安七子之一阮瑀的儿子。曾为步兵校尉，世称阮步兵。为人志气宏放，博览群书，尤好老子和庄子的哲学。爱饮酒，能长啸，善弹琴。文学艺术才能超群。与嵇康齐名，为"竹林七贤"之一。蔑视礼教，政治上则采谨慎避祸的态度，与司马氏多所抵牾。阮籍的诗歌代表了他的主要文学成就，诗多五言，对当时黑暗现实多所讥刺，辞语隐约，主要是五言《咏怀诗》八十二首。原有集十三卷，已佚。明代曾出现多种辑本，张溥辑有《阮步兵集》，收入《汉魏六朝百三家集》中。作品今存赋六篇、散文较完整的九篇、诗九十余首。

阮　籍

咏怀八十二首（其五）（嘉树下成蹊）

嘉树下成蹊 [1]，东园桃与李。秋风吹飞藿 [2]，零落从此始。繁华有憔悴，堂上生荆杞。驱马舍之去，去上西山趾 [3]。一身不自保，何况恋妻子。凝霜被野草，岁暮亦云已。

【注释】

[1] 蹊（xī）：小路。

[2] 藿：豆类植物的叶子。

[3] 山趾：山脚。

【解读】

在阮籍那个时代里，有相当一部分士大夫对在思想界长期占统治地位的儒家学说由怀疑到不满，阮籍也是其中的一个。他认为，儒家所提倡的"礼法"是"束缚下民"的可怕又可恶的东西，他们所鼓吹的那些神圣的原则不过是"竭天地万物之至，以奉声色无穷之欲"（见其所著《达庄论》）。因此，他不愿为这些原则奉献自己，但又不知道生命的价值和意义究竟何在。这使他的诗歌经常显示出一种焦灼的情绪和悲观的色彩，这首诗也是如此。

此诗的前四句说：在东园的桃李这样的嘉树下，曾经聚集过很多的人，热闹非凡；但当秋风吹得豆叶在空中飘荡时，桃李就开始凋零，最终便只能剩下光秃的树枝了。由此，诗人领悟到了一个真理：有盛必有衰，有繁华必有憔悴；今日的高堂大厦，不久就会倒塌，而成为长满荆棘、枸杞等植物的荒凉之地——这就是第五、六句的诗意。既然如此，眼前的功名富贵就没有什么值得留恋的。没有当前的显赫，也就不会有未来的没落的痛苦吧。所以诗人在其后的四句中又说：我不如赶快离开这个名利场，骑马到西山去隐居；这样做虽然要抛妻撇子，但在这个世界上我连自身都保不住，又何必对妻子恋恋不舍？然而，这也不是一条可以使人生获得安慰的道路。从名利场逃避到山野，也不过是使自己从园苑中的桃李变为荒郊的野草罢了。桃李开始凋零时，野草虽然仍很茂密，但到了年底，严霜覆盖在野草之上，野草也就完结了。在此诗的最后两句中，诗人就又轻易地否定了他自己找出来的解脱之路。

所以，从此诗中只能得出如下的结论：人生实在太悲哀了。目下的繁华固然预示着他日的灭亡，但舍弃了繁华又不能逃脱灭亡的命运。那么，问题是：解脱之路到底何在？人生又有什么意义呢？就这样，诗人从桃李初盛终衰这一日常现象开始，一步紧一步地揭示了人生的脆弱和空虚；他考虑到了可能的退路，然后把它堵死，于是使读者真切地感到了绝望的恐怖。在这样的揭示过程中，读者可以体会到诗人自己的情结也越来越焦灼和悲观。

其实，个人的生命本是极其有限的，如果只着眼于自己，就永远不能获得生命的寄托，把握人生的意义。换句话说，就个人而言，生命的寄托本在身外。然则，对阮籍如此苦闷的原因，唯一可能的解释是：在他那个时代被认为值得为之献身的神圣的事物（包括在当时被传统的价值观念所肯定的一切神圣的事物），对阮籍来说都已失去了神圣性，他并不以为把自己的生命与它们结合起来就可使生命获得价值；在他看来，个人的生命远比这些东西贵重，但生命又是如此短促，转瞬即逝，所以他不得不陷入了无法摆脱的深重悲哀之中。就这点来说，阮籍诗歌中的悲观其实包含着对封建意识扼杀个人的某种朦胧的不满。

左　思

　　左思（约 250—305），西晋文学家，字太冲。临淄（今山东淄博）人。泰始八年（272 年）前后，因其妹被选入宫，举家迁居洛阳，曾任秘书郎。元康年间，左思参与当时文人集团"二十四友"之游，并为贾谧讲《汉书》。元康末年，贾谧被诛，左思退居宜春里，专意典籍。后齐王召为记室督，他辞疾不就。太安二年（303 年），左思移居冀州，后病逝。左思作品今存者仅赋两篇，诗十四首。《三都赋》与《咏史》诗是其代表作。

咏史八首（其二）（郁郁涧底松）

郁郁涧底松，离离山上苗。

以彼径寸茎，荫此百尺条！

世胄蹑高位[1]，英俊沉下僚[2]。

地势使之然，由来非一朝。

金张藉旧业[3]，七叶珥汉貂[4]。

冯公岂不伟[5]，白首不见招。

【注释】

[1] 世胄：世家子弟。蹑：登。

[2] 下僚：小官。

[3] 金张：指金日磾和张安世两家族。日磾和安世两个人是西汉宣帝时的权贵。旧业，先人的遗业。

[4] 七叶：七世。珥：插。汉貂：汉代侍中官冠旁插貂鼠尾为饰。

[5] 冯公：指冯唐，生于汉文帝时，武帝时仍居郎官小职。

【解读】

这首诗写在门阀制度下，有才能的人，因为出身寒微而受到压抑，不管有无才能的世家大族子弟占据要位，造成"上品无寒门，下品无势族"（《晋书·刘毅传》）的不平现象。

"郁郁涧底松"四句，以比兴手法表现了当时人间的不平。以"涧底松"比喻出身寒微的士人，以"山上苗"比喻世家大族子弟。仅有一寸粗的山上树苗竟然遮盖了涧底百尺长的大树，从表面看来，写的是自然景象，实际上诗人借此隐喻人间的不平，包含了特定的社会内容。形象鲜明，表现含蓄。

"世胄蹑高位"四句，写当时的世家大族子弟占据高官之位，而出身寒微的士人却沉没在低下的官职上。这种现象就好像"涧底松"和"山上苗"一样，是地势使他们如此，由来已久，不是一朝一夕的事。至此，诗歌由隐至显，比较明朗。这里，以形象的语言，有力地揭露了门阀制度所造成的不合理现象。从历史上看，门阀制度在东汉末年已经有所发展，至曹魏推行"九品中正制"，对门阀统治起了巩固作用。西晋时期，由于"九品中正制"的继续实行，门阀统治有了进一步的加强，其弊病也日益明显。当时朝廷用人，只据中正品第，结果，上品皆显贵之子弟，寒门贫士仕途堵塞。左思此诗从自身的遭遇出发，对时弊进行了猛烈的抨击，具有重要的政治意义。

"金张藉旧业"四句，紧承"由来非一朝"。内容由一般而至个别，更为具体。金，指金日磾家族。冯公，即冯唐。他是汉文帝时人，很有才能，可是年老而只做到中郎署长这样的小官。这里以对比的方法，表现"世胄蹑高位，英俊沉下僚"的具体内容。并且，紧扣《咏史》这一诗题。何焯早就点破，左思《咏史》，实际上是咏怀。诗人只是借历史以抒发自己的怀抱，对不合理的社会现象进行无情的揭露和抨击而已。

这首诗通首皆用对比，所以表现得十分鲜明生动。加上内容由隐至显，一层比一层具体，具有良好的艺术效果。

陶渊明（365—427），字元亮，号五柳先生，谥号靖节先生，入刘宋后改名潜。东晋末期南朝刘宋初期诗人、文学家、辞赋家、散文家。东晋浔阳柴桑（今江西省九江市）人。曾做过几年小官，后辞官回家，从此隐居，田园生活是陶渊明诗的主要题材，作品有《饮酒》《归园田居》《桃花源记》《五柳先生传》《归去来兮辞》等。陶诗以其冲淡清远之笔，写田园生活、墟里风光，为诗歌开辟一全新境界。

陶渊明

和郭主簿二首（其一）（蔼蔼堂前林）

蔼蔼堂前林，中夏贮清阴[1]。凯风因时来[2]，回飙开我襟[3]。息交游闲业，卧起弄书琴[4]。园蔬有余滋[5]，旧谷犹储今。营己良有极，过足非所钦[6]。春秫作美酒[7]，酒熟吾自斟。弱子戏我侧，学语未成音[8]。此事真复乐，聊用忘华簪[9]。遥遥望白云，怀古一何深[10]。

【注释】

[1] 蔼蔼：茂盛的样子。中夏：夏季之中。贮：藏、留。这两句是说当前树林茂盛，虽在仲夏，仍很阴凉。

[2] 凯风：南风。因时来：应节吹来。

[3] 回飙：回风。开我襟：翻开我的衣襟。

[4] 息交：罢交往。游：驰心于其间。闲业：对正业而言，正业指儒家的《六经》等，闲业指诸子百家、"周王传"（《穆天子传》）"山海图"（《山海经》）等。卧起：指夜间和白天。这两句是说停止了和朋友的交往，日夜驰心于读书弹琴的闲业之中。

[5] 园蔬：园里的蔬菜。滋：滋味，《礼记·檀弓》："必有草木之滋焉。"郑注："增以香味。"余滋：余味无穷。《礼记·乐记》："太羹玄酒，有遗味者矣。"余滋、遗味同义。这句和下句是说园里的蔬菜余味无穷，往年的粮食今天还储存着。

[6] 营己：为自己生活谋划。极：止境。过足：超过需要。钦：美慕。这两句是说自己需要的生活用品有限，过多的东西不是我所美慕的。

[7] 秫：黏稻。春秫：黏稻，为了做酒。

[8] 未成音：发不出完整的声音。

[9] 真复乐：天真而且快乐。簪：古人用来插在冠和发上的饰物。华簪：华贵的发簪，这里指富贵。这两句是说这些事情天真而快乐，可以聊且忘掉富贵荣华。

[10] 这两句是说遥望白云，怀念古人高尚行迹的心情，不自觉地深重起来。

【解读】

诗题《和郭主簿》，我们知道"主簿"是州县主管簿书的属官，但郭主簿究竟是谁我们不知道。此诗大约为陶渊明四十四岁时作，较为可信。在此之前，陶渊明从二十九岁起，因"亲老家贫"，"耕织不足以自给，幼稚盈室，瓶无储粟"（《归去来辞序》），曾几度出仕，最后一次是四十一岁（405年）时出任彭泽令，在官八十余日，因不愿"为五斗米折腰向乡里小儿，即日解绶去职"（萧统《陶渊明传》）。在这十三年间，东晋内乱迭起，到处腥风血雨，官场腐败，人心险恶，世风伪诈，哀鸿遍野。处在这样动乱、黑暗的时代，庶族出身、家道中衰的陶渊明，虽然有过"猛志逸四海""大济于苍生"的宏图壮志，结果也必然是"有志不获骋"（《杂诗》之二）。于是，他便归隐浔阳，开始了躬耕田园的生活。《和郭主簿》就是他归家两年后所作。这一首描写了夏日乡居的淳朴、悠闲生活，表现出摆脱官场牢笼之后那种轻松自得、怀安知足的乐趣。

此诗最大的特点是平淡冲和，意境浑成，令人感到纯真亲切、富有浓郁的生活气息。通篇展现的都是人们习见熟知的日常生活，"情真景真，事真意真"（陈绎曾《诗谱》）。虽如叙家常，然皆一一从胸中流出，毫无矫揉造作的痕迹，因而使人倍感亲切。无论写景、叙事、抒情，都无不紧扣一个"乐"字。你看，堂前夏木荫荫，南风（凯风）清凉习习，这是乡村景物之乐；既无公衙之役，又无车马之喧，杜门谢客，读书弹琴，起卧自由，这是精神生活之乐；园地蔬菜有余，往年存粮犹储，维持生活之需其实有限，够吃即可，过分的富足并非诗人所钦羡，这是物质满足之乐；有黏稻春捣酿酒，诗人尽可自斟自酌，比起官场玉液琼浆的虚伪应酬，更见淳朴实惠，这是嗜好满足之乐；与妻室儿女团聚，尤其有小儿子不时偎倚嬉戏身边，那牙牙学语的神态，真是天真可爱，这是天伦之乐。有此数乐，即可忘却那些仕宦富贵及其乌烟瘴气，这又是隐逸恬淡之乐。总之，景是乐景，事皆乐事，则情趣之乐不言而喻；这就构成了情景交融，物我浑成的意境。诗人襟怀坦率，无隐避，无虚浮，无夸张，纯以淳朴的真情动人。我们仿佛随着诗人的笔端走进那宁静、清幽的村庄，领略那繁木林荫之下凉风吹襟的惬意，聆听那琅琅的书声和悠然的琴韵，看到小康和谐的农家、自斟自酌的酒翁和那父子嬉戏的乐趣，并体会到诗人那返璞归真、陶然自得的心态……

这首诗用的是白描手法和本色无华的语言。全诗未用典故，不施藻绘，既无比兴对偶，亦未渲染铺张，只用疏淡自然的笔调精炼地勾勒，形象却十分生动鲜明。试看首二句写景，未用丽词奇语，但着一平常"贮"字，就仿佛仲夏清幽凉爽的林荫下贮存了一瓮清泉，伸手可掬一般，则平淡中有醇味，朴素中见奇趣。又如"卧起弄书琴"，"弄"字本亦寻常，但用在此处，却微妙地写出了那种悠然自得、逍遥无拘的乐趣，而又与上句"闲业"相应。再有，全诗虽未用比兴，几乎都是写实，但从意象上看，那霭霭的林荫，清凉的凯风，悠悠的白云，再联系结尾的"怀古"（怀念古人不慕名利的高尚行迹，亦自申己志），其实是与诗人那纯真的品格，坦荡的襟怀，高洁的气节相关联的，这也正是不工而工的艺术化境之奥妙所在。

饮酒（结庐在人境）

结庐[1]在人境，而无车马喧。
问君[2]何能尔[3]，心远地自偏。
采菊东篱下，悠然[4]见南山[5]。
山气[6]日夕[7]佳，飞鸟相与[8]还。
此中有真意[9]，欲辨[10]已忘言。

【注释】

[1] 结庐：构筑屋子。

[2] 君：诗人自己。

[3] 尔：如此、这样。

[4] 悠然：闲适超远的样子。

[5] 南山：指庐山。

[6] 山气：山间的云气。

[7] 日夕：傍晚。

[8] 相与：结伴。

[9] 真意：自然真淳的意趣。

[10] 辨：通"辩"。

【解读】

陶渊明是东晋开国元勋陶侃的后代，只是到了他这一代，这个家族已经衰落了。他也断断续续做了一阵官，由于看不惯官场中的逢迎拍马那一套，终于回家乡当隐士去了。《饮酒》诗一组二十首，就是归隐之初写的。本篇是其中最有名的一首。

诗的前四句表现一种遁世的态度，也就是对权位、名利的否定。开头说，自己的住所虽然建造在人来人往的环境中，却听不到车马的喧闹。所谓"车马喧"是指有地位的人家门庭若市的情景。陶渊明说来也是贵族后代，但他跟那些沉浮于俗世中的人们却没有什么来往，门前冷寂得很。这便有些奇怪，所以下句自问：你怎么能做到这样呢？那是因为"心远地自偏"。精神上已经对这争名夺利的世界采取疏远、超脱、漠然的态度，所住的地方自然会变得僻静。

接下来四句，诗人写人物的活动和自然景观，而把哲理寄寓在形象之中。诗中写道，自己在庭园中随意地采摘菊花，无意中抬起头来，目光恰好与南山（庐山）相会。"悠然见南山"，这"悠然"既是人的清淡而闲适的状态，也是山的静穆而自在的情味，似乎在那一瞬间，有一种共同的旋律从人心和山峰中同时发出，融合成一支轻盈的乐曲。诗人好像完全融化在自然之中了，生命在那一刻达到了完美的境界。

最后两句，是全诗的总结：在这里可以领悟到生命的真谛，可是想要把它说出来，却已经找不到合适的语言来表达。实际的意思是说人与自然的和谐，根本上是生命的感受，逻辑的语言不足以表现它的微妙与整体性。

全诗以平易朴素的语言写景抒情叙理，形式和内容达到高度的统一，无论是写南山傍晚美景，还是或抒归隐的悠然自得之情，或叙田居的怡然之乐，或道人生之真意，都既富于情趣，又饶有理趣。如"采菊东篱下，悠然见南山""山气日夕佳，飞鸟相与还"，那样景、情、理交融于一体的名句不用说，就是"问君何能尔？心远地自偏""此中有真意，欲辨已忘言"这样的句子，虽出语平淡，朴素自然，却也寄情深长，托意高远，蕴理隽永，耐人咀嚼，有无穷的理趣和情趣。

读山海经十三首（其一）（孟夏草木长）

孟夏[1]草木长，绕屋树扶疏[2]。

众鸟欣有托，吾亦爱吾庐。

既耕亦已种，时还读我书。

穷巷隔深辙，颇回故人车[3]。

欢言酌春酒，摘我园中蔬。

微雨从东来，好风与之俱[4]。

泛览周王传[5]，流观山海图[6]，

俯仰[7]终宇宙，不乐复何如。

【注释】

[1] 孟夏：农历四月。

[2] 扶疏：茂盛。

[3] 穷巷隔深辙，颇回故人车：因为居住在偏僻的郊野，道路狭窄，常常使得故人回车而去。深辙，指显贵者所乘坐大车的车辙。

[4] 俱：一起来。

[5] 周王传：即《穆天子传》，记载周穆王驾八骏西征的故事。

[6] 山海图：即《山海经图》。

[7] 俯仰：一低头一抬头的工夫，指顷刻之间。

【解读】

这组诗有起有结，末首明显涉及晋、宋易代之事，当是入宋后的作品。诗的前六句向人们描述：初夏之际，草木茂盛，鸟托身丛林而自有其乐，诗人寓居在绿树环绕的草庐，也自寻其趣，耕作之余悠闲地读起书来。情调显得是那样安雅清闲，自然平和，体现出世间万物，包括诗人自身各得其所之妙。

接下来描写读书处所的环境。诗人居住在幽深僻远的村巷，与外界不相往来，即使是前来探访的老朋友，也只好驾车掉转而去。他独自高兴地酌酒而饮，采摘园中的蔬菜而食。没有了人世间的喧闹和干扰，是多么自在与自得啊！初夏的阵阵和风伴着一场小雨从东而至，更使诗人享受到自然的清新与惬意。

诗的最后四句概述读书活动，抒发读书所感。诗人在如此清幽绝俗的草庐之中，一边泛读"周王传"，一边浏览《山海经图》。"周王传"即《穆天子传》，记叙周穆王驾八骏游四海的神话故事；《山海经图》是依据《山海经》中的传说绘制的图。从这里的"泛览""流观"的读书方式可以看出，陶渊明并不是为了读书而读书，而只是把读书作为隐居的一种乐趣，一种精神寄托。所以诗人最后说，在低首抬头读书的顷刻之间，就能凭借着两本书纵览宇宙的种种奥妙，这难道还不快乐吗？难道还有比这更快乐的吗？

本诗抒发了一个自然崇尚者回归田园的绿色胸怀，诗人在物我交融的乡居体验中，以淳朴真诚的笔触，讴歌了宇宙间博大的人生乐趣，体现了诗人高远旷达的生命境界。

鲍　照

鲍照（约 415—466），字明远，东海（治所在今山东郯城）人。他的青少年时代，大约是在京口（今江苏镇江）一带度过的。宋文帝元嘉十六年（439 年），鲍照二十多岁时，为了谋求官职，去谒见临川王刘义庆，献诗言志，获得赏识，被任为国侍郎。鲍照是南朝诗坛最亮的一颗诗星，和当时的谢灵运、颜延之一起被誉为"元嘉三大家"，被后人誉为"七言诗之祖"。鲍照的乐府歌行，直接影响了李白的乐府歌行，被李白尊崇为"先师"。鲍照的文学成就是多方面的。诗、赋、骈文都不乏名篇，而成就最高的则是诗歌，其中乐府诗在他现存的作品中所占的比重很大，而且多传诵名篇，最有名的是《拟行路难》十八首。

拟行路难十八首（其六）（对案不能食）

对案^[1]不能食，拔剑击柱长叹息。

丈夫生世会几时，安能蹀躞^[2]垂羽翼^[3]？

弃置罢官去，还家自休息。

朝出与亲辞，暮还在亲侧。

弄儿床前戏，看妇机中织。

自古圣贤尽贫贱，何况我辈孤且直^[4]！

【注释】

[1] 案：放食器的小几。

[2] 蹀躞（dié xiè）：小步走路的样子。

[3] 垂羽翼：失意丧气的样子。

[4] 孤且直：孤寒而又正直。

【解读】

《行路难》，是乐府杂曲，本为汉代歌谣，晋人袁山松改变其音调，创制新词，流行一时。鲍照的《拟行路难十八首》，是诗人自己出面直抒胸臆，着重表现诗人在门阀制度压抑下怀才不遇的愤懑与不平，歌咏人生的种种忧患，寄寓悲愤。

全诗分三层。

前四句集中写自己仕宦生涯中倍受摧抑的悲愤心情。一上来先刻画愤激的神态，从"不能食""拔剑击柱""长叹息"这样三个紧相联结的行为动作中，充分展示了内心的愤懑不平。诗篇这一开头劈空而来，犹如巨石投江，轰地激起百丈波澜，一下子抓住了读者的关注。接着便叙说愤激的内容，从"蹀躞""垂羽翼"的形象化比喻中，表明了自己在重重束缚下有志难伸、有怀难展的处境。再联想到生命短促、岁月不居，更叫人心焦神躁，急迫难忍。整个心情的表达，都采取十分亢奋的语调；反问句式的运用，也加强了语言的感情色彩。

中间六句是个转折。退一步着想，既然在政治上不能有所作为，不如丢开自己的志向，罢官回家休息，还得与亲人朝夕团聚，共叙天伦之乐。于是适当铺写了家庭日常生活的场景，虽则寥寥几笔，却见得情趣盎然，跟前述官场生活的苦厄与不自由，构成了强烈的反差。当然，这里写的不必尽是事实，也可能为诗人想象之辞。如果根据这几句话，径自考断此诗作于诗人三十来岁一度辞官之时，不免过于拘泥。

然而，闲居家园毕竟是不得已的做法，并不符合诗人一贯企求伸展抱负的本意，自亦不可能真正解决其思想上的矛盾。故而结末两句又由宁静的家庭生活的叙写，一跃而为牢骚愁怨的迸发。这两句诗表面上引证古圣贤的贫贱以自嘲自解，实质上是将个人的失意扩大、深化到整个历史的层面——怀才不遇并非个别人的现象，而是自古皆然，连大圣大贤在所难免，这足以证明现实生活本身的不合理。于是诗篇的主旨便由抒写个人失意情怀，提升到了揭发、控诉时世不公道的新的高度，这是一次有重大意义的升华。还可注意的是，诗篇终了用"孤且直"三个字，具体点明了像诗人一类的志士才人坎坷困顿、抱恨终身的社会根源。所谓"孤"，就是指的"孤门细族"（亦称"寒门庶族"），这是跟当时占统治地位的"世家大族"相对讲的一个社会阶层。六朝门阀制度盛行，世族垄断政权，寒门士子很少有仕进升迁的机会。鲍照出身孤寒，又以"直"道相标榜，自然为世所不容了。钟嵘《诗品》慨叹其"才秀人微，故取湮当代"，是完全有根据的。他的诗里不时迸响着的那种近乎绝望的抗争与哀叹之音，也不难于此得到解答。

唐

　　公元589年隋文帝统一全国，结束了长达二百七十余年的南北分裂局面。公元618年，李渊于长安即帝位，改国号为唐。自此，一个政治军事强大、经济文化繁荣的朝代屹然崛起，并开创了一代文学辉煌。

　　诗歌代表了唐代文学的最高成就，唐代也成为诗歌发展史上无法企及的高峰。唐诗发展之盛首先表现于诗人众多、大家辈出。《全唐诗》收二千二百余人四万八千九百多首诗，其中李白、杜甫、王维、白居易、李商隐……这一个个响彻古今的名字代表了中国诗歌的最高成就。其次，表现于形式多样。唐诗的基本形式有六种：五言古诗、七言古诗、五言绝句、七言绝句、五言律诗、七言律诗。再次，表现于题材广泛、风格丰富多彩。唐诗取材广泛，历史感慨、人生感悟、关山塞漠、山水田园、社会变故、民生疾苦、情感体验等都成为诗歌创作的题材。而风格的多样性则充分体现了诗歌之美，如山水田园诗的静逸明秀、边塞诗的慷慨奇伟、李白诗的奔放壮美、杜诗的沉郁顿挫、韩孟诗的雄奇怪异、元白诗的通俗写实、李商隐诗的凄艳浑融等。唐诗的发展可分为前后四个时期：初唐、盛唐、中唐、晚唐。

　　初唐：初唐，即唐代最初的九十年左右，是唐诗繁荣到来前的准备阶段。被称为"初唐四杰"的王勃、杨炯、卢照邻、骆宾王，皆是官小才大、位卑名高的一般士人，他们具有变革文风的自觉意识，因而他们开一代风气之先，

唐

101

创作出了具有刚健骨气的诗歌。而高唱着《登幽州台歌》的陈子昂以其壮伟之情和豪侠之气为唐诗带来了风骨之美；吟诵着《春江花月夜》的张若虚则将生命体悟与诗情、画意相结合为唐诗带来了意境之美。

盛唐：盛唐即唐开元、天宝年间，是唐诗发展的全面繁荣期，后人用"盛唐气象"来形容这一时期诗歌的整体风貌。唐代漫游、隐逸之风的盛行以及佛、道二教的影响催生了山水田园诗的繁荣，代表作家是王维和孟浩然。王维以其画家的眼睛和诗人的情思创造了"诗中有画，画中有诗"的静逸明秀的诗境；孟浩然则洗尽铅华，以清淡的语言和净化的情思表现了自然纯净的山水之美。驰骋沙场、建功立业是唐代许多文人士子的人生理想，于是以边塞为题材的诗盛极一时、蔚为壮观。高适、岑参是盛唐边塞诗的代表，此外还有王之涣、王昌龄等。盛唐文化孕育的天才诗人李白才华绝世、自信狂傲、豪放飘逸，被称为"诗仙"。他的诗气势奔放、想象奇特、意象壮美，犹如出水芙蓉，不事雕琢。而与李白具有深厚友谊的"诗圣"杜甫生逢盛世却历经战乱。于是与李白诗歌的浪漫主义不同，杜诗以忠君恋阙、仁民爱物的情怀将耳闻目睹的战火中的社会生活画面和个人情感记录下来，沉郁顿挫，感情悲慨，被称为"诗史。"

中唐：安史之乱是唐代社会由繁荣的顶峰走向衰败的分水岭。安史之乱之后，唐诗在经过了大历年间的一度中衰之后，历经四十余年的发展，唐宪宗元和年间出现了又一个高潮。韩孟诗派和元白诗派以他们的革新精神和创新勇气开拓出了诗歌创作的一片新天地。以韩愈、孟郊、李贺等人为代表的韩孟诗派主张"不平则鸣"，强调创作主体内心情感的抒发，重视诗歌的抒情特质；提出"笔补造化"观点，主张诗歌创作既要有创造性的诗思又要对物象进行主观裁夺。韩孟诗派的诗歌以丑为美，追求雄奇怪异，有散文化倾向。与韩孟诗派同时稍后出现的元白诗派以白居易、元稹、张籍、王建等为代表。

他们与韩孟诗派完全不同，主张作诗向乐府民歌学习，重写实，尚通俗。

晚唐：从唐敬宗和唐文宗开始，唐代出现明显的衰败倾覆之势。面对王朝末世的景象和自身暗淡的前途，士人心态趋向内敛，抑郁悲凉，感情细腻，因此诗歌题材多狭窄，写法多苦吟。晚唐诗坛以被称为"小李杜"的杜牧、李商隐成就最高。杜牧才气纵横，抱负远大，追求一种情致高远、笔力劲拔的诗风。李商隐则以其善感灵心、细腻丰富的感情，用象征、暗示、非逻辑的意象组合表现朦胧情思和朦胧境界，对心灵世界做出了前所未有的深入开拓与表现，创造了唐诗最后的辉煌。

王勃

王勃（650—676）初唐诗人。字子安，绛州龙门（今
山西稷山、河津一带）人。祖父王通是著名学者。
王勃少时即聪慧过人，据传六岁就会作文章，有"神
童"之誉；十四岁时应举及第，授朝散郎，沛王召
署府修撰。当时诸王中斗鸡之风盛行，王勃戏作《檄
周王鸡》一文加以嘲讽。周王就是唐高宗的儿子、
后来的中宗李显。唐高宗李治恼恨王勃"大不敬"，
就将他逐出王府；王勃因此得以漫游蜀中，曾一度
任虢州参军；后来又因为受牵连犯了死罪，遇大赦
免死革职。其父王福畤因受王勃牵连，也从雍州司
功参军贬为交趾令。不久王勃前往探亲，渡海溺水，
受惊而死。年仅二十七岁。

王勃与杨炯、卢照邻、骆宾王齐名，史称"初
唐四杰"。他们都力求革新当时"争构纤微，竞为雕刻"
的齐梁宫体诗风，拓宽诗歌题材，表现积极进取、
健康昂扬的精神，抒发政治感慨和怀才不遇的愤懑。
由于他们在革新齐梁诗风和促进五律渐趋成熟方面
所做出的突出贡献，因此杜甫有"王杨卢骆当时体"
的赞誉。

王勃的诗主要描写个人生活，亦有少数抒发政
治抱负、表达不满之作，风格较为清新。他的诗大
都对仗工整，上下蝉联，但有些诗篇仍"浮躁炫露"，
流于浮艳，没有彻底摆脱六朝辞藻华丽绮靡的诗风。
王勃的文章以《滕王阁序》著名。

送杜少府之任蜀州 [1]

城阙 [2] 辅 [3] 三秦 [4]，风烟望五津 [5]。
与君离别意，同是宦游 [6] 人。
海内 [7] 存知己，天涯 [8] 若比邻。
无为 [9] 在歧路 [10]，儿女共沾巾。

【注释】

[1] 少府：官名，在唐代指县尉。之：到、往。蜀州：今四川崇州，也作蜀川。

[2] 城阙（què）：皇宫门前的望楼，往往被用来代表京都。这里指唐朝都城长安。

[3] 辅：以……为辅，这里是拱卫的意思。

[4] 三秦：这里泛指秦岭以北、函谷关以西的广大地区。本指长安周围的关中地区。秦亡后，项羽三分秦故地关中为雍、塞、翟三国，以封秦朝三个降将，因此关中又称"三秦"。

[5] 五津：指岷江的五个渡口：白华津、万里津、江首津、涉头津、江南津。这里泛指蜀川。

[6] 宦（huàn）游：出外做官。

[7] 海内：四海之内，即全国各地。

[8] 天涯：天边，这里比喻极远的地方。

[9] 无为：无须、不必。

[10] 歧路：岔路。古人送行常在大路分岔处告别。

【解读】

古代的许多送别诗，都表现了"黯然销魂"的情感。王勃的这一首，却一洗悲凉凄怆之气，意境开阔，音调爽朗，清新高远，独树碑石。

首句写送别之地长安被辽阔的三秦地区所"辅",突出了雄浑阔大的气势。第二句点出了友人"之任"的处所——风烟迷蒙的蜀地。诗人巧用一个"望"字,将秦蜀二地联系起来,好似诗人站在三秦护卫下的长安,遥望千里之外的蜀地,这就暗寓了惜别的情意。这一开笔创造出雄浑壮阔的气象,使人有一种天空寥廓、意境高远的感受,为全诗锁定了豪壮的感情基调。

"与君离别意"承首联写惜别之感,欲语还休,意思是说:"我跟你离别的意绪啊……"那意绪怎么样,没有说;立刻改口,来了个转折,用"同是宦游人"一句加以宽解。意思是:我和你同样远离故土,宦游他乡,这次离别,只不过是客中之别,又何必感伤呢!

颈联"海内存知己,天涯若比邻",把前面淡淡的伤离情绪一笔荡开。诗人设想别后:只要我们心心相印、声息相通,即使远隔天涯,也犹如近在咫尺。这与一般的送别诗情调不同,含义极为深刻,既表现了诗人乐观宽广的胸襟和对友人的真挚情谊,也道出了诚挚的友谊可以超越时空界限的哲理,给人以莫大的安慰和鼓舞,因而成为脍炙人口的千古名句。

尾联"无为在歧路,儿女共沾巾",慰勉友人不要像青年男女一样,为离别泪湿衣巾,而要心胸豁达,坦然面对。

这首诗四联均紧扣"离别"起承转合,诗中的离情别意及友情,既得到了展现,又具有深刻的哲理、开阔的意境、高昂的格调,不愧为古代送别诗中的上品。

杨炯（650—约693），弘农华阴（今属陕西）人，曾为盈川令（今四川筠连县）。杨炯与王勃、卢照邻、骆宾王齐名，并称"初唐四杰"。他于显庆四年（659年）举神童。上元三年（676年）应制举及第。补校书郎，累迁詹事司直。武后垂拱元年（685年）坐从祖弟杨神让参与徐敬业起兵，出为梓州法参军。天授元年（690年），任教于洛阳宫中习艺馆。如意元年（692年）秋后迁盈川令，吏治以严酷著称，卒于官。世称杨盈川。

杨炯以边塞征战诗著名，所作如《从军行》《出塞》《战城南》《紫骝马》等，表现了为国立功的战斗精神，气势轩昂，风格豪放。其他唱和、纪游的诗篇则无甚特色，且未尽脱绮艳之风。另存赋、序、表、碑、铭、志、状等五十篇。对海内所称"王、杨、卢、骆"，杨炯自谓"愧在卢前，耻居王后"，当时议者亦以为然。今存诗三十三首，五律居多。明胡应麟谓"盈川近体，虽神俊输王，而整肃浑。究其体裁，实为正始"（《诗薮·内编》卷四）。

杨　炯

从军行

烽火照西京^[1]，心中自不平。

牙璋^[2]辞凤阙^[3]，铁骑绕龙城^[4]。

雪暗凋^[5]旗画，风多杂鼓声。

宁为百夫长^[6]，胜作一书生。

【注释】

[1] 西京：此指长安，今陕西西安。

[2] 牙璋：玉制的调兵符。由两块合成，朝廷和主帅各执其半，嵌合处呈齿状，故名。这里指代奉命出征的将帅。

[3] 凤阙：汉武帝所建的建章宫上有铜凤，故称凤阙。后来常用作帝王宫阙的泛称。

[4] 铁骑：精锐的骑兵，指唐军。绕：围。龙城：又称龙庭，匈奴的名城，此借指敌人的重要都城。

[5] 凋：原意是草木枯败凋零，此指失去了鲜艳的色彩。

[6] 百夫长：率领一百名兵卒的下级军官。

【解读】

《从军行》是乐府旧题，大多为描写征战生活。此诗描写唐高宗时期青年士子向往奔赴边塞征战立功的心声，深刻反映了当时青年知识分子的时代风貌。

第一联"烽火照西京，心中自不平"意思是说边境上有敌人来犯，警报已传递到长安，使我心中起伏不平。为什么心中起伏不平呢？因为自己只是一个书生，没有能力为国家御敌。于是便有第四联的："我宁可做一个小军官，也比做一个书生有用些。"

第二联说：领了兵符，辞别京城，率领骁勇的骑兵去围攻蕃人的京城。牙璋即牙牌，是皇帝调发军队用的符牌。凤阙，指京城而不是一般的城市，与城阙不同。汉朝时，大将军卫青远征匈奴，直捣龙城。这龙城是匈奴首领所在的地方，也是主力军所在的地方。匈奴是游牧民族，龙城并不固定在一个地方，唐人诗中常用龙城，意思只是说敌人的巢穴。

第三联是形容在西域与敌人战斗的情景。围困了敌人之后，便发动歼灭战，当时大雪纷飞，使军旗上的彩画都凋残了，大风在四面八方杂着鼓声呼啸着。这时，正是百夫长为国效命的时候，一个书生能比得上他吗？

诗人看到敌人逼近西京，奋其不平之气，拜命赴边，触雪犯风，以消灭敌人，建功立业，不像书生那样无用。

卢照邻

卢照邻（636—689），字升之，自号幽忧子，幽州范阳（今河北省涿州市）人。“初唐四杰”之一。他十多岁就远下淮南，师从曹宪、王义方学习《苍雅》及经史。他勤奋学习希望“明主以令仆相待，朝迁以黄散为经。及观国之光，利用宾王，谒龙旗于武帐，挥凤藻于文昌”。但事与愿违，他才高位卑，不被赏识，一生坎坷，命运多舛，晚年得了风疾，境遇悲凉，手足痉挛，痛苦不堪，自投颍水而死。著有《幽忧子集》二十卷，今存七卷。

卢照邻早期的作品，“不殊子安、盈川。及疾后，境愈苦诗也愈峻”。他与骆宾王一样擅长写七言歌行，《长安古意》被誉为诗坛的一次革新。他的五言律（包括排律）“或豪放粗犷，或秀丽工整”。他的诗歌内容充实，“清藻”而不乏刚健之力。在诗歌创作方面，他主张抒写性情，反映现实生活。主张：“凡所著述，多以适意；不以繁词为贵。”（《驸马都尉乔君集序》）

长安古意

长安大道连狭斜[1]，青牛白马七香车[2]。

玉辇[3]纵横过主第[4]，金鞭络绎向侯家。

龙衔宝盖[5]承朝日，凤吐流苏[6]带晚霞。

百尺游丝[7]争绕树，一群娇鸟共啼花。

游蜂戏蝶千门[8]侧，碧树银台万种色。

复道交窗作合欢[9]，双阙连甍垂凤翼[10]。

梁家[11]画阁中天起，汉帝金茎[12]云外直。

楼前相望不相知，陌上相逢讵相识？[13]

借问吹箫[14]向紫烟，曾经学舞度芳年。

得成比目[15]何辞死，愿作鸳鸯不羡仙。

比目鸳鸯真可羡，双去双来君不见？

生憎帐额绣孤鸾[16]，好取门帘帖双燕。

双燕双飞绕画梁，罗帏翠被[17]郁金香。

片片行云着蝉翼[18]，纤纤初月上鸦黄[19]。

鸦黄粉白车中出，含娇含态情非一。

妖童宝马铁连钱[20]，娼妇盘龙金屈膝[21]。

御史府中乌夜啼，廷尉门前雀欲栖。

隐隐朱城临玉道[22]，遥遥翠幰没金堤[23]。

挟弹飞鹰杜陵[24]北，探丸借客[25]渭桥西。

俱邀侠客芙蓉剑[26]，共宿娼家桃李蹊。

娼家日暮紫罗裙，清歌一啭口氛氲[27]。

北堂夜夜人如月，南陌朝朝骑似云。

南陌北堂连北里[28]，五剧三条控三市[29]。

弱柳青槐拂地垂，佳气红尘[30]暗天起。

汉代金吾[31]千骑来，翡翠屠苏鹦鹉杯[32]。

罗襦[33]宝带为君解，燕歌赵舞[34]为君开。

别有豪华称将相，转日回天[35]不相让。

意气由来排灌夫[36]，专权判不容萧相[37]。

专权意气本豪雄，青虬紫燕[38]坐春风。

自言歌舞长千载，自谓骄奢凌五公[39]。

节物风光[40]不相待，桑田碧海须臾改。

昔时金阶白玉堂[41]，即今惟见青松在。

寂寂寥寥扬子[42]居，年年岁岁一床书[43]。

独有南山桂花发，飞来飞去袭人裾[44]。

【注释】

[1] 狭斜：指小巷。

[2] 七香车：用多种香木制成的华美小车。

[3] 玉辇：本指皇帝所乘的车，这里泛指一般豪门贵族的车。

[4] 第：房屋。

[5] 龙衔宝盖：车上张着华美的伞状车盖，支柱上端雕做龙形，就像是衔车盖在口中。

[6] 凤吐流苏：车盖上的立凤嘴端挂着流苏。流苏，以五彩羽毛或丝线制成的穗子。

[7] 游丝：春天虫类所吐的飘扬于空中的丝。

[8] 千门：指宫门。

[9] 复道：又称阁道，宫苑中用木材架设在空中的通道。交窗：有花格图案的木窗。合欢：马樱花，又称夜合花。这里指复道、交窗上的合欢花形图案。

[10] 阙：宫门前的望楼。甍：屋脊。垂凤翼：双阙上饰有金凤，作垂翅状。

[11] 梁家：指东汉外戚梁冀家。梁冀为顺帝梁皇后兄，以豪奢著名，曾在洛阳大兴土木，建造宅第。

[12] 金茎：铜柱。汉武帝刘彻于建章宫内立铜柱，高二十丈，上置铜盘，名仙人掌，以承露水。

[13]"楼前"两句：写二女如云，难以辨识。讵：同"岂"。

[14]吹箫：用春秋时箫史吹箫的典故。《列仙传》中说："萧史善吹箫，秦穆公以女弄玉妻之，一旦随凤凰飞去。"向紫烟：指飞入天空。紫烟，指云气。

[15]比目：鱼名。古人喜欢用比目鱼、鸳鸯鸟比喻男女相伴相爱。

[16]生憎：最恨。帐额：帐子前的横幅。

[17]翠被：翡翠颜色的被子，或指以翡翠鸟羽毛为饰的被子。

[18]行云：形容发型蓬松美丽。蝉翼：古代妇女的一种发式，类似蝉翼的式样。

[19]初月上鸦黄：额上用黄色涂成弯弯的月牙形，是当时女性面部化妆的一种样式。鸦黄，嫩黄色。

[20]妖童：泛指浮华轻薄子弟。铁连钱：指马的毛色青而斑驳，有连环的钱状花纹。

[21]屈膝：铰链。

[22]朱城：宫城。玉道：指修筑得讲究漂亮的道路。

[23]翠幰（xiǎn）：妇女车上镶有翡翠的帷幕。金堤：坚固的河堤。

[24]杜陵：在长安东南，汉宣帝陵墓所在地。

[25]借客：助人。

[26]芙蓉剑：古剑名，春秋时越国所铸。这里泛指宝剑。

[27]氤氲：香气浓郁。

[28]北里：即唐代长安平康里，是妓女聚居之处，因在城北，故称北里。

[29]"五剧"句：长安街道纵横交错，四通八达，与市场相连接。五剧：交错的路。三条：通达的道路。三市：许多市场。控：引、连接。其中数字均非实指。

[30]佳气红尘：指车马杂沓的热闹景象。

[31]金吾：即执金吾，汉代禁卫军官衔。此泛指禁军军官。

[32]翡翠：翡翠本为碧绿透明的美玉，这里形容美酒的颜色。屠苏：美酒名。鹦鹉杯：即海螺盏，用南洋出产的一种状如鹦鹉的海螺加工制成的酒杯。

[33]罗襦：丝绸短衣。

[34]燕歌赵舞：这里借指美妙的歌舞。

[35]转日回天：极言权势之大，可以左右皇帝的意志。"天"比喻皇帝。

[36] 灌夫：字仲孺，汉武帝时期的一位将军，勇猛任侠，好使酒骂座，交结魏其侯窦婴，与丞相武安侯田蚡不和，终被田蚡陷害，诛族。

[37] 萧相：指萧望之，字长倩，汉宣帝朝为御史大夫、太子太傅。

[38] 青虬、紫燕：均指好马。

[39] 五公：张汤、杜周、萧望之、冯奉世、史丹。皆汉代著名权贵。

[40] 节物风光：指节令、时序。

[41] 金阶白玉堂：形容豪华宅第。

[42] 扬子：汉代扬雄，字子云。

[43] 一床书：指以诗书自娱的隐居生活。庾信《寒园即目》中有"隐士一床书"的句子。

[44] 裾：衣襟。

【解读】

"古意"是六朝以来诗歌中常见的标题，表示这是拟古之作。汉魏六朝以来就有不少以长安洛阳一类名都为背景，描写上层社会骄奢豪贵生活的作品。卢照邻此诗即用传统题材以写当时长安现实生活中的形形色色，借"古意"抒今情。

全诗可分为四部分。第一部分从"长安大道连狭斜"到"娼妇盘龙金屈膝"。铺陈长安豪门贵族争竞豪奢、追逐享乐的生活。首句就极有气势地展开大长安的平面图，四通八达的大道与密如蛛网的小巷交织着。次句即入街景，那是无数的香车宝马，川流不息。这样简劲地总提纲领，以后则洒开笔墨，恣肆汪洋地加以描写：玉辇纵横、金鞭络绎、龙衔宝盖、凤吐流苏……这些车饰华贵，出入于公主第宅、王侯之家的，当然不是等闲人物。在长安，不但人是忙碌的，连景物也丰富而热闹。诗人并不是全面铺写，而是只展现出几个特写镜头：宫门，五颜六色的楼台，雕刻精工的合欢花图案的窗棂，饰有金凤的双阙的宝顶……使人通过这些接连闪过的金碧辉煌的局部，概见壮丽的宫殿的全景。这是上层社会的极乐世界，这部分花不少笔墨写出的市景，也构成全诗的背景。诗人对豪贵的生活也没有全面铺写，却用大段文字写豪门的歌儿舞女，通过她们的情感、生活以概见豪门生活之一斑。

第二部分从"御史府中乌夜啼"到"燕歌赵舞为君开"。主要以市井娼家为中心，写形形色色人物的夜生活。"乌夜啼"与"隐隐朱城临玉道，遥遥翠幰没金堤"写出黄昏景象，表明时间进入暮夜。"雀欲栖"则暗示御史、廷尉一类执法官门庭冷落，没有权力。夜长安遂成为"冒险家"的乐园，这里有挟弹飞鹰的浪荡公子，有暗算公吏的不法少年。汉代长安少年有谋杀官吏为人报仇的组织，行动前设赤白黑三种弹丸，摸取以分派任务，所以说"探丸借客"，也有仗剑行游的侠客……这些白天各在一方的人气味相投，似乎邀约好一样，夜来都在娼家聚会了。人们在这里迷恋歌舞，陶醉于氛氲的口香，拜倒在紫罗裙下。娼门内"北堂夜夜人如月"，似乎青春可以永葆；娼门外"南陌朝朝骑似云"，似乎门庭不会冷落。这里可以看出长安人的享乐是夜以继日，周而复始。长安街道纵横，市面繁荣，而娼家特多。除了上述几种逍遥人物，还有大批禁军"金吾"玩忽职守来此饮酒取乐。这简直是各种人物的大展览。

第三部分从"别有豪华称将相"至"即今惟见青松在"。写长安上层社会除追逐并难于满足情欲而外，别有一种权力欲，驱使着文武权臣互相倾轧。这些被称为将相的豪华人物，权倾天子，"转日回天"互不相让。灌夫是汉武帝时将军，因与窦婴相结，使酒骂座，为丞相武安侯田蚡族诛；萧何，为汉高祖时丞相，高祖封功臣以其居第一，武臣皆不悦。"意气"二句用此二典泛指文臣与武将之间的互相排斥、倾轧。"自言"而又"自谓"，则讽意自足。以下趁势转折，"节物风光不相待，桑田碧海须臾改。昔时金阶白玉堂，即今惟见青松在"。这四句不仅是就"豪华将相"而言，实是一举扫空前两部分提到的各类角色。四句不但内容上与前面的长篇铺叙形成对比，形式上也尽洗藻绘，语言转为素朴了。因而词采亦有浓淡对比，更突出了那扫空一切的悲剧效果。

第四部分是结尾四句，在上文今昔纵向对比的基础上，再做横向的对比，以穷愁著书的扬雄自况，与长安豪华人物对照作结。前面内容丰富，画面宏伟。而最终以四句写扬雄，这里的对比在分量上似不称而效果更为显著。前面是长安市上，轰轰烈烈；而这里是终南山内，"寂寂寥寥"。前面是任情纵欲、倚仗权势，这里是清心寡欲、不慕名利。而前者声名俱灭，后者却以文章流芳百世。这个结尾在迥然不同的生活情趣中寄寓了对骄奢庸俗生活的批判和带有不遇于时者的愤慨寂寥与自我宽解。

骆宾王（约638—684），字观光，婺（wù）州义乌（今浙江省义乌市附近）人，为"初唐四杰"中最富于传奇色彩的诗人和文章家。骆宾王自幼随父到博昌，从师于张学士、辟吕公，七岁时赋《咏鹅》诗，被传为佳话，时称神童。父骆履元，曾任青州博昌（今山东济南东北）令。可惜父亲早逝，生活窘困，母亲带着他到兖州瑕丘投靠亲友"藜藿无甘旨之膳"，以致沦落为"市井博徒"。青少年时期落魄无羁的生活经历，对他的性格形成有很大影响，他崇尚侠义，性格豪爽，富于反抗和冒险精神。

文如其人，骆宾王的豪爽及侠义精神自然也现于他的文学及诗歌创作中。青年时代的骆宾王曾在道王李元庆府中任参军、录事之类的小官。适逢乾封元年高宗登泰山封禅，骆宾王作《为齐州父老请陪封禅表》，因此被赐为奉礼郎，后又任东台详正学士。咸亨元年，骆宾王以奉礼郎的身份从军西域，正遇薛仁贵战败于大非川，滞戍边塞两年多，回到长安不久又进入蜀地，从军姚州（今云南楚雄一带），在姚州道大总管李义总府里任书记，随军征战，拟写檄文告等。上元元年官任武功主簿，后又调任明堂主簿、长安主簿。仪凤三年，升任侍御史。此后不久因事入狱，究其因，据说为"坐赃左迁临海丞"。仪凤四年改年号元调露元年，大赦天下，骆宾王因此得以出狱，之后又赴幽燕进入幕府。调露二年秋天任临海县丞，因郁郁不得志不久弃官而去。嗣圣元年九月，徐敬业起兵扬州，以匡复李唐王朝的名义征讨武则天。骆宾王加入了匡复府在其中任艺文令，此期作《代李敬业传檄天下文》名扬天下。徐敬业兵败后，骆宾王的下落不明。

骆宾王现存的作品，有《骆临海集》十卷。

骆宾王

在狱咏蝉

西陆蝉声唱[1]，南冠[2]客思深。

那堪玄鬓影[3]，来对白头吟[4]。

露重飞难进[5]，风多响易沉[6]。

无人信高洁[7]，谁为表予心[8]？

【注释】

[1] 西陆：指秋天。《隋书·天文志》："日循黄道东行一日一夜行一度，三百六十五日有奇而周天。行东陆谓之春，行南陆谓之夏，行西陆谓之秋，行北陆谓之冬。"

[2] 南冠：楚冠，这里是囚徒的意思。用《左传·成公九年》，楚钟仪戴着南冠被囚于晋国军府事。

[3] 玄鬓：指蝉的黑色翅膀，这里比喻自己正当盛年。不堪：一作"那堪"。

[4] 白头吟：乐府曲名。《乐府诗集》解题说是鲍照、张正见、虞世南诸作，皆自伤清直却遭诬谤。两句意谓，自己正当玄鬓之年，却来默诵《白头吟》那样哀怨的诗句。

[5] 露重：秋露浓重。飞难进：是说蝉难以高飞。

[6] 响：指蝉声。沉：沉没、掩盖。

[7] 高洁：清高洁白。古人认为蝉栖高饮露，是高洁之物。诗人因以自喻。

[8] 予心：我的心。

【解读】

这首诗作于唐高宗仪凤三年（678年）。当年，屈居下僚十多年而刚升为侍御史的骆宾王因上疏论事触忤武后，遭诬，以贪赃罪名下狱。

这首诗前有一段序云："余禁所禁垣西，是法厅事也，有古槐数株焉。

虽生意可知,同殷仲文之古树;而听讼斯在,即周召伯之甘棠,每至夕照低阴,秋蝉疏引,发声幽息,有切尝闻,岂人心异于曩(nǎng)时,将虫响悲于前听?嗟乎,声以动容,德以象贤。故洁其身也,禀君子达人之高行;蜕其皮也,有仙都羽化之灵姿。候时而来,顺阴阳之数;应节为变,审藏用之机。有目斯开,不以道昏而昧其视;有翼自薄,不以俗厚而易其真。吟乔树之微风,韵姿天纵;饮高秋之坠露,清畏人知。仆失路艰虞,遭时徽纆(mò)。不哀伤而自怨,未摇落而先衰。闻蟪蛄(huì gū)之流声,悟平反之已奏;见螳螂之抱影,怯危机之未安。感而缀诗,贻诸知己。庶情沿物应,哀弱羽之飘零;道寄人知,悯余声之寂寞。非谓文墨,取代幽忧云尔。"这段序文与诗是一有机整体,诗中比兴寓意,亦即自然之物与人格化身的契合,是以序文的铺叙直言为前提的。

　　诗人在这段序文中叙说了自己作诗的缘起,叙说了蝉的形态、习性及美德,抒发了自己"失路艰虞,遭时徽纆"的哀怨之情。诗人首先从禁所的古槐写起,运用晋代殷仲文仕途失意及西周时召公明察狱讼的典故,表达了自己身陷囹圄的痛苦和企盼有司明察的心愿。然后,写闻蝉鸣生悲感,"岂人心异于曩时,将虫响悲于前听",以反问的语句把蝉与己、心与物联系在一起。以拟人的笔法铺叙蝉的美德、从蝉的形态习性写起,写蝉适应季节的变化,随季节、气候的变化而出现;写蝉翼甚薄,蝉目常开,"不以道昏而昧其视,不以俗厚而易其真"。诗人谓之具有"君子达人之高行"。因为蝉有这样的美德,所以诗人才引蝉自喻,以蝉为自己的人格化身。

　　诗的起两句在句法上用对偶句,在作法上则用起兴的手法,以蝉声来逗起客思,诗一开始即点出秋蝉高唱,触耳惊心。接下来就点出诗人在狱中深深怀想家园。三、四两句,一句说蝉,一句说自己,用"那堪"和"来对"构成流水对,把物我联系在一起。诗人几次讽谏武则天,以致下狱。大好的青春,经历了政治上的种种折磨已经消逝,头上增添了星星白发。在狱中看到这高唱的秋蝉,还是两鬓乌玄,两两对照,不禁自伤老大,同时更因此回想到自己少年时代,也何尝不如秋蝉的高唱,而今一事无成,甚至入狱。就在这十个字中,诗人运用比兴的方法,把这分凄恻的感情,委婉曲折地表达了出来。同时,白头吟又是乐府曲名。相传西汉时司马相如对卓文君爱情不专后,卓文君作《白头吟》以自伤。其诗云:"凄凄重凄凄,嫁娶不须啼,愿得一心人，白头不相离。"（见《西京杂记》）这里，诗人巧妙地运用了这一典故，进一步比喻执政者辜负了诗人对国家一片忠有之忱。"白头吟"三字于此起了双关的作用，比原意更深入一层。十字之中，什么悲呀愁呀这一类明点的字眼一个不用，意在言外，充分显示了诗的含蓄之美。

接下来五、六两句，纯用"比"体。两句中无一字不在说蝉，也无一字不在说自己。"露重""风多"比喻环境的压力，"飞难进"比喻政治上的不得意，"响易沉"比喻言论上的受压制。蝉如此，诗人也如此，物我在这里打成一片，融混而不可分了。咏物诗写到如此境界，才算是"寄托遥深"。

诗人在写这首诗时，由于感情充沛，功力深至，故虽在将近结束之时，还是力有余劲。第七句再接再厉，仍用比体。秋蝉高居树上，餐风饮露，没有人相信它不食人间烟火。这句诗人喻高洁的品性，不为时人所了解，相反还被诬陷入狱，"无人信高洁"之语，也是对坐赃的辩白。然而正如战国时楚屈原《离骚》中所说："世混浊而不分兮，好蔽美而嫉妒。"在这样的情况下，没有一个人来替诗人雪冤。"谁为表予心？"末句用问句的方式，蝉与诗人又浑然一体了。

这首诗作于患难之中，感情充沛，取譬明切，用典自然，语多双关，于咏物中寄情寓兴，由物到人，由人及物，达到了物我一体的境界，是咏物诗中的名作。

唐

陈子昂

陈子昂（661—702），字伯玉，梓州射洪（今四川省射洪县）人。因曾任右拾遗，后世称为陈拾遗。青年时代任侠使气，好游猎赌博，后来发愤读书，遍览群书。睿宗文明元年（684年）十四岁时中进士。因上《谏灵驾入京书》，得到武则天的赏识，在金銮殿被召见，并任为麟台（即秘书省）正字。圣历元年（698年）听说父亲被县令段简污辱，辞官还乡。后被段简害死在狱中。

陈子昂文学才华横溢，有宏伟政治抱负。初唐诗风浮艳绮靡步六朝后尘，他在《修竹篇序》中大声疾呼，主张恢复"建安风骨"，力挽东晋以来的浮艳之风，对推动唐代文学的健康发展，起了重要作用。韩愈称赞他"国朝盛文章，子昂始高蹈"（《荐士》）。其存诗共一百多首，其中最有代表性的是《感遇》诗三十八首，《蓟丘览古赠卢居士藏用》七首和《登幽州台歌》。

登幽州台^[1]歌

前不见古人，后不见来者^[2]。
念^[3]天地之悠悠^[4]，独怆然^[5]而涕下^[6]。

【注释】

[1] 幽州台：即黄金台，又称蓟北楼，故址在今北京市大兴。燕昭王为招纳天下贤士而建。

[2] 古人、来者：均指那些像燕昭王一样礼贤下士的贤明君主。但是从诗的整体意思来看，将其解释为"英雄"（包括被燕昭王及被重用的乐毅等人）似更为确切。

[3] 念：想到。

[4] 悠悠：形容时间的久远和空间的广大。

[5] 怆（chuàng）然：悲伤的样子。

[6] 涕下：流眼泪。

【解读】

这首诗写于万岁通天元年（696年），契丹李尽忠、孙万荣等攻陷营州。武则天委派武攸宜率军往讨，陈子昂在武攸宜幕府担任参谋，随军出征。武攸宜为人轻率，少谋略。次年兵败，情况紧急，陈子昂请求遣万人作前驱以击敌，武不允。随后，陈子昂又向武进言，不听，反把他降为军曹。诗人接连受到挫折，眼看报国宏愿戈为泡影，因此登上蓟北楼（即幽州台、黄金台），慷慨悲吟，写下了《登幽州台歌》以及《蓟丘览古赠卢居士藏用七首》等诗篇。从这首流传千古的《登幽州台歌》，可以看出诗人孤独遗世、独立苍茫的落寞情怀。

"前不见古人，后不见来者。"这里的古人是指古代那些能够礼贤下士的贤明君主。这首诗以慷慨悲凉的调子，表现了诗人失意的境遇和寂寞苦闷的情怀。这种悲哀常常为旧社会许多怀才不遇的人士所共有，因而获得广泛的共鸣。

这首诗没有对幽州台作一字描写，而只是登台的感慨，却成为千古名篇。诗篇风格明朗刚健，是具有"汉魏风骨"的唐代诗歌的先驱之作，对扫除齐梁浮艳纤弱的形式主义诗风具有拓疆开路之功。在艺术上，其意境雄浑，视野开阔，使得诗人的自我形象更加鲜亮感人。全诗语言奔放，富有感染力，虽然只有短短四句，却在人们面前展现了一幅境界雄浑，浩瀚空旷的艺术画面。诗的前三句粗笔勾勒，以浩茫宽广的宇宙天地和沧桑易变的古今人事作为深邃、壮美的背景加以衬托。第四句饱蘸感情，凌空一笔，使抒情主人公——诗人慷慨悲壮的自我形象站到了画面的主位上，画面顿时神韵飞动，光彩照人。从结构脉络上说，前两句是俯仰古今，写出时间的绵长；第三句登楼眺望，写空间的辽阔无限；第四句写诗人孤单悲苦的心绪。这样前后相互映照，格外动人。

在用词造句方面，此诗深受《楚辞》特别是其中《远游》篇的影响。《远游》有云："惟天地之无穷兮，哀人生之长勤。往者余弗及兮，来者吾不闻。"此诗语句即从此化出，然而意境却更苍茫遒劲。在句式方面，采取了长短参错的楚辞体句法。上两句每句五字，三个停顿，前两句音节比较急促，传达了诗人生不逢时、抑郁不平之气；后两句各增加了一个虚字（"之"和"而"），多了一个停顿，音节就比较舒徐流畅，表现了他无可奈何、曼声长叹的情景。全篇前后句法长短不齐，音节抑扬变化，互相配合，增强了艺术感染力。

感遇三十八首（其二）

兰若^[1]生春夏，芊蔚^[2]何青青！

幽独空林色，朱蕤冒紫茎^[3]。

迟迟^[4]白日晚，袅袅^[5]秋风生。

岁华^[6]尽摇落，芳意竟何成？

【注释】

[1] 兰若：即兰草和杜若，都是草本植物，有香气。

[2] 芊蔚：草木茂盛。

[3] 朱蕤（ruí）冒紫茎：朱红色的花下垂，覆盖着紫色的茎。蕤，草木下垂的样子。冒，覆盖。

[4] 迟迟：和缓舒展的样子。

[5] 袅袅：体态优美的样子。岁华：一年盛开的花。岁，年，或曰岁月。华，花。

【解读】

《感遇》是陈子昂所写的以感慨身世及时政为主旨的组诗，共三十八首，本篇为其中的第二首。诗中以兰若自比，寄托了个人的身世之感。陈子昂颇有政治才干，但屡受排挤压抑，报国无门，四十一岁为射洪县令段简所害。这正像秀美幽独的兰若，在风刀霜剑的摧残下枯萎凋谢了。

诗通篇咏香兰杜若。香兰和杜若都是草本植物，秀丽芬芳。兰若之美，固然在其花色的秀丽，但好花还须绿叶扶。花叶掩映，枝茎交合，兰若才显得绚丽多姿。所以作品首先从兰若的枝叶上着笔，选用了"芊蔚"与"青青"两个同义词来形容花叶的茂盛，中间贯一"何"字，充满赞赏之情。

如果说"芊蔚何青青"是用以衬托花色之美的话，那么"朱蕤冒紫茎"

则是由茎及花，从正面刻画了。这一笔着以"朱""紫"，浓墨重彩地加以描绘，并下一"冒"字，将"朱蕤""紫茎"联成一体。全句的意思是：朱红色的花下垂，覆盖着紫色的茎，不但画出了兰若的身姿，而且突出了它花簇纷披的情态。

兰若不像菊花那样昂首怒放，自命清高；也不像牡丹那般浓妆艳抹，富丽堂皇。兰若花红茎紫，叶儿青青，显得幽雅清秀，独具风采。"幽独空林色"，诗人赞美兰若秀色超群，以群花的失色来反衬兰若的卓然风姿。其中对比和反衬手法的结合运用，大大增强了艺术效果。特下"幽独"二字，可见诗中孤芳自赏的命意。

诗的前四句赞美兰若风采的秀丽，后四句转而感叹其芳华的零落。"迟迟白日晚，袅袅秋风生。"由夏入秋，白天渐短。"迟迟"二字即写出了这种逐渐变化的特点。用"袅袅"来形容秋风乍起、寒而不冽，形象十分传神。然而"袅袅秋风"并不平和。"悲哉秋之为气也！萧瑟兮草木摇落而变衰"（宋玉《九辩》），芬芳的鲜花自然也凋零了。

此诗全用比兴手法，诗的前半着力赞美兰若压倒群芳的风姿，实则是以其"幽独空林色"比喻自己出众的才华。后半以"白日晚""秋风生"写芳华逝去，寒光威迫，充满美人迟暮之感。"岁华""芳意"用语双关，借花草之凋零，悲叹自己的年华流逝，理想破灭，寓意凄婉，寄慨遥深。从形式上看，这首诗颇像五律，而实际上却是一首五言古诗。它以效古为革新，继承了阮籍《咏怀》的传统手法，托物感怀，寄意深远。和初唐诗坛上那些"采丽竞繁"、吟风弄月之作相比，它显得格外充实而清新，正像芬芳的兰若，散发出诱人的清香。

贺知章（659—744），字季真，唐朝诗人，越州永兴（今浙江萧山）人。证圣初年进士。历任国子四门博士，太常博士，礼部侍郎，加集贤院学士，太子宾客兼秘书监。天宝三年因为不满奸相李林甫专权而返乡，隐居镜湖。一生风流倜傥，豪放不羁，与李白、张旭等合称"饮中八仙"。天宝初，上疏请度为道士，求还乡里，玄宗制诗赠行，诏赐镜湖剡川一曲。不久去世。

贺知章少时即以文词知名，性旷达，善谈说。晚年尤放诞，不拘礼度，尝邀嬉里巷，自号"四明狂客""秘书外监"。经常醉后属词，文不加点，动成卷轴。又擅长草隶，人共传宝。在长安时，与李白一见而为忘形之交，称白为"谪仙人"。七言绝句清新婉曲，颇饶韵致，如《咏柳》《回乡偶书》，均为人所传诵。

贺知章

咏　柳

碧玉 [1] 妆成一树高，万条垂下绿丝绦 [2]。

不知细叶谁裁出，二月春风似剪刀。

【注释】

[1] 碧玉：青绿色的玉石，这里形容柳树嫩绿如碧玉一样。妆：妆饰。

[2] 丝绦：用丝线编织的细带或绳，这里指柔软嫩绿的柳条。

【解读】

这首咏柳诗一反常规，别有新意。诗的前两句连用两个新美的喻象，描绘春柳的勃勃生气，葱翠袅娜；后两句更别出心裁地把春风比喻为"剪刀"，将视之无形不可捉摸的"春风"形象地表现出来，不仅立意新奇，而且饱含韵味。

首句写树，柳树就像一位经过梳妆打扮的亭亭玉立的美人。柳，单单用碧玉来比有两层意思：一是碧玉这名字和柳的颜色有关，"碧"和下句的"绿"是互相生发、互为补充的。二是碧玉这个字在人们头脑中永远留下年轻的印象。"碧玉"二字用典而不露痕迹，南朝乐府有《碧玉歌》，其中"碧玉破瓜时"已成名句。还有南朝萧绎《采莲赋》有"碧玉小家女"，也很有名，后来形成"小家碧玉"这个成语。"碧玉妆成一树高"就自然地把眼前这棵柳树和那位古代质朴美丽的贫家少女联系起来，而且联想到她穿一身嫩绿，楚楚动人，充满青春活力。

故第二句就此联想到那垂垂下坠的柳叶就是她身上婀娜多姿下坠的绿色的丝织裙带。中国是产丝大国，丝绸为天然纤维的皇后，向以端庄、华贵、飘逸著称，那么，这棵柳树的风韵就可想而知了。

第三句由"绿丝绦"继续联想，这些如丝绦的柳条似的细细的柳叶儿是谁剪裁出来的呢？先用一问话句来赞美巧夺天工可以传情的如眉的柳叶，最后一答，是二月的春风姑娘用她那灵巧的纤纤玉手剪裁出这些嫩绿的叶儿，给大地披上新装，给人们以春的信息。这两句把比喻和设问结合起来，用拟人手法刻画春天的美好和大自然的工巧，新颖别致，把春风孕育万物形象地表现出来了，烘托无限的美感。

总的来说，这首诗的结构独具匠心，先写对柳树的总体印象，再写到柳条，最后写柳叶，由总到分，条序井然。在语言的运用上，既晓畅，又华美。

回乡偶书二首

其一

少小离家老大回，乡音无改鬓毛衰[1]。
儿童相见不相识，笑问客从何处来。

【注释】
[1] 衰（cuī）：头发变白。

【解读】
贺知章写这两首诗时已经八十六岁了，那时他刚刚辞去朝廷官职，回到阔别五十多年的故乡。人生易老，仿佛是弹指一挥间，诗人便鬓发如霜；世事沧桑，聚散之间光阴的脚步就跨过了半个多世纪。岁月是变迁的见证，诗人只感到昨是今非。这两首诗与其说是述说思亲怀乡的深情，不如说是抒发沧海桑田、世事变迁之感喟。

这第一首写刚刚回到家乡的情景。

诗的前两句，诗人置身于故乡熟悉而又陌生的环境之中，一路迤逦行来，心情颇不平静：当年离家，风华正茂；今日返归，鬓毛疏落，不禁感慨系之。首句用"少小离家"与"老大回"的句中自对，概括写出数十年久客他乡的事实，暗寓自伤"老大"之情。次句以"鬓毛衰"顶承上句，具体写出自己的"老大"之态，并以不变的"乡音"映衬变化了的"鬓毛"，言下大有"我不忘故乡，故乡可还认得我吗"之意，从而为唤起下两句儿童不相识而发问做好铺垫。

后两句从充满感慨的一幅自画像，转而为富于戏剧性的儿童笑问的场面。"笑问客从何处来"，在儿童，这只是淡淡的一问，言尽而意止；在诗人，却成了重重的一击，引出了他的无穷感慨，自己的老迈衰颓与反主为宾的悲哀，尽都包含在这看似平淡的一问中了。全诗就在这有问无答处悄然作结，而弦外之音却如空谷传响，哀婉备至，久久不绝。

就全诗来看，一、二句尚属平平，三、四句却似峰回路转，别有境界。后两句的妙处在于背面敷粉，了无痕迹：虽写哀情，却借欢乐场面表现；虽为写己，却从儿童一面翻出。而所写儿童问话的场面又极富于生活的情趣，即使读者不为诗人久客伤老之情所感染，也不能不被这一饶有趣味的生活场景所打动。

这一首整体上充满了感时伤老的情绪，感慨的对象是诗人自己。

其二

离别家乡岁月多，近来 [1] 人事 [2] 半消磨 [3]。
惟 [4] 有门前镜湖 [5] 水，春风不改旧时波。

【注释】

[1] 近来：亲近的。

[2] 人事：人和事物。这里指人。

[3] 消磨：消失，这里指人已经去世了。

[4] 惟：只有。

[5] 镜湖：在浙江绍兴会稽山北面。

【解读】

这首写到家后对家乡人事变化的感叹。回到阔别半个世纪之久的家乡，总不免要四处逛逛，探亲朋觅故友，下意识地依循着家乡在自己心目中残存的影子搜寻曾经熟悉的痕迹，然而所见所闻却一再让诗人感叹物是人非，世事沧桑。

这一首是第一首的续篇。诗人到家以后，通过与亲朋的交谈得知家乡人事的种种变化，在叹息久客伤老之余，又不免发出人事无常的慨叹来。"离别家乡岁月多"，相当于上一首的"少小离家老大回"。诗人之不厌其烦重复这同一意思，无非是因为一切感慨莫不是由于数十年背井离乡引起。所以下一句即顺势转出有关人事的议论。"近来人事半消磨"一句，看似抽象、客观，实则包含了许多深深触动诗人感情的具体内容，"访旧半为鬼"时发出的阵阵惊呼，因亲朋沉沦而引出的种种嗟叹，无不包孕其中。唯其不胜枚举，也就只好笼而统之地一笔带过了。

三、四句笔墨荡开，诗人的目光从人事变化转到了对自然景物的描写上。镜湖，在今浙江绍兴会稽山的北麓，周围三百余里。贺知章的故居即在镜湖之旁。虽然阔别镜湖已有数十个年头，而在四围春色中镜湖的水波却一如既往。诗人独立镜湖之旁，一种"物是人非"的感触自然涌上了他的心头，于是又写下了"惟有门前镜湖水，春风不改旧时波"的诗句。诗人以"不改"反衬"半消磨"，以"惟有"进一步发挥"半消磨"之意，强调除湖波以外，昔日的人事几乎已经变化净尽了。从直抒的一、二句转到写景兼议论的三、四句，仿佛闲闲道来，不着边际，实则这是妙用反衬，正好从反面加强了所要抒写的感情，在湖波不改的衬映下，人事日非的感慨显得愈益深沉了。

还需注意的是诗中的"岁月多""近来""旧时"等表示时间的词语贯穿而下，使全诗笼罩在一种低回沉思、若不胜情的气氛之中。与第一首相比较，如果说诗人初进家门见到儿童时也曾感到过一丝置身于亲人之中的欣慰的话，那么，到他听了亲朋介绍以后，独立于波光粼粼的镜湖之旁时，无疑已变得愈来愈感伤了。

再由此想开去，其实自然景物也并非一成不变，五十年对于人而言已是大半辈子，而对于自然而言，不过是短短瞬间，人的个体无法体验的成千上万年，就连沧海也会变成桑田，因而对于人而言，时间无限和人生有涯是永恒的矛盾。贺知章在回乡的点滴感慨中对时间的长、人生的短，自然的恒、人事的变有着相当强烈的感受，虽然他并没有上升到宇宙人生的高度对人类生活进行整体性的思考，却已足够发人深省。

张若虚（约660—约730），初唐诗人，扬州（今属江苏扬州）人。曾任兖州兵曹。中宗神龙（705—707）中，与贺知章、贺朝、万齐融、邢巨、包融俱以文辞俊秀驰名于京都，与贺知章、张旭、包融并称"吴中四士"，文辞俊秀。存诗仅两首，尤以《春江花月夜》著名，奠定了他在唐诗史上的地位，晚清经学家王闿运评价为"孤篇横绝，竟为大家"。（《论唐诗诸家源流——答陈完夫问》）

张若虚

春江花月夜

春江潮水连海平，海上明月共潮生。

滟滟[1]随波千万里，何处春江无月明。

江流宛转绕芳甸[2]，月照花林皆似霰[3]。

空里流霜[4]不觉飞，汀[5]上白沙看不见。

江天一色无纤尘[6]，皎皎空中孤月轮[7]。

江畔何人初见月？江月何年初照人？

人生代代无穷已[8]，江月年年望相似。

不知江月待何人，但见[9]长江送流水。

白云一片去悠悠[10]，青枫浦上[11]不胜愁。

谁家今夜扁舟[12]子？何处相思明月楼[13]？

可怜楼上月徘徊[14]，应照离人[15]妆镜台[16]。

玉户[17]帘中卷不去，捣衣砧[18]上拂还来。

此时相望不相闻[19]，愿逐[20]月华[21]流照君。

鸿雁长飞光不度，鱼龙潜跃水成文[22]。

昨夜闲潭[23]梦落花，可怜春半不还家。

江水流春去欲尽，江潭落月复西斜。

斜月沉沉藏海雾，碣石潇湘[24]无限路[25]。

不知乘月[26]几人归，落月摇情[27]满江树。

【注释】

[1] 滟（yàn）滟：波光闪动的光彩。

[2] 芳甸（diàn）：遍生花草的原野。

[3] 霰（xiàn）：雪珠、小冰粒。

[4] 流霜：飞霜，古人以为霜和雪一样，是从空中落下来的，所以叫流霜。

这里比喻月光皎洁，月色朦胧、流荡，所以不觉有霜霰飞扬。

[5] 汀（tīng）：沙滩。

[6] 纤尘：微细的灰尘。

[7] 月轮：指月亮，因月圆时像车轮，故称月轮。

[8] 穷已：穷尽。

[9] 但见：只见、仅见。

[10] 悠悠：渺茫、深远。

[11] 青枫浦上：青枫浦，今湖南浏阳市境内。这里泛指游子所在的地方。
浦上：水边。

[12] 扁舟：孤舟、小船。

[13] 明月楼：月夜下的闺楼。这里指闺中思妇。

[14] 月徘徊：指月光移动。

[15] 离人：此处指思妇。

[16] 妆镜台：梳妆台。

[17] 玉户：形容楼阁华丽，以玉石镶嵌。

[18] 捣衣砧（zhēn）：捣衣石、捶布石。

[19] 相闻：互通音信。

[20] 逐：跟从、跟随。

[21] 月华：月光。

[22] 文：同"纹"。

[23] 闲潭：安静的水潭。

[24] 潇湘：湘江与潇水。

[25] 无限路：言离人相去很远。

[26] 乘月：趁着月光。

[27] 摇情：激荡情思，犹言牵情。

【解读】

《春江花月夜》为乐府吴声歌曲名，相传为南朝陈后主所作，原词已不传，后来隋炀帝亦曾作过此曲。《乐府诗集》卷四十七收《春江花月夜》七篇，其中有隋炀帝的两篇。张若虚的这首为拟题作诗，与原先的曲调已不同，却是最有名的，其具体的创作背景已不可考。

整篇诗由景、情、理依次展开，第一部分写了春江的美景。第二部分写了面对江月由此产生的感慨。第三部分写了人间思妇游子的离愁别绪。

诗人入手擒题，勾勒出一幅春江月夜的壮丽画面：江潮连海，月共潮生。这里的"海"是虚指。江潮浩瀚无垠，仿佛和大海连在一起，气势宏伟。这时一轮明月随潮涌生，景象壮观。一个"生"字，就赋予了明月与潮水以活泼的生命。月光闪耀千万里之遥，哪一处春江不在明月朗照之中。江水曲曲弯弯地绕过花草遍生的春之原野，月色泻在花树上，像撒上了一层洁白的雪。同时，又巧妙地缴足了"春江花月夜"的题面。诗人对月光的观察极其精微，月光荡涤了世间万物的五光一色，将大千世界浸染成梦幻一样的银灰色。因而"空里流霜不觉飞，汀上白沙看不见"，浑然只有皎洁明亮的月光存在。细腻的笔触，创造了一个神话般美妙的境界，使春江花月夜显得格外幽美恬静。这八句，由大到小，由远及近，笔墨逐渐凝聚在一轮孤月上了。

清明澄澈的天地宇宙，仿佛使人进入了一个纯净世界，这就自然地引起了诗人的遐思冥想："江畔何人初见月？江月何年初照人？"诗人神思飞跃，但又紧紧联系着人生，探索着人生的哲理与宇宙的奥秘。在此处却别开生面，思想没有陷入前人窠臼，而是翻出了新意："人生代代无穷已，江月年年望相似。"个人的生命是短暂即逝的，而人类的存在则是绵延久长的，因之"代代无穷已"的人生就和"年年望相似"的明月得以共存。诗人虽有对人生短暂的感伤，但并不是颓废与绝望，而是缘于对人生的追求与热爱。

"不知江月待何人，但见长江送流水"，这是紧承上一句的"望相似"而来的。人生代代相继，江月年年如此。一轮孤月徘徊中天，像是等待着什么人似的，却又永远不能如愿。月光下，只有大江急流，奔腾远去。随着江水的流动，诗篇遂生波澜，将诗情推向更深远的境界。江月有恨，流水无情，诗人自然地把笔触由上半篇的大自然景色转到了人生图像，引出下半篇男女相思的离愁别恨。

"白云"四句总写在月夜中思妇与游子的两地思念之情。"白云""青枫浦"托物寓情。白云飘忽，象征"扁舟子"的行踪不定。"青枫浦"为地名，但"枫""浦"在诗中又常用以感别的景物、处所。"谁家""何处"两句互文见义，因不止一家、一处有离愁别恨，诗人才提出这样的设问，一种相思，牵出两地离愁，一往一复，诗情荡漾，曲折有致。

接下"可怜"八句承"何处"句，写思妇对离人的怀念。然而诗人不直说思妇的悲和泪，而是用"月"来烘托她的怀念之情，悲泪自出。诗篇把"月"拟人化，"徘徊"二字极其传神：一是浮云游动，故光影明灭不定；二是月光怀着对思妇的怜悯之情，在楼上徘徊不忍去。它要和思妇做伴，为她解愁，因而把柔和的清辉洒在妆镜台上、玉户帘上、捣衣砧上。岂料思妇触景生情，反而思念尤甚。她想赶走这恼人的月色，可是月色"卷不去""拂还来"，真诚地依恋着她。这里"卷"和"拂"两个痴情的动作，生动地表现出思妇内心的惆怅和迷惘。共望月光而无法相知，只好依托明月遥寄相思之情。"鸿雁长飞光不度"，也暗含鱼雁不能传信之意。

最后八句写游子，诗人用落花、流水、残月来烘托他的思归之情。"扁舟子"连做梦也念念归家——花落幽潭，春光将老，人还远隔天涯，江水流春，流去的不仅是自然的春天，也是游子的青春、幸福和憧憬。江潭落月，更衬托出他凄苦的寞寞之情。沉沉的海雾隐遮了落月；碣石、潇湘，天各一方，道路是多么遥远。"沉沉"二字加重地渲染了他的孤寂；"无限路"也就无限地加深了他的乡思。他思忖：在这美好的春江花月之夜，不知有几人能乘月归回自己的家乡。他那无着无落的离情，伴着残月之光，洒满在江边的树林之上。

这首诗以写月作起，以写月落结，把从天上到地下这样寥廓的空间，从明月、江流、青枫、白云到水纹、落花、海雾等等众多的景物，以及客子、思妇种种细腻的感情，通过环环紧扣、连绵不断的结构方式组织起来。由春江引出海，由海引出明月，又由江流明月引出花林，引出人物，转情换意，前后呼应，若断若续，使诗歌既完美严密，又有反复咏叹的艺术效果。

王之涣（688—742），字季陵，晋阳（今山西太原）人，后迁居绛郡（今山西新绛县）。曾任冀州衡水主簿，不久被诬罢职，遂漫游北方，到过边塞。闲居十五年后，复出任文安县尉，唐玄宗天宝元年卒于官舍。王之涣是盛唐时期著名的边塞诗人，曾与王昌龄、高适、崔国辅等相唱和，名动一时。其传世之作仅六首，但都是热情洋溢的佳作，其中《凉州词》和《登鹳雀楼》等尤为大气磅礴，韵调优美，皆可列入盛唐代表作中。

王之涣

凉州词[1]二首（其一）

黄河远上[2]白云间，一片孤城[3]万仞[4]山。
羌笛[5]何须怨杨柳，春风不度[6]玉门关[7]。

【注释】

[1] 凉州词：是凉州歌的唱词，不是诗题，是盛唐时流行的一种曲调名。

[2] 远上：远远向西望去。"远"一作"直"。黄河远上：远望黄河的源头。

[3] 孤城：指孤零零的戍边的城堡。

[4] 仞：古代的长度单位，一仞八尺。万仞：形容山很高的意思。

[5] 羌笛：古羌族主要分布在甘、青、川一带。羌笛是羌族乐器，属横吹式管乐。

[6] 不度：吹不到。

[7] 玉门关：汉武帝置，因西域输入玉石取道于此而得名。故址在今甘肃敦煌西北小方盘城，是古代通往西域的要道。六朝时关址东移至今安西双塔堡附近。

【解读】

《凉州词二首》王之涣的组诗作品。第一首诗以一种特殊的视角描绘了黄河远眺的特殊感受，同时也展示了边塞地区壮阔、荒凉的景色，悲壮苍凉，流落出一股慷慨之气，边塞的酷寒正体现了戍守边防的征人回不了故乡的哀怨，这种哀怨不消沉，而是壮烈广阔。

诗的前两句描绘了西北边地广漠壮阔的风光。首句抓住自下（游）向上（游）、由近及远眺望黄河的特殊感受，描绘出"黄河远上白云间"的动人画面：汹涌澎湃波浪滔滔的黄河竟像一条丝带迤逦飞上云端。写得真是神思飞跃，气象开阔。诗人的另一名句"黄河入海流"，其观察角度与此正好相反，是自上而下的目送；而李白的"黄河之水天上来"，虽也写观望上游，但视线运动却又由远及近，与此句不同。"黄河入海流"和"黄河之水天上来"，同是着意渲染黄河一泻千里的气派，表现的是动态美。而"黄河远上白云间"，方向与河的流向相反，意在突出其源远流长的闲远仪态，表现的是一种静态美。同时展示了边地广漠壮阔的风光，不愧为千古奇句。

次句"一片孤城万仞山"出现了塞上孤城，这是此诗主要意象之一，属于"画卷"的主体部分。"黄河远上白云间"是它远大的背景，"万仞山"是它靠近的背景。在远川高山的反衬下，益见此城地势险要、处境孤危。"一片"是唐诗习用语词，往往与"孤"连文（如"孤帆一片""一片孤云"等等），这里相当于"一座"，而在词采上多一层"单薄"的意思。这样一座漠北孤城，当然不是居民点，而是戍边的堡垒，同时暗示读者诗中有征夫在。第二句"孤城"意象先行引入，为下两句进一步刻画征夫的心理做好了准备。

诗起于写山川的雄阔苍凉，承以戍守者处境的孤危。第三句忽而一转，引入羌笛之声。羌笛所奏乃《折杨柳》曲调，这就不能不勾起征夫的离愁了。此句系化用乐府《横吹曲辞·折杨柳歌辞》"上马不捉鞭，反折杨柳枝。蹀座吹长笛，愁杀行客儿"的诗意。折柳赠别的风习在唐时最盛。"杨柳"与离别有更直接的关系。所以，人们不但见了杨柳会引起别愁，连听到《折杨柳》的笛曲也会触动离恨。而"羌笛"句不说"闻折柳"却说"怨杨柳"，造语尤妙。这就避免直接用曲调名，化板为活，且能引发更多的联想，深化诗意。玉门关外，春风不度，杨柳不青，离人想要折一枝杨柳寄情也不能，这就比折柳送别更为难堪。征人怀着这种心情听曲，似乎笛声也在"怨杨柳"，流露的怨情是强烈的，而以"何须怨"的宽解语委婉出之，深沉含蓄，耐人寻味。这第三句以问语转出了如此浓郁的诗意，末句"春风不度玉门关"也就水到渠成。用"玉门关"一语入诗也与征人离思有关。《后汉书·班超传》云："不敢望到酒泉郡，但愿生入玉门关。"所以末句正写边地苦寒，含蓄着无限的乡思离情。

此诗虽极写戍边者不得还乡的怨情，但写得悲壮苍凉，没有衰飒颓唐的情调，表现出盛唐诗人广阔的心胸。即使写悲切的怨情，也是悲中有壮，悲凉而慷慨。

唐

孟浩然

孟浩然（689—740）唐代诗人。襄州襄阳（今湖北襄樊）人，世称孟襄阳。因他未曾入仕，又称之为孟山人。孟浩然生当盛唐，早年有用世之志，但政治上困顿失意，以隐士终身。他耿介不随时的性格和清白高尚的情操，为当时和后世所倾慕。李白称赞他"红颜弃轩冕，白首卧松云"，赞叹说："高山安可仰，徒此揖清芬"（《赠孟浩然》）。王士源在《孟浩然集序》里，说他"骨貌淑清，风神散朗；救患释纷，以立义表；灌蔬艺竹，以全高尚"。王维曾画他的像于郢州亭子里，题曰："浩然亭"。后人因尊崇他，不愿直呼其名，改作"孟亭"，成为当地的名胜古迹。

孟浩然的一生经历比较简单，他诗歌创作的题材也很狭隘。孟诗绝大部分为五言短篇，多写山水田园和隐居的逸兴以及羁旅行役的心情。其中虽不无愤世嫉俗之词，而更多属于诗人的自我表现。他和王维并称，虽远不如王诗境界广阔，但在艺术上有独特的造诣。现在通行的《孟浩然集》，收诗二百六十三首，其中窜入有别人的作品。

宿建德江 ^[1]

移舟泊烟渚，日暮客愁新。
野旷天低树，江清月近人。

【注释】

[1] 建德江：新安江。为浙江省钱塘江上游建德县附近一段。

【解读】

孟浩然于唐玄宗开元十八年（730年）离乡赴洛阳，再漫游吴越，借以排遣仕途失意的悲愤。《宿建德江》当作于诗人漫游吴越时。

当时诗人的小船停泊于烟雾蒙蒙的小洲上而家远在万里之外，四周是一片清寂，于是顿生羁旅愁怀。但因诗人性爱山水，终究抵挡不住新安秀色，他看到了江面上风波不兴，澄清如镜，明亮的月亮映在水里的优美景致。

诗的起句"移舟泊烟渚"，"移舟"就是移舟近岸的意思；"泊"这里有停船宿夜的含意。行船停靠在江中的一个烟雾朦胧的小洲边，这一面是点题，另一面也就为下文的写景抒情作了准备。第二句"日暮客愁新"，中的"日暮"显然和上句的"泊""烟"有联系，因为日暮，船需要停宿。本来行船停下来，应该静静地休息一夜，消除旅途的疲劳，谁知在这众鸟归林、牛羊下山的黄昏时刻，那羁旅之愁和思念家人的情感又蓦然而生。接下去诗人以一个对句铺写景物，似乎要将一颗愁心化入那空旷寂寥的天地之中。

第三句写日暮时刻，苍苍茫茫，远处的天空显得比近处的树木还要低，"低"和"旷"是相互依存、相互映衬的。第四句写夜已降临，高挂在天上的明月，映在澄清的江水中，和舟中的人是那么近，"近"和"清"也是相互依存、相互映衬的。"野旷天低树，江清月近人。"这种极富特色的景物，只有人在舟中才能领略得到的。诗的第二句就点出"客愁新"，三、四句好似诗人怀着愁心，在这广袤而宁静的宇宙之中，经过一番上下求索，终于发现了还有一轮孤月此刻和他是那么亲近。寂寞的愁心似乎寻得了慰藉，诗也就戛然而止了。

此诗先写羁旅夜泊，再叙日暮添愁；然后写到宇宙广袤宁静，明月伴人更亲。一隐一现，虚实相间，两相映衬，互为补充，构成一个特殊的意境。诗中虽只有一个愁字，却把诗人内心的忧愁写得淋漓尽致，然野旷江清，秋色历历在目。

夏日南亭怀辛大

山光忽西落，池月渐东上。
散发乘夕凉[1]，开轩卧闲敞[2]。
荷风送香气，竹露滴清响。
欲取鸣琴弹，恨无知音赏。
感此怀故人，中宵劳梦想。

【注释】

[1] 散发：古人平时都束发戴帽，散发表示休闲自在。
[2] 轩：指窗。卧闲敞：清闲自在地躺在宽敞的地方。

【解读】

这是首怀念友人的诗。诗人在夏日乘凉，轻风送爽，露珠下滴的时刻思念起老友来，可见他对老友的深厚情谊。诗人白描自身处境，从中感到生活的闲适、自在、随意，但也流露出没有知音的孤独寂寞与淡淡哀愁。

诗的内容可分两部分，既写夏夜水亭纳凉的清爽闲适，同时又表达对友人的怀念。"山光忽西落，池月渐东上"，开篇就是遇景入咏，细味却不只是简单写景，同时写出诗人的主观感受。"忽""渐"二字运用之妙，在于它们不但传达出夕阳西下与素月东升给人实际的感觉（一快一慢）；而且，

"夏日"可畏而"忽"落，明月可爱而"渐"起，只表现出一种心理的快感。诗人沐浴之后，洞开亭户，"散发"不梳，靠窗而卧，这三四句不但写出一种闲情，同时也写出一种适意——来自身心两方面的快感。

进而，诗人从嗅觉、听觉两方面继续写这种快感："荷风送香气，竹露滴清响。"荷花的香气清淡细微，所以"风送"时闻；竹露滴在池面其声清脆，所以是"清响"。滴水可闻，细香可嗅，使人感到此外更无声息。"竹露滴清响"，那样悦耳清心。这天籁似对诗人有所触动，使他想到音乐，"欲取鸣琴弹"了。琴，这古雅平和的乐器，只宜在恬淡闲适的心境中弹奏。据说古人弹琴，先得沐浴焚香，摒去杂念。而南亭纳凉的诗人此刻，已自然进入这种心境，正宜操琴。"欲取"而未取，舒适而不拟动弹，但想想也自有一番乐趣。不料却由"鸣琴"之想牵惹起一层淡淡的怅惘。由境界的清幽绝俗而想到弹琴，由弹琴想到"知音"，而生出"恨无知音赏"的缺憾，这就自然而然地由水亭纳凉过渡到怀人上来。

此时，诗人是多么希望有朋友在身边，闲话清谈，共度良宵。可人期不来，自然会生出惆怅。"怀故人"的情绪一直带到睡下以后，进入梦乡，居然会见了亲爱的朋友。诗以有情的梦境结束，极有余味。

孟浩然善于捕捉生活中的诗意感受。此诗不过写一种闲适自得的情趣，兼带点无知音的感慨，并无十分厚重的思想内容；然而写各种感觉细腻入微，诗味盎然。文字如行云流水，层递自然，由境及意而达于浑然一体，极富于韵味。诗的写法上又吸收了近体的音律、形式的长处，中六句似对非对，具有素朴的形式美。

望洞庭湖赠张丞相

八月湖水平，涵虚混太清[1]。
气蒸云梦泽[2]，波撼岳阳城。
欲济无舟楫，端居耻圣明。
坐观垂钓者，徒有羡鱼情。

【注释】

[1] 涵虚：水气弥漫空中。太清：天空。

[2] 云梦泽：在今湖北湖南两省境内。

【解读】

此诗当作于公元 733 年（唐玄宗开元二十一年）。当时孟浩然西游长安，张九龄任秘书少监、集贤院学士副知院士，二人及王维为忘年之交。后张九龄拜中书令，孟浩然写了这首诗赠给张九龄，目的是想得到张九龄的引荐。

本诗前半部分写洞庭湖壮阔的景象，后半部分表达了孟浩然欲在仕途上有所作为之情。他借欲渡湖而无舟楫、闲处居又有愧于当今圣明时代的说法，希望贤相张九龄能援引，使他不只有"羡鱼情"，而且能"归而结网"。

开头两句交代了时间，写出了浩瀚的湖水。湖水和天空浑然一体，景象是阔大的。"涵"，有包含的意思。"虚"，指高空。高空为水所包含，即天倒映在水里。"太清"指天空。"混太清"即水天相接。这两句是写站在湖边，远眺湖面的景色。三、四两句继续写湖的广阔，但目光又由远而近，从湖面写到湖中倒映的景物：笼罩在湖上的水气蒸腾，吞没了云、梦二泽，"云、梦"是古代两个湖泽的名称，据说云泽在江北，梦泽在江南，后来大部分都淤成陆地。三、四句实写湖。"气蒸"句写出湖的丰厚的蓄积，仿佛广大的沼泽地带，都受到湖的滋养哺育，才显得那样草木繁茂，郁郁苍苍。而"波撼"两字放在"岳阳城"上，衬托湖的澎湃动荡，也极为有力。人们眼中的这一座湖滨城，好像瑟缩不安地匍匐在它的脚下，变得异常渺小了。这两句被称为描写洞庭湖的名句。但两句仍有区别：上句用宽广的平面衬托湖的浩阔，下句用窄小的立体来反映湖的声势。诗人笔下的洞庭湖不仅广阔，而且还充满活力。

下面四句，转入抒情。"欲济无舟楫"，是从眼前景物触发出来的，诗人面对浩浩的湖水，想到自己还是在野之身，要找出路却没有人接引，正如想渡过湖去却没有船只一样。对方原是丞相，"舟楫"这个典用得极为得体。"端居耻圣明"，是说在这个"圣明"的太平盛世，自己不甘心闲居无事，要出来做一番事业。这两句是正式向张丞相表白心事，说明自己目前虽然是个隐士，可是并非本愿，出仕求官还是心焉向往的，不过还找不到门路而已。

　　这首诗的艺术特点，是把写景同抒情有机地结合在一起，触景生情，情在景中。诗的前四句，描写洞庭湖的景致，把洞庭湖的景致写得有声有色，生气勃勃。这样写景，衬托出诗人积极进取的精神状态，暗喻诗人正当年富力强，愿为国家效力，做一番事业。这是写景的妙用。

王昌龄

王昌龄（约698—约756），字少伯，唐京兆长安（今陕西西安）人。唐玄宗开元十五年（727年）进士，为校书郎，开元二十二年（734年）中博学宏词，授汜水（今河南荥阳市境）尉，再迁江宁，故世称王江宁。天宝七年谪迁潭阳郡龙标（今湖南洪江市）尉。安史之乱后还乡，道出亳州，被刺史闾丘晓所杀。

王昌龄当时曾名重一时，有"诗家夫子王江宁"之称，是一代七绝圣手。其诗多为当时边塞军旅生活题材，描绘边塞风光，激励士气，气势雄浑，格调高昂，手法细腻，其诗《从军行》七首、《出塞》二首都很有名。也有以感时、闺怨、送别为题材的佳作。

出塞二首（其一）

秦时明月汉时关 [1]，万里长征人未还。
但使 [2] 龙城 [3] 飞将 [4] 在，不教胡马度阴山 [5]。

【注释】

[1] 秦时明月汉时关：运用互文修辞，意思是，秦汉时的明月，秦汉时的边关。

[2] 但使：只要。

[3] 龙城：是匈奴祭天集会的地方。

[4] 飞将：指汉朝名将李广，匈奴畏惧他的神勇，特称他为"飞将军"。

[5] 度：越过。阴山：横亘于内蒙古自治区中部，是我国北方的屏障。

【解读】

《出塞》是乐府旧题，此诗是王昌龄早年赴西域时所作，是一首慨叹边战不断、国无良将的边塞诗。

诗从写景入手。首句"秦时明月汉时关"七个字，即展现出一幅壮阔的图画：一轮明月，照耀着边疆关塞。诗人只用大笔勾勒，不作细致描绘，却恰好显示了边疆的寥廓和景物的萧条，渲染出孤寂、苍凉的气氛。尤为奇妙的是，诗人在"月"和"关"的前面，用"秦汉时"加以修饰，使这幅月临关塞图，变成了时间中的图画，给万里边关赋予了悠久的历史感。面对这样的景象，边人触景生情，自然联想起秦汉以来无数献身边疆、至死未归的人们。"万里长征人未还"，又从空间角度点明边塞的遥远。一是说明边防不巩固，二是对士卒表示同情。这是从秦到汉乃至于唐代，都没有解决的大问题。于是在第三、四两句，诗人给出了回答。

"但使龙城飞将在，不教胡马度阴山"两句，融抒情与议论为一体，直接抒发戍边战士巩固边防的愿望和保卫国家的壮志，洋溢着爱国激情和民族自豪感。写得气势豪迈，铿锵有力。同时，这两句又语带讽刺，表现了诗人对朝廷用人不当和将帅腐败无能的不满。有弦外之音，使人寻味无穷。

这首诗虽然只有短短四行，但是通过对边疆景物和征人心理的描绘，表现的内容是复杂的。既有对久戍士卒的浓厚同情和结束这种边防不顾局面的愿望；又流露了对朝廷不能选贤任能的不满，同时又以大局为重，认识到战争的正义性，因而个人利益服从国家安全的需要，发出了"不教胡马度阴山"的誓言，洋溢着爱国激情。

纵观全诗，以平凡的语言，唱出了希望平息胡乱、安定边防的主旨，气势流畅，一气呵成，吟之莫不叫绝。明人李攀龙曾赞誉它是唐代七绝压卷之作，实不过分。

芙蓉楼送辛渐 [1] 二首（其一）

寒雨连江夜入吴，平明送客楚山孤 [2]。
洛阳亲友如相问，一片冰心在玉壶 [3]。

【注释】

[1] 芙蓉楼：为唐代润州即今江苏镇江之西北角楼。辛渐：其人不详。此诗当作于王昌龄官江宁丞时。据殷璠《河岳英灵集》卷下记载，王昌龄晚年"晚节不矜细行，谤议沸腾，再历遐荒"，正是此时。王昌龄此诗正是要向亲友表明自己的清白。

[2] 平明：天刚亮。楚山：润州春秋时属吴地，战国时属楚地，故称楚山，与上句"吴"互文。

[3] 冰心、玉壶：此用以表明自己心地纯洁。语有所本：陆机《汉高祖功臣颂》有"心若怀冰"句，鲍照《白头吟》有"清如玉壶冰"句，姚崇《冰壶诚序》云："内怀冰清，外涵玉润，此君子冰壶之德也。"俱用以比喻君子之品格。

【解读】

此诗大约作于天宝元年（742年）王昌龄出为江宁（今南京市）丞时。王昌龄开元十五年（727年）进士及第；开元二十七年（739年）远谪岭南；次年北归，自岁末起任江宁丞，仍属谪宦。辛渐是王昌龄的朋友，这次拟由润州渡江，取道扬州，北上洛阳。王昌龄可能陪他从江宁到润州，然后在此分手。

首句"寒雨连江夜入吴"，迷蒙的烟雨笼罩着吴地江天（江宁一带，此地是三国孙吴故地），织成了一张无边无际的愁网。夜雨增添了萧瑟的秋意，也渲染出了离别的黯淡气氛。那寒意不仅弥漫在满江烟雨之中，更沁透在两个离别友人的心头上。"连"字和"入"字写出雨势的平稳连绵，江雨悄然而来的动态能为人分明地感知，则诗人因离情萦怀而一夜未眠的情景也自可想见。但是，这一幅水天相连、浩渺迷茫的吴江夜雨图，正好展现了一种极其高远壮阔的境界。他只是将听觉、视觉和想象概括成连江入吴的雨势，以大片淡墨染出满纸烟雨，这就用浩大的气魄烘托了"平明送客楚山孤"的开阔意境。一个"孤"字如同感情的引线，自然而然牵出了后两句临别叮咛之辞："洛阳亲友如相问，一片冰心在玉壶。"诗人从清澈无瑕、澄空见底的玉壶中捧出一颗晶亮纯洁的冰心以告慰友人。

诗人在这以晶莹透明的冰心玉壶自喻，正是基于他与洛阳诗友亲朋之间的真正了解和信任，这绝不是洗刷谗名的表白，而是蔑视谤议的自誉。因此诗人从清澈无瑕、澄空见底的玉壶中捧出一颗晶亮纯洁的冰心以告慰友人，这就比任何相思的言辞都更能表达他对洛阳亲友的深情。

从军行七首（其一）

烽火城西百尺楼，黄昏独坐海风秋。
更吹羌笛关山月，无那[1]金闺万里愁。

【注释】

[1] 无那：无奈，指无法消除思亲之愁。

【解读】

《从军行》组诗是王昌龄采用乐府旧题写的边塞诗，共有七首。这一首，刻画了边疆戍卒怀乡思亲的深挚感情。

这首小诗，笔法简洁而富蕴意，写法上很有特色。诗人巧妙地处理了叙事与抒情的关系。前三句叙事，描写环境，采用了层层深入、反复渲染的手法，创造气氛，为第四句抒情做铺垫，突出了抒情句的地位，使抒情句显得格外警拔有力。"烽火城西"，一下子就点明了这是在青海烽火城西的瞭望台上。荒寂的原野，四顾苍茫，只有这座百尺高楼，这种环境很容易引起人的寂寞之感。时令正值秋季，凉气侵人，正是游子思亲、思妇念远的季节。时间又逢黄昏，"鸡栖于埘，日之夕矣，羊牛下来。君子于役，如之何勿思！"（《诗经·王风·君子于役》）这样的时间常常触发人们思念于役在外的亲人。而此时此刻，久戍不归的征人恰恰"独坐"在孤零零的戍楼上。天地悠悠，牢落无偶，思亲之情正随着青海湖方向吹来的阵阵秋风任意翻腾。上面所描写的，都是通过视觉所看到的环境，没有声音，还缺乏立体感。接着诗人写道："更吹羌笛关山月"。在寂寥的环境中，传来了阵阵呜呜咽咽的笛声，就像亲人在呼唤，又像是游子的叹息。这缕缕笛声，恰似一根导火线，使边塞征人积郁在心中的思亲感情，再也控制不住，终于来了个大爆发，引出了诗的最后一句。这一缕笛声，对于"独坐"在孤楼之上的闻笛人来说是景，但这景又饱含着吹笛人所抒发的情，使环境更具体、内容更丰富了。诗人用这亦情亦景的句子，不露痕迹，完成了由景入情的转折过渡，何等巧妙、何等自然！

在表现征人思想活动方面，诗人运笔也十分委婉曲折。环境氛围已经造成，为抒情铺平垫稳，然后水到渠成，直接描写边人的心理——"无那金闺万里愁"。诗人所要表现的是征人思念亲人、怀恋乡土的感情，但不直接写，偏从深闺妻子的万里愁怀反映出来。而实际情形也是如此：妻子无法消除的思念，正是征人思归又不得归的结果。这一曲笔，把征人和思妇的感情完全交融在一起了。就全篇而言，这一句如画龙点睛，立刻使全诗神韵飞腾，而更具动人的力量了。

王维（701—761），字摩诘，祖籍太原祁（今山西祁县）。九岁知属辞，十九岁应京兆府试点了头名，二十一岁（开元九年）中进士，任大乐丞。但不久即因伶人越规表演黄狮子舞被贬为济州（在今山东境内）司功参军。宰相张九龄执政时，王维被提拔为右拾遗，转监察御史。李林甫上台后，王维曾一度出任凉州河西节度使判官，二年后回京，不久又被派往湖北襄阳去主持考试工作。天宝年间，王维在终南山和辋川过着亦官亦隐的生活。公元765年，王维被攻陷长安的安禄山叛军所俘，他服药取痢，伪称瘖疾，结果被安禄山"遣人迎置洛阳，拘于普施寺，迫以伪署"。平叛后，降职为太子中允，后来又升迁为尚书右丞。自此，王维在半官半隐、奉儒参禅、吟山咏水的生活中，度过了自己的晚年。

王 维

王维的诗歌创作道路大致以开元二十六年（738年）张九龄罢相为界分为前后两个时期。前期诗作大都反映现实，具有明显的进步政治倾向，在一定程度上体现了盛唐时代积极进取的精神；后期的诗作多是描山摹水、歌咏田园风光的，其中也曲折地表达了对现实政治的不满，但情绪的主调却是颓唐消极的。

王维不仅工诗善画，且精通音律，擅长书法。诗歌、音乐、绘画三种艺术在审美趣味上相互融汇、相互渗透，具有独特的造诣，被苏轼誉之为："味摩诘之诗，诗中有画；观摩诘之画，画中有诗。"有《王右丞集》。

唐

终南山

太乙近天都 [1]，连山到海隅。

白云回望合，青霭入看无。

分野 [2] 中峰变，阴晴众壑殊。

欲投人处宿，隔水问樵夫。

【注释】

[1] 太乙：即终南山。天都：此指长安。

[2] 分野：将天上星宿配地上州国，称"分野"。

【解读】

开元二十九年（741 年），王维回到京城后，曾隐居终南山，该诗当作于这一时期。终南山西起甘肃天水，东至河陕县，东西绵延八百里，其势之大，其峰之高是令无数文人骚客所折服和吟咏的，这些王维都把握得相当好，传神之笔将其描绘得淋漓尽致。

首联运用夸张的手法，给读者一个终南山海拔高、延绵遥远的整体印象。"太乙"为终南山主峰，其高何许，诗人并没有给出明确的或是大概数据，一个"近"字，还有"天都"，将终南山的"高峻"勾勒出来了。"到海隅"又令读者感到终南山延绵之广，视野之开阔，意境之宏大。

颔联通过"白云"作衬，虚实结合；"青霭入看无"一句带读者进入神秘的终南山的氤氲之中。其观景视角由远及近，先白描出终南山的远景，而后随着游踪的变化，景色也迥异。原先白云缭绕的山峰，此时却没有一点儿雾霭的踪迹。神秘之境在诗人的"引带"下"真相大白"，畅快之意油然而"升"。

颈联"分野中峰变，阴晴众壑殊"，此刻诗人着眼于终南山的各个子峰，

"变"字道出了终南山的山峦起伏之大，子峰之多。接着巧妙地通过对"众壑"的阴晴对比，间接地把终南山的群峰相隔的距离点出，"殊"更意味深长地道出了"同山不同天"的奇异。

到了尾联，诗人却抛开写景，转向记事。面对如此美好的终南山，景色悠然，令无数游客恋恋不舍，以至于他"欲投人处宿"，其惬意心境由此看出。"隔水问樵夫"又把读者的注意力投向山中之水、山野之夫。那种生活该是多么清明洁净的山水啊，樵夫该是多么淳朴和蔼啊！此时又似诗人内心对终南山一草一木、一山一水、一虫一人的钟爱。

整首诗情景交融，寓心于山水，诗人心绪的愉悦如山泉般喷涌而出，没有小女子的柔情描摹，展现的是一种恢宏壮大的气势，是终南山之壮美景象。

酬张少府

晚年惟好静，万事不关心。自顾无长策，空知返旧林 [1]。
松风吹解带 [2]，山月照弹琴。君问穷通理，渔歌入浦深。

【注释】

[1] 旧林：故居。

[2] 吹解带：风吹着诗人的宽解衣带，表现一种闲散的情状。

【解读】

此诗直接描写王维归隐辋川后的心态。

诗开头就说"晚年惟好静，万事不关心"，描述了晚年惟好清静、万事皆不关心的心态，看似达观，实则表露出诗人远大抱负无法实现的无奈情绪。说自己人到晚年，惟好清静，对什么事情都漠不关心了，乍一看，生活态度消极之至，但这是表面现象。仔细推求起来，这"惟好静"的"惟"字大有文章。一是确实"只"好静。二是"动"不了才"只得"好静。三是显示出极端消极的生活态度。不写中年、早年"惟好静"，却写晚年变得"惟好静"，耐人寻味。如细细品味，不难发现此中包含着心灵的隐痛。

颔联紧承首联，"自顾无长策"道出诗人理想的破灭和思想上的矛盾、痛苦，在冷硬的现实面前，深感无能为力。既然理想无法实现，就只好另寻出路。入世不成，便只剩下出世一条路了。亦即跳出是非场，放波山水，归隐田园，"空知返旧林"。一个"空"字，包含着几多酸楚与感慨！

王维此时虽任京官，但对朝政已经完全失望，开始过着半官半隐的生活，"晚年惟好静，万事不关心"，正是他此时内心的真实写照。

颈联写的是诗人归隐"旧林"后的通送适意。理想落空的悲哀被"松风吹解带，山月照弹琴"的闲适所取代。摆脱了仕宦的种种压力，诗人可以迎着松林清风解带敞怀，在山间明月的伴照下独坐弹琴，自由自在，悠然自得。然而在这恬淡闲适的生活中，依然可以感受到诗人内心深处的隐痛和感慨。诗人肯定、赞赏那种"松风吹解带，山月照弹琴"的隐逸生活和闲适情趣，其原因所在，联系上面的分析，读者可以体会到这实际上是他在苦闷之中追求精神解脱的一种表现。既含有消极因素，又含有与官场生活相对照、隐示厌恶与否定官场生活的意味。

"松风""山月"均含有高洁之意。王维追求这种隐逸生活和闲适情趣，说他逃避现实也罢，自我麻醉也罢，无论如何，总比同流合污、随波逐流好。诗人在前面四句抒写胸臆之后，抓住隐逸生活的两个典型细节加以描绘，展现了一幅鲜明生动的形象画面，将"松风""山月"都写得似通人意，情与景相生，意和境相谐，主客观融为一体，这就大大增强了诗歌的形象性。

尾联诗人借答张少府，用《楚辞·渔父》的结意现出诗人企羡渔父悠然独居，不问人间穷通。歌入浦，以不答为咎，合不尽之意于言外。"君问穷通理，渔歌入浦深"，用一问一答的形式，照应了"酬"字；同时，又妙在以不答作答：若要问我穷通之理，我可要唱着渔歌向河浦的深处去了。末句含蓄蕴藉，耐人咀嚼，似乎在说：世事如此，还问什么穷通之理，不如跟我一块儿归隐去吧！又淡淡地勾出一幅画面，用它来结束全诗。

从表面上看，诗人显得很达观。可是，细加体会就可以看出，这种对万事不关心的态度，正是一种抑郁不满的情绪，字里行间流露出不得已的苦闷，说明了诗人仍然未忘朝政，消沉思想是理想幻灭的产物。"自顾无长策，空知返旧林"两句含义是非常深永的。他没有回天之力，又不愿同流合污，只能洁身隐遁。他又故意用轻松的笔调描写隐居之乐，并对友人说"君问穷能理，渔歌入浦深"，大有深意，似乎只有在山林生活中他才领悟了人生的真谛，表现出诗人不愿与统治者合作的态度，语言含蓄有致，发人深思。诗的末句又淡淡地勾出一幅画面　含蓄而富有韵味，耐人咀嚼，发人深思，正是这样一种妙结。

山居秋暝 [1]

空山 [2] 新雨后，天气晚 [3] 来秋。
明月松间照，清泉石上流。
竹喧 [4] 归浣女 [5]，莲动 [6] 下 [7] 渔舟。
随意春芳歇，王孙自可留 [8]。

【注释】

[1] 暝：日落、夜晚。

[2] 空山：空旷、空寂的山野。

[3] 晚：傍晚、夜间。

[4] 竹喧：指竹林中笑语喧哗。

[5] 浣（huàn）女：洗衣服的姑娘。

[6] 莲动：意思是溪中莲花动荡。

[7] 下：归。

[8] 随意春芳歇，王孙自可留：反用《楚辞·招隐士》"王孙兮归来，山中兮不可以久留"句意。意思是任凭它春芳消散，王孙也可以久留，因为秋色同样迷人，使人留恋。随意：任凭。春芳：春天的芳华。歇：消散、逝去。王孙：原指贵族子弟，后来也泛指隐居的人，此处是诗人自称。留：居。

【解读】

此诗描绘了秋雨初晴后傍晚时分山村的旖旎风光和山居村民的淳朴风

尚，表现了诗人寄情山水田园并对隐居生活怡然自得的满足心情，以自然美来表现人格美和社会美。

"空山新雨后，天气晚来秋。"诗中明确写有浣女渔舟，诗人却下笔说是"空山"。这是因为山中树木繁茂，掩盖了人们活动的痕迹。由于这里人迹罕至，自然不知山中有人来了。"空山"两字点出此外有如世外桃源，山雨初霁，万物为之一新，又是初秋的傍晚，空气之清新，景色之美妙，可以想见。

"明月松间照，清泉石上流。"天色已暝，却有皓月当空；群芳已谢，却有青松如盖。山泉清冽，淙淙流泻于山石之上，有如一条洁白无瑕的素练，在月光下闪闪发光，生动表现了幽清明净的自然美。这两句写景如画，随意洒脱，毫不着力。像这样又动人又自然的写景，达到了艺术上炉火纯青的地步，的确非一般人所能学到。

"竹喧归浣女，莲动下渔舟。"竹林里传来了一阵阵歌声笑语，那是一些天真无邪的姑娘洗罢衣服笑逐着归来了；亭亭玉立的荷叶纷纷向两旁披分，掀翻了无数珍珠般晶莹的水珠，那是顺流而下的渔舟划破了荷塘月色的宁静。在这青松明月之下，在这翠竹青莲之中，生活着这样无忧无虑、勤劳善良的人们。这纯洁美好的生活图景，反映了诗人过安静淳朴生活的理想，同时也从反面衬托出他对污浊官场的厌恶。这两句写得很有技巧，而用笔不露痕迹，使人不觉其巧。诗人先写"竹喧""莲动"，因为浣女隐在竹林之中，渔舟被莲叶遮蔽，起初未见，等到听到竹林喧声，看到莲叶纷披，才发现浣女、莲舟。这样写更富有真情实感，更富有诗意。

诗的中间两联同是写景，而各有侧重。颔联侧重写物，以物芳而明志洁；颈联侧重写人，以人和而望政通。同时，二者又互为补充，泉水、青松、翠竹、青莲，可以说都是诗人高尚情操的写照，都是诗人理想境界的环境烘托。

既然诗人是那样高洁，而他在那貌似"空山"之中又找到了一个称心的世外桃源，所以就情不自禁地说："随意春芳歇，王孙自可留！"本来，《楚辞·招隐士》说："王孙兮归来，山中兮不可久留。"诗人的体会恰好相反，他觉得"山中"比"朝中"好，洁净淳朴，可以远离官场而洁身自好，所以就决然归隐了。

这首诗一个重要的艺术手法，是以自然美来表现诗人的人格美和一种理想中的社会之美。表面看来，这首诗只是用"赋"的方法模山范水，对景物作细致感人的刻画，实际上通篇都是比兴。诗人通过对山水的描绘寄慨言志，蕴含丰富，耐人寻味。

李　白

李白（701—762），字太白。出生在唐安西都护府碎叶城（今巴尔喀什湖南、吉尔吉斯共和国境内）。五岁时随父迁居绵州彰明县（今四川省江油市）青莲乡，因号青莲居士。他在蜀中度过了童年和青少年时代。二十五岁时，"仗剑去国，辞亲远游"（《上安州裴长史书》），到长江、黄河中下游各地漫游，希望能实现自己的政治抱负。天宝二年（743年），在吴筠的推荐下，四十岁的李白被唐玄宗召入长安，供奉翰林，但因权贵进谗言，次年就被排挤出京。安史之乱的第二年，李白怀着除乱安民的志愿，在镇守江南的永王幕中任职。后来，永王兵败被杀，李白也被流放夜郎。虽途中遇赦，仍在三年后病逝于安徽当涂。

　　李白的诗歌广泛地反映了盛唐的时代风貌。抒发了他"济苍生""安黎元"的美好愿望。李白继承并发展了屈原以来我国诗歌的浪漫主义传统，使其达到巅峰。他飘逸豪迈的风格和一泻千里的笔法对后世产生了深远的影响，不愧为我国古典诗歌领域最伟大的诗人。

蜀道难 [1]

噫吁嚱 [2]！危乎高哉！

蜀道之难，难于上青天！

蚕丛及鱼凫 [3]，开国何茫然！

尔来四万八千岁 [4]，不与秦塞通人烟 [5]。

西当太白有鸟道 [6]，可以横绝峨眉巅。

地崩山摧壮士死，然后天梯石栈相钩连 [7]。

上有六龙回日之高标 [8]，下有冲波逆折之回川 [9]。

黄鹤之飞尚不得过，猿猱欲度愁攀援 [10]。

青泥 [11] 何盘盘，百步九折萦岩峦。

扪参历井 [12] 仰胁息，以手抚膺 [13] 坐长叹：

问君西游何时还，畏途巉岩不可攀。

但见悲鸟号古木，雄飞雌从绕林间。

又闻子规 [14] 啼夜月，愁空山。

蜀道之难，难于上青天，使人听此凋朱颜！

连峰去天不盈尺，枯松倒挂倚绝壁。

飞湍瀑流争喧豗 [15]，砯崖 [16] 转石万壑雷。

其险也如此，嗟尔远道之人胡为乎 [17] 来哉。

剑阁 [18] 峥嵘而崔嵬，一夫当关，万夫莫开 [19]。

所守或匪亲，化为狼与豺 [20]。

朝避猛虎，夕避长蛇，磨牙吮血，杀人如麻。

锦城 [21] 虽云乐，不如早还家。

蜀道之难，难于上青天，侧身西望长咨嗟 [22]。

【注释】

[1]《蜀道难》：乐府旧题，属"相和歌辞·瑟调曲"中的调名，内容多写蜀道的艰险。今存《蜀道难》诗除此之外，尚有梁简文帝二首，刘孝威二首，阴铿一首，唐张文琮一首。李白此诗大约是在长安送友人入蜀而作，本阴铿《蜀道难》"蜀道难如此，功名讵可要"之意。

[2] 噫吁嚱：蜀方言。宋庠《宋景文公笔记》卷上："蜀人见物惊异，辄曰'噫吁嚱'。"表示惊叹声。

[3] 蚕丛及鱼凫：传说古蜀国两位国王的名字。《文选》卷四《三都赋》刘逵注："扬雄《蜀王本纪》曰：'蜀王之先，名蚕丛、柏濩、鱼凫、蒲泽、开明。从开明上到蚕丛，积三万四千岁'。"《华阳国志·蜀志》："蜀侯蚕丛，其目纵，始称王，死作石棺，石椁，国人从之。故俗以石棺椁为纵目人冢也。次王曰柏灌，次王曰鱼凫。鱼凫王田于湔山，忽得仙道，蜀人思之为立祠。"

[4] 尔来：从那时以来。指开国之初。四万八千岁：夸张而大约言之。

[5] 秦塞：秦地。秦国自古称为四塞之国。塞，山川险要的地方。

[6] 西当：西对。当，阻挡太白：太白山，又名太乙山，在长安西（今陕西眉县、太白县一带）。鸟道：只有鸟能飞过的小路。

[7] "地崩"句：《华阳国志·蜀志》："秦惠王知蜀王好色，许嫁五女于蜀。蜀遣五丁迎之。还到梓潼，见一大蛇入穴中。一人揽其尾掣之，不禁，至五人相助，大呼拽蛇，山崩时压杀五人及秦五女并将从，而山分为五岭。"

[8] 六龙回日：《初学记》卷一天部三：《淮南子》云："爰止羲和，爰息六螭，是谓悬车。"注曰："日乘车，驾以六龙。羲和御之。日至此而薄于虞渊，羲和至此而回六螭。"螭即龙。高标：指蜀山中可作一方之标识的最高峰。一说高标山又名高望山，乃嘉定府之主山。

[9] 冲波逆折：冲波即水流冲击腾起的波浪，这里指激流；逆折即水流回旋。回：回旋。

[10] 猱：猿的一种，善攀援。

[11] 青泥：青泥岭，在今陕西略阳县西北五十三里。《元和郡县志》卷二十二山南道貌岸然兴州长举县："青泥岭，在县（略阳县）西北五十三里，接溪山东，即今通路也。悬崖万仞，山多云雨，行者屡逢泥淖，故号青泥岭。"

[12]扪参历井：山高入天，人在山上，可以用手触摸星星，甚至能从它们中间穿过。参、井是二星宿名。古人把天上的星宿分别指配于地上的州国，叫作"分野"，以便通过观察天象来占卜地上所配州国的吉凶。参星为蜀之分野，井星为秦之分野。扪：用手摸。历：经过。胁息：屏住呼吸。

[13]膺：胸。坐：空，徒。

[14]子规：即杜鹃鸟，蜀地最多，鸣声悲哀。《文选》卷四左思《蜀都赋》："鸟生杜宇之魄。"刘渊林注引《蜀记》曰："昔有人姓杜名宇，王蜀，号曰望帝。宇死，俗说云宇化为子规。子规，鸟名也。蜀人闻子规鸣，皆曰望帝也。"王注："按子规即杜鹃也，蜀中最多，南方亦有之，状如鹊鹞，而色惨黑，赤口，有小冠，春暮即鸣，夜啼达旦，至夏尤甚，昼夜不止，鸣必向北，若云'不如归去'，声甚哀切。"

[15]喧豗（huī）：水流轰响声。

[16]砯（pīng）崖：水撞石之声。转：使转动。

[17]胡为乎：为什么。乎，语气助词，无义。

[18]剑阁：又名剑门关，在四川剑阁县北，是大、小剑山之间的一条栈道，长约三十里。《华阳国志》《水经注》卷二十、《元和郡县志》卷三十三均有记载。

[19]"一夫"句：《文选》卷四左思《蜀都赋》："一人守隘，万夫莫向。"《文选》卷五十六张载《剑阁铭》："一人荷戟，万夫趑趄。形胜之地，匪亲勿居。"一夫当关：一人守关。莫开：不能打开。

[20]"所守"一句：守关的将领倘若不是自己的亲信，就会变成叛乱者。或：倘若。匪：通"非"。狼与豺：比喻叛乱的人。

[21]锦城：《元和郡县志》卷三十一剑南道成都府成都县："锦城在县南十里，故锦官城也。"今四川成都市。

[22]咨嗟：叹息。

【解读】

《蜀道难》是乐府旧题。一般认为，李白的这首《蜀道难》很可能是天宝初年（742年—744年）他身在长安时为送友人王炎入蜀而写的，目的可能是规劝王炎不要羁留蜀地，早日回归长安，避免遭到嫉妒小人陷害。诗中，诗人展开丰富的想象，着力描绘了秦蜀道路上奇丽惊险的山川。

诗人大体按照由古及今，自秦入蜀的线索，抓住各处山水特点来描写，以展示蜀道之难。

从"噫吁嚱"到"然后天梯石栈相钩连"为一个段落。一开篇就极言蜀道之难，以感情强烈的咏叹点出主题，为全诗奠定了雄放的基调。以下随着感情的起伏和自然场景的变化，"蜀道之难，难于上青天"的咏叹反复出现，像一首乐曲的主旋律一样激荡着读者的心弦。

说蜀道的难行比上天还难，这是因为自古以来秦、蜀之间被高山峻岭阻挡，由秦入蜀，太白峰首当其冲，只有高飞的鸟儿能从低缺处飞过。太白峰在秦都咸阳西南，是关中一带的最高峰。民谚云："武公太白，去天三百。"诗人以夸张的笔墨写出了历史上不可逾越的险阻，并融汇了五丁开山的神话，点染了神奇色彩，犹如一部乐章的前奏，具有引人入胜的妙用。下面即着力刻画蜀道的高危难行了。

从"上有六龙回日之高标"至"使人听此凋朱颜"为又一段落。这一段极写山势的高危，山高写得愈充分，愈可见路之难行。你看那突兀而立的高山，高标接天，挡住了太阳神的运行；山下则是冲波激浪、曲折回旋的河川。诗人不但把夸张和神话融为一体，直写山高，而且衬以"回川"之险。唯其水险，更见山势的高危。诗人意犹未尽，又借黄鹤与猿猱来反衬。山高得连千里翱翔的黄鹤也不得飞度，轻疾敏捷的猿猴也愁于攀援，不言而喻，人行走就难上加难了。以上用虚写手法层层映衬，下面再具体描写青泥岭的难行。

青泥岭，为唐代入蜀要道。诗人着重就其峰路的萦回和山势的峻危来表现人行其上的艰难情状和畏惧心理，捕捉了在岭上曲折盘桓、手扪星辰、呼吸紧张、抚胸长叹等细节动作加以摹写，寥寥数语，便把行人艰难的步履、惶悚的神情，绘声绘色地刻画出来，困危之状如在目前。至此蜀道的难行似乎写到了极处。但诗人笔锋一转，借"问君"引出旅愁，以忧切低昂的旋律，把读者带进一个古木荒凉、鸟声悲凄的境界。杜鹃鸟空谷传响，充满哀愁，使人闻声失色，更觉蜀道之难。诗人借景抒情，用"悲鸟号古木""子规啼夜月"等感情色彩浓厚的自然景观，渲染了旅愁和蜀道上空寂苍凉的环境气氛，有力地烘托了蜀道之难。

然而，逶迤千里的蜀道，还有更为奇险的风光。自"连峰去天不盈尺"

至全篇结束，主要从山川之险来揭示蜀道之难，着力渲染惊险的气氛。如果说"连峰去天不盈尺"是夸饰山峰之高，"枯松倒挂倚绝壁"则是衬托绝壁之险。

诗人先托出山势的高险，然后由静而动，写出水石激荡、山谷轰鸣的惊险场景。好像一串电影镜头：开始是山峦起伏、连峰接天的远景画面；接着平缓地推成枯松倒挂绝壁的特写；而后，跟踪而来的是一组快镜头，飞湍、瀑流、悬崖、转石，配合着万壑雷鸣的音响，飞快地从眼前闪过，惊险万状，目不暇接，从而造成一种势若排山倒海的强烈艺术效果，使蜀道之难的描写，简直达到了登峰造极的地步。如果说上面山势的高危已使人望而生畏，那此处山川的险要更令人惊心动魄了。

在十分惊险的气氛中，最后写到蜀中要塞剑阁，在大剑山和小剑山之间有一条三十里长的栈道，群峰如剑，连山耸立，削壁中断如门，形成天然要塞。因其地势险要，易守难攻，历史上在此割据称王者不乏其人。诗人从剑阁的险要引出对政治形势的描写。他化用西晋张载《剑阁铭》中"形胜之地，匪亲勿居"的语句，劝人引为鉴戒，警惕战乱的发生，并联系当时的社会背景，揭露了蜀中豺狼的"磨牙吮血，杀人如麻"，从而表达了对国事的忧虑与关切。

唐以前的《蜀道难》作品，简短单薄。李白对东府古题有所创新和发展，用了大量散文化诗句，字数从三言、四言、五言、七言，直到十一言，参差错落，长短不齐，形成极为奔放的语言风格。诗的用韵，也突破了梁陈时代旧作一韵到底的程式。后面描写蜀中险要环境，一连三换韵脚，极尽变化之能事。

将进酒[1]

君不见黄河之水天上来，奔流到海不复回。
君不见高堂明镜悲白发，朝如青丝暮成雪[2]。
人生得意须尽欢，莫使金樽空对月[3]。
天生我材必有用，千金散尽还复来。
烹羊宰牛且为乐，会须一饮三百杯[4]。

岑夫子，丹丘生 [5]。

与君歌一曲，请君为我倾耳听。

钟鼓馔玉何足贵 [6]，但愿长醉不复醒。

古来圣贤皆寂寞，唯有饮者留其名。

陈王昔时宴平乐 [7]，斗酒十千恣欢谑 [8]。

主人何为言少钱 [9]，径须沽取对君酌 [10]。

五花马，千金裘 [11]，

呼儿将出 [12] 换美酒，与尔同销万古愁！

【注释】

[1] 将进酒：是乐府《鼓吹曲·汉铙歌》的旧题，本以欢宴饮酒放歌为内容。

[2] 青丝：黑发。上四句言岁月易逝，人生易老。

[3] 金樽：指精美的酒器。

[4] 会须：正当。

[5] 岑夫子：即岑勋，南阳人。丹丘生：即元丹丘。二人都是李白之友。

[6] 钟鼓：富贵人家宴会时用的乐器。馔玉：吃精美的饮食。馔：吃喝。钟鼓馔玉：泛指富贵豪华的生活。

[7] 陈王：指三国魏之曹植，被封陈王。平乐：指平乐观。

[8] 斗酒十千：一斗酒值十千钱。极言酒好。恣：任意。欢谑：欢笑。上二句化用曹植《名都篇》中句："归来宴平乐，美酒斗十千。"

[9] 何为：为什么。

[10] 沽取：买来。

[11] 五花马：指名贵的马。唐开元、天宝时，好马的鬃毛都被剪成花瓣形，三瓣称三花，五瓣称五花。千金裘：名贵的皮衣。《史记·孟尝君传》："孟尝君有一狐白裘，值千金，天下无双。"

[12] 将出：取出。

【解读】

此诗大约作于李白"赐金还山"后。诗的开篇凭空落下一笔写出壮丽的诗句，抒发了李白心中郁积的感慨。诗中以很大的篇幅劝朋友多饮酒，从酒中寻求寄托与安慰。这种消极的人生态度反衬了李白自信乐观的精神，他在牢骚悲愤之后，大声呼喊"天生我材必有用，千金散尽还复来"。痛苦与快乐交织在一起，形成了本诗感情充沛跌宕的特点。

置酒会友，乃人生快事，又恰值怀才不遇之际，于是乎对酒诗情，挥洒个淋漓尽致。诗人的情感与文思在这一刻如同狂风暴雨势不可挡；又如江河入海一泻千里。时光流逝，如江河入海一去无回；人生苦短，看朝暮间青丝白雪；生命的渺小似乎是个无法挽救的悲剧，能够解忧的唯有金樽美酒。这便是李白式的悲哀：悲而能壮，哀而不伤，极愤慨而又极豪放。表是在感叹人生易老，里则在感叹怀才不遇。理想的破灭是黑暗的社会造成的，诗人无力改变，于是把冲天的激愤之情化做豪放的行乐之举，发泄不满，排遣忧愁，反抗现实。全篇大起大落，诗情忽翕忽张，由悲转喜、转狂放、转激愤、再转狂放，最后归结于"万古愁"，回应篇首，如大河奔流，纵横捭阖，力能扛鼎。

全诗五音繁会，句式长短参差，气象不凡。此篇如鬼斧神工，足以惊天地、泣鬼神，是"诗仙"李白的巅峰之作。

行路难 [1] 三首（其一）

金樽清酒斗十千 [2]，玉盘珍羞直万钱 [3]。
停杯投箸不能食 [4]，拔剑四顾心茫然。
欲渡黄河冰塞川，将登太行雪暗天 [5]。
闲来垂钓坐溪上 [6]，忽复乘舟梦日边 [7]。
行路难，行路难，多歧路，今安在？
长风破浪会有时 [8]，直挂云帆济沧海 [9]。

【注释】

[1] 行路难：乐府《杂曲歌辞》之旧题，以言世路艰难以及离别伤悲为内容。李白此题下原有三首，这是第一首。

[2] 金樽：指精美的酒器。斗十千：一斗酒值十千钱，极言酒好价高。此用曹植《名都篇》"归来宴平乐，美酒斗十千"之语。

[3] 珍羞：珍贵的菜肴。直：值。

[4] 箸：筷子。

[5] 太行：太行山。雪暗天：大雪满天，使天为之昏暗。

[6] 垂钓坐溪上：姜太公未遇周文王时，曾在渭水磻溪垂钓。

[7] 乘舟梦日边：传说伊尹见商汤前，曾梦见乘舟经过日月边。上两句用两个典故，比喻人生遇合无常。

[8] 长风破浪：据《宋书·宗悫传》记载，宗悫在回答叔父宗炳志向是什么的提问时，答道："愿乘长风破万里浪。"

[9] 云帆：此指大海中的航船。济：渡。沧海：大海。

【解读】

《行路难》是乐府旧题。南朝诗人鲍照曾沿用此题写了一组抒发怀才不遇之感的诗，李白此诗受鲍诗影响，但有自己的风格特点。诗写自己面对美酒、佳肴，吃不下去，感慨不能如吕尚、伊尹般一展抱负。但诗的结尾体现了李白诗昂扬向上的乐观主义精神，扫去了前面悲愤的气氛。

这首诗一共十四句，八十二个字，在七言歌行中只能算是短篇，但它跳荡纵横，具有长篇的气势格局。其重要的原因之一，就在于它百步九折地揭示了诗人感情的激荡起伏、复杂变化。诗的一开头，"金樽美酒""玉盘珍羞"，让人感觉似乎是一个欢乐的宴会，但紧接着"停杯投箸""拔剑四顾"两个细节，就显示了感情波涛的强烈冲击。中间四句，刚刚慨叹"冰塞川""雪暗天"，又恍然神游千载之上，仿佛看到了吕尚、伊尹由微贱而忽然得到君主重用。诗人心理上的失望与希望、抑郁与追求，急遽变化交替。"行路难，行路难，多歧路，今安在？"四句节奏短促、跳跃，完全是急切不安状态下的内心独白，逼肖地传达出进退失据而又要继续探索追求的复杂心理。结尾二句，经过前面的反复回旋以后，境界顿开，唱出了高昂乐观的调子，相信他自己的理想抱负总有实现的一天。通过这样层层叠叠的感情起伏变化，既充分显示了黑暗污浊的政治现实对诗人的宏大理想抱负的阻遏，反映了由此而引起的诗人内心的强烈苦闷、愤郁和不平，同时又突出表现了诗人的倔强、自信和他对理想的执着追求，展示了诗人力图从苦闷中挣脱出来的强大精神力量。

这首诗跳荡纵横，百步九折地揭示了诗人感情的激荡起伏、复杂变化。在题材、表现手法上都受到鲍照《拟行路难》的影响，但却青出于蓝而胜于蓝。两个人的诗，都在一定程度上反映了封建统治者对人才的压抑，而由于时代和诗人精神气质方面的原因，李诗却揭示得更加深刻强烈，同时还表现了一种积极的追求、乐观的自信和顽强地坚持理想的品格。因而，和鲍作相比，李诗的思想境界就显得更高。本诗转折变幻，感情起伏跌宕，有很强的感染力。

梦游天姥吟留别 [1]

海客谈瀛洲 [2]，烟涛微茫信难求。

越人语天姥，云霓明灭或可睹。

天姥连天向天横，势拔五岳掩赤城 [3]。天台四万八千丈 [4]，对此欲倒东南倾。我欲因之梦吴越 [5]，一夜飞渡镜湖月 [6]。

湖月照我影，送我至剡溪 [7]。

谢公宿处今尚在 [8]，渌水荡漾清猿啼 [9]。脚著谢公屐 [10]，身登青云梯 [11]。

半壁见海日，空中闻天鸡。

千岩万转路不定，迷花倚石忽已暝。

熊咆龙吟殷岩泉 [12]，栗深林兮惊层巅。云青青兮欲雨，水澹澹兮生烟。

列缺霹雳 [13]，丘峦崩摧。

洞天石扇 [14]，訇然中开 [15]。

青冥浩荡不见底 [16]，日月照耀金银台 [17]。霓为衣兮风为马 [18]，云之君兮纷纷而来下 [19]。虎鼓瑟兮鸾回车 [20]，仙之人兮列如麻。忽魂悸以魄动，恍惊起而长嗟。

惟觉时之枕席，失向来之烟霞。

世间行乐亦如此，古来万事东流水。别君去兮何时还？

且放白鹿青崖间 [21]，须行即骑访名山。安能摧眉折腰事权贵 [22]，使我不得开心颜！

【注释】

[1] 天姥：山名，越东灵秀之地，以奇绝著称。东接天台山，西连沃洲山，最高峰称拨云间。吟：古代诗体的一种，内容多慨叹愁怨深思之类。

[2] 海客：海上往来的客人。瀛洲：相传东海有三座神山，即蓬莱、方丈、瀛洲，为神仙所居。

[3] 拔：超出。五岳：东岳泰山、西岳华山、南岳衡山、北岳恒山、中岳嵩山。此处泛指所有名山。赤城：山名，为天台山余脉。

[4] 天台：即天台山。四万八千丈：用夸张手法，烘托天姥之高。

[5] 吴越：这里实指越。

[6] 镜湖：又称鉴湖，是汉代修造的人工湖。

[7] 剡（shàn）溪：水名，源于天台，为汉曹娥江上游。剡溪沿岸，名山奇秀，风景清幽。

[8] 谢公宿处：南朝宋诗人谢灵运，少博学，工书画，好游山水名胜，善刻自然景物，开启中国文学史上山水诗一派。谢灵运游天姥山，曾投宿剡溪。并写下"暝投剡中宿，明登天姥岑"的诗句。

[9] 渌水：渌通"绿"，清水。

[10] 谢公屐：《晋书·谢灵运传》记载：谢灵运"寻山涉岭，必造幽峻，岩障数十里，莫不备登。登蹑常着木屐，上山则去其前齿，下山则去其后齿。"穿着此木屐登山或下山，可使身体保持平衡，世人因此称谢公屐。

[11] 青云梯：山岭高峻陡峭，沿石级而上感觉可以直入青云。谢灵运《登石门最高顶》："惜无同怀客，共登青云梯。"

[12] 殷：震动。

[13] 列缺：闪电。

[14] 洞天：道家称神仙所居之地。

[15] 訇然：响声宏大。

[16] 青冥：天空。李白《长相思》："上有青冥之长天，下有渌水之波澜。"

[17] 金银台：神仙居住的地方。

[18] 霓：虹。

[19] 云之君：指云神。

[20] 鸾：代指神仙的禽鸟。

[21] 白鹿：传说仙人常骑白鹿。

[22] 摧眉：低眉。事：侍候。

【解读】

天宝元年（742年），李白应召入长安。他本想借此机会实现其政治抱负，但却未被重视。天宝三年便被打发回家。天宝四年李白漫游吴越，此诗是他行前留赠朋友的。全诗均描写梦境，想象奇诡，驰骋奔放，把读者带入虚幻神妙的境界。

诗的开头几句是写入梦的缘由。诗人说：海上回来的人谈起过瀛洲，那瀛洲隔着茫茫大海，实在难以寻找；越人谈起过天姥山，天姥山在云霞里时隐时现，也许还可以看得到。先说"海客谈瀛洲，烟涛微茫信难求"，这一笔是陪衬，使诗一开始就带有神奇的色彩；再说"越人语天姥，云霞明灭或可睹"，转入正题。以下就极力描写天姥山的高大。诗人先拿天姥山跟天相比，只见那山横在半天云上，仿佛跟天联结在一起。再拿天姥山跟其他的山相比，它既超过以高峻出名的五岳，又盖过在它附近的赤城。接着诗人又换一个角度以天台山为着眼点来写，说那天姥山东南方的天台山虽然非常高，但在天姥山面前，也矮小得简直像要塌倒了。

在这里，诗人并没有直接说出天姥山怎样高，却用比较和衬托的手法，把那高耸的样子写得淋漓尽致，仿佛那高峻挺拔、在云霞里时隐时现的天姥山就在我们眼前，唤起了我们的幻想，跟着诗人一步步地向那梦幻境界飞去。从"我欲因之梦吴越"一句开始，诗人就进入了梦境。从这里到"失向来之烟霞"一大段，写的都是梦境，是全诗的主要部分。

诗人梦见自己在湖光月色的照耀下，一夜间飞过绍兴大都市的镜湖，又飞到剡溪。他看到：谢灵运投宿过的地方如今还在，那里渌水荡漾，清猿啼叫，景色十分幽雅。接着，诗人说：他穿着谢灵运特制的木屐，登上天姥山的上连青云的石阶。站在高山之巅，看见东海的红日在半山腰涌出，听见天鸡在空中啼叫。这样，从飞渡镜湖到登上天姥山顶，一路写来，景物一步步变幻，梦境一步步开展，幻想的色彩也一步步加浓，一直引向幻想的高潮。正面展开一个迷离恍惚、光怪陆离的神仙世界："千岩万转路不定，迷花倚石忽已暝。熊咆龙吟殷岩泉，栗深林兮惊层巅。云青青兮欲雨，水澹澹兮生烟。"这几句的意思是说，在千回万转的山石之间，道路弯弯曲曲，没有一定的方向。倚靠着岩石，迷恋缤纷的山花，天忽然昏黑了。熊在咆哮，龙在吟啸，震得山石、泉水、深林、峰峦都在发抖。天气也急剧地变化，青青的云天像要下雨，蒙蒙的水面升起烟雾。写得有声有色。这里采用了楚辞的句法，不仅使节奏发生变化，而且使读者联想到楚辞的风格，更增添了浪漫主义的色彩。突然间景象又起了变化：在我们面前，霹雳闪电大作，山峦崩裂，轰隆一声，通向神仙洞府的石门打开了，在一望无边、青色透明的天空里，显现出日月照耀着的金银楼阁。且看："列缺霹雳，丘峦崩摧。洞天石扉，訇然中开。青冥浩荡不见底，日月照耀金银台。"这里诗人接连用四个四言短句"列缺霹雳，丘峦崩摧。洞天石扉，訇然中开"，节奏参差错落，铿锵有力，把天门打开时的雄伟声势，充分地写了出来。"列缺"就是闪电。

在天门打开以前，诗人极力铺叙昏暗恍惚的色彩和惊天动地的响声，而天门打开以后，景象又是一片光辉灿烂，壮丽非凡。这样，前者就对后者起了烘托的作用，在诗的气势上，形成了一个由低沉到高昂的波澜。为神仙的出场渲染了神奇的背景。接着，许多神仙纷纷走出来，穿着彩虹做的衣裳，骑着风当作马，老虎在奏乐，鸾凤在拉车。梦境写到这里，达到了最高点，诗人的幻想真像"天马行空"，无拘无束地任意奔驰。读着这些迷人的诗句，好像是在欣赏色彩鲜艳、变化莫测的童话影片一样，是那样富于魅力，那样引人入胜。使人读了心驰神往，宛如置身神仙世界。

但是，好梦不长，心惊梦醒，一声长叹，枕席依旧，刚才的烟雾云霞哪里去了？诗在梦境的最高点忽然收住，急转直下，由幻想转到现实，仿佛音乐由响彻云霄的高音，一下子转入低音，使听者的心情也随着沉静下来。诗人由梦醒后的低回失望，引出了最后一段。这一段由写梦转入写实，揭示了全诗的中心意思。这首诗是用来留别的，要告诉留在鲁东的朋友，自己为什么要到天姥山去求仙访道。这一段是全诗的主旨所在，在短短的几句诗里，表现了诗人的内心矛盾，迸发出诗人强烈的感情。他认为，如同这场梦游一样，世间行乐，总是乐极悲来，古来万事，总是如流水那样转瞬即逝，还是骑着白鹿到名山去寻仙访道的好。这种对人生的伤感情绪和逃避现实的态度，表现了李白思想当中消极的一面。但是，我们评价这首诗里所表现的李白的思想，绝不能只看到这一面，还要看到另一面，更强烈的一面。在李白的思想当中，和"人生无常"相伴而来的，不是对人生的屈服，不是跟权臣贵戚同流合污，而是对上层统治者的蔑视和反抗。他的求仙访道，也不是像秦始皇、汉武帝那样为了满足无穷的贪欲，而是想用远离现实的办法表示对权臣贵戚的鄙弃和不妥协，正像诗的结句所说："安能摧眉折腰事权贵，使我不得开心颜！"哪能够低头弯腰伺候那些有权有势的人，使得我整天不愉快呢！从这里可以看出诗人的思想是曲折复杂的，但是它的主要方面是积极的，富有反抗精神的。

这首诗，在构思和表现手法方面，富有浪漫主义色彩。它完全突破了一般送别、留别诗的惜别伤离的老套，而是借留别来表明自己不事权贵的政治态度。在叙述的时候，又没有采取平铺直叙的办法，而是围绕着一场游仙的梦幻来构思的，直到最后才落到不事权贵的主旨上。这样的构思，给诗人幻想的驰骋开拓了广阔的领域。跟这样的构思相适应的是，大胆运用夸张的手法来描述幻想中的世界，塑造幻想中的形象。在这方面，诗人显示了非凡的才能，他写熊咆龙吟，写雷电霹雳，写空中楼阁，写霓衣风马……把幻想的场面写得活灵活现，真是令人眼花缭乱，惊心动魄。杜甫说李白"笔落惊风雨，诗成泣鬼神"，是十分恰当的评论。

月下独酌 [1]

花间一壶酒，独酌无相亲。
举杯邀明月，对影成三人 [2]。
月既不解饮 [3]，影徒随我身。
暂伴月将影 [4]，行乐须及春。
我歌月徘徊，我舞影零乱。
醒时同交欢，醉后各分散。

唐

永结无情游[5]，相期邈云汉[6]。

【注释】

[1] 酌：喝酒。

[2] 三人：指李白自己、月亮和人的影子。

[3] 不解饮：不会饮酒。

[4] 将：和。

[5] 无情游：忘情地游乐。

[6] 相期：相约。邈：远。云汉：银河。此指天上的仙境。

【解读】

李白在长安供奉翰林期间，对其所处的有名无实的职位渐渐感到厌倦。他怀着彷徨苦闷的心情写下了这首诗。诗中运用独特的想象，邀月、影为伴，时而同饮，时而歌舞，使孤独的场面变成热热闹闹、轻松欢快的气氛。但这恰从另一侧面反映了诗人内心深处的孤独。

诗人上场时，背景是花间，道具是一壶酒，登场角色只是他一个人，动作是独酌，加上"无相亲"三个字，场面单调得很。于是诗人忽发奇想，把天边的明月和月光下他的影子，拉了过来，连他自己在内，化成了三个人，举杯共酌，冷清清的场面，就热闹起来了。这是"立"。

可是，尽管诗人那样盛情，"举杯邀明月"，明月毕竟是"不解饮"的。至于那影子，虽然像陶潜所说的"与子相遇来，未尝异悲悦，憩荫若暂乖，止日终不别"（《影答形》），但毕竟影子也不会喝酒；诗人姑且暂时将明月和身影做伴，在这春暖花开之时（"春"逆挽上文"花"字），及时行乐。"顾影独尽，忽焉复醉。"（陶潜饮酒诗序）这四句又把月和影之情，说得虚无不可测，推翻了前案，这是"破"。

诗人已经渐渐进入醉乡了，酒兴一发，既歌且舞。歌时月色徘徊，依依不去，好像在倾听佳音；舞时诗人的身影，在月光之下，也转动零乱，好像与他共舞。醒时相互欢欣，直到酩酊大醉，躺在床上时，月光与身影，才无可奈何地分别。"我歌月徘徊，我舞影零乱。醒时同交欢，醉后各分散"，这四句又把月光和身影，写得对诗人一往情深。这又是"立"。

最后两句，诗人真诚地和"月""影"相约："永结无情游，相期邈云汉。"然而"月"和"影"毕竟还是无情之物，把无情之物，结为交游，主要还是在于诗人自己的有情。"永结无情游"句中的"无情"是破，"永结"和"游"是立，又破又立，构成了最后的结论。

诗写诗人在月夜花下独酌，无人亲近的冷落情景。诗人运用丰富的想象，表现出由孤独到不孤独，再由不孤独到孤独的一种复杂感情。李白仙才旷达，物我之间无所容心。此诗充分表达了他的胸襟。诗首四句为第一段，写花、酒、人、月影。诗旨表现孤独，却举杯邀月，幻出月、影、人三者；然而月不解饮，影徒随身，仍归孤独。因而自第五句至第八句，从月影上发议论，点出"行乐及春"的题意。最后六句为第三段，写诗人执意与月光和身影永结无情之游，并相约在邈远的天上仙境重见。

全诗表现了诗人怀才不遇的寂寞和孤傲，也表现了他放浪形骸、狂荡不羁的性格。邀月对影，千古绝句，正面看似乎真能自得其乐，背面看，却极度凄凉。

寄东鲁二稚子 [1]

吴地桑叶绿 [2]，吴蚕已三眠 [3]。
我家寄东鲁，谁种龟阴田 [4]？
春事已不及 [5]，江行复茫然。
南风吹归心，飞堕酒楼前 [6]。
楼东一株桃，枝叶拂青烟 [7]。
此树我所种，别来向三年 [8]。
桃今与楼齐，我行尚未旋 [9]。
娇女字平阳 [10]，折花倚桃边。
折花不见我，泪下如流泉。
小儿名伯禽，与姊亦齐肩。
双行桃树下，抚背复谁怜 [11]？

念此失次第^[12]，肝肠日忧煎。

裂素写远意^[13]，因之汶阳川^[14]。

【注释】

[1] 东鲁：即今山东一带，春秋时此地属鲁国。

[2] 吴地：即今江苏一带，春秋时此地属吴国。

[3] 三眠：蚕蜕皮时，不食不动，其状如眠。蚕历经三眠，方能吐丝结茧。

[4] 龟阴田：《左传·哀公十年》：齐国归还鲁国龟阴田。杜预注："泰山博县北有龟山，阴田在其北也。"这里借此指李白在山东的田地。

[5] 春事：春日耕种之事。

[6] 酒楼：据《太平广记》所载，李白在山东寓所曾修建酒楼。

[7] 拂青烟：拂动的青烟，形容枝繁叶茂状。

[8] 向三年：快到三年了。向：近。

[9] 旋：还、归。

[10] "娇女字平阳"：此句下一作"娇女字平阳，有弟与齐肩。双行桃树下，折花倚桃边。折花不见我，泪下如流泉。"

[11] 抚背：抚摩肩背，长辈对晚辈的抚爱举动。

[12] 失次第：失去了常态，指心绪不定，七上八下。次第：常态、次序。

[13] 裂素：指准备书写工具之意。素，绢素，古代作书画的白绢。

[14] 之：到。汶阳川：指汶水，因汶阳靠近汶水故称。

【解读】

这是一首情深意切的寄怀诗，诗人以生动真切的笔触，抒发了思念儿女的骨肉深情。

诗以景发端，在读者面前展示了"吴地桑叶绿，吴蚕已三眠"的江南春色，把自己所在的"吴地"（这里指南京）桑叶一片碧绿，春蚕快要结茧的情景，描绘得清新如画。接着，即景生情，想到东鲁家中春天的农事，感到自己浪迹江湖，茫无定止，那龟山北面的田园不知由谁来耕种。思念及此，不禁心急如焚，焦虑万分。春耕的事已来不及料理，今后的归期尚茫然无定。诗人对离别了将近三年的远在山东的家庭、田地、酒楼、桃树、儿女，等等一切，无不一往情深，尤其是对自己的儿女更倾注了最深挚的感情。"双行桃树下，抚背复谁怜？"他想象到了自己一双小儿女在桃树下玩耍的情景，他们失去了母亲（李白的第一个妻子许氏此时已经去世），此时不知有谁来抚摩其背，爱怜他们。想到这里，又不由得心烦意乱，肝肠忧煎。无奈之下，只能取出一块洁白的绢素，写上自己无尽的怀念，寄给远在汶阳川（今山东泰安西南一带）的家人。诗篇洋溢着一个慈父对儿女所特有的抚爱、思念之情。

这首诗一个最引人注目的艺术特色，就是充满了奇警华赡的想象。

"南风吹归心，飞堕酒楼前"，诗人的心一下子飞到了千里之外的虚幻境界，想象出一连串生动的景象，犹如运用电影镜头，在读者眼前依次展现出一组优美、生动的画面：山东任城的酒楼；酒楼东边一棵枝叶葱茏的桃树；女儿平阳在桃树下折花；折花时忽然想念起父亲，泪如泉涌；小儿子伯禽，和姐姐平阳一起在桃树下玩耍。

诗人把所要表现的事物的形象和神态都想象得细致入微，栩栩如生。"折花倚桃边"，小女儿娇娆娴雅的神态惟妙惟肖；"泪下如流泉"，女儿思父伤感的情状活现眼前；"与姊亦齐肩"，竟连小儿子的身长也未忽略；"双行桃树下，抚背复谁怜？"一片思念之情，自然流泻。其中最妙的是"折花不见我"一句，诗人不仅想象到儿女的体态、容貌、动作、神情，甚至连女儿的心理活动都一一想到，一一摹写，可见想象之细密，思念之深切。

紧接下来，诗人又从幻境回到了现实。于是，在艺术画面上读者又重新看到诗人自己的形象，看到他"肝肠日忧煎"的模样和"裂素写远意"的动作。诚挚而急切的怀乡土之心、思儿女之情跃然纸上，凄楚动人。

全诗由见吴人劳作而思家里当是春耕时节，继而对家中的桃树展开描写，随即由树及人，抒发对儿女的一片想念之情。结尾点明题意，表达寄托思念之意。全篇如同一封家书，言辞亲切，充满关爱之情。

毋庸置疑，诗人情景并茂的奇丽想象，是这首诗神韵飞动、感人至深的重要原因。过去有人说："想象必须是热的"（艾迪生《旁观者》），意思大概是说，艺术想象必须含有炽热的感情。读者重温这一连串生动逼真、情韵盎然的想象，就不难体会到其中充溢着怎样炽热的感情了。如果说，"真正的创造就是艺术想象的活动"（黑格尔语），那么，李白这首充满奇妙想象的作品，是无愧于真正的艺术创造的。

王　翰

　　王翰（687—726），字子羽，并州晋阳（今山西太原）人。唐睿宗景云元年（710年）登进士第。张说镇守并州，极重其才，举言极谏科，授昌乐尉。又登超拔群类科。张说任宰相，召他为秘书正字，升任通事舍人、驾部员外郎。开元十四年（726年）张说罢相，王翰任汝州刺史，又被贬为仙州别驾；后因任侠嗜酒，豪放不羁，再贬道州司马。后病死于道州司马任上。据两唐书，王翰少年时豪健恃才，性格豪放，倜傥不羁，登进士第后，仍然每日以饮酒为事。《全唐诗》存其诗一卷，尤以《凉州词》为人传诵。

凉州词[1]

葡萄美酒夜光杯，欲饮琵琶马上催[2]。
醉卧沙场君莫笑，古来征战几人回。

【注释】

[1] 凉州词：唐乐府名，属《近代曲辞》。凉州即今甘肃省武威县。

[2] 夜光杯：西域献给周穆王的白玉杯，夜间有光。

【解读】

凉州在今甘肃武威，唐时属陇右道，音乐多杂有西域龟兹（今新疆库车一带）诸国的胡音。唐陇右经略使郭知运在开元年间，把凉州曲谱进献给玄宗后，迅即流行，频有诗人依谱创作《凉州歌》《凉州词》者，以抒写边塞风情。

边地荒寒艰苦的环境，紧张动荡的征戍生活，使得边塞将士很难得到一次欢聚的酒宴。有幸遇到那么一次，那激昂兴奋的情绪，那开怀痛饮、一醉方休的场面，是不难想象的。这首诗正是这种生活和情感的写照。诗中的酒，是西域盛产的葡萄美酒；杯，相传是周穆王时代，西胡以白玉精制成的酒杯；乐器则是胡人用的琵琶；还有"沙场""征战"等等词语。这一切都表现出一种浓郁的边地色彩和军营生活的风味。

诗人以饱蘸激情的笔触，用铿锵激越的音调，绮丽耀眼的词语，定下这开篇的第一句："葡萄美酒夜光杯"，犹如突然间拉开帷幕，在人们的眼前展现出五光十色、琳琅满目、酒香四溢的盛大筵席。这景象使人惊喜，使人兴奋，为全诗的抒情创造了气氛，定下了基调。第二句开头的"欲饮"二字，渲染出这美酒佳肴盛宴的不凡的诱人魅力，表现出将士们那种豪爽开朗的性格。正在大家"欲饮"未得之时，乐队奏起了琵琶，酒宴开始了，那急促欢快的旋律，像是在催促将士们举杯痛饮，使已经热烈的气氛顿时沸腾起来。

诗的三、四句是写筵席上的畅饮和劝酒。耳听着阵阵欢快、激越的琵琶声，将士们真是兴致飞扬，你斟我酌，一阵痛饮之后，便醉意微微了。也许有人想放杯了吧，这时座中便有人高叫：怕什么，醉就醉吧，就是醉卧沙场，也请诸位莫笑，"古来征战几人回"，我们不是早将生死置之度外了吗？"醉卧沙场"，表现出来的不仅是豪放、开朗、兴奋的感情，而且还有着视死如归的勇气。

高适（704—765），唐代著名诗人。字达夫，一字仲武，渤海蓚（今河北沧县）人。幼年家贫。二十岁后曾到长安，求仕不遇。于是北上蓟门，漫游燕赵。后客居梁、宋等地，过着"求丐自给"的流浪、渔樵、耕作生活。自称"一生徒羡鱼（希望做官），四十犹聚萤（刻苦攻读）"。天宝三年（744年）秋，与李白、杜甫相会，共同饮酒赋诗，以抒襟抱。天宝八年（749年），由宋州刺史张九皋的推荐，举"有道科"，授封丘尉。不久就弃职而去，客游河西。陇右节度使哥舒翰荐为左骁卫兵曹参军、掌书记。"安史之乱"爆发后，他协助哥舒翰守潼关以抵抗叛军。后受唐玄宗赏识，连升侍御史、谏议大夫。肃宗至德二年（757年），因围攻永王璘有功，得唐肃宗嘉许，官职累进，历任淮南节度使，蜀、彭二州刺史，西川节度使，大都督府长史等职。代宗时官居散骑常侍，封渤海县侯。《旧唐书》称："有唐以来，诗人之达者，唯适而已。"与岑参齐名，并称"高岑"，同为盛唐边塞诗代表。

高　适

燕歌行

开元二十六年[1]，客有从元戎出塞而还者[2]，作《燕歌行[3]》以示适，感征戍之事[4]，因而和焉[5]。

汉家烟尘在东北[6]，汉将辞家破残贼。
男儿本自重横行[7]，天子非常赐颜色[8]
拟金伐鼓下榆关[9]，旌旆逶迤碣石间[10]。
校尉羽书飞瀚海[11]，单于猎火照狼山[12]。
山川萧条极边土[13]，胡骑凭陵杂风雨[14]。
战士军前半死生，美人帐下犹歌舞。
大漠穷秋塞草腓[15]，孤城落日斗兵稀。
身当恩遇恒轻敌[16]，力尽关山未解围。
铁衣远戍辛勤久，玉筋应啼别离后[17]。
少妇城南欲断肠，征人蓟北空回首[18]。
边风飘摇那可度，绝域苍茫更何有[19]。
杀气三进作阵云[20]，寒声一夜传刁斗[21]
相看白刃血纷纷，死节从来岂顾勋[22]。
君不见沙场征战苦，至今犹忆李将军[23]。

【注释】

[1] 开元二十六年：公元 738 年。

[2] 元戎（róng）：主帅。出塞：外出到边塞。

[3] 行：古诗的一种体裁。

[4] 征戍：出征戍守。

[5] 和（hè）：依照别人的诗词作诗词相答。

[6] 汉家：中原代称，借指唐朝。烟尘：烽烟与尘土相接，泛指边塞有警。

[7] 横行：指驰骋疆场。

[8] 非常：不一般。赐颜色：即赏脸。此处指赏识、重视。

[9] 抠（chuāng）：击打。金：指钲，古代军队中铜制的乐器，形如钟而狭长。伐：击。下：指出兵。榆关：即山海关。

[10] 逶迤（wēi yí）：蜿蜒不断。碣（jié）石：泛指山间海边。

[11] 校尉：指边塞驻军的长官。羽书：紧急文件，上插鸟羽，以示加速传递。瀚海：指沙漠。

[12] 单（chán）于：古代匈奴首领的称号。猎火：古人以会猎喻战争，则猎火指战火。狼山：阴山山脉西段。此处泛指敌方活动的山地。

[13] 萧条：寂寞冷落，没有生气。极边土：边境之地。

[14] 凭陵：仗势侵犯。

[15] 穷秋：秋天已尽。

[16] 当：受。恩遇：指受人恩惠。

[17] 玉筋：指妇女的眼泪。

[18] 蓟（jì）北：蓟州之北。此处泛指东北边塞。

[19] 绝域：与中原隔绝的边远地区。

[20] 杀气：凶险的气氛。三时：一指一天中的早午晚三时。一指一年中的春夏秋三时。

[21] 刁斗：古代军队中铜制的用具，白天作炊，能容一斗，夜晚打更。

[22] 死节：为气节志向而死。勋：功勋。

[23] 李将军：指汉代名将李广。

【解读】

此诗是诗人有感于幽州节度使张守珪与奚族作战打了败仗却谎报军情，作诗加以讽刺。诗意在慨叹征战之苦，谴责将领骄傲轻敌，荒淫失职，造成战争失利，使战士受到极大痛苦和牺牲，反映了士兵与将领之间苦乐不同，庄严与荒淫迥异的现实。

全诗以非常浓缩的笔墨，写了一个战役的全过程：第一段八句写出师，第二段八句写战败，第三段八句写被围，第四段四句写死斗的结局。各段之间，脉理绵密。

诗的发端两句便指明了战争的方位和性质，见得是指陈时事，有感而发。"男儿本自重横行，天子非常赐颜色"，貌似揄扬汉将去国时的威武荣耀，实则已隐含讥讽，预伏下文。紧接着描写行军："拟金伐鼓下榆关，旌旆逶迤碣石间。"透过这金鼓震天、大摇大摆前进的场面，可以揣知将军临战前不可一世的骄态，也为下文反衬。战端一启，"校尉羽书飞瀚海"，一个"飞"字警告了军情危急。从辞家去国到榆关、碣石，更到瀚海、狼山，八句诗概括了出征的历程，逐步推进，气氛也从宽缓渐入紧张。

第二段写战斗危急而失利。落笔便是"山川萧条极边土"，展现开阔而无险可凭的地带，带出一片肃杀的气氛。"胡骑"迅急剽悍，像狂风暴雨，卷地而来。汉军奋力迎敌，杀得昏天黑地，不辨死生。然而，就在此时此刻，那些将军们却远离阵地寻欢作乐："美人帐下犹歌舞！"这样严酷的事实对比，有力地揭露了汉军中将军和兵士的矛盾，暗示了必败的原因。所以紧接着就写力竭兵稀，重围难解，孤城落日，衰草连天，有着鲜明的边塞特点的阴惨景色，烘托出残兵败卒心境的凄凉。"身当恩遇恒轻敌，力尽关山未解围。"回应上文，汉将"横行"的豪气业已灰飞烟灭，他的罪责也确定无疑了。

第三段写士兵的痛苦，实是对汉将更深的谴责。应该看到，这里并不是游离战争进程的泛写，而是处在被围困的险境中的士兵心情的写照。"铁衣远戍辛勤久"以下三联，一句征夫，一句思妇，错综相对，离别之苦，逐步加深。城南少妇，日夜悲愁，但是"边风飘摇那可度？"蓟北征人，徒然回首，毕竟"绝域苍茫更何有"！相去万里，永无见期，"人生到此，天道宁论！"更哪堪白天所见，只是"杀气三时作阵云"；晚上所闻，惟有"寒声一夜传刁斗"，如此危急的绝境，真是死在眉睫之间，不由人不想到把他们推到这绝境的究竟是谁呢？这是深化主题的不可缺少的一段。

最后四句总束全篇，淋漓悲壮，感慨无穷。"相看白刃血纷纷，死节从来岂顾勋"，最后士兵们与敌人短兵相接，浴血奋战，那种视死如归的精神，岂是为了取得个人的功勋！他们是何等质朴、善良，何等勇敢，然而又是何等可悲！

诗人的感情包含着悲悯和礼赞，而"岂顾勋"则是有力地讥刺了轻开边衅，冒进贪功的汉将。最末两句，诗人深为感慨道："君不见沙场征战苦，至今犹忆李将军！"八九百年前威镇北边的飞将军李广，处处爱护士卒，使士卒"咸乐为之死"。这与那些骄横的将军形成多么鲜明的对比。诗人提出李将军，意义尤为深广。从汉到唐，悠悠千载，边塞战争不计其数，驱士兵如鸡犬的将帅数不胜数，备历艰苦而埋尸异域的士兵，更何止千千万万！可是，千百年来只有一个李广，不能不叫人苦苦地追念他。

全诗处处隐伏着鲜明的对比。从贯穿全篇的描写来看，士兵的效命死节与汉将的怙宠贪功，士兵辛苦久战、室家分离与汉将临战失职、纵情声色，都是鲜明的对比。而结尾提出李广，则又是古今对比。全篇"战士军前半死生，美人帐下犹歌舞"，两句最为沈至（《唐宋诗举要》引吴汝纶评语），这种对比，矛头所指十分明显，因而大大加强了讽刺的力量。

《燕歌行》是唐人七言歌行中运用律句很典型的一篇。全诗平仄相间，抑扬有节。除结尾两句外，押平韵的句子，对偶句自不待言，非对偶句也符合律句的平仄；押仄韵的句子，对偶的上下句平仄相对也很严整。

杜　甫

杜甫（712—770），字子美，祖籍河南巩县（今巩义市）。祖父杜审言是唐初著名诗人。青年时期，他曾游历过今江苏、浙江、河北、山东一带，并两次会见李白，两个人结下深厚的友谊。唐玄宗天宝五年（746年），杜甫来到长安，第二年他参加了由唐玄宗下诏的应试，由于奸臣李林甫从中作梗，全体应试者无一人被录取。从此进取无门，生活贫困。直到天宝十四年（755年），才得到"右卫率府胄曹参军"一职，负责看管兵甲仓库。同年，安史之乱爆发，此时杜甫正在奉先（今陕西蒲城）探家。第二年他把家属安顿在鄜州羌村（今陕西富县境），只身投奔在灵武（今甘肃省）即位的肃宗。途中被叛军所俘，押到沦陷后的长安，这期间他亲眼看见了叛军杀戮洗劫的暴行和百姓的苦难。直到至德二年（757年）四月，他才冒险逃到肃宗临时驻地凤翔（今陕西省凤翔县），授官左拾遗。不久因疏救房琯，被贬为华州司功参军。自此他对现实政治十分失望，抛弃官职，举家西行，几经辗转，最后到了成都，在严武等人的帮助下，在城西浣花溪畔，建成了一座草堂，世称"杜甫草堂"。后被严武荐为节度参谋、检校工部员外郎。严武死后，他离开了成都。全家寄居夔州（今四川奉节县）。两年后，离夔州到江陵、衡阳一带辗转流离。唐太宗大历五年（770年），诗人病死在湘江的一只小船中。

他的诗在艺术上以丰富多彩著称，时而雄浑奔放，时而沉郁悲凉，或辞藻瑰丽，或平易质朴。他擅长律诗，又是新乐府诗体的开创者。他的诗声律和谐，选字精练，"为人性僻耽佳句，语不惊人死不休"，正是他严谨创作态度的真实写照。在我国文学史上有"诗圣"之称。

他的诗留存至今的有一千四百余首。有《杜少陵集》。

望 岳

岱宗夫如何[1]，齐鲁青未了。

造化钟[2]神秀，阴阳割[3]昏晓。

荡胸生层云[4]，决眦入归鸟[5]。

会当凌[6]绝顶，一览众山小。

【注释】

[1] 岱宗：泰山别名"岱"，居五岳之首，故又名岱宗。夫如何：到底怎么样呢？

[2] 钟：赋予、集中。

[3] 割：隔断。

[4] 层云：层出不穷的云气。

[5] 决：裂开。这句是说，时已薄暮，倦鸟归林，诗人还在目不转睛地望着，故感到眼眶似有决裂。

[6] 凌：跃上。

【解读】

杜甫的《望岳》诗共三首，分咏东岳（泰山）、南岳（衡山）、西岳（华山），这一首是咏叹东岳泰山的。开元二十四年（736年），二十四岁的诗人开始过一种"裘马清狂"的漫游生活。

首句"岱宗夫如何？"写乍一望见泰山时，高兴得不知怎样形容才好的那种揣摩劲和惊叹仰慕之情，非常传神。岱是泰山的别名，因居五岳之首，故尊为岱宗。"夫如何"，就是"到底怎么样呢？""夫"字在古文中通常是用于句首的语气助词，这里把它融入诗句中，是个新创，很别致。这个"夫"字，虽无实在意义，却少它不得，所谓"传神写照，正在阿堵中"。可谓匠

唐

183

心独具。

接下来"齐鲁青未了"一句，是经过一番揣摩后得出的答案。它没有从海拔角度单纯形容泰山之高，也不是像谢灵运《泰山吟》那样用"崔崒刺云天"这类一般化的语言来形容，而是别出心裁地写出自己的体验——在古代齐鲁两大国的国境外还能望见远远横亘在那里的泰山，以距离之远来烘托出泰山之高。泰山之南为鲁，泰山之北为齐，所以这一句描写出的地理特点，在写其他山岳时不能挪用。

"造化钟神秀，阴阳割昏晓"两句，写近望中所见泰山的神奇秀丽和巍峨高大的形象，是上句"青未了"的注脚。一个"钟"字把天地万物一下写活了，整个大自然如此有情致，把神奇和秀美都给了泰山。山前向日的一面为"阳"，山后背日的一面为"阴"，由于山高，天色的一昏一晓被割于山的阴、阳面，所以说"割昏晓"。这本是十分正常的自然现象，可诗人妙笔生花，用一个"割"字，则写出了高大的泰山一种主宰的力量，这力量不是别的，泰山以其高度将山南山北的阳光割断，形成不同的景观，突出泰山遮天蔽日的形象。这里诗人此用笔使静止的泰山顿时充满了雄浑的力量，而那种"语不惊人死不休"的创作风格，也在此得到显现。

"荡胸生层云，决眦入归鸟"两句，是写细望。见山中云气层出不穷，故心胸亦为之荡漾。"决眦"二字尤为传神，生动地体现了诗人在这神奇缥缈的景观面前像着了迷似的，想把这一切看个够，看个明白，因而使劲地睁大眼睛张望，故感到眼眶有似裂开。这情景使泰山迷人的景色表现得更为形象鲜明。"归鸟"是投林还巢的鸟，可知时已薄暮，诗人还在望。其中蕴藏着诗人对祖国河山的热爱和对祖国山河的赞美之情。

末句的"会当凌绝顶，一览众山小"两句，写诗人从望岳产生了登岳的想法，体现了中华民族自强不息的精神。此联号为绝响，再一次突出了泰山的高峻，写出了雄视一切的雄姿和气势，也表现出诗人的心胸气魄。"会当"是唐人口语，意即"一定要"。如果把"会当"解作"应当"，便欠准确，神气索然。众山的小和高大的泰山进行对比，表现出诗人不怕困难、敢于攀登绝顶、俯视一切的雄心和气概。这正是杜甫能够成为一个伟大诗人的关键所在，也是一切有所作为的人们所不可缺少的。这就是这两句诗一直为人们所传诵的原因。正因为泰山的崇高伟大不仅是自然的也是人文的，所以登上极顶的厚望本身，当然也具备了双重的含义。

　　全诗以诗题中的"望"字统摄全篇，句句写望岳，但通篇并无一个"望"字，而能给人以身临其境之感，可见诗人的谋篇布局和艺术构思是精妙奇绝的。这首诗寄托虽然深远，但通篇只见登览名山之兴会，丝毫不见刻意比兴之痕迹。若论气骨峥嵘，体势雄浑，后出之作难以企及。

兵车行 [1]

车辚辚，马萧萧，行人弓箭各在腰 [2]。

耶娘妻子走相送，尘埃不见咸阳桥 [3]。

牵衣顿足拦道哭，哭声直上干云霄 [4]。

道旁过者问行人，行人但云点行频 [5]。

或从十五北防河，便至四十西营田 [6]。

去时里正与裹头，归来头白还戍边 [7]。

边庭流血成海水，武皇开边意未已 [8]。

君不闻汉家山东二百州，千村万落生荆杞 [9]。

纵有健妇把锄犁，禾生陇亩无东西 [10]。

况复秦兵耐苦战 [11]，被驱不异犬与鸡。

长者虽有问，役夫敢申恨 [12]？

且如今年冬，未休关西卒 [13]。

县官急索租，租税从何出？

信知生男恶，反是生女好。

生女犹得嫁比邻 [14]，生男埋没随百草。

君不见青海头 [15]，古来白骨无人收。

新鬼烦冤旧鬼哭，天阴雨湿声啾啾 [16]。

【注释】

[1] 行：本是乐府歌曲中的一种体裁。但《兵车行》是杜甫自创的新题。

[2] 辚（lín）辚：车轮声。萧萧：马嘶叫声。行（xíng）人：指被征出发的士兵。

[3] 耶娘：也作"爷娘"。耶：通假字，同"爷"，父亲。走：奔跑。咸阳桥：指便桥，汉武帝所建，唐代称咸阳桥，故址在今陕西咸阳市西南。

[4] 干（gān）：冲。

[5] 过者：过路的人，这里是杜甫自称。点行（xíng）频：频繁地点名征调壮丁。

[6] 或：不定指代词，有的、有的人。防河：当时常与吐蕃发生战争，曾征召陇右、关中、朔方诸军集结河西一带防御。因其地在长安以北，所以说"北防河"。西营田：古时实行屯田制，军队无战事即种田，有战事即作战。"西营田"也是防备吐蕃的。

[7] 裹头：男子成丁，就裹头巾，犹古之加冠。

[8] 边庭：边疆。

[9] 荆杞（qǐ）：荆棘与杞柳，都是野生灌木。

[10] 陇（lǒng）亩：耕地。陇，通"垄"，在耕地上培成一行的土埂，中间种植农作物。无东西：不分东西，意思是行列不整齐。

[11] 秦兵：指关中一带的士兵。耐苦战：能顽强苦战。这句说关中的士兵能顽强苦战，像鸡狗一样被赶上战场卖命。

[12] 长者：即上文的"道旁过者"，即杜甫。征人敬称他为"长者"。役夫敢申恨：征人自言不敢诉说心中的冤屈愤恨。这是反诘语气，表现士卒敢怒而不敢言的情态。

[13] 关西：当时指函谷关以西的地方。这两句说，因为对吐蕃的战争还未结束，所以关西的士兵都未能罢遣还家。

[14] 比邻：近邻。

[15] 青海头：即青海边。这里是自汉代以来，汉族经常与西北少数民族发生战争的地方。唐初也曾在这一带与突厥、吐蕃发生大规模的战争。

[16] 啾啾：象声词，表示一种鸣咽的声音。

【解读】

唐代战争十分频繁，抽丁现象严重，于是造成了百姓的生离死别、颠沛流离。这首诗是讽世伤时之作，现实主义作品的代表之一，是杜诗中的名篇，为历代所推崇。诗旨在讽刺唐玄宗穷兵黩武给人民带来莫大的灾难，充满非战色彩。

诗歌从蓦然而起的客观描述开始，以重墨铺染的雄浑笔法，如风至潮来，突兀展现出一幅震人心弦的巨幅送别图：兵车隆隆，战马嘶鸣，一队队被抓来的穷苦百姓，换上了戎装，佩上了弓箭，在官吏的押送下，正开往前线。征夫的爷娘妻子乱纷纷地在队伍中寻找、呼喊自己的亲人，扯着亲人的衣衫，捶胸顿足，边叮咛边呼号。车马扬起的灰尘，遮天蔽日，连咸阳西北横跨渭水的大桥都被遮没了。千万人的哭声汇成震天的巨响在云际回荡。"耶娘妻子走相送"，一个家庭支柱、主要劳动力被抓走了，剩下来的尽是些老弱妇幼，对一个家庭来说不啻是一个塌天大祸，自然是扶老携幼，奔走相送。一个普通的"走"字，寄寓了诗人非常浓厚的感情色彩。亲人被突然抓兵，又急促押送出征，眷属们追奔呼号，去作那一刹那的生死离别，很仓促，也非常悲愤。"牵衣顿足拦道哭"，一句之中连续四个动作，又把送行者那种眷恋、悲怆、愤恨、绝望的动作神态，表现得细腻入微。诗人笔下，车马人流，灰尘弥漫；哭声遍野，直冲云天。这样的描写，从听觉和视觉上表现生死离别的悲惨场面，集中展现了成千上万家庭妻离子散的悲剧。

接着，从"道傍（旁）过者问行人"开始，诗人通过设问的方法，让当事者，即被征发的士卒作了直接倾诉。"道傍过者"即过路人，也就是杜甫自己。上面的凄惨场面，是诗人亲眼所见；下面的悲切言辞，又是诗人亲耳所闻。这就增强了诗的真实感。"点行频"，是全篇的"诗眼"。它一针见血地点出了造成百姓妻离子散，万民无辜牺牲，全国田亩荒芜的根源。接着以一个十五岁出征，四十岁还在戍边的"行人"作例，具体陈述"点行频"，以示情况的真实可靠。"边庭流血成海水，武皇开边意未已。"诗中的"武皇"实指唐玄宗。杜甫如此大胆地把矛头直接指向了最高统治者，这是从心底迸发出来的激烈抗议，充分表达了诗人怒不可遏的悲愤之情。

诗人写到这里，笔锋陡转，开拓出另一个惊心动魄的境界。诗人用"君不闻"三字领起，以谈话的口气提醒读者，把视线从流血成海的边庭转移到广阔的内地。诗中的"汉家"也是影射唐朝。华山以东的原田沃野千村万落，变得人烟萧条，田园荒废，荆棘横生，满目凋残。诗人驰骋想象，从眼前的闻见，联想到全国的景象，从一点推及普遍，两相辉映，不仅扩大了诗的表现容量，也加深了诗的表现深度。

从"长者虽有问"起，诗人又推进一层。"长者"二句透露出统治者加给他们的精神桎梏，但是压是压不住的，下句就终究引发出诉苦之词。敢怒而不敢言，而后又终于说出来，这样一合一开，把征夫的苦衷和恐惧心理，表现得极为细腻逼真。这几句写的是眼前时事。因为"未休关西卒"，大量的壮丁才被征发。而"未休关西卒"的原因，正是由于"武皇开边意未已"所造成。"租税从何出？"又与前面的"千村万落生荆杞"相呼应。这样前后照应，层层推进，对社会现实的揭示越来越深刻。这里忽然连用了几个短促的五言句，不仅表达了戍卒们沉痛哀怨的心情，也表现出那种倾吐苦衷的急切情态。这样通过当事人的口述，又从抓兵、逼租两个方面，揭露了统治者的穷兵黩武加给人民的双重灾难。

诗人接着感慨道：如今是生男不如生女好，女孩子还能嫁给近邻，男孩子只能丧命沙场。这是发自肺腑的血泪控诉。重男轻女，是封建社会制度下普遍存在的社会心理。但是由于连年战争，男子的大量死亡，在这一残酷的社会条件下，人们却一反常态，改变了这一社会心理。这个改变，反映出人们心灵上受到十分严重的摧残。最后，诗人用哀痛的笔调，描述了长期以来存在的悲惨现实：青海边的古战场上，平沙茫茫，白骨露野，阴风惨惨，鬼哭凄凄，场面凄清悲惋，情景寂冷阴森。这里，凄凉低沉的色调和开头那种人声鼎沸的气氛，悲惨哀怨的鬼泣和开头那种惊天动地的人哭，形成了强烈的对照。这些都是"开边未已"所导致的恶果。至此，诗人那饱满酣畅的激情得到了充分的发挥，唐王朝穷兵黩武的罪恶也揭露得淋漓尽致。

本诗在艺术上也很成功。首先是寓情于叙事之中。其次，情节的发展与句型、音韵的变换紧密结合，随着叙述，句型、韵脚不断变化，三、五、七言，错杂运用，加强了诗歌的表现力。再次，是在叙述中运用过渡句和习用词语，造成了回肠荡气的艺术效果。诗人还采用了民歌的接字法，顶真勾连，蝉联而下，累累如贯珠，朗读起来，铿锵和谐，优美动听。最后，采用了通俗口语，清新自然，明白如话。

春夜喜雨

好雨知时节，当春乃[1]发生。
随风潜入夜，润物细无声。
野径云俱黑，江船火独明。
晓看红湿处，花重锦官城。

【注释】

[1] 乃：才。

【解读】

本诗是描绘春夜雨景，表现喜悦心情的名作。诗从正面入手写诗人正在盼望春雨"润物"的时候，雨下起来了，于是一上来就满心欢喜地叫"好"。往后，诗人则从侧面描写听到的声音、看到的景色，更加生动地表达了无限喜悦的心情。

一开头就用一个"好"字赞美"雨"。在生活里，"好"常常被用来赞美那些做好事的人。如今用"好"赞美雨，便会唤起关于做好事的人的联想。接下去，就把雨拟人化，说它"知时节"，懂得满足客观需要。春天是万物萌芽生长的季节，正需要下雨，雨就下起来了。它的确很"好"。

颔联，进一步表现雨的"好"。雨之所以"好"，好就好在适时，好在"润物"。春天的雨，一般是伴随着和风滋润万物的。然而也有例外。有时候，它会伴随着冷风，受到冷空气影响由雨变成雪。有时候，它会伴随着狂风。这时的雨尽管下在春天，但不是典型的春雨，只会损物而不会"润物"，自然不会使人"喜"，也不可能得到"好"评。所以，光有首联的"知时节"，还不足以完全表现雨的"好"。等到第二联写出了典型的春雨——伴随着和风的细雨，那个"好"字才落实了。

"随风潜入夜，润物细无声。"这仍然用的是拟人化手法。"潜入夜"和"细无声"相配合，不仅表明那雨是伴随和风而来的细雨，而且表明那雨有意"润物"，无意讨"好"。

尾联写的是想象中的情景。如此"好雨"下上一夜，万物就都得到润泽，发荣滋长起来了。万物之一的花，最能代表春色的花，也就带雨开放，红艳欲滴。诗人说：等到明天清早去看看吧，整个锦官城（成都）杂花生树，一片"红湿"，一朵朵红艳艳、沉甸甸，汇成花的海洋。

旅夜书怀

细草微风岸 [1]，危樯独夜舟 [2]。
星垂 [3] 平野阔，月涌 [4] 大江流。
名岂文章著 [5]，官应老病休。
飘飘 [6] 何所似？天地一沙鸥 [7]。

【注释】

[1] 岸：指江岸边。

[2] 危樯：高高的桅杆。独夜舟：是说自己孤零零一个人夜泊江边。

[3] 星垂：星光照耀。

[4] 月涌：月光随波涌动。

[5] 著：著名。

[6] 飘飘：指随处漂泊，孤苦伶仃。

[7] 沙鸥：水鸟名。

【解读】

《旅夜书怀》是杜甫于公元765年离开四川成都草堂以后在旅途中所作。这首诗深刻地表现了他内心漂泊无依的感伤，是杜甫诗歌中的经典作品。

诗的前半部分描写"旅夜"的情景。第一、二句写近景：微风吹拂着江岸边的小草，竖着高高桅杆的小船在月夜孤独地停泊着。第三、四句写远景：明星低垂，平野广阔；月随波涌，大江东流。这两句写景雄浑阔大，历来为人所称道。实际上，诗人写辽阔的平野、浩荡的大江、灿烂的星月，正是为了衬托他内心的凄苦。这种以乐景写哀情的手法，在古典作品中是经常使用的。如《诗经·小雅·采薇》："昔我往矣，杨柳依依。"用春日的美好景物反衬出征士兵的悲苦心情，写得十分动人。

诗的后半部分是"抒怀"，尤其是最后两句写得非常好："孑然一身漂泊无依像什么呢？不过像广阔天地间的一只沙鸥罢了。"这一联借景抒情，一字一泪，感人至深。

这首诗是写诗人暮年漂泊的凄苦景况的，诗人写辽阔的平野、浩荡的大江、灿烂的星月，正是为了反衬出他孤苦伶仃的形象和颠连无靠的凄怆心情。这种以乐景写哀情的手法，在古典作品中是经常使用的。

秋兴八首（其一）

玉露凋伤枫树林[1]，巫山巫峡气萧森[2]。
江间波浪兼天涌[3]，塞上风云接地阴[4]。
丛菊两开他日泪[5]，孤舟一系故园心[6]。
寒衣处处催刀尺[7]，白帝城[8]高急暮砧[9]。

【注释】

[1] 这是八首中的第一首，写夔州一带的秋景，寄寓诗人自伤漂泊、思念故园的心情。玉露：秋天的霜露，因其白，故以玉喻之。凋伤：使草木凋落衰败。

[2] 巫山巫峡：即指夔州（今奉节）一带的长江和峡谷。萧森：萧瑟阴森。

[3] 兼天涌：波浪滔天。

[4] 塞上：指巫山。接地阴：风云盖地。"接地"又作"匝地"。

[5] 丛菊两开：杜甫去年秋天在云安，今年秋天在夔州，从离开成都算起，

已历两秋，故云"两开"。"开"字双关，一谓菊花开，又言泪眼开。他日：往日，指多年来的艰难岁月。

[6] 故园：此处当指长安。

[7] 催刀尺：指赶裁冬衣。"处处催"，见得家家如此。

[8] 白帝城：即今奉节城，在瞿塘峡上口北岸的山上，与夔门隔岸相对。

[9] 急暮砧：黄昏时急促的捣衣声。砧，捣衣石。

【解读】

《秋兴八首》是杜甫晚年为逃避战乱而寄居夔州时的代表作品，作于大历元年（766年），时诗人五十六岁。全诗八首蝉联，前呼后应，脉络贯通，组织严密，既是一组完美的组诗，而又各篇各有所侧重。每篇都是可以独立的七言律诗。王船山在《唐诗评选·卷四》中说："八首如正变七音，旋相为宫而自成一章，或为割裂，则神态尽失矣。"

八首之中，第一首总起，统帅后面七篇。前三首写夔州秋景，感慨不得志的平生，第四首为前后过渡之枢纽，后四首写所思之长安，抒发"处江湖远则忧其君"的情愫。身居巫峡而心系长安就是这组诗的主要内容和线索。

全诗以"秋"作为统帅，写暮年漂泊、老病交加、羁旅江湖，面对满目萧瑟的秋景而引起的国家兴衰、身世蹉跎的感慨；写长安盛世的回忆，今昔对比所引起的哀伤；写关注国家的命运、目睹国家残破而不能有所为、只能遥忆京华的忧愁抑郁。

首章对秋而伤羁旅，是全诗的序曲，总写巫山巫峡的秋声秋色。用阴沉萧瑟、动荡不安的景物环境衬托诗人焦虑抑郁、伤国伤时的心情。亮出了"身在夔州，心系长安"的主题。

起笔开门见山叙写景物之中点明地点时间。"玉露"即白露，秋天，草木摇落，白露为霜。"巫山巫峡"，诗人所在。两句下字密重，"凋伤""萧森"的意境笼罩着败落的景象，气氛阴沉，定下全诗感情的基调。

接着用对偶句展开"气萧森"的悲壮景象。"江间"承"巫峡"，"塞上"承"巫山"，波浪在地而兼天涌，风云在天而接地阴，可见整个天地之间风云波浪，极言阴晦萧森之状。万里长江滚滚而来，波涛汹涌，天翻地覆，是眼前的实景；"塞上风云"既写景物也寓时事。当时吐蕃入侵，边关吃紧，处处是阴暗的战云，虚实兼之。此联景物描绘之中，形象地表达了诗人动荡不安、前途未卜的处境和诗人胸中翻腾起伏的忧思与郁勃不平之气。把峡谷深秋、个人身世、国家沦丧囊括其中，波澜壮阔，哀感深沉。

颈联由继续描写景物转入直接抒情，即由秋天景物触动羁旅情思。与上两句交叉承接，"丛菊"承"塞上"句，"孤舟"承"江间"句。"他日"即往日，去年秋天在云安，今年此日在夔州，均对丛菊，故云"两开"，"丛菊两开他日泪"，表明去年对丛菊掉泪，今年又对丛菊掉泪；"两开"二字，实乃双关，既指菊开两度，又指泪流两回，见丛菊而流泪，去年如此，今年又如此，足见羁留夔州心情的凄伤。"故园心"，实即思念长安之心。"系"字亦双关词语：孤舟停泊，舟系于岸；心念长安，系于故园。从云安到夔州苦苦挣扎了两年，孤舟不发，见丛菊再开，不禁再度流泪，心总牵挂着故园。诗人《客社》一诗亦云："南菊再逢人病卧"，《九日》又云："系舟身万里"，均可参读。此处写得深沉含蓄，耐人寻味。身在夔州，心系故园，为下七首张目。

尾联在时序推移中叙写秋声。西风凛冽，傍晚时分天气更是萧瑟寒冷，意味冬日即将来临，人们在加紧赶制寒衣，白帝城高高的城楼上，晚风中传来急促的砧声。白帝城在东，夔州府在西，诗人身在夔州，听到白帝城传来的砧杵之声。砧杵声是妇女制裁棉衣时，槌捣衣服的声音。砧即捣衣之石。此诗末两句，关合全诗，回到景物，时序由白天推到日暮，客子羁旅之情更见艰难，故能结上生下，下面接着写夔州孤城，一气蝉联。钱注杜诗称："以节则杪秋，以地则高城，以时则薄暮，刀尺苦寒，急砧促别，末句标举兴会，略有五重，所谓嵯峨萧瑟，真不可言。"

全诗于凄清哀怨中，具沉雄博丽的意境。格律精工，词彩华茂，沉郁顿挫，悲壮凄凉意境深宏，读来令人荡气回肠，最典型地表现了杜律的特有风格，有很高的艺术成就。

登　高 [1]

风急天高猿啸哀 [2]，渚清沙白鸟飞回 [3]。

无边落木萧萧下 [4]，不尽长江滚滚来。

万里悲秋常作客 [5]，百年多病独登台 [6]。

艰难苦恨繁霜鬓 [7]，潦倒新停浊酒杯 [8]。

【注释】

[1] 选自《杜工部集》。作于唐代宗大历二年，即公元767年秋天的重阳节。诗题一作《九日登高》。古代农历九月九日有登高习俗。

[2] 啸哀：指猿的叫声凄厉。

[3] 渚：水中的小块陆地。鸟飞回：鸟在急风中飞舞盘旋。

[4] 落木萧萧：落木，指秋天飘落的树叶；萧萧风吹树叶声。

[5] 万里：指远离故乡。常作客：长期漂泊他乡。

[6] 百年：一生。

[7] 艰难苦恨繁霜鬓：艰难，兼指国运和自身命运；苦恨，极其遗憾，苦，极；繁霜鬓，形容白发多，如鬓边着霜雪。繁，这里作动词，增多。

[8] 潦倒：衰颓、失意。这里指衰老多病，志不得伸。新停：刚刚停止。

【解读】

此诗是杜诗最著名的篇章之一。此诗作于唐代宗大历二年（767年）秋天，此时杜甫在夔州，生活极端困窘，通过登高所见秋江景色，倾诉了诗人长年漂泊、老病孤愁的复杂感情。

前四句写登高见闻。首联对起。诗人围绕夔州的特定环境，用"风急"二字带动全联，一开头就写成了千古流传的佳句。夔州向以猿多著称，峡口更以风大闻名。秋日天高气爽，这里却猎猎多风。诗人移动视线，由高处转向江水洲渚，在水清沙白的背景上，点缀着迎风飞翔、不住回旋的鸟群，真是一幅精美的画图。其中天、风，沙、渚，猿啸、鸟飞，天造地设，自然成对。不仅上下两句对，而且还有句中自对，如上句"天"对"风"，"高"对"急"；下句"沙"对"渚"，"白"对"清"，读来富有节奏感。经过诗人的艺术提炼，十四个字，字字精当，无一虚设，用字遣词，"尽谢斧凿"，达到了奇妙难名的境界。更值得注意的是：对起的首句，末字常用仄声，此诗却用平声入韵。

颔联集中表现了夔州秋天的典型特征。诗人仰望茫无边际、萧萧而下的木叶，俯视奔流不息、滚滚而来的江水，在写景的同时，便深沉地抒发了自己的情怀。"无边""不尽"，使"萧萧""滚滚"更加形象化，不仅使人联想到落木窸窣之声，长江汹涌之状，也无形中传达出韶光易逝，壮志难酬的感怆。透过沉郁悲凉的对句，显示出神入化之笔力，确有"建瓴走坂""百川东注"的磅礴气势。前人把它誉为"古今独步"的"句中化境"，是有道理的。

前两联极力描写秋景，直到颈联，才点出一个"秋"字。"独登台"，则表明诗人是在高处远眺，这就把眼前景和心中情紧密地联系在一起了。"常作客"，指出了诗人漂泊无定的生涯。"百年"，本喻有限的人生，此处专指暮年。"悲秋"两字写得沉痛。秋天不一定可悲，只是诗人目睹苍凉恢廓的秋景，不由得想到自己沦落他乡、年老多病的处境，故生出无限悲愁之绪。诗人把旧客最易悲愁，多病独爱登台的感情，概括进一联"雄阔高浑，实大声弘"的对句之中，使人深深地感到了他那沉重地跳动着的感情脉搏。此联的"万里""百年"和上一联的"无边""不尽"，还有相互呼应的作用：诗人的羁旅愁与孤独感，就像落叶和江水一样，推排不尽，驱赶不绝，情与景交融相洽。诗到此已给作客思乡的一般含意，添上久客孤独的内容，增入悲秋苦病的情思，加进离乡万里、人在暮年的感叹，诗意就更见深沉了。

尾联对结，并分承五、六两句。诗人备尝艰难潦倒之苦，国难家仇，使自己白发日多，再加上因病断酒，悲愁就更难排遣。本来兴会盎然地登高望远，此时却平白无故地惹恨添悲，诗人的矛盾心情是容易理解的。前六句"飞扬震动"，到此处"软冷收之，而无限悲凉之意，溢于言外"。

诗前半写景，后半抒情，在写法上各有错综之妙。首联着重刻画眼前具体景物，好比画家的工笔，形、声、色、态，一一得到表现。次联着重渲染整个秋天气氛，好比画家的写意，只宜传神会意，让读者用想象补充。三联表现感情，从纵（时间）、横（空间）两方面着笔，由异乡漂泊写到多病残生。四联又从白发日多，护病断饮，归结到时世艰难是潦倒不堪的根源。这样，杜甫忧国伤时的情操，便跃然纸上。

岑参（715—770），河南南阳人。幼年丧父，家境艰辛，刻苦读书。天宝三年（744年）中进士，做过兵曹参军的小官。天宝八年随节度使高仙芝入安西，在高幕中任掌书记。当时胸怀报国壮志，很想在戎马生涯中施展宏图。未能实现，两年后回到长安。天宝十三年又随节度使封常清出任安西、北庭判官，驻轮台（今新疆维吾尔自治区米泉区）。安史之乱后，肃宗即位，岑参又从西域回到长安，在杜甫和房琯的推荐下，任朝中右补阙。由于直言敢谏，屡受排挤。大历元年做嘉州刺史，不久罢官，五十五岁时，客死成都旅舍。

岑参几度出塞，熟悉边塞的风光和戎马生活，有不少边塞诗作，被认为是历代"边塞诗人"中成就最高的一位。他的诗想象丰富、气势磅礴、流畅新奇、感情奔放，尤以七言歌行见长。

岑 参

白雪歌送武判官归京 [1]

北风卷地白草折 [2]，胡天八月即飞雪 [3]。

忽如一夜春风来，千树万树梨花开。

散入珠帘湿罗幕，狐裘不暖锦衾薄 [4]。

将军角弓不得控 [5]，都护铁衣冷难着 [6]。

瀚海阑干百丈冰 [7]，愁云惨淡万里凝。

中军置酒饮归客 [8]，胡琴琵琶与羌笛。

纷纷暮雪下辕门 [9]，风掣红旗冻不翻 [10]。

轮台 [11] 东门送君去，去时雪满天山 [12] 路。

山回路转不见君，雪上空留马行处。

【注释】

[1] 白雪歌：乐府琴曲有《白雪歌》。判官：官名。唐时节度使、观察使下掌书记之官吏。武判官：其人不详。

[2] 白草：因西域牧草秋天变白，故称。

[3] 胡天：此处指西域的气候。

[4] 衾（qīn）：被子。

[5] 角弓：以兽角为装饰的硬弓。控：拉弦。

[6] 都护：官名。唐时曾设安西等六大都护府，每府有大都护，管理行政事务。铁衣：护身铁甲衣。着：穿。

[7] 瀚海：即大沙漠。阑干：犹言纵横交错的样子。

[8] 中军：主帅所在的军营。此指主帅营帐。

[9] 辕门：军营之门。

[10] 掣：拽动。

[11] 轮台：轮台县，北庭都护府治所。

[12] 天山：唐时称伊州、西州以北一带山脉为天山。

【解读】

这首诗是岑参任北庭节度使封常清的判官时的作品。武判官是岑参的前任，这首诗是岑参送他回京复命的送行诗。全诗意象异常雄壮，想象奇绝，堪称咏雪诗歌的代表作品。

全诗开篇就定下非常奇瑰的基调。第一、二句用盛开的梨花来比喻满树的雪花，一幅壮丽的北国冰雪风光顿时展现在读者眼前。"一夜春风"很写实，同时也暗含惊喜之意。平淡的北国经过一夜的银装素裹，让早起赏雪的诗人想起了观赏春天梨花盛开的好心情，梨花是在慢慢地等待中开放的，而雪花中的北国则是一夜即成，欣喜之情自然更胜一筹！然而这种想象又是何等的神奇！春花烂漫本是春天的胜景，把冬天的肃杀无情换成春意盎然，实际上是诗人自己乐观人生态度的表现，同时也是盛唐时期中国人蓬勃向上、极度自信心理的自然流露。

三、四句紧扣塞外风雪的奇冷，用具体的所见所闻来描写雪天的冰寒刺骨，读来亲切自然。"散入珠帘湿罗幕"把视线从室外拉到室内，雪花带着寒意"入珠帘""湿罗幕"，场景过渡非常流畅自然。"狐裘不暖锦衾薄。将军角弓不得控，都护铁衣冷难着。"从出征将士自己的感受来写塞外的严寒，让人感同身受。将军和都护是互文见义，将军所处远好于普通将士，他尚且感觉"不得控""冷难着"，何况衣着单寒的士兵呢？但是非常奇特的是，我们读到这样的诗句，不又不感到将士生活的艰苦，反而能体会到将士们驻守边塞的豪情壮志，原因就在于诗人"好奇"的诗风和昂扬的激情。

第五句让人赞叹。"瀚海"指沙漠的广阔，"百丈冰"形容冰川的高峻，再加上万里不散的愁云，给读者带来全新视角的体验。同时，诗人用一个"愁"字又为即将到来的送行做了情感的铺垫。

第六句开始进入主题，描写送别的情景，用"胡琴""琵琶""羌笛"这些非常典型的西域乐器形象地渲染出了送别的场景和气氛，让人感觉到迥异于中原内地的边塞送行气氛。

第七句写营门外的冰雪寒风，天气奇寒。"风掣红旗冻不翻"更是塞外才能感受到的奇妙景象，连红旗都被冻住了，在狂风中一动不动，多么神奇！

而不动的红旗和狂风中飞舞的雪花正好成了绝妙的对比，动静相配，给人以"诗中有画，画中有诗"的美感。

八、九句写轮台东门送别的情景。从壮丽的雪景里回到送行的主旨，感情真切，韵味深长。

全诗融合着强烈的主观感受，在歌咏自然风光的同时还表现了雪中送人的真挚情谊。诗情内涵丰富，意境鲜明独特，具有极强的艺术感染力。诗的语言明朗优美，又利用换韵与场景画面交替的配合，形成跌宕生姿的节奏旋律。

韦应物（737—792），京兆长安（今陕西省西安市）人。年轻时曾在唐玄宗宫廷任三卫郎，生活豪放不羁。后来致力于读书学习，考中进士，任滁州、苏州、江州等地刺史。他的诗"才丽之外，颇近兴讽"（白居易《与元九书》）。诗风与王维、孟浩然相近，大量作品写田园山水，形成自然淡远、秀丽清雅的风格。

韦应物

滁州西涧[1]

独怜[2]幽草涧边生，上有黄鹂深树鸣。
春潮带雨晚来急，野渡无人舟自横。

【注释】

[1] 西涧：在滁州（今安徽滁县）城西，俗称上马河。此诗作于建中四年春，韦应物为滁州刺史时。

[2] 独怜：只爱。

【解读】

此诗是韦应物任滁州刺史时所作，是写景诗的名篇。诗歌描写了春游滁州西涧赏景和晚潮带雨的野渡所见：清幽的芳草在涧边寂寂地生长着，幽草附近，有深密的树林，林中有黄鹂在鸣唱。傍晚之时，春雨急骤，涧中之水横冲直撞奔突而流，野外的渡口一片安闲，周围了无人踪，只有渡船横在河中。此诗动静结合，风格深远，如一幅清幽的水墨画。

前两句"独怜幽草涧边生，上有黄鹂深树鸣"是说：诗人独喜爱涧边生长的幽草，上有黄莺在树荫深处啼鸣。这是清丽的色彩与动听的音乐交织成的幽雅景致。"独怜"是偏爱的意思，偏爱幽草，流露着诗人恬淡的胸怀。

后两句"春潮带雨晚来急，野渡无人舟自横"是说：傍晚下雨潮水涨得更急，郊野的渡口没有行人，一只渡船横泊河里。这雨中渡口扁舟闲横的画面，蕴含着诗人对自己无所作为的忧伤，引人思索。还更加说明韦应物宁愿做一株无人关注的小草，也不愿意去做那些大的官职。末两句以飞转流动之势，衬托闲淡宁静之景，可谓诗中有画，景中寓情。

全诗表露了恬淡的胸襟和忧伤之情怀。

白居易（772—846）唐朝中叶的大诗人。字乐天，晚年自号香山居士。祖籍太原，后迁居下邽（今陕西渭南北）。生于河南新郑县。年轻时苦节读书，不遑寝息，以至"口舌成疮，手肘成胝"。以家贫多故，贞元十四年（806年），应"才识兼茂、明于体用秋"登第，授盩厔县尉。元和二年十一月，召入为翰林学士。三年五月，任谏官左拾遗。元和九年冬，服母丧期满后，起复为太子属官左赞善大夫。十年，遭权贵诬陷，被贬为江州司马。十三年转忠州刺史。唐宪宗死后，召回长安，任主客郎中、知制诰。穆宗长庆元年（821年）加朝散大夫，始进位五品。次年，上书论河北用兵事，穆宗不听。后白居易因朝廷中朋党倾轧，乃求外任，历杭、苏二州刺史。文宗即位后，召拜秘书监，不久称病东归洛阳。在洛阳以太子宾客分司东都，后任河南尹、太子少傅等官职。

白居易是新乐府运动的主要倡导者。他的进步的诗歌理论和他的乐府诗，对当时诗坛和中国古典诗歌的发展具有重要影响，作品广泛为国内外读者所传诵、所仿作。他一生有大量诗文作品，在江州与元稹书上说，他曾自集其诗为讽喻（即新乐府）、闲适、感伤、杂律四类共十五卷。自认讽喻和闲适诗是他的代表作，但当时人所传诵的却多是他的杂律诗和《长恨歌》。他因此自叹："时之所重，仆之所轻。"长庆四年元稹替他编《白氏长庆集》五十卷，文宗、武宗时他自己又几次补缀，题为《白氏文集》。宋、明刻本皆题为《白氏长庆集》，其实还包括了长庆以后的作品。

白居易

琵琶行[1]

元和十年，余左迁九江郡司马[2]。明年秋，送客湓浦口[3]，闻舟中夜弹琵琶者。听其音，铮铮然有京都声[4]。问其人，本长安倡女[5]，尝学琵琶于穆、曹二善才[6]。年长色衰，委身为贾人妇[7]。遂命酒使快弹数曲[8]，曲罢悯然[9]。自叙少小时欢乐事，今漂沦憔悴，转徙于江湖间[10]。予出官[11]二年，恬然[12]自安；感斯人[13]言，是夕始觉有迁谪意[14]。因为长句，歌以赠之，见六百一十二言[15]，命曰《琵琶行》。

浔阳[16]江头夜送客，枫叶荻花秋瑟瑟[17]。
主人下马客在船，举酒欲饮无管弦[18]。
醉不成欢惨[19]将别，别时茫茫江浸月。
忽闻水上琵琶声，主人忘归客不发[20]。
寻声暗问[21]弹者谁，琵琶声停欲语迟[22]。
移船相近邀相见，添酒回灯[23]重开宴。
千呼万唤始出来，犹抱琵琶半遮面。
转轴[24]拨弦三两声，未成曲调先有情。
弦弦掩抑[25]声声思，似诉平生不得志。
低眉信手[26]续续弹，说尽心中无限事。
轻拢慢捻抹复挑[27]，初为霓裳后六幺[28]。
大弦[29]嘈嘈如急雨，小弦[30]切切如私语。
嘈嘈切切错杂弹，大珠小珠落玉盘。
间关[31]莺语花底滑，幽咽流泉水下滩[32]。
水泉冷涩弦凝绝，凝绝不通声渐歇。
别有幽愁暗恨生，此时无声胜有声。
银瓶乍破水浆迸[33]，铁骑突出刀枪鸣。

曲终收拨当心画[34]，四弦一声如裂帛[35]。

东船西舫悄无言，唯见江心秋月白。

沉吟放拨插弦中，整顿衣裳起敛容[36]。

自言本是京城女，家在虾蟆陵[37]下住。

十三学得琵琶成，名属教坊第一部[38]。

曲罢常教善才[39]服，妆成每被秋娘[40]妒。

五陵年少争缠头[41]，一曲红绡[42]不知数。

钿头银篦击节碎[43]，血色[44]罗裙翻酒污。

今年欢笑复明年，秋月春风等闲度。

弟走从军阿姨[45]死，暮去朝来颜色故[46]。

门前冷落车马稀，老大嫁作商人妇。

商人重利轻别离，前月浮梁[47]买茶去。

去来江口守空船，绕船明月江水寒。

夜深忽梦少年事，梦啼妆泪红阑干[48]。

我闻琵琶已叹息，又闻此语重唧唧[49]。

同是天涯沦落人，相逢何必曾相识。

我从去年辞帝京，谪居卧病浔阳城。

浔阳地僻无音乐，终岁不闻丝竹[50]声。

住近湓江地低湿，黄芦苦竹绕宅生。

其间旦暮闻何物，杜鹃啼血猿哀鸣。

春江花朝秋月夜，往往取酒还独倾[51]。

岂无山歌与村笛，呕哑嘲哳[52]难为听。

今夜闻君琵琶语，如听仙乐耳暂明。

莫辞更坐[53]弹一曲，为君翻[53]作琵琶行。

感我此言良久立，却坐促弦[55]弦转急。

凄凄不似向前声[56]，满座重闻皆掩泣。

座中泣下谁最多，江州司马青衫[57]湿。

【注释】

[1] 题一作《琵琶引》。

[2] 左迁：即贬官。汉制以右为上，故贬官又称左迁，后世沿用。九江郡：即诗中指到的浔阳、江州，治所在今江西九江。司马：原为刺史下的武职佐吏，此时已变成安置贬官的闲职。

[3] 湓浦口：湓水入长江处。湓水，今称龙开河，源于江西青盆山，至九江入长江。

[4] 铮铮然：形容乐声铿锵洪亮。京都声：有长安乐手演奏的韵味。

[5] 倡女：以歌舞演奏为业的乐伎。

[6] 善才：名手。

[7] 委身：出嫁之意。贾人：商人。

[8] 命酒：命人置办酒席。快弹：尽情弹奏。

[9] 悯然：伤感的样子。

[10] 转徙：辗转迁移。

[11] 出官：即贬官之意。

[12] 恬然：平静悠闲的样子。

[13] 斯人：此人。

[14] 迁谪意：被贬逐的感觉。

[15] 六百一十二言：此诗实为六百一十六字。

[16] 浔阳：长江在今九江市附近的一段。

[17] 瑟瑟：风吹草木之声。

[18] 管弦：管乐器与弦乐器，此指音乐。

[19] 惨：指情绪暗淡。

[20] 发：启程。

[21] 暗问：低声问。

[22] 欲语迟：想说又迟疑了没说。

[23] 回灯：指添油拨芯，使灯重新明亮。

[24] 转轴：即定弦。轴，指琵琶上调整琴弦松紧的木把手。

[25] 掩抑：指琵琶声低沉压抑。

[26] 信手：随手。

[27] 拢、捻：弹琵琶的左手指法，拢是按弦内拢，捻是按弦左右揉。抹、挑：弹琵琶的右手用拨子的指法，抹是向左弹，挑是向右弹。

[28] 霓裳：《霓裳羽衣曲》。六幺：本作"录要"，又叫"绿腰"，为京都流行的曲子。

[29] 大弦：琵琶弦有粗细，最粗的称大弦，音低而沉。

[30] 小弦：最细的弦，音尖而细。

[31] 间关：鸟鸣声。此句形容乐声流畅轻快，如同莺声从花下滑过。

[32] 水下滩：一作"水下难"。此句形容乐声涩咽沉重，如同泉水滞留在滩石之下。

[33] 银瓶：汲水瓶。乍：突然。

[34] 拨：弹琵琶用的拨片。当心画：用拨片扫过几根弦，以示结束。

[35] 裂帛：指乐声如撕裂帛的声音。

[36] 敛容：指琵琶女从音乐中恢复过来，脸色重又严肃矜持。

[37] 虾蟆陵：在长安东南，为歌女聚居之处。据说此地原为汉儒董仲舒墓，门人过此须下马，故称"下马陵"，后讹为"虾蟆陵"。

[38] 教坊：唐代掌管音乐、歌舞、杂技艺人的机构。第一部：第一队，意指最优秀的演奏队。

[39] 教：使得。善才：唐代称琵琶师为善才。

[40] 秋娘：唐代歌舞伎的通称。

[41] 五陵年少：指豪门子弟。五陵是长安城外五个汉代皇帝的陵墓所在地，为豪门贵族居住区。缠头：赠送的锦帕绫罗。艺伎演出时以锦缠头，客人便以缠头之锦为赠礼，后成为专送歌舞伎的礼物，称"缠头彩"。

[42] 红绡：红色的丝织品。

[43] 钿头银篦：镶嵌金丝的银篦子。击节碎：因打拍子而打碎了。

[44] 血色：鲜红色。

[45] 阿姨：鸨母。

[46] 颜色故：姿色衰老。

[47] 浮梁：在今江西景德镇，唐时为茶叶集散地。

[48] 妆泪红阑干：泪水流过带着脂粉的脸，红泪纵横。

[49] 唧唧：叹息声。

[50] 丝竹：管乐和弦乐。

[51] 独倾：独饮。

[52] 呕哑嘲哳：形容乐声杂乱刺耳。

[53] 更坐：再请坐下。

[54] 翻：依曲作辞。

[55] 却坐：退回坐下。促弦：拧紧弦子。

[56] 凄凄：形容乐声凄婉。向前：刚才。

[57] 青衫：唐时八、九品文官着青衣。白居易为江州司马，品级是最低的九品将仕郎，故穿青衫。

【解读】

唐宪宗元和十一年，即公元 816 年深秋，被贬到江州即今江西省九江市做司马的白居易在浔阳江头准备乘船送友人，在客船上畅饮时，被一琵琶女的弹奏深深地打动了，当天晚上就写下了这首千古传唱的长篇叙事诗。

诗人在这首诗中着力塑造了琵琶女的形象，通过它深刻地反映了封建社会中被侮辱被损害的乐伎、艺人的悲惨命运，抒发"同是天涯沦落人"的感情。诗的开头写"秋夜送客"，"忽闻""琵琶声"，于是"寻声""暗问""移船""邀相见"，经过"千呼万唤"，然后歌女才"半遮面"地出来了。这种回荡曲折的描写，就为"天涯沦落"的主题奠定了基石。接着以描写琵琶女弹奏乐曲来揭示她的内心世界。先是"未成曲调"之"有情"，然后"弦弦""声声思"，诉尽了"生平不得志"和"心中无限事"，展现了琵琶女起伏回荡的心潮。

然后进而写琵琶女自诉身世：当年技艺曾教"善才服"，容貌"妆成每被秋娘妒"，京都少年"争缠头"，"一曲红绡不知数"。然而，时光流逝，"暮去朝来颜色故"，最终只好"嫁作商人妇"，完成了琵琶女这一形象的塑造。

最后写诗人感情的波涛为琵琶女的命运所激动，发出了"同是天涯沦落人，相逢何必曾相识"的感叹，抒发了同病相怜、同声相应的情怀。诗韵明快，步步映衬，处处点缀。

全诗在细节描写上堪称技艺超群，人物性格鲜明真切，景物描写很好，同时适当地烘托了气氛，语言具有音乐美，比喻贴切。本诗层次分明，行文如流水，可以看出诗人高超的艺术造诣。

钱塘湖春行

孤山寺北贾亭[1]西，水面初平云脚低。

几处早莺争暖树，谁家新燕啄春泥。

乱花渐欲迷人眼，浅草才能没马蹄。

最爱湖东行不足，绿杨阴里白沙堤[2]。

【注释】

[1] 贾亭：据《唐语林》卷六载："贞元中，贾全为杭州（刺史），于西湖造亭，为贾公亭；未五六十年废。"白居易作此诗时，贾亭还在。

[2] 白沙堤：又称沙堤或断桥堤，在西湖东一带，可总览全湖之胜。

【解读】

本诗是白居易任杭州刺史时所作。诗处处把握环境和季节的特征，把初春的西湖，描绘得生意盎然，怡人心脾。

首联从大处落笔，写孤山寺所见之景。第一句是初春诗人游行的地点，第二句是远景。"初平"，春水初涨，远望与岸齐平。"云脚低"，写白云低垂，与湖水相连，勾出了早春的轮廓。脚下平静的水面与天上低垂的云幕构成了一幅宁静的水墨西湖图。

"几处早莺争暖树，谁家新燕啄春泥。乱花渐欲迷人眼，浅草才能没马蹄。"这四句是此诗的核心部分，也就是最为抢眼的句子，同时也是白诗描写春光特别是描写西湖春光的点睛之笔。几处，是好几处，甚至也可以是多处的意思。用"早"来形容黄莺，体现了白居易对这些充满生机的小生命的由衷的喜爱。一个"争"字，让人感到春光的难得与宝贵。而不知是谁家檐下的燕子，此时也正忙个不停地衔泥做窝，用一个"啄"字，来描写燕子那忙碌而兴奋的神情，似乎把小燕子也写活了，这两句着意描绘出莺莺燕燕的动态，从而使得全诗洋溢着春的活力与生机。在对天空中的小鸟进行了形象的拟人化描写之后，白居易又把视线转向了脚下的植被，"乱花渐欲迷人眼，浅草才能没马蹄"这也是一联极富情感色彩与生命活力的景物描写，五颜六色的鲜花，漫山野地开放，在湖光山色的映衬下，千姿百态，争奇斗艳，使得白居易简直不知把视线投向哪里才好，也无从分辨出个高下优劣来，只觉得眼也花了，神也迷住了，真是美不胜收，应接不暇呀。"乱花渐欲迷人眼"一句是驻足细看，而"浅草才能没马蹄"，则已经是骑马踏青了，在绿草如茵、繁花似锦的西子湖畔，与二三友人，信马由缰，自由自在地游山逛景，该是一件多么惬意的事情呀。正因为诗人有一双发现美、发现春天的眼睛，所以他会在西湖美景中，不能自已，乃至流连忘返："最爱湖东行不足，绿杨阴里白沙堤。"

全诗结构严密，格律严谨，对仗工整，语言流畅，生动自然，语气平易，体现了通俗流畅的特点。诗人从总体上着眼描绘了湖上蓬蓬勃勃的春意，并善于在行进途中展开景物描写，选取了典型与分类排列相结合：中间写莺、燕、花、草四种最见春色的景物，动物与植物选择组合，独具匠心。还善于把握景物特征，运用最具表现力的词语加以描绘和渲染。

长恨歌 [1]

汉皇重色思倾国 [2]，御宇 [3] 多年求不得。

杨家有女初长成，养在深闺人未识。

天生丽质难自弃，一朝选在君王侧。[4]

回头一笑百媚生，六宫粉黛无颜色 [5]。

春寒赐浴华清池 [6]，温泉水滑洗凝脂 [7]。

侍儿扶起娇无力，始是新承恩泽 [8] 时。

云鬓花颜金步摇 [9]，芙蓉帐 [10] 暖度春宵。

春宵苦短日高起，从此君王不早朝。

承欢侍宴无闲暇，春从春游夜专夜。

后宫佳丽三千人，三千宠爱在一身。

金屋^[11]妆成娇侍夜，玉楼宴罢醉和春。

姊妹弟兄皆列土^[12]，可怜^[13]光彩生门户。

遂令天下父母心，不重生男重生女。^[14]

骊宫^[15]高处入青云，仙乐风飘处处闻。

缓歌慢舞凝丝竹，尽日君王看不足^[16]。

渔阳鼙鼓^[17]动地来，惊破霓裳羽衣曲^[18]。

九重城阙烟尘生^[19]，千乘^[20]万骑西南行。

翠华^[21]摇摇行复止，西出都门百余里^[22]。

六军不发无奈何^[23]，宛转蛾眉马前死^[24]。

花钿委地^[25]无人收，翠翘金雀玉搔头^[26]。

君王掩面救不得，回看血泪相和流。

黄埃散漫风萧索，云栈萦纡登剑阁^[27]。

峨眉山^[28]下少人行，旌旗无光日色薄^[29]。

蜀江水碧蜀山青，圣主朝朝暮暮情。

行宫^[30]见月伤心色，夜雨闻铃^[31]肠断声。

天旋地转回龙驭^[32]，到此踟蹰^[33]不能去。

马嵬坡下泥土中，不见玉颜空死处^[34]。

君臣相顾尽沾衣^[35]，东望都门信马^[36]归。

归来池苑皆依旧，太液芙蓉未央柳^[37]。

芙蓉如面柳如眉，对此如何不泪垂？

春风桃李花开日，秋雨梧桐叶落时。

西宫南内^[38]多秋草，落叶满阶红不扫。

梨园弟子^[39]白发新，椒房阿监青娥老^[40]。

夕殿萤飞思悄然^[41]，孤灯挑尽未成眠。

迟迟钟鼓初长夜，耿耿星河欲曙天^[42]。

鸳鸯瓦冷霜华重^[43]，翡翠衾^[44]寒谁与共？

悠悠生死别经年^[45]，魂魄不曾来入梦。

临邛道士鸿都客^[46]，能以精诚致魂魄^[47]。

为感君王辗转思^[48]，遂教方士^[49]殷勤觅。

排空驭气[50]奔如电，升天入地求之遍。

上穷碧落下黄泉[51]，两处茫茫皆不见。

忽闻海上有仙山，山在虚无缥缈间。

楼阁玲珑五云[52]起，其中绰约[53]多仙子。

中有一人字太真[54]，雪肤花貌参差[55]是。

金阙西厢叩玉扃[56]，转教小玉报双成[57]。

闻道汉家天子使，九华帐[58]里梦魂惊。

揽衣推枕起徘徊，珠箔银屏迤逦开[59]。

云鬓半偏新睡觉[60]，花冠不整下堂来。

风吹仙袂[61]飘摇举，犹似霓裳羽衣舞。

玉容寂寞泪阑干[62]，梨花一枝春带雨。[63]

含情凝睇谢君王[64]，一别音容两渺茫。

昭阳殿[65]里恩爱绝，蓬莱宫[66]中日月长。

回头下望人寰[67]处，不见长安见尘雾。

惟将旧物表深情，钿合[68]金钗寄将去。

钗留一股合一扇[69]，钗擘黄金合分钿。[70]

但教心似金钿坚，天上人间会相见。

临别殷勤重[71]寄词，词中有誓两心知：

七月七日长生殿[72]，夜半无人私语时。

在天愿作比翼鸟[73]，在地愿为连理枝。[74]

天长地久有时尽，此恨绵绵无绝期！

【注释】

[1] 此诗作于元和元年，即公元806年，白居易时任盩厔县尉。

[2] 汉皇：此指唐玄宗李隆基。唐人常以汉武帝指唐玄宗，又以武帝之宠李夫人喻玄宗之宠杨贵妃。倾国：据《汉书·外戚传》载，李延年（李夫人之兄）歌曰："北方有佳人，绝世而独立。一顾倾人城，再顾倾人国。"意谓佳人美色能倾动全城、全国。后以"倾城""倾国"来比喻佳人美貌，或代称美人。

[3] 御宇：治理天下。

[4] 以上四句：杨贵妃小名玉环，蒲州永乐即今山西永济人，蜀州司户杨玄琰之女。因父早死，养于叔父杨玄珪家。开元二十三年封为唐玄宗之子寿王李瑁之妃。二十八年，玄宗命她出家为女道士，改名太真。天宝四年册封为贵妃。诗中所写并不符合事实，这是白居易为唐玄宗隐讳。

[5] 六宫粉黛：指后宫中所有的妃嫔。颜色：姿色。

[6] 华清池：即骊山（在今陕西临潼）上的华清宫中，为温泉。

[7] 凝脂：指白嫩柔滑的肌肤。《诗经·卫风·硕人》有"肤如凝脂"句。

[8] 承恩泽：指得到皇帝的宠幸。

[9] 云鬓：指女人浓密卷曲如云的鬓发。金步摇：一种缀有垂珠的头钗，因步行则垂珠摇动，故称。据宋人乐史《杨太真外传》记载，玄宗于定情之夕亲手给玉环插上一支"丽水镇库紫磨金琢成步摇"。

[10] 芙蓉帐：上绣并蒂莲花的慢帐。

[11] 金屋：据《汉武故事》载，汉武帝幼时，看上姑母长公主之女阿娇，曾说："若得阿娇做妇，当作金屋贮之。"后用金屋指宠姬之居。

[12] 列土：分封土地。杨贵妃被册封后，其大姐封韩国夫人，三姐封虢国夫人，八姐封秦国夫人；族兄杨铦封鸿胪卿，杨锜任侍御史，杨钊（国忠）为右丞相，封魏国公。

[13] 可怜：可美。

[14] 此二句：当时有歌谣曰："生女勿悲酸，生男勿喜欢"，"男不封侯女作妃，看女却为门上楣"。

[15] 骊宫：指骊山华清宫。

[16] 尽日：一整天。看不足：看不够。

[17] 渔阳鼙鼓：指安禄山起兵渔阳叛乱事。渔阳：唐郡名，在今河北蓟县一带。鼙鼓：骑马所用的战鼓。安禄山为平卢、范阳、河东三镇节度使，天宝十四年起兵范阳（渔阳郡为范阳节度使所辖八郡之一），反叛朝廷。

[18] 霓裳羽衣曲：唐代著名舞曲。西凉节度使杨敬述献西域乐曲，唐玄宗据以改编而成。

[19] 九重城阙：指京城长安。烟尘：尘土与烽火骤起，指战火逼近。

[20] 乘（shèng）：指车。千乘万骑：指跟随玄宗的大队人马。天宝十五年安禄山破潼关，唐玄宗带着杨贵妃出逃西南。

[21] 翠华：皇帝仪仗中用翠鸟羽毛装饰的旗帜。此指皇帝车驾。

[22] 百余里：马嵬坡在今陕西兴平市，距长安约百里路。

[23] 六军：皇帝卫队。不发：不肯前进。唐玄宗行至马嵬坡，卫队哗变，请杀杨国忠和杨贵妃，以泄天下之愤，玄宗无奈从之，杀杨国忠，令杨贵妃自缢。

[24] 宛转：这里指委婉委屈的样子。蛾眉：指美貌女子，这里指杨贵妃。

[25] 花钿（diàn）：嵌珠玉的花形头饰。委地：扔在地上。

[26] 翠翘：形似翠鸟尾的首饰。金雀：黄金制成的凤形首饰。玉搔头：即玉簪子。

[27] 云栈：直入云霄的栈道。关中入蜀，必走栈道。萦纡：指栈道曲折迂回。剑阁：在大小剑山之间，地势极险，为南栈道的一部分，在今四川剑阁县东北。

[28] 峨眉山：在今四川峨嵋县。此处泛指蜀中之山。

[29] 日色薄：日光惨淡。

[30] 行宫：皇帝出行时所住之处。

[31] 夜雨闻铃：据唐人郑处诲《明皇杂录·补遗》记载，唐玄宗"初人斜谷，霖雨涉旬，于栈道雨中闻铃音，隔山相应。上既悼念贵妃，采其声为《雨霖铃》曲以寄恨焉。"铃：此指栈道铁索上所挂铃铛。

[32] 天旋地转：指时局好转。肃宗至德二年十月，唐军收复长安。龙驭：皇帝车驾。回龙驭：指此年十二月唐玄宗回京。

[33] 此：指马嵬坡。踟蹰：徘徊流连。

[34] 空死处：只见死的地方。据《新唐书·后妃传》载，唐玄宗回京，经马嵬坡，派人以礼改葬贵妃，见其香囊犹在，不胜悲切。

[35] 沾衣：流泪。

[36] 信马：任马驰去。

[37] 太液：汉长安有太液池；唐太液池在大明宫北。未央：汉未央宫，故址在今西安市。此处借指唐朝宫苑。芙蓉：荷花。

[38] 西宫南内：西宫指太极宫，故址在今西安市迤北故宫城内。南内即南宫，指兴庆宫，故址在今西安市东南。唐玄宗回京后，先住南内；后迁居西宫，被软禁。

[39] 梨园弟子：唐玄宗通晓音乐，曾亲自教习音乐于梨园，习艺者即称

梨园弟子。

[40] 椒房：指后宫。汉时后妃宫中，取椒粉涂墙，因其香可避恶气，且温暖，故称。阿监：宫中女官。青娥：青春少女。

[41] 悄然：兴味索然。

[42] 耿耿：明亮的样子。星河：银河。

[43] 鸳鸯瓦：两片瓦上下合扣称鸳鸯瓦。霜华：霜花。

[44] 翡翠衾：绣有翡翠鸟的锦被。据说翡翠鸟雌雄相随而行。

[45] 经年：整年。

[46] 临邛：今四川邛崃市。鸿都：汉代洛阳北宫门名，此借指长安。临邛道士和鸿都客指同一人，意谓从四川来到长安的道士。

[47] 致魂魄：把杨贵妃的魂灵招来。据《太平广记》卷二十引《仙传拾遗》里说，此道士叫杨通幽，会招魂之术，"役命鬼神，无不立应"。

[48] 辗转思：反复思念。

[49] 方士：即道士。秦汉时称方士，好讲神仙方术。

[50] 排空驭气：驾着云气横飞过天空。

[51] 碧落：道家所说东方第一层天叫碧落，此指天堂。黄泉：地下极深处，此指地府。

[52] 五云：五色祥云。

[53] 绰约：姿态柔美的样子。

[54] 太真：杨玉环出家时道号太真。

[55] 参差：好像、差不多。

[56] 金阙、玉扃：道家说，天堂上有上清宫，左金阙、右玉扃。扃（jiǒng）：门户。此处金阙指金碧辉煌的仙宫，玉扃指玉制的门。

[57] 小玉：相传吴王夫差之女名小玉，死后成仙。双成：相传西王母侍女名董双成。此处皆喻指杨太真之侍女。

[58] 九华帐：绣着百花图案的帷帐。

[59] 珠箔：珠帘。银屏：银制屏风。迤逦：形容连续不断。

[60] 新睡觉：刚睡醒。

[61] 袂（mèi）：衣袖。

[62] 泪阑干：眼泪纵横。

唐

215

[63] 此句以梨花带雨形容美人雪白的脸上挂着泪珠。

[64] 凝睇：定睛凝视。谢：告诉。

[65] 昭阳殿：汉宫殿名，为汉成帝皇后赵飞燕得宠时所居之宫。此指杨贵妃生前居处。

[66] 蓬莱宫：蓬莱相传为海上仙山。蓬莱宫即指仙宫。

[67] 人寰：人世间。

[68] 钿合：镶金花的盒子。

[69] 钗留一股：金钗有两股，留下其中的一股。合一扇：盒子有底有盖，分开则成两扇，留下其中的一扇。

[70] 擘（bāi）：用手中间分开或折断。此二句是说，把金钗和钿盒连同钗上的金饰和盒上的钿（金花）一起折断，杨太真留下一半，叫道士带给玄宗一半。

[71] 重：反复。

[72] 长生殿：在华清宫中，为祭神之宫，一名集灵殿。七月七日：相传此日牛郎、织女在天上鹊桥相会，故古代妇女在此日穿针，称为“乞巧”。

[73] 比翼鸟：名鹣鹣，据说生于南方，雌雄双飞双宿，常用来比喻夫妇。

[74] 连理枝：不同根的树木，其枝叶同生在一起，称连理枝。此二句是二人私语誓词。

【解读】

唐宪宗元和元年（806年），白居易任盩厔（今西安市周至县）县尉。一日，与友人陈鸿、王质夫到马嵬驿附近的仙游寺游览，谈及李隆基与杨贵妃的事。王质夫认为，像这样突出的事情，如无大手笔加工润色，就会随着时间的推移而消没。他鼓励白居易：“乐天深于诗，多于情者也，试为歌之，何如？”于是，白居易写下了这首长诗。因为长诗的最后两句是“天长地久有时尽，此恨绵绵无绝期”，所以称这首诗叫《长恨歌》。

这是一首抒情成分很浓的叙事诗，诗人以精练的语言，优美的形象，叙事和抒情结合的手法，叙述了唐玄宗、杨贵妃在安史之乱中的爱情悲剧：他们的爱情被自己酿成的叛乱断送了，正在吃着这一精神的苦果。

全篇分为三部分：开篇至“惊破霓裳羽衣曲”是第一部分，诗人用三十二句的篇幅来写唐明皇和杨贵妃的爱情生活，并讲述了由此带来的荒政乱国的情形及安史之乱的爆发；第二部分从"九重城阙烟尘生"到"魂魄不曾来入梦"，共四十二句，写杨贵妃在马嵬驿兵变中被杀，以及此后唐玄宗对她的思念；"临邛道士鸿都客"至结尾，是全诗的最后一部分，讲道士帮唐玄宗到仙山寻找杨贵妃。

诗人开篇即借"汉皇重色思倾国"一句，交代了唐朝祸乱的原因，揭示了故事的悲剧因素。看来很寻常，好像故事原就应该从这里写起，不需要诗人花什么心思似的，事实上这七个字含量极大，是全篇纲领，它既揭示了故事的悲剧因素，又唤起和统领着全诗。后面之事皆由此而来。之后诗歌逐步展开，层层叙述：先讲唐玄宗重色，百般求色之后，终将"回眸一笑百媚生，六宫粉黛无颜色"的杨贵妃揽入怀中。接着，对杨贵妃的美貌进行刻画，写出她如何的妖媚，并因此得宠于后宫之中。"姊妹弟兄皆列土"，正所谓"一人得道，鸡犬升天"，杨家因杨贵妃而变得权势逼人，不可一世。得到杨贵妃的唐玄宗，过上了纵欲、行乐的生活，终日沉迷于歌舞酒色之中，以至于"从此君王不早朝"。诗人对此进行了反复渲染，从而点明安史之乱爆发的原因。这一部分是整个爱情悲剧的基础，是"长恨"的内因之所在。诗人通过这一段宫中生活的写实，不无讽刺地向我们介绍了故事的男女主人公：一个重色轻国的帝王，一个娇媚恃宠的妃子。还形象地暗示我们，唐玄宗的迷色误国，就是这一悲剧的根源。

在这出爱情悲剧中，杨贵妃的死是个关键情节。诗人具体描述了安史之乱发生后，皇帝兵马仓皇逃入西南的情景（第二部分），特别是在这一动乱中唐玄宗和杨贵妃爱情的毁灭。这正是杨贵妃致死的原因所在。"六军不发"，要求处死杨贵妃，说明唐玄宗对杨贵妃的宠爱、迷恋已经引起公愤。这里，诗人用六句话对二人的生离死别进行了描写："六军不发无奈何，宛转蛾眉马前死。花钿委地无人收，翠翘金雀玉搔头。君王掩面救不得，回看血泪相和流。"悲伤之情溢于言表。特别是"君王掩面救不得，回看血泪相和流"，诗人用细腻的笔触，把玄宗那种极不忍割爱但又欲救不能的内心矛盾和痛苦心情形象地表现出来。

杨贵妃死后唐玄宗的相思之苦，诗人并未直接描写，而是抓住人物精神世界里揪心的"恨"，来抒发婉转凄凉的相思之情。从"君臣相顾尽沾衣"

至"魂魄不曾来入梦"：写唐明皇在时局稳定后从蜀地回京城，路经马嵬坡勾引伤心事。返京以后，更是触景伤情，无法排遣朝思暮想的感伤情怀。回宫以后物是人非，白天睹物伤情，夜晚"孤灯挑尽"不"成眠"，日思夜想都不能了却缠绵悱恻的相思，寄希望于梦境，一生一死分别了多少月："魂魄不曾来入梦"。"长恨"之"恨"，动人心魄。

从"临邛道士鸿都客"至诗的末尾，写道士帮助唐玄宗寻找杨贵妃。诗人采用的是浪漫主义的手法，忽而上天，忽而入地，"上穷碧落下黄泉，两处茫茫皆不见"。后来，在海上虚无缥缈的仙山上找到了杨贵妃，让她以"玉容寂寞泪阑干，梨花一枝春带雨"的形象在仙境中再现，殷勤迎接汉家的使者，含情脉脉，托物寄词，重申前誓，照应唐玄宗对她的思念，进一步深化、渲染"长恨"的主题。诗歌的末尾，用"天长地久有时尽，此恨绵绵无绝期"结笔，点明题旨，回应开头，而且做到"清音有余"，给读者以联想、回味的余地。

在创作中，诗人在叙事过程中一再使用想象和虚构手法，情、景、理的完美结合结构，浓烈的抒情贯穿于叙事的全过程，语言方面，音节和谐，句式骈散结合，并采用主客问答的形式，使得全诗风情摇曳，生动流转，极富艺术感染力。

元稹（779—831），字微之，河南河内（今河南洛阳）人，早年家贫。贞元九年（793年）举明经科。二十五岁登书判出类拔萃，授秘书省校书郎。曾任监察御史。因得罪宦官及守旧官僚遭贬。后转而依附宦官，官至同中书门下平章事，后以暴疾终于武昌军节度使任上。与白居易友善，常相唱和，世称"元白"。有《元氏长庆集》六十卷，补遗六卷，存诗八百三十多首。

元　稹

离思五首（其四）

曾经沧海难为水，除却巫山不是云[1]。
取次花丛懒回顾，半缘修道半缘君。

【注释】

[1] 沧海、巫山：指世间最美好的东西。

【解读】

此为悼念亡妻韦惠丛的诗作。诗人运用比兴手法，以精练的词句，赞美了夫妻之间的感情，表达了对妻子的怀念。

首两句"曾经沧海难为水，除却巫山不是云"，化用《孟子·尽心》篇"观于海者难为水，游于圣人之门者难为言"句，意思是说经历过"沧海""巫山"，就难以面对别处的水和云了，实际上是隐喻他们夫妻之间的感情像沧海之水和巫山之云，其深广和美好是世间无与伦比的。两处用比相近，但《孟子》是明喻，以"观于海"比喻"游于圣人之门"，喻义明显；而这两句则是暗喻，喻义并不明显。沧海无比深广，因而使别处的水相形见绌。巫山有朝云峰，下临长江，云蒸霞蔚。"沧海""巫山"，是世间至大至美的形象，诗人引以为喻，从字面上看是说经历过"沧海""巫山"，对别处的水和云就难以看上眼了，实则是用来隐喻他们夫妻之间的感情有如沧海之水和巫山之云，其深广和美好是世间无与伦比的，因而除爱妻之外，再没有能使自己动情的女子了。

第三、四句即承上说明"懒回顾"的原因。"修道"，可以理解为专心于品德学问的修养。然而，尊佛奉道也好，修身治学也好，对元稹来说，都不过是心失所爱、悲伤无法解脱的一种感情上的寄托。"半缘修道"和"半缘君"所表达的忧思之情是一致的，而且，说"半缘修道"更觉含意深沉。

元稹这首绝句，不但取譬极高，抒情强烈，而且用笔极妙。前两句以极致的比喻写怀旧悼亡之情，"沧海""巫山"，词意豪壮，有悲歌传响、江河奔腾之势。后面，"懒回顾""半缘君"，顿使语势舒缓下来，转为曲婉深沉的抒情。张弛自如，变化有致，形成一种跌宕起伏的旋律。而就全诗情调而言，它言情而不庸俗，瑰丽而不浮艳，悲壮而不低沉，创造了唐人悼亡绝句中的绝胜境界。

李绅（772—846），字公垂，润州无锡（今江苏省无锡市）人，官至宰相。他在元稹、白居易提倡的新乐府运动中起了先导作用。他一生最闪光的部分在于诗歌，作有《乐府新题》二十首，已佚。《全唐诗》存其诗四卷。其中《悯农》诗两首脍炙人口，妇孺皆知，千古传诵。

李　绅

悯农二首

其一

春种一粒粟，秋收万颗子。
四海^[1]无闲田，农夫犹饿死。

其二

锄禾日当午，汗滴禾下土。
谁知盘中餐，粒粒皆辛苦。

【注释】

[1] 四海：泛指天下。

【解读】

诗人选择典型的生活细节和人们熟知的事实，集中地刻画了当时社会的矛盾。它亲切感人，概括而不抽象，通俗明白，能使人常读常新。而且在声韵方面这两首诗都选用短促的仄声韵，也增强了诗的艺术感染力。

第一首诗一开头，就以"一粒粟"化为"万颗子"具体而形象地描绘了丰收，用"种"和"收"赞美了农民的劳动。第三句再推而广之，展现出四海之内，荒地变良田，这和前两句联起来，便构成了到处硕果累累，遍地"黄金"的生动景象。"引满"是为了更有力地"发"，这三句诗人用层层递进的笔法，表现出劳动人民的巨大贡献和无穷的创造力，这就使下文的反诘变得更为凝重，更为沉痛。"农夫犹饿死"，它不仅使前后的内容连贯起来了，也把问题突出出来了。勤劳的农民以他们的双手获得了丰收，而他们自己还是两手空空，惨遭饿死。诗迫使人们不得不带着沉重的心情去思索"是谁制造了这人间的悲剧"这一问题。诗人把这一切放在幕后，让读者去寻找，去思索。要把这两方综合起来，那就正如马克思所说的："劳动替富者生产了惊人作品（奇迹），然而，劳动替劳动者生产了赤贫。劳动生产了宫殿，但是替劳动者生产了洞窟。劳动生产了美，但是给劳动者生产了畸形。"

第二首诗，一开头就描绘在烈日当空的正午，农民依然在田里劳作，那一滴滴的汗珠，洒在灼热的土地上。这就补叙出由"一粒粟"到"万颗子"，到"四海无闲田"，乃是千千万万个农民用血汗浇灌起来的；这也为下面"粒粒皆辛苦"撷取了最富有典型意义的形象，可谓一以当十。它概括地表现了农民不避严寒酷暑、雨雪风霜，终年辛勤劳动的生活。"谁知盘中餐，粒粒皆辛苦"，不是空洞的说教，不是无病的呻吟；它近似蕴意深远的格言，但又不仅以它的说服力取胜，而且还由于在这一深沉的慨叹之中，凝聚了诗人无限的愤懑和真挚的同情。

这两首小诗在百花竞丽的唐代诗苑，同那些名篇相比算不上精品，但它却流传极广，妇孺皆知，不断地被人们所吟诵、品味，其中不是没有原因的。

首先，这两首诗所抒写的内容是人们经常接触到的最熟悉的事情。但是，最熟悉不一定真知道，生活中就有许多熟视无睹的情况，如果一旦有人加以点拨，或道明实质，或指出所包含的某种道理，就会觉得很醒目，很清楚，从而加深了认识。这两首小诗所以有生命力，就有这一方面的道理。

"春种一粒粟，秋收万颗子"，这个春种秋收的景象大概是人人习见，众人皆知的，然而往往难于像诗人那样去联系社会、阶级而思考一些问题。诗人却想到了，他从"四海无闲田"的大丰收景象里看到"农夫犹饿死"的残酷现实。这一点拨就异常惊人醒目，自然给人留下深刻的印象。再如"盘中餐"，这原是人们天天接触，顿顿必食的，然而并没有谁想到把这粒粒粮食和农民在烈日之下的汗水联系在一起。诗人敏锐地观察到了，并凝聚成"粒粒皆辛苦"的诗句。这就给人们以启迪，引人去思索其中的道理，从而使那些不知珍惜粮食的人受到深刻的教育。

其次，诗人在阐明上述的内容时，不是空洞抽象地叙说和议论，而是采用鲜明的形象和深刻的对比来揭露问题和说明道理，这就使人很容易接受和理解。像第一首的前三句，从总体意义来说都是采用了鲜明的形象概括了农民在广大田野里春种秋收等繁重劳动的辛苦。这些辛苦并换来了大量的粮食，该说是可以生活下去的，但最后一句却凌空一转，来了个"农夫犹饿死"的事实。这样，前后的情况形成鲜明的对比，引发读者从对比中去思考问题，得出结论，如此就比诗人直接把观点告诉读者要深刻有力得多。再如第二首，诗人在前两句并没有说农民种田怎样辛苦，庄稼的长成如何不易，只是把农民在烈日之下锄禾而汗流不止的情节作了一番形象的渲染，就使人把这种辛苦和不易品味得更加具体、深刻且真实。所以诗人最后用反问语气道出"谁知盘中餐，粒粒皆辛苦"的道理就很有说服力。尤其是把粒粒粮食比作滴滴汗水，真是体微察细，形象而贴切。

　　最后，诗的语言通俗、质朴，音节和谐明快，朗朗上口，容易背诵，也是这两首小诗长期在人民中流传的原因。

柳宗元

　　柳宗元（773—819），字子厚，河东解县（今山西运城市）人，世称"柳河东"，二十岁中进士。曾参加王叔文集团的革新活动，失败后被贬为永州司马。后迁柳州刺史，史称柳柳州。

　　柳宗元是唐代文学家、哲学家、散文家和思想家，与韩愈共同倡导唐代古文运动，并称为"韩柳"。与刘禹锡并称"刘柳"。与王维、孟浩然、韦应物并称"王孟韦柳"。其文的成就大于诗。骈文有近百篇，散文论说性强，笔锋犀利，讽刺辛辣。游记写景状物，多所寄托。哲学著作有《天说》《天对》《封建论》等。柳宗元的作品由唐代刘禹锡保存下来，并编成集。有《柳河东集》《柳宗元集》。

江　雪[1]

千山鸟飞绝，万径人踪灭。
孤舟蓑笠翁[2]，独钓寒江雪。

【注释】

[1] 此诗作于柳宗元被贬永州司马期间。

[2] 蓑笠：穿蓑衣，戴斗笠。蓑衣是由棕编成的雨衣。

【解读】

　　这是一首押仄韵的五言绝句。粗看起来，这像是一幅一目了然的山水画：冰天雪地寒江，没有行人、飞鸟，只有一位老翁独处孤舟，默然垂钓。但仔细品味，这洁、静、寒凉的画面却是一种遗世独立、峻洁孤高的人生境界的象征。孤处独立的老翁实际是诗人心情意绪的写照。

　　首先，它创造了峻洁清冷的艺术境界。单就诗的字面来看，"孤舟蓑笠翁"一句似乎是诗人描绘的重心，占据了画面的主体地位。这位渔翁身披蓑笠独自坐在小舟上垂纶长钓。"孤"与"独"二字已经显示出他的远离尘世，甚至揭示出他清高脱俗、兀傲不群的个性特征。诗人所要表现的主题于此已然透出，但是诗人还嫌意兴不足，又为渔翁精心创造了一个广袤无垠、万籁俱寂的艺术背景：远处峰峦耸立，万径纵横，然而山无鸟飞，径无人踪。往日沸腾喧闹、处处生机盎然的自然界因何这般死寂呢？一场大雪纷纷扬扬，覆盖了千山，遮蔽了万径。鸟不飞，人不行。冰雪送来的寒冷制造了一个白皑皑、冷清清的世界。这幅背景强有力地衬托着渔翁孤独单薄的身影。此时此刻，他的心境该是多么幽冷孤寒呀！这里，诗人采用烘托渲染的手法，极力描绘渔翁垂钓时候的气候和景物，淡笔轻涂，只数语便点染出峻洁清冷的抒情气氛。

其次，形象地反映了诗人贬谪永州以后不甘屈从而又倍感孤独的心理状态。脚于充满矛盾斗争的土壤之上，他遣境专取深冬寒凉之际，人的心情也不是只有纵情山水的一面，他还写出了严正清苦、凛然不可犯的一面，个性尤为突出。

最后，这首诗的结构安排至为精巧。诗题是"江雪"。但是诗人入笔并不点题，他先写千山万径之静谧凄寂。栖鸟不飞，行人绝迹。然后笔锋一转，推出正在孤舟之中垂纶而钓的蓑翁形象。一直到结尾才著"寒江雪"三字，正面破题。读至结处，倒头再读全篇，一种豁然开朗的感觉油然生出。苍茫天宇，皑皑大地，其悠远的境界非常吸引人。

此诗的艺术构思也很讲究，诗人运用了对比、衬托的手法：千山万径之广远衬托孤舟老翁之渺小；鸟绝人灭的静寂对比老翁垂钓之生趣；画面之安谧冷寂衬托人物心绪之涌动。

李贺（790—816）唐代诗人。字长吉。福昌（今河南宜阳）人。祖籍陇西，自称"陇西长吉"。家居福昌昌谷，后世因称他为李昌谷。一生体弱多病，二十七岁逝世。死前曾以诗分为四编，授其友沈子明。死后十五年，沈子明嘱杜牧写了序。

李贺诗的艺术特色，是想象力非常丰富奇特，惨淡经营，句锻字炼，色彩瑰丽。他较多地写古诗与乐府，很少写当时流行的近体诗，七律诗一首也不写，表现了他不满于当时诗风的态度。另一方面他又受齐梁宫体诗的影响，借鉴了它们的词采，也沾染了一些不健康的东西。因为过于注意雕琢，有的作品也有词意晦涩和堆砌辞藻的毛病，但其基本成较高。在唐代，李商隐、温庭筠的古诗，就是走李贺所开辟的道路。宋人刘克庄、谢翱，元人萨都剌、杨维桢，清人黎简、姚燮，都受到李贺诗的影响。

李贺诗集，自编为四编本授予沈子明，收诗二百二十三首。今存有《李贺集》《李贺歌诗编》《李长吉文集》《李贺歌诗编》等。

李 贺

唐

雁门太守行^[1]

黑云压城城欲摧^[2]，甲光向日金鳞开。

角声满天秋色里，塞上燕脂凝夜紫^[3]。

半卷红旗临易水^[4]，霜重鼓寒声不起^[5]。

报君黄金台上意^[6]，提携玉龙为君死^[7]。

【注释】

[1] 雁门：在今山西省右玉县南。

[2] 黑云压城：形容战争形势非常紧张。

[3] 角：号角。燕脂，即胭脂。紫：紫色，诗中用来比喻鲜血。

[4] 易水：在今河北省易县。

[5] 霜重：写北方严寒，战地艰苦，暗示有战争失利的意思。不起：打不响。

[6] 黄金台：故址在易县东南，战国时燕昭王所筑。昭王曾置千金于台，以延揽人才。

[7] 玉龙：指剑。

【解读】

这是李贺运用乐府古题创作的一首描写战争场面的诗歌。此诗用浓艳斑驳的色彩描绘悲壮惨烈的战斗场面，奇异的画面准确地表现了特定时间、特定地点的边塞风光和瞬息万变的战争风云。

此诗共八句，前四句写日落前的情景。首句既是写景，也是写事，成功地渲染了敌军兵临城下的紧张气氛和危急形势。"黑云压城城欲摧"，一个"压"字，把敌军人马众多，来势凶猛，以及交战双方力量悬殊、守军将士处境艰难等等，淋漓尽致地揭示出来。次句写城内的守军，以与城外的敌军相对比，忽然，风云变幻，一缕日光从云缝里透射下来，映照在守城将士的甲衣上，只见金光闪闪，耀人眼目。此刻他们正披坚执锐，严阵以待。这里借日光来显示守军的阵营和士气，情景相生，奇妙无比。三、四句分别从听觉和视觉两方面铺写阴寒惨切的战地气氛。时值深秋，万木摇落，在一片死寂之中，那角声呜呜咽咽地鸣响起来。显然，一场惊心动魄的战斗正在进行。"角声满天"，勾画出战争的规模。敌军依仗人多势众，鼓噪而前，步步紧逼。守军并不因势孤力弱而怯阵，在号角声的鼓舞下，他们士气高昂，奋力反击。战斗从白昼持续到黄昏。诗人没有直接描写车毂交错、短兵相接的激烈场面，只对双方收兵后战场上的景象作了粗略的然而极富表现力的点染：鏖战从白天进行到夜晚，晚霞映照着战场，那大块大块的胭脂般鲜红的血迹，透过夜雾凝结在大地上呈现出一片紫色。这种黯然凝重的氛围，衬托出战地的悲壮场面，暗示攻守双方都有大量伤亡，守城将士依然处于不利的地位，为下面写友军的援救做了必要的销垫。

后四句写驰援部队的活动。"半卷红旗临易水"，"半卷"二字含义极为丰富。黑夜行军，偃旗息鼓，为的是"出其不意，攻其不备"。"临易水"既表明交战的地点，又暗示将士们具有"风萧萧兮易水寒，壮士一去不复还"那样一种壮怀激烈的豪情。接着描写苦战的场面：驰援部队一迫近敌军的营垒，便击鼓助威，投入战斗。无奈夜寒霜重，连战鼓也擂不响。面对重重困难，将士们毫不气馁。"报君黄金台上意，提携玉龙为君死。"黄金台是战国时燕昭王在易水东南修筑的，传说他曾把大量黄金放在台上，表示不惜以重金招揽天下士。诗人引用这个故事，写出将士们报效朝廷的决心。

这是一首描写征战的诗篇，但诗人并没有直接刻画拼杀的场面，而是通过"黑云""甲光""日""金鳞""秋色""燕脂"色、"紫"色，及号角造成的悲壮的战斗气氛来暗示血战的场面，所状景物色彩明暗对比强烈，具有很强的渲染力。诗的第五句中"临易水"、第七句中"黄金台"分别用了荆轲别易水刺秦王、战国燕昭王在黄金台上用重金来招聘天下人才这两个典故，歌颂了唐军将士舍生忘死的精神，也说明了他们舍身为国的精神动力。化用典故贴切自然，耐人寻味。

李凭箜篌引

吴丝蜀桐张高秋，空山凝云颓不流。

江娥啼竹素女愁[1]，李凭中国[2]弹箜篌。

昆山玉碎凤凰叫，芙蓉泣露香兰笑。

十二门[3]前融冷光，二十三丝[4]动紫皇。

女娲炼石补天处，石破天惊逗秋雨。

梦入神山教神妪，老鱼跳波瘦蛟舞。

吴质不眠倚桂树[5]，露脚斜飞湿寒兔。

【注释】

[1] 江娥：二妃。据《博物志》记载："舜崩，二妃以涕挥竹，竹尽斑。"素女：善于鼓瑟之乐伎。

[2] 中国：此处指京城长安。

[3] 十二门：长安城十二门。

[4] 二十三丝：代指"竖箜篌"，《通典》载："体曲而长，二十有三弦"。

[5] 吴质：即吴刚。

【解读】

此诗大约作于李贺在京城长安任奉礼郎期间。李凭是一名梨园弟子，善弹箜篌，名噪于时。他技艺精湛，受到当时的诗人们热情称赞。

诗的起句开门见山，"吴丝蜀桐"写箜篌构造精良，借以衬托演奏者技艺的高超，写物亦即写人，收到一箭双雕的功效。"高秋"一语，除了表明时间是九月深秋，还含有"秋高气爽"的意思，与"深秋""暮秋"之类相比，更富含蕴。二、三两句写乐声。诗人故意避开无形无色、难以捉摸的主体（箜篌声），从客体（"空山凝云"之类）落笔，以实写虚，亦真亦幻，极富表现力。

　　五、六两句正面写乐声，而又各具特色。"昆山"句是以声写声，着重表现乐声的起伏多变；"芙蓉"句则是以形写声，刻意渲染乐声的优美动听。"昆山玉碎凤凰叫"，那箜篌，时而众弦齐鸣，嘈嘈杂杂，仿佛玉碎山崩，令人不遑分辨；时而又一弦独响，宛如凤凰鸣叫，声振林木，响遏行云。"芙蓉泣露香兰笑"，构思奇特。带露的芙蓉（即荷花）是屡见不鲜的，盛开的兰花也确实给人以张口欲笑的印象。它们都是美的化身。诗人用"芙蓉泣露"摹写琴声的悲抑，而以"香兰笑"显示琴声的欢快，不仅可以耳闻，而且可以目睹。这种表现方法，真有形神兼备之妙。

　　从第七句起到篇终，都是写音响效果。先写近处，长安十二道城门前的冷气寒光，全被箜篌声所消融。其实，冷气寒光是无法消融的，因为李凭箜篌弹得特别好，人们陶醉在他那美妙的弦歌声中，以致连深秋时节的风寒露冷也感觉不到了。虽然用语浪漫夸张，表达的却是一种真情实感。"紫皇"是双关语，兼指天帝和当时的皇帝。诗人不用"君王"而用"紫皇"，不单是遣词造句上追求新奇，而且是一种巧妙的过渡手法，承上启下，比较自然地把诗歌的意境由人寰扩大到仙府。以下六句，诗人凭借想象的翅膀，飞向天庭，飞上神山，把读者带进更为辽阔深广、神奇瑰丽的境界。"女娲炼石补天处，石破天惊逗秋雨"，乐声传到天上，正在补天的女娲听得入了迷，竟然忘记了自己的职守，结果石破天惊，秋雨倾泻。这种想象是何等大胆超奇，出人意料，而又感人肺腑。一个"逗"字，把音乐的强大魅力和上述奇瑰的景象紧紧联系起来了。而且，石破天惊、秋雨霶霈的景象，也可视作音乐形象的示现。

　　李贺此诗的最大特点是想象怪异，形象鲜明醒目，充满浪漫主义情调。诗人极力把自己对于箜篌声的抽象感觉借助联想与想象转化成具体的物象，使之变得可以触摸。诗歌乐声穷形尽相地摹绘，曲折而又明朗地表达出了诗人对乐曲的感受。这样外在的物象和内在的情思相结合，构成了高远的艺术境界。

梦 天 [1]

老兔寒蟾泣天色 [2]，云楼半开壁斜白 [3]。
玉轮轧露湿团光 [4]，鸾佩相逢桂香陌 [5]。
黄尘清水三山下 [6]，更变千年如走马 [7]。
遥望齐州九点烟 [8]，一泓海水杯中泻 [9]。

【注释】

[1] 梦天：梦游天上。

[2] 老兔寒蟾：神话传说中住在月宫里的动物。屈原《天问》中曾提到月中有兔。《淮南子·览冥训》中有后羿的妻子姮娥偷吃神药，飞入月宫变成蟾的故事。汉乐府《董逃行》中的"白兔捣药长跪虾蟆丸"，说的就是月中的白兔和蟾蜍。此句是说在一个幽冷的月夜，阴云四合，空中飘洒下阵阵寒雨，就像兔和蟾在哭泣。

[3] 云楼句：忽然云层变幻，月亮的清白色的光斜穿过云隙，把云层映照得像海市蜃楼一样。

[4] 玉轮句：月亮带着光晕，像被露水打湿了似的。

[5] 鸾佩：雕刻着鸾凤的玉佩，此代指仙女。桂香陌：《酉阳杂俎》卷一："旧言月中有桂，有蟾蜍，故异书言月桂高五百丈，下有一人常斫之，树创随合。"此句是诗人想象自己在月宫中桂花飘香的路上遇到了仙女。

[6] 三山：指海上的三座神山蓬莱、方丈、瀛洲。这里却指东海上的三座山。

[7] 走马：跑马。

[8] 齐州：中州，即中国。《尚书·禹贡》言中国有九州。这两句说在月宫俯瞰中国，九州小得就像九个模糊的小点，而大海小得就像一杯水。

[9] 泓：量词，指清水一道或一片。

【解读】

此诗写梦游月宫的情景。

浪漫主义诗歌的突出特点是想象奇特。在这首诗中，诗人梦中上天，下望人间，也许是有过这种梦境，也许纯然是浪漫主义的构想。

开头四句，描写梦中上天。第一句"老兔寒蟾泣天色"是说，古代传说，月里住着玉兔和蟾蜍。句中的"老兔寒蟾"指的便是月亮。幽冷的月夜，阴云四合，空中飘洒下来一阵冻雨，仿佛是月里玉兔寒蟾在哭泣似的。第二句"云楼半开壁斜白"是说，雨飘洒了一阵，又停住了，云层裂开，幻成了一座高耸的楼阁；月亮从云缝里穿出来，光芒射在云块上，显出了白色的轮廓，有如屋墙受到月光斜射一样。第三句"玉轮轧露湿团光"是说，下雨以后，水气未散，天空充满了很小的水点子。玉轮似的月亮在水汽上面碾过，它所发出的一团光都给打湿了。以上三句，都是诗人梦里漫游天空所见的景色。第四句则写诗人自己进入了月宫。"鸾佩"是雕着鸾凤的玉佩，这里代指仙女。这句是说：在桂花飘香的月宫小路上，诗人和一群仙女遇上了。这四句，开头是看见了月亮；转眼就是云雾四合，细雨飘飘；然后又看到云层裂开，月色皎洁；然后诗人飘然走进了月宫；层次分明，步步深入。

下面四句，又可以分作两段。"黄尘清水三山下，更变千年如走马。"是写诗人同仙女的谈话。这两句可能就是仙女说出来的。"黄尘清水"，换句常见的话就是"沧海桑田"；"三山"原来有一段典故。葛洪的《神仙传》记载说：仙女麻姑有一回对王方平说："接待以来，已见东海三为桑田；向到蓬莱，水又浅于往日会时略半耳。岂将复为陵陆乎？"这就是说，人间的沧海桑田，变化很快。"山中方七日，世上已千年"，古人往往以为"神仙境界"就是这样，所以诗人以为，人们到了月宫，回过头来看人世，就会看出"千年如走马"的迅速变化了。

最后两句，是诗人"回头下望人寰处"所见的景色。"齐州"指中国。中国古代分为九州，所以诗人感觉得大地上的九州犹如九点"烟尘"。"一泓"等于一汪水，这是形容东海之小如同一杯水被打翻了一样。这四句，诗人尽情驰骋幻想，仿佛他真已飞入月宫，看到大地上的时间流逝和景物的渺小。浪漫主义的色彩是很浓厚的。

唐

235

李贺在这首诗里，通过梦游月宫，描写天上仙境，以排遣个人苦闷。天上众多仙女在清幽的环境中，你来我往，过着一种宁静的生活。而俯视人间，时间是那样短促，空间是那样渺小，寄寓了诗人对人事沧桑的深沉感慨，表现出冷眼看待现实的态度。想象丰富，构思奇妙，用比新颖，体现了李贺诗歌变幻怪谲的艺术特色。

杜牧（803—852），字牧之，京兆万年（今陕西西安市）人，宰相杜祐之孙。唐大和二年（828年）进士及第，又登贤良方正能直言极谏科，授弘文馆校书郎，江西观察使沈传师召为团练巡官。后为淮南节度使牛僧孺掌书记，居扬州，颇好游宴。大和九年（835年），入朝为监察御史，不久即分司东部。后乃任宣州团练判官、左补阙、史馆修撰、膳部员外郎等职。会昌二年（842年），出为黄州刺史，迁池睦二州刺史。大中二年（848年），入朝为司勋员外郎，史馆修撰。后出任湖州刺史，官终中书舍人。世称杜樊川。

杜牧素有经邦济世抱负，其诗关切朝政，指陈时弊，咏史诗往往以论史绝句的形式，借历史题讽咏现实。抒情诗意境清新，韵味隽永。古体诗豪健跌宕，高绝之中骨气透出遒劲；而近体诗却情致清爽，秀丽雅淡。与李商隐合称为"小李杜"。

杜 牧

泊秦淮 [1]

烟笼寒水月笼沙，夜泊 [2] 秦淮近酒家。
商女 [3] 不知亡国恨，隔江犹唱后庭花 [4]。

【注释】

[1] 秦淮：河名，发源于江苏溧（lì）水东北，横贯金陵（今江苏南京）入长江。六朝至唐代，金陵秦淮河一带一直是权贵富豪游宴取乐之地。这首诗是诗人夜泊秦淮时触景感怀之作，于六代兴亡之地的感叹中，寓含忧念现世之情怀。

[2] 泊：停泊。

[3] 商女：即在酒楼与船坊中以卖唱为生的女子。

[4] 庭花：《玉树后庭花》的简称。南朝陈后主所作，后世多称为"亡国之音"。

【解读】

杜牧是一位颇为关心政治的爱国主义诗人，对当时千疮百孔的唐王朝表示深深的忧虑，他看到统治集团的腐朽昏庸，看到藩镇的拥兵自固，看到边患的频繁，深感社会危机四伏，唐王朝前景可悲。这种忧时伤世的思想，促使他写了很多具有现实意义的诗篇。《泊秦淮》就是在这种思想基础上产生的。

这首诗是即景感怀的，金陵曾是六朝都城，繁华一时。目睹如今的唐朝国势日衰，当权者昏庸荒淫，不免要重蹈六朝覆辙，无限感伤。首句写景，先竭力渲染水边夜色的清淡素雅；二句叙事，点明夜泊地点；三、四句感怀，由"近酒家"引出商女之歌，酒家多有歌，自然洒脱；由歌曲之靡靡，牵出"不知亡国恨"，抨击豪绅权贵沉溺于声色，含蓄深沉；由"亡国恨"推出"后庭花"的曲调，借陈后主之诗，鞭笞权贵的荒淫，深刻犀利。这两句表达了较为清醒的封建知识分子对国事怀抱隐忧的心境，又反映了官僚贵族正以声色歌舞、纸醉金迷的生活来填补他们腐朽而空虚的灵魂，而这正是衰败的晚唐现实生活中两个不同侧面的写照。

最后，值得一提的是这首诗在语言运用方面的技巧。如首句七个字便勾画出一幅生动的秦淮河的迷蒙夜景，大可以看出语言的精练、准确、形象。末两句，上句明白如话，朴素自然；下句却运用了浅显的典故，以表达他深沉的感情，颇为雅丽清新。这一切，都使得这首诗显得委婉清丽，画面鲜明，风调悠扬，富有艺术感染力。

清　明

清明时节雨纷纷，路上行人欲断魂^[1]。
借问酒家何处有，牧童遥指杏花村。

【注释】

[1] 断魂：形容一种隐藏极深，却又十分强烈的感情。

【解读】

清明节为唐代的大节日之一，这一天，或合家团聚，或上坟扫墓，或郊游踏青，活动多样。此诗作于杜牧在池州任刺史时的清明节。

诗首句"清明时节雨纷纷"，点明诗人所置身的时间、气象等自然条件。第二句"路上行人欲断魂"，由写客观转入状摹主观，着重写诗人的感情世界。他看见路上行人吊念逝去亲人，伤心欲绝，悲思愁绪。"借问酒家何处有"一句，诗人融景伤怀至极，而又要冒雨赶路，雨湿衣衫、春寒料峭，诗人希冀借酒消愁。于是，他便句人问路了。结句"牧童遥指杏花村"，点明了上句诗人问路的对象，"牧童遥指"把读者带入了一个与前面哀愁悲惨迥异的焕然一新的境界，小牧童热心甜润的声音，远处杏花似锦，春意闹枝，村头酒旗飘飘，真有"柳暗花明又一村"的韵致。诗的前两句创造了一幅凄迷感伤的艺术画面，后两句则创造了一幅鲜明生动的画面，前抑后扬，对比交错，相映成趣。

这首小诗通篇都是十分通俗的语言，写得自如至极，毫无经营造作之痕。音节十分和谐圆满，景象非常清新、生动，而又境界优美、兴味隐跃。

过华清宫 [1]（其一）（长安回望绣成堆）

长安回望绣成堆 [2]，山顶千门次第 [3] 开。
一骑红尘 [4] 妃子笑，无人知是荔枝来。

【注释】

[1] 华清宫：故址在今陕西临潼区骊山，是唐明皇与杨贵妃游乐之地。

[2] 绣成堆：指花草林木和建筑物像一堆堆锦绣。

[3] 次第：按顺序，一个接一个地。

[4] 一骑（jì）：指一人一马。红尘：指策马疾驰时飞扬起来的尘土。

【解读】

本题共三首，是杜牧经过骊山华清宫时有感而作。这一首通过送荔枝这一典型事件，鞭挞了唐玄宗与杨贵妃骄奢淫逸的生活，有着见微知著的艺术效果。华清宫是唐玄宗开元十一年（723 年）修建的行宫，玄宗和杨贵妃曾在那里寻欢作乐。后代有许多诗人写过以华清宫为题的咏史诗，而杜牧的这首绝句尤为精妙绝伦，脍炙人口。

起句描写华清宫所在地骊山的景色。唐明皇时，骊山遍植花木如锦绣，故称绣岭。诗人从长安"回望"的角度来写，犹如电影摄影师，在观众面前先展现一个广阔深远的骊山全景：林木葱茏，花草繁茂，宫殿楼阁耸立其间，宛如团团锦绣。"绣成堆"，既指骊山两旁的东绣岭、西绣岭，又是形容骊山的美不胜收，语意双关。

接着，镜头向前推进，展现出山顶上那座雄伟壮观的行宫。平日紧闭的宫门忽然一道接着一道缓缓地打开了。接下来，又是两个特写镜头：宫外，一名专使骑着驿马风驰电掣般疾奔而来，身后扬起一团团红尘；宫内，妃子嫣然而笑了。几个镜头貌似互不相关，却都包蕴着诗人精心安排的悬念。"千门"因何而开？"一骑"为何而来？"妃子"又因何而笑？诗人故意不忙说出，直至紧张而神秘的气氛憋得读者非想知道不可时，才含蓄委婉地揭示谜底："无人知是荔枝来。""荔枝"两字，透出事情的原委。的确，卷风扬尘，"一骑"急驰华清宫千门，从山下到山顶一重重为他敞开，谁都会认为那是飞送关于军国大事的紧急情报，怎能想到那是为贵妃送荔枝！"无人知"三字画龙点睛，蕴含深广，把全诗的思想境界提升到惊人的高度。

纵观全诗，诗人不用难字，不使典故，不事雕琢，不明白说出玄宗的荒淫好色，贵妃的恃宠而骄，而形象地用"一骑红尘"与"妃子笑"构成鲜明的对比，可谓朴素自然，寓意精深，含蓄有力，实乃唐人咏史绝句中的佳作。

李商隐

李商隐（813—858），字义山，号玉溪生，怀州河内（今河南沁阳市）人。出身于没落的小官僚家庭。十七岁时就受到牛僧孺党令狐楚的赏识，被任为幕府巡官。二十五岁时，受到令狐楚的儿子令狐绹的赞誉，中进士。次年受到李德裕党人河阳节度使王茂元的宠爱，任为书记，并娶他女儿为妻。唐朝中叶后期，朝政腐败，宦官弄权，朋党斗争十分激烈。李商隐和牛李两派的人都有交往，但不因某一方得势而趋附。所以他常常遭到攻击，一生不得志，没有任过重要官职，只是在四川、广西、广东和徐州等地做些幕僚的工作。四十五岁死于郑州。

李商隐是晚唐诗坛上独具特色的一位诗人。他忧国忧民，诗反映了当时政治的黑暗和农民的苦难。特别是在咏史诗中，他讽刺皇帝奢侈荒淫，迷信鬼神，不重视人才。他的不少《无题》诗，隐喻政治和爱情生活，向来分歧很大，但不影响其独具特色的艺术美。总的来说其诗的特点是想象丰富，色彩绚丽，常用含蓄手法，细致而又曲折地表达出深厚的情意。

锦 瑟

锦瑟无端五十弦[1]，一弦一柱思华年。

庄周晓梦迷蝴蝶[2]，望帝春心托杜鹃[3]。

沧海月明珠有泪[4]，蓝田[5]日暖玉生烟。

此情可待成追忆，只是当时已惘然。

【注释】

[1] 锦瑟：装饰华美的瑟。瑟：拨弦乐器，通常二十五弦。无端：何故。怨怪之词。五十弦：这里是托古之词。诗人的原意，当也是说锦瑟本应是二十五弦。

[2] 庄周晓梦迷蝴蝶：《庄子·齐物论》："庄周梦为蝴蝶，栩栩然蝴蝶也。自喻适志与！不知周也。俄然觉，则蘧蘧然周也。不知周之梦为蝴蝶与？蝴蝶之梦为周与？"李商隐此引庄周梦蝶故事，以言人生如梦，往事如烟之意。

[3] 望帝春心托杜鹃：杜鹃，又名子规。传说蜀国的杜宇帝因水灾让位于自己的臣子，而自己则隐归山林，死后化为杜鹃日夜悲鸣，直至啼出血来。

[4] 珠有泪：传说南海外有鲛人，其泪能成珠。

[5] 蓝田：山名，在今陕西，产美玉。

【解读】

《锦瑟》是李商隐极负盛名的一首诗，也是最难索解的一首诗。诗家素有"一篇《锦瑟》解人难"的慨叹。有人说是写给令狐楚家一个叫"锦瑟"的侍女的爱情诗；有人说是睹物思人，写给故去的妻子王氏的悼亡诗；也有人认为中间四句诗可与瑟的适、怨、清、和四种声情相合，从而推断为描写音乐的咏物诗；此外还有影射政治、自叙诗歌创作等许多种说法。千百年来众说纷纭，莫衷一是，大体而言，以"悼亡"和"自伤"说者为多。诗取篇首二字为题，实际上等于是一首无题诗。关于这首诗的意蕴，我们不妨认为是诗人由听奏瑟而引发的对年华的思忆和对身世的感伤。

诗的首联由幽怨悲凉的锦瑟起兴，点明"思华年"的主旨。无端，无缘无故，没有来由。五十弦，《史记·封禅书》载古瑟五十弦，后虽一般为二十五弦，但仍有其制。诗的一、二两句是说：绘有花纹的美丽如锦的瑟有五十根弦，我也快到五十岁了，一弦一柱都唤起了我对逝水流年的追忆。

诗的颔联与颈联是全诗的核心。颔联的上句，用了《庄子》的一则寓言典故，说的是庄周梦见自己化身为蝶，栩栩然而飞，浑然忘记自己是"庄周"其人了；后来梦醒，发现自己仍然是庄周，不知蝴蝶已经何往。这里面隐约包涵着美好的情境，却又是虚缈的梦境。本联下句，美丽而凄凉的杜鹃已升华为诗人悲苦的心灵。深沉的悲伤，只能托之于暮春时节杜鹃的悲啼，这是何等的凄凉。珠生于蚌，蚌在于海，每当月明宵静，蚌则向月张开，以养其珠，珠得月华，始极光莹。这是美好的民间传统之说。月本天上明珠，珠似水中明月；泪以珠喻，自古为然，鲛人泣泪，颗颗成珠，亦是海中的奇情异景。如此，皎月落于沧海之间，明珠浴于泪波之界，月也，珠也，泪也，三耶一耶？一化三耶？三即一耶？在诗人笔下，已然形成一个难以分辨的妙境。唐人诗中，一笔而有如此丰富的内涵、奇丽的联想的，实在不为多见。蓝田，山名，在今陕西蓝田东南，是有名的产玉之地。此山为日光煦照，蕴藏其中的玉气（古人认为宝物都有一种一般目力所不能见的光气），冉冉上腾，但美玉的精气远察如在，近观却无，所以可望而不可置诸眉睫之下，这代表了一种异常美好的理想景色，然而它是不能把握和无法亲近的。

追忆过去，尽管自己以一颗浸满血泪的真诚之心，付出巨大的努力，去追求美好的人生理想，可现实却是恋人生离、爱妻死别、盛年已逝、抱负难展、功业未建……幡然醒悟之日已风光不再。如泣如诉的悲剧式结问，又让诗人重新回到对人生价值的深深思考和迷惑之中，大大增强了诗作的震撼力。

总之，这首诗在艺术上极富个性，运用了典故、比兴、象征手法，创造出了明朗清丽、幽婉哀怆的艺术意境，令后人感慨不已。

夜雨寄北

君问归期未有期，巴山^[1]夜雨涨秋池^[2]。
何当共剪西窗烛^[3]，却话^[4]巴山夜雨时。

【注释】

[1] 巴山：在今四川省南江县以北。

[2] 池：水池。

[3] 共剪西窗烛：西窗下共剪烛芯。

[4] 却话：重头谈起。

【解读】

这是一首抒情诗，是诗人寄语妻子的。本诗作于大中五年（850 年），当时诗人在川东节度使柳仲郢幕中。当时诗人被秋雨阻隔，滞留荆巴一带，妻子从家中寄来书信，询问归期。

开首点题，"君问归期未有期"，让人感到这是一首以诗代信的诗。诗前省去一大段内容，可以猜测，此前诗人已收到妻子的来信，信中盼望丈夫早日回归故里。诗人自然也希望能早日回家团聚。但因各种原因，愿望一时还不能实现。首句流露出离别之苦，思念之切。次句"巴山夜雨涨秋池"是诗人告诉妻子自己身居的环境和心情。三、四句"何当共剪西窗烛，却话巴山夜雨时"，这是对未来团聚时的幸福想象。

如果说前两句是实写当前景的话，那么后两句则是虚写未来情。诗人在秋雨绵绵之夜，触景生情，展开想象的翅膀，用丰富而自然的联想来表现他们夫妻的恩爱之情。诗人在此选取了两种情态：一个是动态"共剪"，一个是语态"却话"。"共剪西窗烛"，具体细腻而又无限传神地描绘出了一幅良宵美景图，一个"共"字极写了亲昵之情态。而"何当"一词却又把诗人描绘的美景推向了远方，推向了虚处。这美景原来不过是诗人追念、向往的，至于何时重回温柔乡中，一切都在"未有期"中。这是多么残酷的事情，又是多么无奈的事情。这一句，字字含情，却又不着一个"情"字，表达非常含蓄。

李商隐的爱情诗多以典雅华丽、深隐曲折取胜，这首诗，却明白晓畅，不用典故，不用比兴，直书其事、直写其景，直叙其话，蕴无限深情于质朴无华的词语之中，给读者留下了无穷的回味余地。

无题二首（其一）（昨夜星辰昨夜风）

昨夜星辰昨夜风，画楼西畔桂堂东[1]。
身无彩凤双飞翼，心有灵犀一点通[2]。
隔座送钩春酒暖[3]，分曹射覆蜡灯红[4]。
嗟余听鼓应官去[5]，走马兰台[6]类转蓬。

【注释】

[1] 画楼、桂堂：都比喻富贵人家。

[2] 灵犀：古代把犀牛角视为灵异之物，传说犀牛彼此间是用角来互表心灵的。

[3] 送钩：古代一种游戏，把钩传到某人手中让对方猜。

[4] 分曹：分组。射覆：古代一种游戏，把东西藏到器皿下让人猜。

[5] 嗟：表感叹。应官：上班应付官事。

[6] 兰台：汉代藏图书秘籍的地方叫兰台。唐代改秘书省为兰台，诗人曾任秘书省正字。

【解读】

这首诗抒写对昨夜一度春风、旋成间隔的意中人深切的怀想。

首联以曲折的笔墨写昨夜的欢聚。"昨夜星辰昨夜风"是时间：夜幕低垂，星光闪烁，凉风习习。一个春风沉醉的夜晚，萦绕着宁静浪漫的温馨气息。句中两个"昨夜"自对，回环往复，语气舒缓，有回肠荡气之概。"画楼西畔桂堂东"是地点：精美画楼的西畔，桂木厅堂的东边。诗人甚至没有写出明确的地点，仅以周围的环境来烘托。在这样美妙的时刻、旖旎的环境中发生了什么故事，诗人只是独自在心中回味，我们则不由自主为诗中展示的风情打动了。

颔联写今日的相思。诗人已与意中人分处两拨儿，"身无彩凤双飞翼"写怀想之切、相思之苦：恨自己身上没有五彩凤凰一样的双翅，可以飞到爱人身边。"心有灵犀一点通"写相知之深：彼此的心意却像灵异的犀牛角一样，息息相通。"身无"与"心有"，一外一内，一悲一喜，矛盾而奇妙地统一在一体，痛苦中有甜蜜，寂寞中有期待，相思的苦恼与心心相印的欣慰融合在一起，将那种深深相爱而又不能长相厮守的恋人的复杂微妙的心态刻画得细致入微、惟妙惟肖。此联两句成为千古名句。

颈联"隔座送钩春酒暖，分曹射覆蜡灯红"是写宴会上的热闹。这应该是诗人与佳人都参加过的一个聚会。宴席上，人们玩着隔座送钩、分组射覆的游戏，觥筹交错，灯红酒暖，其乐融融。昨日的欢声笑语还在耳畔回响，今日的宴席或许还在继续，但已经没有了诗人的身影。宴席的热烈衬托出诗人的寂寥，颇有"热闹是他们的，而我什么也没有"的凄凉。

尾联"嗟余听鼓应官云，走马兰台类转蓬"写人在江湖身不由己的无奈：可叹我听到更鼓报晓之声就要去当差，在秘书省进进出出，好像蓬草随风飘舞。这句话应是解释离开佳人的原因，同时流露出对所任差事的厌倦，暗含身世飘零的感慨。

本诗触景入情，气氛热烈，先扬后抑，感情起伏。"心有灵犀一点通"已成后人赞喻恋人情意相通的名言。

韦庄（836—910），字端己，京兆杜陵（今陕西西安市东南）人。唐昭宗乾宁元年（894年）中进士。王建掌建立前蜀，曾任命他为宰相。他的诗和词都很有名，与温庭筠同为"花间派"的代表词人。他的词不同于温词的浓艳香软，而是有一定的生活感受，色泽明淡和谐、清疏秀朗。有《浣花集》。

韦 庄

台　城 [1]

江雨霏霏 [2] 江草齐，六朝 [3] 如梦鸟空啼。
无情最是台城柳，依旧烟笼十里堤。

【注释】

[1] 台城：原三国吴的后苑城，东晋时改建，为东晋、南朝时台省和宫殿所在，故址在今南京市鸡鸣山南乾河沿北。

[2] 霏霏：细雨纷纷状。

[3] 六朝：建都在金陵（南京）的东吴、东晋、宋、齐、梁、陈，合称六朝。

【解读】

台城，旧址在南京鸡鸣山南，原为三国时吴国的后苑城，东晋成帝时改建，自此至南朝结束，一直作为朝廷台省（即中央政府）和皇宫所在地。南朝消逝后，台城也就随之衰败，到晚唐诗人韦庄出现在它面前的时候，早已破败不堪了。

但诗歌并没有直接向读者展示台城的破败情状，相反倒是呈现出了一幅颇具江南风味的图景：江雨霏霏，江岸小草细长，鸟在清亮鸣叫，江堤杨柳茂密如同烟笼。然而当我们细细品味，就会发现本诗的内蕴并非"点染风景"。诗人实际上是把台城柳当成有情之物来写的。而"六朝"的衰亡正是一个时代的告别，在韦庄眼中，为六朝的离别作见证的柳也该"老去"才是，但却"依旧烟笼十里堤"，一片枝繁叶茂。要注意此句中"依旧"两字，它使人油然想起刘禹锡《石头城》"淮水东边旧时月，夜深还过女墙来"中的"还"字，它们都形成了今昔对比，并在里面蕴含了诗人对"世事变迁"的深沉感喟。

而如果考虑到诗人生活在晚唐，则我们会发现诗人与其说是在感喟

"台城"，还不如说在感喟自己所处的这个与当年六朝越来越相像的朝代；与其说柳对六朝"无情"，还不如说柳还将"无情"地见证又一个时代的消逝。

黄巢（820—884），是唐末农民起义的领袖人物，由于他的人格魅力和过人胆识，最终取代王仙芝而成为这场大起义的总领袖。由他领导的这场大起义摧毁了腐朽的李唐王朝，打破了唐末军阀割据混战的黑暗社会的僵死局面。为社会由分裂向统一过渡准备了条件，从而推动了历史继续向前发展。

黄　巢

唐

菊　花

待到秋来九月八^[1]，我花开后百花杀^[2]。
冲天香阵透长安^[3]，满城尽带黄金甲^[4]。

【注释】

[1] 九月八：农历九月初八日，即重阳节的前一日，古时有重阳赏菊的习俗。说"九月八"是为了押韵。

[2] 百花杀：百花凋零。

[3] 透：渗透、弥漫。

[4] 黄金甲：指菊花，暗喻起义军。

【解读】

这首诗的题目，《全唐诗》作"不第后赋菊"，大概是根据明代郎瑛《七修类稿》引《清暇录》关于此诗的记载。但《清暇录》只说此诗是黄巢落第后所作，题为"菊花"。

重阳节有赏菊的风俗，相沿既久，这一天也无形中成了菊花节。这首菊花诗，其实并非泛咏菊花，而是遥庆菊花节。因此一开头就是"待到秋来九月八"，意即等到菊花节那一天。不说"九月九"而说"九月八"，是为了与"杀""甲"叶韵。这首诗押入声韵，诗人要借此造成一种斩截、激越、凌厉的声情气势。"待到"二字，似脱口而出，其实分量很重。因为诗人要"待"的那一天，是天翻地覆、扭转乾坤之日，因而这"待"是充满热情的期待，是热烈的向往。而这一天，又绝非虚无缥缈，可望而不可即，而是如同春去秋来，时序更迁那样，一定会到来的，因此，语调轻松，跳脱，充满信心。

"待到"那一天又怎样呢？照一般人的想象，无非是菊花盛开，清香袭人。诗人却接以石破天惊的奇句——"我花开后百花杀"。菊花开时，百花都已凋零，这本是自然界的规律，也是人们习以为常的自然现象。这里特意将菊花之"开"与百花之"杀"（凋零）并列在一起，构成鲜明的对照，以显示其间的必然联系。诗人亲切地称菊花为"我花"，显然是把它作为广大被压迫人民的象征，那么，与之相对立的"百花"自然是喻指反动腐朽的封建统治集团了。这一句斩钉截铁，形象地显示了农民革命领袖果决坚定的精神风貌。

三、四句承"我花开"，极写菊花盛开的壮丽情景："冲天香阵透长安，满城尽带黄金甲。"整个长安城，都开满了带着黄金盔甲的菊花。它们散发出的阵阵浓郁香气，直冲云天，浸透全城。这是菊花的天下，菊花的王国，也是菊花的盛大节日。想象的奇特，设喻的新颖，辞采的壮伟，意境的瑰丽，都可谓前无古人。

菊花，在封建文人笔下，最多不过把它作为劲节之士的化身，赞美其傲霜的品格；这里却赋予它农民起义军战士的战斗风貌与性格，把黄色的花瓣设想成战士的盔甲，使它从幽人高士之花成为最新最美的农民革命战士之花。正因为这样，诗人笔下的菊花也就一变过去那种幽独淡雅的静态美，显现出一种豪迈粗犷、充满战斗气息的动态美。它既非"孤标"，也不只"丛菊"，而是花开满城，占尽秋光，散发出阵阵浓郁的战斗芳香，所以用"香阵"来形容。"冲""透"二字，分别写出其气势之盛与浸染之深，生动地展示出农民起义军攻占长安，主宰一切的胜利前景。

宋

公元960年，赵匡胤发动陈桥兵变，建立了宋王朝。宋代重视发展经济，实行崇文抑武的基本国策，重视文治教化，主张"文以载道"。宋代文学因而能承前启后，全面开花。在诗歌方面，面对唐诗这座高峰，宋人另辟蹊径，勇于创新，最终形成与唐诗双峰并峙的局面。

宋代诗人认识到了唐诗的价值，并很注意向唐代诗人学习。他们在继承唐诗传统的基础上又另辟蹊径，有所创造，形成了自己的特色：以平淡为美，尚理趣，以文为诗，以学问为诗，以议论为诗。

宋初诗坛被以杨亿、刘筠、钱惟演为代表的西昆体主宰。"白体"诗人王禹偁受白居易的影响，关心民生疾苦，感情真挚，诗风流畅自然。后来，文坛领袖欧阳修与好友苏舜钦、梅尧臣为扭转西昆体的颓败诗风提出了明确的诗歌创作主张，并致力于诗歌创作，为宋诗发展做出了贡献。欧阳修的诗想象奇特，笔墨淋漓，雄奇变幻，气势豪放；梅尧臣的诗古朴淡雅又刻画入微；苏舜钦的诗劲健有力又平易近人。

宋哲宗元祐时期是宋诗发展的鼎盛时期，以王安石、苏轼、黄庭坚、陈师道等为代表的"元祐"诗人将宋诗艺术推向了高峰。王安石的诗歌成就超过散文，自成一家。苏轼的诗内容广阔，为宋诗发展开辟了新的道路。与苏轼并称"苏黄"的诗人黄庭坚在两宋之际开创了我国文学史上第一个有正式名称的诗歌派别——江西诗派。黄庭坚诗歌成就卓越，形成了自己独特的"瘦硬"风格，被称为"黄庭坚体"或"山谷体"。江西诗派在两宋之际的诗坛影响巨大，代表诗人有陈师道、陈与义、吕本中等。

南宋诗坛以陆游、杨万里、范成大、尤袤四人最为著名，被称为"中兴四大诗人"。陆游诗内容广阔，形成了其独特风格：气势奔放、境界壮阔。杨万里作诗以自然风物和日常生活为对象，将主观情感最大限度地投射于笔下的草木虫鱼、山水风云，使它们生机盎然，形成了独具面目的"诚斋体"。范成大以其田园诗闻名后世，他第一次在田园诗中将田园风光和农民劳作生活及种种疾苦的描写结合起来，使田园诗成为名副其实的农村生活之诗。

南宋后期，诗坛出现了"永嘉四灵"和"江湖诗派"，它们反对江西诗派而学习晚唐，内容以题咏景物、唱酬赠答为主，诗格不高，代表了南宋后期诗坛的风尚。宋末则出现了以文天祥、汪元亮为代表的爱国词人，他们用血泪悲歌表现了民族的尊严，为宋代文学画上了光辉的句号。

王禹偁

　　王禹偁（954—1001）宋代诗人、散文家，字元之，济州巨野（今属山东）人。在诗歌方面，王禹偁推崇杜甫和白居易，在创作中努力实践白居易"歌诗合为事而作"的主张。不少诗作以深厚的同情描写当时农民、士兵的苦难境况，揭露现实的黑暗，而且严于针砭自身，继承和发扬了杜甫"三吏""三别"与白居易《秦中吟》的风格。他的诗同散文一样，语言平易流畅，风格简雅古淡。他还有一些写景抒情的短诗，却笔调清丽，饶有风韵。

　　王禹偁自编《小畜集》三十卷，今有《四部丛书》本。近人徐规所著《王禹偁事迹著作编年》，收集佚诗文多篇。

村　行

马穿山径菊初黄，信马悠悠野兴长。

万壑有声含晚籁[1]，数峰无语立斜阳。

棠梨叶落胭脂色[2]，荞麦花开白雪香[3]。

何事吟余忽惆怅，村桥原树似吾乡[4]。

【注释】

[1] 壑（hè）：山沟。籁（lài）：声音。

[2] 棠梨：也叫杜梨，落叶乔木。胭脂色：形容落叶的颜色。

[3] 荞麦：一种植物，开白花。

[4] 原：平野。

【解读】

这首诗是王禹偁被贬为商州团练副使时所作，是一首出色的写景抒情诗。

开头两句，交代了时、地、人、事。时令是秋季，这是以"菊初黄"间接交代的；地点是山间小路，这是以"山径"直接点明的；人物是诗人本人，这是从诗的结句中的"吾"字而得出的结论；事情是诗人骑马穿山间小路而行，领略山野旖旎的风光，这是从诗行里透露出来的消息。这两句重在突出诗人悠然的神态、浓厚的游兴。

三、四两句分别从听觉与视觉方面下笔。前句写傍晚秋声万壑起，这是耳闻；后句写数峰默默伫立在夕阳里，这是目睹。这里，"有声"与"无语"两种截然不同的境界相映成趣，越发显示出山村傍晚的沉寂。尤其值得一提的是："数峰"句写数峰宁静，不从正面着墨，而从反面出之，读来饶有情趣。

五、六两句进一步描写山村原野的景色，诗人选择了"棠梨"与"荞麦"这两种具有秋日山村特征的事物来加以描绘，用"胭脂"和"白雪"分别比喻"棠梨叶落"的红色与"荞麦花开"的白色，把山村原野写得色彩斑斓，可谓有声有色有香。

　　这首诗以村行为线索，以多彩之笔逼真地描绘了山野迷人的景色，以含蓄的诗语真切地抒发了诗人拳拳思乡之情。诗中，写景与抒情相结合，写景是为抒情打伏笔，抒情是为写景作结的。诗人的心情由悠然至怅然的变化过程，正从这"两结合"中传神地反映了出来。这是一首风物如画的秋景诗，也是一支宛转动人的思乡曲。

寇　准

　　寇准（961—1023），字平仲，华州下邽（今陕西省渭南县）人。宋太宗太平兴国五年（980年）考中进士。淳化五年（994年）、真宗景德元年（1004年）及天禧中（1017年—1021年）出任宰相。在朝为官期间，他与朝中的主战派一同坚持抗击辽兵，抵御它们对中原地区的侵扰，因此受到投降派排挤打击，并被罢宰相之职，最后贬于雷州（今广东省雷州市）。他的诗风淡雅自然，清丽宏逸。

春日登楼怀归 [1]

高楼聊引望，杳杳一川平。
野水无人渡，孤舟尽日横。
荒村生断霭，古寺语流莺。
旧业遥清渭 [2]，沉思忽自惊。

【注释】

[1] 此诗约作于公元980年，诗人时年十九，进士及第，初任巴东知县。

[2] 旧业：这里指田园家业。清渭：指渭水。

【解读】

诗要表现的是思乡怀归，所以选取了最能表现这一情绪的"登楼"来写。

首联就说自己登上高楼，伸长了脖子，向远处眺望，只见到无尽的春水，涨满了河中。这一联气势很宏大，给下文发挥情感留下了充分的余地。古人论诗强调起句要拉得开，压得住，这首诗正做到了这一点。

颔联俯察。诗人从平野尽头收回视线，开始细细察看楼下有无别致的景色。原来在这片广野中，竟横卧着一条河流，水上还有一条渡船。不过，四野空旷无人，既不见渡者，连那船家也不知到哪去了。诗人不由得好奇，便将目光久久地停留在那。但是看了好半天，也不见有个人来，只有那条孤零零的渡船横在水里漂啊漂啊，诗人心里琢磨着：看来这条渡船自清晨渡人后，就一整天地被船家撂在这儿了。

颈联写抬眼见闻。诗人伫望楼头已久，因此当他目光移开渡船，抬眼向荒村望去时，已近黄昏，村里人家大约已在点火做饭了，所以冒出了缕缕轻烟。高楼不远处还有一座古寺，听得出有几只黄莺在那儿啼啭着。

也许是流水、渡船、炊烟勾起了诗人对故乡类似景色的回忆，抑或是无所栖托的流莺的啼声唤出了诗人心中对故居的思念，总之，登楼见闻领出了尾联的怀归之情。此时，诗人不可遏止地怀念起故乡来。迷离恍惚之中，诗人仿佛已置身故园，看到了家乡的流水，家乡的渡船，家乡的村庄。他完全浸入了沉思之中。蓦地一阵心惊，他回过神来："此身还在异乡巴东呢！"这时，他的心头该有何感想，他却不说了，就在"惊"字上收住了笔。

由于写景是全诗的重心，对仗工稳、生活气息浓郁的中间两联景句就成了诗的中心。尤其"野水"一联，妙手偶得，浑然天成，更博得了赞赏。

钱惟演（977—1034）北宋大臣，西昆体骨干诗人。字希圣，钱塘（今浙江杭州）人。吴越忠懿王钱俶第十四子，刘娥之兄刘美的妻舅。从俶归宋，历右神武将军、太仆少卿、命直秘阁，预修《册府元龟》，累迁工部尚书，拜枢密使，官终崇信军节度使，博学能文，所著今存《家王故事》《金坡遗事》。

钱惟演

对竹思鹤

瘦玉萧萧伊水头，风宜清夜露宜秋。
更教仙骥[1]旁边立，尽是人间第一流。

【注释】

[1] 仙骥：指鹤，因仙人常骑鹤，故鹤便成了仙人之骥。

【解读】

远边的云慢慢地飘在那清水之上，清风徐来夜露慢慢地滴下，我和自己心爱的仙鹤在一边站立，也许这就是人间第一流的美事。

竹为树中君子，鹤称禽中高士。南朝谢庄《竹赞》说："贞而不介，弱而不亏"；鲍照《舞鹤赋》则称鹤："钟浮旷之藻质，抱清迥之明心。""对竹思鹤"这一诗题本身，就先透露了诗人的命意所在。对竹，是实景；思鹤，是虚拟。诗的构思，在历代众多的咏竹、咏鹤诗中又是蹊径独辟，自具一格。

"清"字，是全诗的立意所在。前二句，诗人"对竹"于洛阳伊水之滨，水竹相映，境界清而可见。这并非是首创，南朝齐时虞羲的《江边竹》诗已有先例，而唐人诗中更不乏其例，如白居易《画竹歌》说："野塘水边欹岸侧，森森两丛十五茎。"可见不仅诗人，画师亦早已取此为景。然而钱氏连着"瘦""萧萧""风""露""清夜""秋"诸语，却又显示了西昆派诗人善于锤炼的艺术造诣。清伊东流，又正值风轻露白的清秋之夜。这清迥的背景，更衬托出丛竹的瘦劲之骨，萧萧之韵。两个"立"字韵味悠长。这萧萧瘦玉，只宜于清秋之夜，野水之滨，一种孤高不群的意态，顿时从两个"宜"字中传出。"宜"与"不宜"，又是诗人的主观感受，所以诗人的情趣又从两个"宜"字中隐然可见。三句"更教"二字正就两个"宜"字接过，由"对竹"而到"思鹤"。鹤为"羽族之宗长，仙人之骐骥"（《相鹤经》），《诗经》也说："鹤鸣九皋，声闻于天"。以仙鹤配野竹，韵趣相通。

　　"尽是人间第一流"，是全诗的结尾。瘦竹、清风、凉露，仙骥，都是第一流的雅物。在这尘世，只有第一流的雅士才能欣赏这清超脱俗的第一流雅境。对这一点，陈衍在《宋诗精华录》中评此诗说："有身份，是第一流人语。"对此诗命意的含蓄而贴切，陈衍的评论很中肯。不过，他忘了知人论世，忘了说明钱惟演是否多得上"第一流人"。

　　从"伊水"可知，此诗当为钱惟演在仁宗天圣（1023年—1032年）、明道年间（1032年—1033年）判河南府时所作。在此以前，他就附从权相丁谓，依附刘妃，力拥刘妃为后，并在真宗病重时主张皇帝崩后由刘后听政。在这种利害关系之上，他与丁谓、刘妃结为姻亲。作此诗前后，刘后崩，他又迎合仁宗之意，主张以刘后配祀真宗。因此为正直的朝士所不齿。在这些重大问题上，同是西昆派诗人的杨亿、张咏等就比他有骨气得多。钱惟演后来两次由中枢外放河南，也正是因为他与权相、外戚的这种不光彩的关系为朝士劾奏所致。远在他为馆臣、预修《册府元龟》时，曾有《鹤》诗一首，诗中说："碧树阴浓接玉墀，几年飞舞伴长离。"（"长离"即凤）。这首《对竹思鹤》，表面上是写浮云野鹤，清高脱俗，骨子里却是一种牢骚。他这只"鹤"是忘不了玉墀丹陛的。所谓的"第一流"，实有所不称。因此《对竹思鹤》作为诗来说颇有佳处，但却经不起深究。

林逋

　　林逋（967—1028）北宋诗人。字君复。钱塘（今
浙江杭州）人。少时多病，未婚娶。布衣终身。大
约四十岁以前，长期漫游于江淮一带。后半生隐居
于杭州西湖孤山，喜欢梅、鹤，自称"以梅为妻，
以鹤为子"。他在隐居生活中自得其乐，相传二十
年足不入城市。但是声名远扬，常有士大夫、文人
往谒。朝廷曾赐给他粟帛，并要地方官员照顾他。
他同范仲淹、梅臣都有诗歌唱和。卒谥和靖先生。

　　林逋的诗，除一些赠答之作外，主要描写西湖
优美的自然景色，表现隐居生活的情趣。林逋作诗
随写随弃，散失很多。现存《林和靖诗集》四卷，《补
遗》一卷，近三百首，有《四部丛刊》本。

山园小梅

众芳摇落独暄妍[1]，占尽风情向小园[2]。

疏影横斜水清浅[3]，暗香浮动月黄昏[4]。

霜禽欲下先偷眼[5]，粉蝶如知合断魂[6]。

幸有微吟可相狎[7]，不须檀板共金樽[8]。

【注释】

[1] 众芳摇落：百花凋谢。暄妍：有的版本作"鲜妍"，形容梅花明丽鲜艳。

[2] 风情：这里指风光景色。向：在。

[3] 疏影：稀疏的花影。横斜：纵横交错。

[4] 暗香：幽香。月黄昏：月色朦胧。

[5] 霜禽：泛指白色的冬鸟。

[6] 合：应该，会。断魂：形容喜爱到极点。

[7] 微吟：轻声地吟诗。相狎：互相亲近。

[8] 檀板：檀木制成的板，演奏乐曲时打拍子用。金樽：金杯。

【解读】

这是林逋诗的代表作，《宋诗纪事》中题为《梅花》。全诗以梅品来自喻其幽逸之趣，向来被誉为咏梅的千古绝唱。

诗的一开始便以"众芳摇落独暄妍，占尽风情问小园"的诗句写出梅花的独特性格，她能够傲立寒冬，肆意称妍。这句明写梅花，但实际是他"弗趋荣利""趣向博远"的思想性格的自我写照。接着以"疏影横斜水清浅，暗香浮动月黄昏"曲尽梅花之态，它神清骨秀，高洁端庄，幽独超群。一个"疏影横斜"，一个"暗香浮动"，不仅把梅枝由静态变成动态，而且把梅香从无形化为有形，再加上黄昏月色、清澈水边的烘托，写出一幅迷人的溪边月下梅花图，最为绘影传神，被人誉为神来之笔，可谓此诗一出，其他咏梅的诗也尽皆淹没了。它也受到后人极高评价，王十朋称其"暗香和月人佳句，压尽千古无诗才"。在这里诗人不仅描写了梅花，更描写了与之相为一体的环境，"霜禽欲下先偷眼，粉蝶如知合断魂"。用霜禽、粉蝶对梅的喜爱来进一步烘托诗人对梅的喜爱之情及幽居之乐。对客观的梅花，诗人渗透了如此多的情思与感情，曲折含蓄的抒情已无法表达诗人内心的激情，于是诗人一改笔锋，"幸有微吟可相狎，不须檀板共金樽"。写出了梅花的高雅，只有诗人的轻吟才可与之相配。由以前的借物抒怀而一跃为直抒胸怀，把诗人的情操趣味全部表现出来，使得咏物与抒怀达到水乳交融的地步。首诗从多方面描摹和塑造了梅花冠绝群芳的清丽形象，突出了梅花高洁雅淡的本质特征，是脍炙人口之作。

从意象构造的角度言，如果单单来说山园小梅确非易事，但诗人借物来衬，借景来托，使其成为一幅画面中的中心意象，就是十分高明了。诗人具体写梅画梅时，虚实结合，对比呈现，使得全诗节奏起伏跌宕，色彩时浓时淡，环境动静相宜，观景如梦如幻，充分体现了"山园"的绝妙之处，这一点也是为许多赏家所忽视的，正是通过这一点，诗人淋漓尽致地表达出"弗趋荣利""趣向博远"精神品格。

梅尧臣（1002—1060），字圣俞，宣城（今安徽省宣城市）人。历任建德（今安徽省东至县）、襄城（今河南省襄城县）两县的地方官。召试，赐进士出身。为国子监直讲，后官至尚书都官员外郎。曾参与编修《唐书》。他的创作以诗歌为主，与苏舜钦齐名，时号"苏梅"。并且称梅为宋诗的开山祖师。他的诗歌风格淡雅，在当时的诗坛独树一帜，很少有西昆体的浮靡之气，他的部分诗篇还能深刻地反映当时的社会现实和人民疾苦，因此其有深刻的社会意义。有《宛陵先生集》存于世。

梅尧臣

鲁山山行

适与野情惬 [1]，千山高复低。

好峰随处改，幽径独行迷。

霜落熊升树，林空鹿饮溪。

人家在何许？云外一声鸡 [2]。

【注释】

[1] 野情：山野景色情趣。

[2] 云外：形容遥远。

【解读】

此诗为宋仁宗康定元年（1040 年）梅尧臣知襄时所作。尽管它不如杜牧的《山行》出名，但也很有特色，写得清新自然，曲尽山行情景。鲁山，一名露山，在河南省鲁山县东北，接近襄城县西南边境。梅尧臣登山时，获得了攀山的乐趣，这绝不是那些贪图安逸酷爱繁华的人所能体会到的，因此在诗人的笔下，被一般人视为枯燥乏味的山行，变得有滋有味，别有一番情趣。

首联叙写看见了山野非常喜爱，心中很满足，群山连绵起伏，时高时低，一个"惬"字，足以体会出当时诗人心满意足的心情。鲁山层峦叠嶂，千峰竞秀，一高一低，蔚为壮观，正好投合诗人爱好大自然景色的情趣。这就是开头两句诗的意思，说明所以要登鲁山游览，是因为内合情趣，外有好景，也就成行了。

颔联进一步写"山行"。"好峰"之"峰"即是"千山高复低"；"好峰"之"好"则包含了诗人的美感，又与"适与野情惬"契合。说"好峰随处改"，见得人在"千山"中继续行走，也继续看山，眼中的"好峰"也自然移步换形，不断变换美好的姿态。第四句才出"行"字，但不单是点题。

"径"而曰"幽"，"行"而曰"独"，正合了诗人的"野情"。着一"迷"字，不仅传"幽""独"之神，而且以小景见大景，进一步展示了"千山高复低"的境界。山径幽深，容易"迷"；独行无伴，容易"迷"；"千山高复低"，更容易"迷"。著此"迷"字，更见野景之幽与野情之浓。

颈联"霜落熊升树，林空鹿饮溪"，互文见意，写"山行"所见的动景。"霜落"则"林空"，既点时，又写景。霜未落而林未空，林中之"熊"也会"升树"，林中之"鹿"也要"饮溪"；但树叶茂密，遮断视线，"山行"者很难看见"熊升树"与"鹿饮溪"的野景，诗人特意写出"霜落""林空"与"熊升树""鹿饮溪"之间的因果关系，正是为了表现出那是"山行"者眼中的野景。惟其是"山行"者眼中的野景，所以饱含着"山行"者的"野情"。"霜落"而"熊升树"，"林空"而"鹿饮溪"，很是闲适，野趣盎然。

这首诗运用丰富的意象，动静结合，描绘了一幅斑斓多姿的山景图：深秋时节，霜降临空，诗人在鲁山中旅行。山路上没有其他行人，诗人兴致勃勃，一边赶路一边欣赏着千姿百态的山峰和山间的种种景象。

东　溪[1]

行到东溪看水时，坐临孤屿发船迟[2]。
野凫眠岸有闲意[3]，老树着花无丑枝[4]。
短短蒲茸齐似剪[5]，平平沙石净于筛[6]。
情虽不厌住不得[7]，薄暮归来车马疲[8]。

【注释】

[1] 东溪：即宛溪，在诗人家乡安徽宣城。溪发源于天目山，至城东北与句溪合，宛、句两水，合称"双溪"。溪中多石，水波翻涌，奇变可玩。

[2] 孤屿：这里指水中孤石。

[3] 野凫（fú）：野鸭。

[4] 着（zhuó）花：开花。

[5] 蒲茸：初生的菖蒲。

[6] 净于筛：被筛选干净。

[7] 住不得：再不能停留下去了。

[8] 薄暮：黄昏。

【解读】

这是一首写景诗，写得"意新语工"。

第一句，写行到之地（东溪）与到此之由（看水），而"闲意"已暗含其中，因为只是为了"看水"而"行到"，自是爱闲而不是车马征逐，奔走钻营。第二句写面对之景（孤屿）与流连之情（发船迟），而山水之美，使诗人爱之不厌，亦自见于言外。平平写来，毫不费力，而十四字中概括如许之多，确是"平淡"而有工力的（《临汉隐居诗话》）。在结构上，又学王维《终南别业》"行到水穷处，坐看云起时"那份闲适与淡然。

三、四两句，写"看水"时所见岸旁之景。杜甫《漫兴》中有"沙上凫雏傍母眠"，本诗第三句取景与杜相同。这说明：诗人写水乡春色，抓住了最有特征的东西；更重要的是由比景象中细绎出"有闲意"来。"凫眠"是人所共见的，而"闲意"则由诗人的想象与感觉来。诗人看到"野凫眠岸"，想象它的自由自在，感觉它"有闲意"，其实正是诗人自己"爱闲""羡闲"。当时人傅霖诗曰："忍把浮名卖却闲。"热衷名利之徒是不会"爱闲""羡闲"的。这是要从当时社会环境来看的。当然，说"闲"也并非真的遗弃世事，更不是不劳而食。那些热衷名利的"车马客"才真是不劳而食的人；而"浮云富贵"、不事奔竞的人，往往正是最关心世事的。

第四句写岸旁老树，春深着花。此亦乡村常见之景。但"老"与"丑"往往相连，说它"无丑枝"，是诗人的新意。这样写，不仅使这一平常村野增添几分春色，更重要的是反映了诗人心情。这两句合起来看，那就是写出了一个清淡平远而又生意盎然的自然景象，又写出了一个恬静自得而又老当益壮的人物心情。每句前四字写景，后三字写意，边写边议，有景有意，而意又饱和在情中，使景、情、意融为一体。从而既写出深层的含义，而又保持鲜明、生动的形象，它成为"名句"，其妙处是可以说清的。

三、四句写水旁岸上；五、六句则写水中洲渚。诗人在句中以"平平"

和"净于筛"，表现溪水的清澈而又平静，更具有江南特征。这两句只写景，而春意之融和、游人之喜悦，自在言外。最后以"情虽不厌"，总括了中间四句，并回应了第二句的"发船迟"。"情虽不厌"，但事实上又不可能在这个野溪边住下；尽管如此，仍然直到"薄暮"才"归来"。

这首诗有新意，有名句，有"道前人所未道"之处，至于通篇结构严密，层次繁多，对诗歌语言的发展，很有作用。尤其是二、三两联，意新语工，都是前四字写景，后三字写意，边叙边议，有浓郁的情趣。

欧阳修（1007—1072），字永叔，自号醉翁，晚号六一居士，吉州庐陵（今江西吉安）人。幼年丧父，由寡母教养成人。仁宗天圣八年（1030年）进士。历官知制诰、翰林学士、枢密副使、参知政事等。早年支持范仲淹，要求政治改良，为此屡遭贬谪。晚年思想趋于保守，反对王安石变法。神宗熙宁四年（1071年），以太子少师致仕。卒赠太子太师，谥文忠。

欧阳修是北宋诗文革新运动的领袖，唐宋八大家之一。苏洵父子、曾巩、王安石皆出其门下。在散文、诗、词方面都卓有成就。其词多写男女恋情、伤春怨别，也有写景抒情、表现个人抱负和身世之感的词作，题材较广，并且在抒情性和形象性方面有所发展。他还注意向民间词学习，以通俗生动的口语入词。形象鲜明生动，语言清新婉丽。以小令见长，与晏殊齐名，成就在晏殊之上。曾与宋祁等合修《新唐书》，并独撰《新五代史》。有《欧阳文忠集》，词有《六一词》《醉翁琴趣外篇》。

欧阳修

戏答元珍 [1]

春风疑不到天涯，二月山城未见花 [2]。
残雪压枝犹有橘，冻雷惊笋欲抽芽。
夜闻归雁生乡思，病入新年感物华 [3]。
曾是洛阳花下客，野芳虽晚不须嗟 [4]。

【注释】

[1] 本诗又题《戏答元珍花时久雨之什》。元珍：丁宝臣的表字，时为峡州军事判官，是欧阳修的好友。

[2] 山城：指欧阳修被贬谪的峡州夷陵（今湖北宜昌）。

[3] 物华：美好的景物。

[4] 野芳：山野的花。"曾是"句：欧阳修曾在洛阳任西京留守推官。

【解读】

这是欧阳修写给峡州判官的一首酬答诗，也是诗人的得意之作。

宋仁宗景祐三年（1036 年）诗人被贬为峡州夷陵县令，本篇为次年春在夷陵所作。诗中反映了诗人谪居山城的寂寞和自我宽解之情，字里行间透露出对被贬谪的不满。

诗的首联"春风疑不到天涯，二月山城未见花"写出在偏远的地方，仿佛春风还没有吹到，依然不见盛开的鲜花，落笔于时，于景，但却暗含着诗人内心的孤寂，以及对皇恩不得浸润的埋怨，透露出诗人被贬之后的抑郁心情。

次联承首联"早春"之意，选择了山城二月最典型、最奇特的景物铺开描写，恰似将一幅山城早春画卷展现出来，写来别有韵味。夷陵是著名橘乡，橘枝上犹有冬天的积雪。可是，春天毕竟来了，枝梗上留下的不过是"残雪"

而已。残雪之下，去年采摘剩下的橘果星星点点地显露出来，它经过一冬的风霜雨雪，红得更加鲜艳，在白雪的映衬下，如同颗颗跳动的火苗。它融化了霜雪，报道着春天的到来。这便是"残雪压枝犹有橘"的景象。夷陵又是著名的竹乡，那似乎还带着冰冻之声的第一响春雷，将地下冬眠的竹笋惊醒，它们听到了春天的讯息，振奋精神，准备破土抽芽了。蛰虫是动物，有知觉，在冬眠中被春雷所惊醒，诗人借此状写春笋，以一个"欲"字赋予竹笋以知觉，以地下竹笋正欲抽芽之态，生动形象地把一般人尚未觉察到的"早春"描绘出来。因此，"冻雷惊笋欲抽芽"句可算是"状难写之景如在目前"的妙笔。

诗的第三联由写景转为写感慨："夜闻归雁生乡思，病入新年感物华。"诗人远谪山乡，心情苦闷，夜不能寐，卧听北归春雁的声声鸣叫，勾起了无尽的"乡思"。自己被贬之前任西京留守推官的住所洛阳，正如同故乡一样令人怀念。然后由往事的回忆联想到目下的处境，抱病之身又进入了一个新的年头。时光流逝，景物变换，叫诗人感慨万千。

诗末两句诗人虽然是自我安慰，但却透露出极为矛盾的心情，表面上说他曾在洛阳做过留守推官，见过盛盖天下的洛阳名花名园，见不到此地晚开的野花也不须嗟叹了，但实际上却充满着一种无奈和凄凉，不须嗟实际上是大可嗟，故才有了这首借"未见花"的日常小事生发出人生乃至于政治上的感慨。

全诗体察深刻，感受细腻，形象鲜明，富有诗意。乡思和怨思贯串全诗，却淡而无痕，写得很巧妙。给人的感觉是昂扬的，积极乐观的，是一种诗人之笔与政治家之情高度融合的统一体，从而具有一种独特的艺术境界。

苏舜钦（1008—1048），字子美，原籍梓州铜山（今四川省中江县南），后迁居开封。由于范仲淹的举荐，被任为大理评事、集贤校理、监进奏院等官。因为论议触犯了权贵，故被诬陷贬谪居苏州多年。后又出任湖州长史，卒于任上。诗人反对时文，不满那种浮靡奢侈之气，而其写作古歌诗杂文，尚在欧阳修之先，因此对宋朝文学革新有影响。他工于诗，与梅尧臣齐名，时称"苏梅"。而他的诗歌意境高远，独出机杼，与梅尧臣的淡雅之风有很大不同。刘克庄《后村诗话·前集》称："苏子美歌行，雄放于圣俞，轩昂不羁，如其为人。"但由此，他的诗有时笔法不够细腻。有《苏学士集》存于世。

苏舜钦

沧浪亭怀贯之 [1]

沧浪独步亦无悰 [2]，聊上危台四望中。

秋色入林红黯淡，日光穿竹翠玲珑。

酒徒飘落风前燕，诗社凋零霜后桐。

君又暂来还径往，醉吟谁复伴衰翁。

【注释】

[1] 贯之：诗人的朋友。

[2] 悰（cóng）：快乐。

【解读】

这是诗人登沧浪亭怀念朋友之作。一开始就出现了诗人孤独寂寞的形象。他在园中独步觉得无聊，正是因为友人离去产生了一种若有所失的空虚之感。继而登高四望，则属于寻觅怅望，自我排遣。由于心境寂寥，望中的景色也偏于清冷。霜林自红，而说秋色入林，在拟人化的同时，着重强调了秋色已深。竹色至秋依然青翠，而日光穿过其间，更显得玲珑。林红竹翠，本来正宜会集朋友把酒吟诗，但酒友离散，如同秋风中的燕子；诗社亦已凋零，正像霜后梧桐。颈联两句写景，比兴意味很重，零落的秋景中带有人事象征，因而自然地过渡到末联，引起诗人惋惜聚散匆匆，慨叹无人伴其醉吟。

诗题为"怀贯之"，篇中并没有出现"怀"的字样，但从诗人长吟远慕的情绪和行动中，却表现出对友人的强烈、深沉的怀念。诗中友人虽未出面，而处处让人感到他的存在，时时牵绕着诗人的感情和思绪。那危台，那林木，那翠竹，都曾经是诗人和友人登览、吟咏的对象，其间都如同留有友人的一点儿什么，却又无可寻觅，反而触景兴慨。这样从诗人怅惘的状态和表现中，便把萦绕在心头难以排遣的怀念之情表现得非常深入切至。

怀念人的诗，格调上一般以低回婉转容易取得成功，但此诗气格却颇显高远。开头独步无聊、危台四望，就有一种超迈迥拔之气。所写的红叶、秋桐等秋景，也是以清幽荒疏的基调，反映着人的情绪。诗中说友人是"暂来径往"，从字面上来看，他离别的当儿也没有那种依依之情。诗人的怀念属于更深沉、更内在的一种类型。而这，在艺术上更难于表现一些。

王安石

王安石（1021—1086），字介甫，晚号半山，抚州临山（今江西抚州市）人。宋仁宗庆历二年（1042年）进士，任州县地方官十余年之久，政绩卓著，颇有名声。他目睹时弊，立志改革。嘉祐三年（1058年）上万言书提出变法主张。神宗熙宁二年（1069年）任参知政事，前后两度为相，实行变法，企图改变宋朝积贫积弱的局面。推行新法虽取得了一定成就，但由于保守派阻挠，新法未得到很好贯彻。熙宁九年（1076年）王安石被迫辞职。后退居金陵，封荆国公，世称王荆公。

王安石是我国历史上著名的政治家、思想家，且文学成就颇高，影响巨大。其诗文颇有揭露时弊、反映社会矛盾之作，体现了他的政治主张和抱负。散文雄健峭拔，为"唐宋八大家"之一。诗歌刚劲清新。词虽不多，但风格高峻豪放，感慨深沉，别具一格。所著《字说》《钟山日录》等，多已散佚，现存有《临川集》《临川集拾遗》《三经新义》中的《周官新义》残卷，又《老子注》若干条保存于《道藏·彭耜集注》中。有词集《半山词》，存词二十余首。

北陂杏花

一陂春水绕花身[1]，花影妖娆各占春[2]。
纵被春风吹作雪[3]，绝胜南陌碾成尘[4]。

【注释】

[1] 陂：池塘，水边。

[2] 占春：占据春色，占据春光。

[3] 纵：纵然、即使。

[4] 绝胜：远远胜过。陌：田间小路。

【解读】

这首咏杏花诗并没有细致地描写杏花的美丽，而是以意笔勾勒，兼以议论。通过对北陂杏花的描写，来揭示诗人内心的悲苦与痛楚，那种"九死未悔"，为坚持自己的理想而献身的精神。

诗的一、二句写景状物，描绘杏花临水照影之娇媚。首句点明杏花所处地理位置。"陂"，此处是指池塘。一池碧绿的春水环绕着杏树，预示着勃发的生机。"绕"字用得精巧，既写陂水曲折蜿蜒之流势，又写水花之相依相亲。

次句从花与影两个方面写杏花的绰约风姿。满树繁花竞相开放，满池花影摇曳迷离。"妖娆"二字本用于写人，这里移用于杏花，展现了杏花争奇斗妍的照人光彩。一个"各"字，表明在诗人眼中，花与影一样美艳、多情，一样令人流连忘返、沉迷自失。王安石写花善于从本体和投影两方面着手，如此刻画，虚实相生：一方面使景物更具立体的美，另一方面也透露出诗人的审美趣味，即对虚静恬淡之美的情有独钟。

三、四句议论抒情，褒扬北陂杏花品性之美。这两句对偶精工，托物言志，耐人玩味。"东风吹作雪"，这一笔淋漓地描绘出风吹杏树，落英缤纷，似漫天飞雪，而随波逐流的凄美景象，比喻生动，浮想联翩。这一对比启人深思："南陌"在此诗中与"北陂"相对立，这两个背景意象包含着一种空间的隐喻。若说清幽静谧的"北陂"是远离浮世喧嚣的隐逸之所，则"南陌"正是熙来攘往、物欲横陈的名利之场。"南陌"繁华，"北陂"僻静；"南陌"热闹，"北陂"空寂；北陂杏花即使零落了，尚可在一泓清波中保持素洁；而南陌的杏花要么历尽亵玩、任人攀折；要么凋零路面、任人践踏，碾成尘土，满身污秽。若说这南陌杏花是邀功请赏、党同伐异的得势权臣的影射，则北陂杏花是诗人刚强耿介、孤芳自赏的自我人格的象征。

这首诗句句写临水杏花，第二句承第一句；第三、四句承第二句，却宕开一层，以"纵被"领句，用"绝胜"作呼应，便使全诗跌宕有致，富于曲折变化。这样布局，有直写，有侧写，有描绘，有议论，诗人自己爱好高洁的品格也就贯注其中了。

午　枕 [1]

午枕花前簟 [2] 欲流，日催红影 [3] 上帘钩。
窥人鸟唤悠扬 [4] 梦，隔水山供宛转愁 [5]。

【注释】

[1] 午枕：即午睡。

[2] 簟（diàn）：竹席。

[3] 红影：红色的花影。

[4] 悠扬：飘忽不定。

[5] 供（gōng）：引起。宛转：缠绵，难以名状。

【解读】

这首诗作于宋神宗元丰八年（1085 年），当时王安石变法失败后，辞职退居江宁（今南京），一日午睡醒来间春光动人便作此诗。

诗的首句写春日午睡时将睡未睡的感觉，"花前"点出是春天季节，又照应下句的"红影"；"簟欲流"既指卧席波浪形的花纹，又指竹席光滑清凉如水，睡意蒙眬间，仿佛感到竹席变成了缓缓流动的波浪，十分惬意。次句写睡醒之感，这一觉睡得舒适漫长，醒来时只见花影投射到帘钩之上，正午花影最短，不会遮住帘钩，故而可看出此时日光已经西移，"催"字表达出惊讶时光过得飞快的心理感觉，又从侧面形容梦之酣畅。

三、四句写醒来后心理的落差和变化，醒来耳中听得鸟鸣，却怀疑美梦正是被鸟鸣唤醒，寻声望去，似乎鸟儿也在窥望自己，于是主观感情倾向认为是鸟儿有意唤醒自己，心头生起一种惆怅之感，再往远处眺望，一水之隔的青山映入眼帘，于是愁绪变得更无穷无尽了。"青山"在这里可说是现实生活的象征，因为它稳定不变并朝夕与自己相伴，看到它，才意识到令人迷恋的梦已飘远，思绪猛然回到现实中，定叫作者愁肠宛转。

这首诗语言精工、优美，意韵内敛、深远，真可谓精深华妙之作。

苏　轼

　　苏轼（1036—1101），字子瞻，一字和仲，号东坡居士，眉州眉山（今属四川）人。宋仁宗嘉祐二年（1057 年）进士。历官福昌县主簿、大理评事、殿中丞等。神宗时，因反对王安石变法，出为杭州通判，后知密、徐州。元丰二年（1079 年）徙湖州，因写诗被指为"谤讪"朝政，被捕入狱。出狱后被贬黄州，再徙常州。哲宗即位，司马光为首的旧党执政，为翰林学士兼侍读，又因不满当权者尽废新法，元祐四年（1089 年）出知杭州，后徙颍州、扬州、定州。八年（1093 年），哲宗复行新法，时新党已变质，又被贬至南疆的惠州、琼州、昌化等地。徽宗即位，遇赦北还，复朝奉郎，提举成都玉局观，次年卒于常州。

　　苏轼是北宋中期的文坛领袖，文学巨匠，"唐宋八大家"之一。散文、诗、词、书、画等，成就都很高。其词作冲破了晚唐、五代以来词为"艳科"的旧框框，容纳了丰富的社会内容，扩大了词的领域，举凡怀古伤今、咏史咏物、说理谈禅、书怀言志、农村风光、抒情叙事等无不入词。在形式上力图不受音律束缚，使词离开音乐而独立存在。风格豪迈奔放，慷慨激越，南宋辛弃疾等予以继承和发展，形成了"苏辛"豪放词派。有《东坡全集》。词集有《东坡乐府》，存词三百五十余首。

题西林壁 [1]

横看成岭侧成峰，远近高低各不同。
不识庐山真面目，只缘身在此山中。

【注释】

[1] 西林：庐山寺名，位于庐山七岭之西，宋时改称乾明寺。

【解读】

富含哲理的山水诗，被称为有理趣。这首《题西林壁》就是这方面的典型之作，此诗是苏轼在宋神宗元丰七年（1084 年）初游庐山后题于西林寺壁上的。

开头两句"横看成岭侧成峰，远近高低各不同"，实写游山所见。庐山是座丘壑纵横、峰峦起伏的大山，游人所处的位置不同，看到的景物也各不相同。这两句概括而形象地写出了移步换形、千姿万态的庐山风景。

结尾两句"不识庐山真面目，只缘身在此山中"，是即景说理，谈游山的体会。之所以不能辨认庐山的真实面目，是因为身在庐山之中，视野为庐山的峰峦所局限，看到的只是庐山的一峰、一岭、一丘、一壑，局部而已，这必然带有片面性。这两句奇思妙发，整个意境浑然托出，为读者提供了一个回味经验、驰骋想象的空间。这不仅仅是游历山水才有这种理性认识。游山所见如此，观察世上事物也常如此。这两句诗有着丰富的内涵，它启迪人们认识为人处世的一个哲理——由于人们所处的地位不同，看问题的出发点不同，对客观事物的认识难免有一定的片面性；要认识事物的真相与全貌，必须超越狭小的范围，摆脱主观成见。

宋以前的诗歌传统是以言志、言情为特点，到了宋代苏轼，则出现了以言理为特色的新诗风，这种诗风是宋人在唐诗之后另辟的一条蹊径。

和子由[1]渑池怀旧

人生到处知何似？应似飞鸿踏雪泥。

泥上偶然留指爪，鸿飞那复计东西？

老僧已死成新塔，坏壁无由见旧题。

往日崎岖还记否？路长人困蹇驴[2]嘶。

【注释】

[1] 子由，即苏轼弟苏辙。

[2] 蹇驴：跛脚的驴子。诗人自注："往岁，马死于二陵，骑驴至渑池。"二陵即河南省渑池之西的崤山。

【解读】

仁宗嘉祐六年（1061年），苏轼出任凤翔府（今属陕西）签判，其弟苏辙送他到郑州，然后返回京城开封，寄给他一首诗，题为《怀渑池寄子瞻兄》。

苏辙十九岁时，曾被委任为渑池县主簿，未上任就中了进士，因此他对渑池有特别的怀旧之情。他寄给苏轼的诗中写道："曾为县吏民知否？旧宿僧房壁共题。"苏轼依照苏辙诗的原韵和了这首诗，既回应了弟弟在诗中的怀旧之情，又暗暗呼应了自己上文中的"雪泥鸿爪"之意，构思严谨奇妙。诗的末两句看似怀旧，其深意却在与弟共勉，记住过去的坎坷经历，珍惜现在，积极开拓未来，表达了诗人乐观向上的生活态度。

前四句一气贯串，自由舒卷，超逸绝伦，散中有整，行文自然。首联两句，以雪泥鸿爪比喻人生。一开始就发出感喟，有发人深思、引人入胜的作用，并挑起下联的议论。次联两句又以"泥""鸿"领起，用顶真格就"飞鸿踏雪泥"发挥。鸿爪留印属偶然，鸿飞东西乃自然。偶然故无常，人生如此，世事亦如此。他用巧妙的比喻，把人生看作漫长的征途，所到之处，诸如曾在渑池住宿、题壁之类，就像万里飞鸿偶然在雪泥上留下爪痕，接着就又飞走了；前程远大，这里并非终点。人生的遭遇既为偶然，则当以顺适自然的态度去对待人生。果能如此，怀旧便可少些感伤，处世亦可少些烦恼。苏轼的人生观如此，其劝勉爱弟的深意亦如此。此种亦庄亦禅的人生哲学，符合古代士大夫的普遍命运，亦能宽解古代士大夫的共同烦恼，所以流布广泛而久远。

后四句照应"怀旧"诗题，以叙事之笔，深化雪泥鸿爪的感触。五、六句言僧死壁坏，故人不可见，旧题无处觅，见出人事无常，是"雪泥""指爪"感慨的具体化。尾联是针对苏辙原诗"遥想独游佳味少，无言骓马但鸣嘶"而引发的往事追溯。回忆当年旅途艰辛，有珍惜现在勉励未来之意，因为人生的无常，更显人生的可贵。艰难的往昔，化为温情的回忆，而如今兄弟俩都中了进士，前途光明，更要珍重如今的每一时每一事了。在这首早期作品中，诗人内心强大、达观的人生底蕴已经得到了展示。全诗悲凉中有达观，低沉中有昂扬，读完并不觉得人生空幻，反有一种眷恋之情荡漾心中，犹如冬夜微火。于"怀旧"中展望未来，意境阔远。诗中既有对人生来去无定的怅惘，又有对前尘往事的深情眷念。

此诗的重心在前四句，而前四句的感受则具体地表现在后四句之中，从中可以看出诗人先前的积极人生态度，以及后来处在颠沛之中的乐观精神的底蕴。全篇圆转流走，一气呵成，涌动着散文的气脉，是苏轼的名作之一。

於潜僧[1]绿筠轩

可使食无肉，不可使居无竹。
无肉令人瘦，无竹令人俗。
人瘦尚可肥，俗士不可医。
旁人笑此言："似高还似痴？"
若对此君仍大嚼，世间那有扬州鹤！

【注释】

[1] 於潜僧：於潜，旧县名，在今浙江临安境。於潜僧，名孜，字慧觉，在於潜县南二里的丰园乡寂照寺出家。寺内有绿筠轩，以竹点缀，环境十分幽雅。

【解读】

人的追求，各有不同，有的人追求华衣美食，有的人追求高风亮节。苏轼此诗就借题"於潜僧绿筠轩"展开议论，歌颂风雅高尚的精神追求，贬斥低级粗俗的物质享乐。

诗人起首就开宗明义，"可使食无肉，不可使居无竹"。一位超然不俗的高僧形象便跃然纸上。接着，诗人又以"令人俗""不可医""大嚼"等句进一步加以发挥，调侃和讥刺那些追求物欲、汲汲于名利，俗不可耐的小人。全文议论精辟，一波三折，足见诗人汪洋恣肆的才情和功底。

文似看山不喜平。上面全是诗人议论，虽出语不凡，但若直由诗人议论下去，便有平直之嫌，说教之讥。因而下段重开波澜，另转新意。由那种"不可医"的"俗士"站出来作自我表演，这就是修辞学中的"示现"之法："旁人笑此言：'似高还似痴'"这个"旁人"，就是前面提到的那种"俗士"。他听了诗人的议论，大不以为然；他虽然认为"不可使居无竹"是十足的迂阔之论，腐儒之见，但在口头上却将此论说成"似高""似痴"，从这模棱两可的语气里，显示了这种人世故、圆滑的特点——他绝不肯在论辩中作决绝之语而树敌。

下面是诗人对俗士的调侃和反诘："若对此君仍大嚼，世间那有扬州鹤！""此君"，用王徽之"何可一日无此君"语，即指竹。"大嚼"，语出曹植《与吴质书》："过屠门而大嚼，虽不得肉，贵且快意。""扬州鹤"，语出《殷芸小说》，故事的大意是，有客相从，各言所志，有的是想当扬州刺史，有的是愿多置钱财，有的是想骑鹤上天，成为神仙。其中一人说：他想"腰缠十万贯，骑鹤下扬州"，兼得升官、发财、成仙之利。诗意谓：又想种竹而得清高之名，又要面竹而大嚼甘味，人间何处有"腰缠十万贯，骑鹤下扬州"这等美事。名节高的人难得厚富，厚富的人难得名高；做官的人无暇学仙，得道的人无暇做宫；食肉的人无高节，高节的人不食肉；两种好处都不能兼得，多种好处就更不能兼得了。

这首诗以五言为主，以议论为主。但由于适当采用了散文化的句式（如"不可使居无竹""若对此君仍大嚼"等）以及赋的某些表现手法（如以对白方式发议论等），因而能于议论中见风采，议论中有波澜，议论中寓形象。苏轼极善于借题发挥，有丰富的联想力，能于平凡的题目中别出新意，吐语不凡，此诗即是一例。

游金山寺

我家江水初发源[1]，宦游直送江入海[2]。
闻道潮头一丈高，天寒尚有沙痕在[3]。
中泠南畔石盘陀[4]，古来出没随涛波。
试登绝顶望乡国[5]，江南江北青山多[6]。
羁愁畏晚寻归楫[7]，山僧苦留看落日。
微风万顷靴文细[8]，断霞半空鱼尾赤[9]。
是时江月初生魄[10]，二更月落天深黑。
江心似有炬火明，飞焰照山栖鸟惊。
怅然归卧心莫识，非鬼非人竟何物？
江山如此不归山[11]，江神见怪[12]惊我顽。
我谢[13]江神岂得已，有田不归如江水[14]。

【注释】

[1] 我家句：古人谓江出岷山。东坡家住眉州，近岷江，故曰"江水初发源"。

[2] 宦游句：苏轼因做官路经镇江，金山在镇江，下此即海，故曰"送江入海"。

[3] 天寒句：谓冬天水落时，沙岸上尚有涨湿的痕迹。

[4] 中泠（líng）：泉名，在金山西北。盘陀：石大貌。

[5] 乡国：家乡。

[6] 青山多：此谓重叠的山峰遮断了自己的视线。

[7] 归楫：归船（指回镇江，不是回家）。

[8] 万顷：形容江面宽广。靴文：比喻波浪皱纹之细。

[9] 鱼尾赤：形容红色的晚霞。

[10] 初生魄：魄，指月缺时光线暗淡而仅有圆形轮廓的那一部分。初生魄即指初三。苏轼来游之日正是十一月初三。《礼记·乡饮酒义》："象月之三日而成魄也。"

[11] 归山：谓辞官归隐。

[12] 见怪：呈现怪异。见，同"现"。

[13] 谢：告诉。

[14] 有田句：谓如有田地可耕，决心辞官归隐。

【解读】

宋神宗熙宁四年（1071年），苏轼因对王安石大力推行新政不满，主动请求通判杭州，途经镇江时，夜宿金山寺，而作此诗。全诗虽在极力渲染金山寺的佳山胜景，却掩饰不住流露出浓郁的思乡之情，强烈反映出诗人此时在政治上落寞失意，厌倦官场生涯和希望归田隐居的心情。

这首诗分为三段：

头八句"我家江水初发源"至"江南江北青山多"，写登高远眺，触景生情，勾起乡思，中间八句"羁愁畏晚寻归楫"至"飞焰照山栖鸟惊"，描绘傍晚和夜间江上的景色，末六句"怅然归卧心莫识"至"有田不归如江水"，阐发辞官归田的意愿。这三段分别写游金山寺的所思、所见、所感，表达了诗人对于故乡的思念，对于仕途奔波的厌倦和立意辞官归隐的决心。

先看头两句："我家江水初发源，宦游直送江入海。"这一开头充满了磅礴气势。诗中的"江水"，指的是长江水，不同于今天的泛称"江水"。一个人失意的时候，心情忧郁的时候，最容易想家，苏轼也是如此。所以当他登高远眺的时候，他的目光一接触到浩荡东流的江水，就会设想逆流而上直到大江的源头，设想天际遥远的可爱家乡，也同时勾起对往事的回忆。当他在嘉祐元年（1056年）与父亲、弟弟一起出四川，过秦汉之故都，纵观嵩、华、终南之高，北顾黄河之奔流，慨然想见古之豪杰。那时他风华正茂，意志昂扬。到京都后他得到了考官欧阳修的赏识，名列进士榜上的第二名，更是踌躇满志，可以说前程如花似锦，然而后来的仕宦生涯却不顺心，由于他为人耿直，不肯与世俗相附炎，而屡遭挫折。他面对眼前波涛起伏的江水，不由得想到自己在宦海中的沉浮。漫长的岁月，竟然把他从江水发源的故乡引到了江水入海的地方，这简直难以思忆。他感叹自己仕宦不归，就像江水入海不回一样。

接下来四句，以丰富的想象描述登临所见的壮丽景色。"闻道"说明是听来的，这样"潮头一丈高"乃是作者意念中的形象。由于天冷水涸，往时汹涌的潮头如今已经销声，但却并未匿迹，即"沙痕在"。苏轼游金山寺时，已是十一月初，季节入冬，故曰"天寒"。"天寒尚有沙痕在"，尽管时令变迁，可是巨浪卷起的沙痕依然历历可见。这两句是前虚后实，极写江水之气势。妙在从沙痕引起联想，感叹大自然的无穷威力和变化。"中泠南畔石盘陀，古来出没随涛波"两句，跟前两句倒一下，是前实后虚。作者谈到山水名胜，意在增强诗篇的艺术感染力。"石盘陀"是堆垛在一起的巨大石头，只有在江面上才能看到的奇景。它又引起了作者"古来出没随涛波"的遐想："大江东去，浪淘尽千古风流人物"，而这一堆堆的巨石，水涨而"没"，水落而"出"，依然故我，岂不是历史的见证。诗人心潮起伏，想到自己的仕宦生涯，就像潮涨潮落那样浮沉不定。那在惊涛骇浪的冲击下，那岿然不动的"石盘陀"正是象征着历尽磨难的诗人不愿顺乎上下而变其操守、变其品德一样。

"试登绝顶望乡国，江南江北青山多。"这里鲜明展现了诗人登上金山之巅，向远处家乡深情眺望的生动画面。"试"字见作者思乡心切，明知故土远在天边难以望及，却偏要一"试"。青山挡住了诗人的视线，"山多"即愁多，苦多也。以上八句写的是白天所见的景象，用的是虚实结合的手法，诗人在所思上极费琢磨，下了功夫。

"羁愁畏晚寻归楫"开始，转入暮景和夜景的刻画，更为奇丽壮观。"羁愁"乃羁旅之愁。作者心怀乡国，到了傍晚旅愁更深，思念更苦。"归楫"指归舟，这是一种借代的手法，用个别借代整体，"楫"是船桨，以之指代船。作者"寻归楫"未成，因为"山僧苦留看落日"。一个"苦"道出了宝觉、圆通二僧的情意，也预示着落日的景象一定十分迷人。果然，江中落日景色美不胜收，诗人用"微风万顷靴文细，断霞半空鱼尾赤"这一联对偶刻意描摹。看，微风轻拂，辽阔的江面上泛起了细密的波纹，片片晚霞，在半空中燃烧，那鱼尾般的颜色，火红而艳丽。

"是时江月初生魄，二更月落天深黑。"这是入夜以后不同时间的两种景色：一是新月高挂，洒下淡淡的光辉；一是二更时分，月亮消失，一片漆黑。这漆黑的深夜会使人兴致索然，增添倦意。看来夜景已没吸引人的地方了，这观察即将结束。正当"山重水复疑无路"之际，突然又出现了奇怪的景象，"江心似有炬火明，飞焰照山栖鸟惊"。这一奇观使诗人惊呆了。那团从江心冒出的光焰，似通红的火把熊熊燃烧，在夜幕下分外耀眼，它照射着金山，惊动了栖息在巢中乌鸦。以上八句，先是描绘落日奇观，继而渲染夜幕笼罩的宁静气氛，然后叙述江火燃烧的怪异景象，色彩由明入暗再变亮，场景由动转静复归于动，真是一波三折，扣人心弦。

当然，作者并非为写景而写景，江心的火光惊动了他的心灵，引起了他的幻觉："怅然归卧心莫识，非鬼非人竟何物？""怅然"是诗人是目睹奇观，百思不得其解的情绪，也是诗人娱意于山水，仍消除不了苦闷和不平的心理写照。"归卧"，说结束观赏回居室，虽卧在床，但心中难以平静。面对如此壮美奇异的江山，饱经忧患的诗人自然萌发了辞官归隐的愿望。他用风趣的笔调写道："江山如此不归山，江神见怪惊我顽。"明明是自己斩不断思念故乡的愁绪，却反说"江神"为自己的恋俗不归感到吃惊。一个"顽"字，似乎写自己不甘于世俗浮沉，态度实在顽固，实际极力道出了作者身不由己，无可奈何的苦衷。前面借栖鸟写自己为江火所惊，这里反过来写江神"惊我顽"——为作者的顽固所惊讶。在假设了江神惊怪之后，诗人当即辩解，表白了自己的心愿——"我谢江神岂得已，有田不归如江水！"这里"谢"不是感谢，而是道歉，表示深深的歉意。"岂得已"也就是不得已，它道出了诗人宦海浮沉，仕途挣扎，欲进不得，欲罢不能的困难处境。末句指江水为誓，说自己置田后一定归隐家园，以对仕宦生活的厌倦和强烈的思乡之情结束全篇。

历来咏金山寺的诗作甚多，但大多流于刻画描写，难出新意。苏轼此诗之所以能够流传甚广，就在于诗人能够成功地将写景与抒情自然融为一体，"寓情于景"，使人既感到金山寺景色之美妙，又感到诗人思乡之情之真挚。

正如汪师韩《苏诗选评笺释》说："一往作缥缈之音，觉自来赋金山者，极意著题，正无从得此远韵。"评价甚为公允。

饮湖上初晴后雨二首（其二）

水光潋滟晴方好[1]，山色空蒙雨亦奇。[2]
欲把西湖比西子[3]，淡妆浓抹总相宜。

【注释】

[1] 潋滟（liàn yàn）：形容水波流动。

[2] 空蒙：形容烟雨迷茫。谢朓《观朝雨》诗："空蒙如薄雾。"

[3] 西子：春秋时越国美女西施。

【解读】

此诗赞美西湖美景，写于诗人任杭州通判期间。

上半首既写了西湖的水光山色，也写了西湖的晴姿雨态。"水光潋滟晴方好"描写西湖晴天的水光：在灿烂的阳光照耀下，西湖水波荡漾，波光闪闪，十分美丽。"山色空蒙雨亦奇"描写雨天的山色：在雨幕笼罩下，西湖周围的群山，迷迷茫茫，若有若无，非常奇妙。从第一首诗可知，这一天诗人陪着客人在西湖游宴终日，早晨阳光明艳，后来转阴，入暮后下起雨来。而在善于领略自然并对西湖有深厚感情的诗人眼中，无论是水是山，或晴或雨，都是美好奇妙的。从"晴方好""雨亦奇"这一赞评，可以想见在不同天气下的湖山胜景，也可想见诗人即景挥毫时的兴会及其洒脱的性格、开阔的胸怀。上半首写的景是交换、对应之景，情是广泛、豪宕之情，情景交融，句间情景相对，西湖之美概写无余，诗人苏轼之情表现无遗。

下半首诗里，诗人没有紧承前两句，进一步运用他的写气图貌之笔来描绘湖山的晴光雨色，而是遗貌取神，只用一个既空灵又贴切的妙喻就传出了湖山的神韵。喻体和本体之间，除了从字面看，西湖与西子同有一个"西"

字外，诗人的着眼点所在只是当前的西湖之美，在风神韵味上，与想象中的西施之美有其可意会而不可言传的相似之处。而正因西湖与西子都是其美在神，所以对西湖来说，晴也好，雨也好，对西子来说，淡妆也好，浓抹也好，都无改其美，而只能增添其美。

此诗不是描写西湖的一处之景、一时之景，而是对西湖美景的全面描写概括品评，尤其是"欲把西湖比西子，淡妆浓抹总相宜"两句，被认为是对西湖的恰当评语。

六月二十日夜渡海

参横斗转欲三更[1]，苦雨终风也解晴[2]。

云散月明谁点缀？天容海色本澄清[3]。

空余鲁叟乘桴意[4]，粗识轩辕奏乐声[5]。

九死南荒吾不恨[6]，兹游[7]奇绝冠平生。

【注释】

[1] 参（shēn）横斗转：参星横斜，北斗星转向，说明时值夜深。参，斗，两星宿名，皆属二十八星宿。横，转，指星座位置的移动。

[2] 苦雨终风：久雨不停，终日刮大风。

[3] 天容句：青天碧海本来就是澄清明净的。比喻自己本来清白，政乱诬陷如蔽月的浮云，终会消散。

[4] 鲁叟：指孔子。乘桴（fú），乘船。桴，小筏子。据《论语·公冶长》载，孔子曾说："道（王道）不行，乘桴浮于海。"

[5] 奏乐声：这里形容涛声。也隐指老庄玄理。《庄子·天运》中说，黄帝在洞庭湖边演奏《咸池》乐曲，并借音乐说了一番玄理。轩辕，即黄帝。

[6] 南荒：僻远荒凉的南方。恨：悔恨。

[7] 兹游：这次海南游历，实指贬谪海南。

【解读】

公元 1094 年（绍圣元年），宋哲宗亲政，蔡京、章惇之流执掌朝政，专整元祐旧臣，苏轼更成了打击迫害的主要对象，最后远放儋州（州治在今广东儋州市，辖境在今海南），前后七年。直到哲宗病死，才遇赦北还。这首诗，就是公元 1100 年（元符三年）六月自海南岛返回时所作。诗中回顾了他在南方流放的经历，表达了他九死不悔的倨傲之心和旷达豪放的襟怀。

纪昀评此诗说："前半纯是比体。如此措辞，自无痕迹。""比"，即"以彼物比此物"；而"以彼物比此物"，就很难不露痕迹。但这四句诗，却是不露"比"的痕迹的。

前两句诗写了景，更写了人。一是表明"欲三更"，黑夜已过去了一大半；二是表明天空是晴朗的。剩下的一小半夜路也不难走。因此，这句诗调子明朗，可见当时诗人的心境。而在此之前，还是"苦雨终风"，一片漆黑。连绵不断的雨叫"苦雨"，大风叫"终风"。这一句紧承上句而来。诗人在"苦雨终风"的黑夜里不时仰首看天，终于看见了"参横斗转"，于是不胜惊喜地说："苦雨终风也解晴。"

三、四两句看似写景，而诗人意在抒情，抒情中又含议论。就客观景物说，雨止风息，云散月明，写景如绘。就主观情怀说，始而说"欲三更"，继而说"也解晴"；然后又发一问："云散月明"，还有"谁点缀"呢？又意味深长地说："天容海色"，本来是"澄清"的。而这些抒情或评论，都紧扣客观景物，贴切而自然。仅就这一点说，已经是很有艺术魅力的好诗了。

然而上乘之作，还应有言外之意。三、四两句，写的是眼前景，语言明净，不会让读者直接觉得得用了典故。但仔细寻味，又"字字有来历"。《晋书·谢重传》载：谢重陪会稽王司马道子夜坐，"于时月夜明净，道子叹以为佳。重率尔曰：'意谓乃不如微云点缀。'道子戏曰：'卿居心不净，乃复强欲滓秽太清耶？'"（参看《世说新语·言语》）"云散月明谁点缀"一句中的"点缀"一词，即来自谢重的议论和道子的戏语，而"天容海色本澄清"则与"月夜明净，道子叹以为佳"契合。这两句诗，境界开阔，意蕴深远，已经能给读者以美的感受和哲理的启迪；再和这个故事联系起来，就更能让人多一层联想。

　　五、六两句，转入写"海"。三、四句上下交错，合用一个典故；这两句则显得有变化。"鲁叟"指孔子。孔子是鲁国人，所以陶渊明《饮酒诗》有"汲汲鲁中叟"之句，称他为鲁国的老头儿。孔子曾说过"道不行，乘桴浮于海"（《论语·公冶长》），意思是：我的道在海内无法实行，坐上木筏子漂洋过海，也许能够实行吧！苏轼也提出过改革弊政的方案，但屡受打击，最终被流放到海南岛。在海南岛，"饮食不具，药石无有"，尽管和黎族人民交朋友，做了些传播文化的工作；但作为"罪人"，是不可能谈得上"行道"的。此时渡海北归，回想多年来的苦难历程，就发出了"空余鲁叟乘桴意"的感慨。这句诗，用典相当灵活。它包含的意思是：在内地，他和孔子同样是"道不行"。孔子想到海外去行道，却没去成；他虽然去了，并且在那里待了好几年，可是当他离开那儿渡海北归的时候，却并没有什么"行道"的实绩值得他自慰，只不过空有孔子乘桴行道的想法还留在胸中罢了。这句诗，由于巧妙地用了人所共知的典故，因而寥寥数字，就概括了曲折的事，抒发了复杂的情；而"乘桴"一词，又准确地表现了正在"渡海"的情景。"轩辕"即黄帝，黄帝奏乐，见《庄子·天运》："北门成问于黄帝曰：'帝张咸池之乐于洞庭之野，吾始闻之惧，复闻之怠，卒闻之而惑；荡荡默默，乃不自得。'"苏轼用这个典，以黄帝奏咸池之乐形容大海波涛之声，与"乘桴"渡海的情境很合拍。但不说"如听轩辕奏乐声"，却说"粗识轩辕奏乐声"，就又使人联想到苏轼的种种遭遇及其由此引起的心理活动。就是说：那"轩辕奏乐声"，他是领教过的；那"始闻之惧，复闻之怠，卒闻之而惑"，他是亲身经历、领会很深的。"粗识"的"粗"，不过是一种诙谐的说法，口里说"粗识"，其实是"熟识"。

　　尾联推开一步，收束全诗。"兹游"就是"这次出游"或"这番游历"，这首先是照应诗题，指代六月二十日夜渡海；但又不仅指这次渡海，还推而广之，指自惠州贬儋州的全过程。公元1094年（绍圣元年），苏轼抵惠州贬所，不得签书公事。他从公元1097年（绍圣四年）六月十一日与苏辙诀别、登舟渡海，到公元1100年（元符三年）六月二十日渡海北归，在海南岛渡过了三个年头的流放生涯。这就是所谓"兹游"。下句的"兹游"与上句的"九死南荒"并不是互不相承的两个概念，那"九死南荒"，即包含于"兹游"之中。不过"兹游"的内容更大一些，它还包含此诗前六句所写的一切。

弄清了"兹游"的内容及其与"九死南荒"的关系，就可品出尾联的韵味。"九死"，多次死去的意思。"九死南荒"而"吾不恨"，是由于"兹游奇绝冠平生"，看到了海内看不到的"奇绝"景色。然而"九死南荒"，全出于政敌的迫害；他固然达观，但也不可能毫无恨意。因此，"吾不恨"毕竟是诗的语言，不宜呆看。这句既含蓄，又幽默，对政敌的调侃之意，也见于言外。

黄庭坚

黄庭坚（1045—1105）北宋诗人、书法家。字鲁直，号山谷，又号涪翁。洪州分宁（今江西修水）人。黄庭坚自幼好学，博览经史百家。黄庭坚为"苏门四学士"之首。他的政治态度与苏轼相近，他不大赞成王安石变法，但关心国事，同情人民，为人有抱负，有识见，讲操守。他身临逆境，能安贫乐贱，泰然自处。一生承受了儒学思想的影响，对禅学也濡染较深。

黄庭坚工书法，兼擅行、草。初以周越为师，反取法颜真卿及怀素，受杨凝式影响，尤得力于《瘗（yì）鹤铭》。以侧险取胜，纵横奇崛，自成风格。

黄庭坚的著述，常见的有《豫章先生文集》三十卷，《四部丛刊》本，诗文兼收；《山谷全集》三十九卷，《四部备要》本，只收诗赋，宋任渊、史容等笺注。另还有清同治重刊《山谷全书》，乾隆庚子刊《豫章先生遗文》。

寄黄几复 [1]

我居北海君南海 [2]，寄雁传书谢不能 [3]。

桃李春风一杯酒，江湖夜雨十年灯。

持家但有四立壁 [4]，治病不蕲三折肱 [5]。

想得读书头已白，隔溪猿哭瘴溪藤 [6]。

【注释】

[1] 黄几复：名介，南昌人，是黄庭坚少年时的好友，此时黄几复知四会县（今广东四会市）。

[2] 我居句：《左传·僖公四年》："君处北海，寡人处南海，惟是风马牛不相及也。"诗人在"跋"中说："几复在广州四会，予在德州德平镇，皆海滨也。"

[3] 寄雁句：传说雁南飞时不过衡阳回雁峰，更不用说岭南了。

[4] 四立壁：《史记·司马相如传》："家居徒四壁立。"

[5] 蕲（qí）：祈求。肱：手臂从肘到腕的部分，古代有三折肱而为良医的说法。

[6] 瘴溪：旧传岭南边远之地多瘴气。

【解读】

这首诗作于宋神宗元丰八年（1085 年），此时黄庭坚监德州（今属山东）德平镇。黄几复，与黄庭坚少年交游，交情很深，黄庭坚为黄几复写过不少诗。此时黄几复知四会县（今广东四会市），黄庭坚遥想友人，写下了这首诗。

开头说两个人远隔南北，音信难通。首句用《左传》语，寄雁传书用《汉书·苏武传》事，"谢不能"用《汉书·项籍传》语，以经传中散文语言入诗，使近体的律诗又有古朴的意味，这就是黄诗避熟就生、脱弃凡近的方法之一。

三、四两句句法特别，不用一个动词，全以名词构成诗的境界。上句追忆少年时游宴之乐，下句抒写阔别后思念之深，表现出深厚的友情。五、六两句转用拗律，也是他以古拙救圆熟的诗法之一。

这两句特用瘦硬奇峭的句法，表现黄几复守正不阿，不苟于俗的性格，有兀傲奇崛之响，用得恰到好处。最后想象他在瘴溪猿哭声中读书头白的凄苦景况，对故人表示慰藉之意。

这首诗从立意、句法到用字都力戒平庸，刻意于难处、拗处表现工力，可以代表黄庭坚七律的特色。

陈师道（1053—1102），字履常，一字无己，自号后山居士，彭城（今江苏省徐州市）人。曾从曾巩学习诗歌。历任徐州、颍州（治所在今安徽省阜阳市）教授、秘书省正字。诗宗杜甫，受黄庭坚影响尤深，世称黄、陈。被看作"江西诗派"的首领之一，风格简古、幽邃，内容多狭窄，缺乏开阔的眼界，这是他常"闭门觅句"的结果。有《后山先生集》。任渊有《后山诗注》。

陈师道

示三子

时三子^[1]已归自外家

去远即相忘，归近不可忍^[2]。

儿女已在眼，眉目略不省^[3]。

喜极不得语，泪尽方一哂^[4]。

了知不是梦，忽忽心未稳^[5]。

【注释】

[1] 三子：指诗人的三个孩子。

[2] 归近句：写出诗人的喜乐之情简直难以控制。

[3] 眉目句：写出了与儿女分别之久。

[4] 哂：微笑。

[5] 了知两句：写了诗人的喜悦之情，全家团圆的幸福来得很突然，令诗人难以置信，仿佛还在做梦。

【解读】

宋神宗元丰七年（1084 年），陈师道以生活穷困，送妻子寄居外家，远赴四川。至宋哲宗元祐二年（1087 年），陈师道因苏轼推荐得徐州教授职，妻子始回家乡，全家才得以团聚。此诗为其即将到家与妻子久别重逢之作，描述了诗人思亲、见亲的全程心理感受，言语易懂，感人至深。

首两句说妻儿们去远了，相见无期，也就不那么惦记了；而当归期将近，会面有望，则反而控制不住自己的感情。"去远"句固然是记录了诗人的实情，然而也深刻地表现了他无可奈何的失望和悲伤，诗人决非真的忘情于妻儿，而是陷于一种极度的绝望之中。"归近"一句正说明了他对亲人不可抑止的情愫。

"儿女"二句写初见面的情形。因离别四年，儿女面目已不可辨认。陈师道的《送外舅郭大夫概西川提刑》中说："何者最可怜，儿生未知父。"可见别时儿女尚幼，故至此有"眉目略不省"的说法，表明了离别时间的长久，并寓有亲生骨肉几成陌路的感喟。

"喜极"两句是见面之后复杂心情的表现。久别重逢，惊喜之余，千言万语不知从何说起，只是相顾无言，泪洒千行，然后破涕为笑，庆幸终于见面。此十字中，将久别相逢的感情写得淋漓尽致，诗人抓住了悲喜苦乐的矛盾心理在一瞬间的变幻，将复杂的内心世界展现出来。

九日寄秦觏 [1]

疾风回雨水明霞 [2]，沙步丛祠欲暮鸦 [3]。
九日清尊欺白发 [4]，十年为客负黄花 [5]。
登高怀远心如在 [6]，向老逢辰意有加 [7]。
淮海少年天下士 [8]，可能无地落乌纱 [9]

【注释】

[1] 九日：指农历九月九日重阳节。秦觏（gòu）：诗人的年轻朋友，著名词人秦观的弟弟。

[2] 明：明净。

[3] 沙步：水边可以系船供人上下的地方。丛祠：草木丛生处的祠庙。

[4] 清尊：酒杯。欺白发：指年老易醉。

[5] 负：辜负。

[6] 心如在：一颗心如同在你身边。

[7] 意有加：感慨更多。

[8] 淮海少年：指秦觏。

[9] 乌纱：指帽子。"九日落帽"是重阳登高的典故。

【解读】

公元 1087 年（宋哲宗元祐二年），诗人由苏轼、傅尧俞等人推荐，以布衣充任徐州教授。徐州是诗人的家乡。还乡赴任道中，恰逢重阳佳节，想到那数载"独在异乡为异客"的流离生活即将结束，诗人心中充满欣慰。但同时又想到好友秦觏仍旅寓京师，心中又感到惆怅。于是他以诗寄友，抒发自己的万千感慨，并勉励朋友奋发有为。

诗人首先从所见的景物下笔。"疾风回雨水明霞，沙步丛祠欲暮鸦"，两句描绘的是诗人舟行一天，泊船投宿时的景色。傍晚时分，一阵急风将雨吹散，晚霞映照的水面泛着粼粼波光。从系在水边的船上，可以看到茂盛草木包围着的土地庙中，已有暮鸦来集。见到祠庙，才使诗人想起这一天是九月九日重阳节。人逢佳节，不能少了吟诗喝酒赏菊花，何况诗人此刻心情颇佳，是"一杯一杯复一杯"，大有不喝到酒酣耳热、颓然醉倒而不罢休之势。但他"九日清尊欺白发"，尚未尽兴却已不堪酒力。这年诗人才三十五岁，却说"白发"，这是因为在多年的窘迫潦倒生涯之中，诗人为前途渺茫而发愁，为生活无着而发愁，早就愁白了头。眼前欢乐的节日气氛，使他回忆起不久前的流离生活。那时，为了生计而奔走他乡，寄人篱下，重阳佳节没有心思赏花喝酒，白白辜负了黄花。这一联，"九日"句写他眼前所见，"十年"句忆往事。诗人眼前略有兴致，开怀畅饮；而往事却不堪回首。一喜一怨，感情复杂，往复百折，极其沉郁。

接着，诗人抒发自己对秦觏的怀念之情和慰勉之意。九日登高是当时的风俗，一般写重阳节的诗中都要提到，并非一定是实指。"登高怀远心如在，向老逢辰意有加"两句是写对秦觏的怀念。垂老之年，逢此佳辰，多所感慨，因此更加怀念在远方的朋友，他的心仿佛仍然留在朋友身边。这样一位天下闻名的"淮海少年"，逢此佳节不可能无所创作。方回以为，"无地落乌纱刀"，用典极佳。这一句是用东晋孟嘉事，孟嘉是大将军桓温的参军，重阳节与桓温同游龙山，风吹落帽，桓温命孙盛写文章嘲弄他，孟嘉又写一文回敬，都写得很好。从此，"九日脱帽"就成了重阳登高的典故。诗人巧妙地用此典故，说明自己虽已渐向老境，然而逢此佳节，仍兴致勃勃，何况有秦觏这样的少年豪俊之士，他要结伴登高，写出优秀的诗篇来。对朋友的赞美之情、慰勉之意、期望之心，全都凝聚在此联之中了。

这首诗颇有特色。既是"九日"，那么吟诗、饮酒、赏花、登高皆是题中应有之义，诗人巧妙地将它们糅合在诗中，既有实景，又有虚构。既然是寄友，那么他当时的处境、心情和对朋友的问候、祝愿等也有所交代。诗人用精练的笔触，巧妙剪裁安排。全诗风格沉郁含蓄，意蕴深长，令人回味。

曾几（1084—1166），字吉甫，号茶山居士。原籍赣州（今江西省赣州市）人。迁居河南洛阳（今洛阳市）。早年曾入太学，很有名气，因此被提升为国子正。后官至敷文阁待制、权礼部侍郎。在政治上属于主战派，故以此触怒秦桧，并受到排斥。爱国诗人陆游曾向他学习过。其诗风格清俊富有内蕴。有《茶山集》等留传于世。

曾　几

寓居吴兴 [1]

相对真成泣楚囚 [2]，遂元末策 [3] 到神州。
但知绕树如飞鹊，不解营巢 [4] 似拙鸠 [5]。
江北江南犹断绝，秋风秋雨敢淹留 [6]。
低回又作荆州 [7] 梦，落日孤云始欲愁。

【注释】

[1] 吴兴：今浙江湖州市。

[2] 楚囚：用《左传·成公九年》楚人钟仪被俘事，后世以之代指囚犯或处境窘迫的人。《世说新语·言语》载：晋室南渡后，士大夫多在好天聚会新亭，周叹息说："风景不殊，正自有山河之异！"大家相视流泪。只有王导说："当共戮力王室，克复神州，何至作楚囚相对！"

[3] 末策：下策。

[4] 营巢：筑巢。

[5] 拙鸠：《禽经》："鸠拙而安。"张华注说鸠即鳲，四川称为拙鸟，不善营巢。

[6] 淹留：逗留。

[7] 荆州：在今湖北。这里当用汉末王粲见天下大乱，遂去荆州依托刘表事。

【解读】

这首诗是曾几住在吴兴时所写，是他爱国诗篇中很有代表性的篇章。

诗首联用《世说新语》中"过江诸人"的典故，说自己今天再也没想到会和当年过江诸人一样，作楚囚相对，为国家沦丧而伤心，但对挽救国家命运却拿不出什么办法来。诗既表现自己对现状及前景的哀怨愤慨，也因己及人，感叹朝中大臣也都个个束手无策。诗用"真成""遂无"加重语气，流露出极大的无奈。

次联由国事的伤感转到自己的处境，在格调上与前保持一致。诗用了两个比喻，一说自己像盘旋绕枝的乌鹊，用曹操《短歌行》"月明星稀，乌鹊南飞。绕树三匝，无枝可依"句意，写自己颠沛流离，无处栖托，表示惆怅与不平。一说自己像不会筑巢的鸟儿，用鸠不会营巢的典故，自叹无能，没法为自己谋个安乐窝，对中原沦陷后，由于自己不善逢迎，没人援引，从而生活困难表示不满。两句都用鸟的典故，为诗家忌讳，但曾几因为用得很活，密切自己"寓居吴兴"的感受，所以没有粗疏谬劣之病。

第三联直承首联，写忧国之情。过江诸人对泣新亭，叹神州陆沉，是往事，也是眼前的实事。第一联写了无力挽回国家倾覆的命运，这联直写国家沦亡后的状况。如今江北江南，音信断绝，成了两个世界，眼前的秋风秋雨，是何等的凄清，自己又怎能长久淹留这里呢？秋风秋雨，既可看作实事，表现自己悲秋的愁闷，也可看作国家的象征，这番肃杀的状况，正同眼前国家面临的局势，怎能不使人忧虑万分、感慨系之呢？这一联格调轻快，在流动婉转中包含沉重的感伤。这样造语，显得情深意长，是曾几诗的特长，也是他最喜欢用的句型，如他在《发宜兴》的第三联也这样写："观山观水都废食，听风听雨不妨眠。"直接学黄庭坚名句"春风春雨花经眼，江北江南水拍天"（《次元明韵寄子由》）。由此可见曾几对江西诗派的继承关系。

尾联宕开一层。国事如此，家事如此，自己又漂泊落魄如此，诗人不由得徘徊低迷，心怀郁郁。想要依靠某个有权势的人，如王粲投靠刘表一样，获得暂时的安定，也是梦想，他放眼遥天，只见到夕阳西下，孤云飘浮，不觉油然而生愁意。"落日孤云"在这里是写景，也是诗人的自我写照，他感到自己正像黄昏中飘浮的一朵云彩，不知何处是归宿。这样一结语意双关，余情不尽。

陆游（1125—1210），字务观，号放翁，越州山阴（今浙江绍兴）人。宋孝宗隆兴初，赐进士出身。历官县主簿，州通判、知州、礼部郎中、秘书监。晚年以太中大夫、宝谟阁待制致仕，封渭南伯。终年八十五岁。他生当宋、金两国南北对峙的年代，其时国土分裂、战争频繁、朝政黑暗、人民痛苦。他一生以诗文为武器，反复呼吁国家统一、整顿朝纲、减轻赋税、发愤图强。但他一直遭受当权派的沮抑和谗毁，不可能实现其政治抱负。

陆游的诗歌艺术创作，继承了屈原、陶渊明、杜甫、苏轼的优良传统，是我国文学史上一位具有深远影响的卓越诗人。其诗内容广泛深刻，以爱国诗成就最为突出，时人誉其诗为一代诗史。他在词和散文方面也卓有成就。词的风格变化多样，多圆润清逸，也不乏忧国伤时、慷慨悲壮之作。主要著作有《渭南文集》《剑南诗稿》《放翁词》《南唐书》《老学庵笔记》。

陆　游

关山月 [1]

和戎诏下十五年 [2]，将军不战空临边。

朱门 [3] 沉沉按歌舞，厩马 [4] 肥死弓断弦。

戍楼刁斗催落月 [5]，三十从军今白发。

笛里谁知壮士心 [6]？沙头空照征人骨。

中原干戈古亦闻，岂有逆胡传子孙 [7]！

遗民忍死望恢复，几处今宵垂泪痕。

【注释】

[1] 关山月：本为汉乐府横吹曲名，这里是古题新用。宋军在符离大败之后，决定与金议和。

[2] 和戎句：隆兴元年（1163 年），宋孝宗以王之望为金国通问使，进行议和，次年，订立和约。自隆兴元年至作诗时为十五年。

[3] 朱门：指豪门贵族。

[4] 厩（jiù）马：这里指官马。厩，马房。

[5] 戍楼：守望边警的楼，相当于后来的碉堡。刁斗：军中打更用的铜器。

[6] 笛里句：意谓在《关山月》的笛声中，寓有壮士报国无路的悲哀，这心情谁能理解？王昌龄《从军行》："更吹羌笛《关山月》。"

[7] 逆胡传子孙：金自太祖阿骨打建国，其后进犯中原，灭北宋，至此已传国五世，故云。

【解读】

这诗是宋孝宗淳熙四年（1177 年）陆游在成都时所作。此时已距宋金议和五十五年了，朝廷文武歌舞升平，苟安一隅，不图恢复中原。诗人抚事伤时，写下了这首沉痛感人的诗篇。这首诗集中体现了诗人反对议和，力图恢复中原的政治主张，声声泪，字字血，读之令人唏嘘长叹，黯然神伤。

从结构上看，全诗共十二句，每四句一转韵。相应的在内容上也分为三个层次。这三个层次分别选取同一月夜下三种人物的不同境遇和态度，作为全诗的结构框架。一边是豪门贵宅中的文武官员，莺歌燕舞，不思复国；一边是戍边战士，百无聊赖，报国无门；一边是中原遗民，忍辱含垢，泪眼模糊，盼望统一。这三个场景构成了三幅对比鲜明的图画，揭露和抨击了当权者只顾纵情声色，偷得一己安宁而置兵民痛苦于云外的腐败投降政治。

第一层次：诗人先以"和戎诏下十五年，将军不战空临边"总领全诗，与下文的诸种场景形成直接的因果关系。诗的开始"和戎"句谓本应只是暂时权宜之计的和戎，却一忽而过十五年，有批评之意；将军能战而不战，"空"字质疑的语气很重。继以"朱门沉沉按歌舞"和"厩马肥死弓断弦"这两个典型情景为着眼点，进行对比。一边是深宅大院里歌舞升平；一边是马棚里战马肥死，武库中弓弦霉断。这种对比揭示了统治者终日醉生梦死，荒淫腐化，导致边防武备一片荒废的现状，这说明他们早已忘却国耻。我们完全可以体味到：日日不忘抗金复国的伟大诗人陆游，面对统治者的苟安思想和腐朽生活，强烈的愤慨之情如万丈烈火，喷涌而出。

第二段层次：在这和戎诏下的十五年中，边关没有了流汗掉肉的辛苦操练，没有惊心动魄的流血战事，一切归于风平浪静，相安无事。在这里，诗人把比较的着眼点聚焦于尚存者和死难者的命运和价值。对于尚存者来说，由于有最高统治者的"和戎诏"，多少年来，他们无所事事，只有以阵阵刁斗声送走一轮又一轮的明月，只有把自己的心事寄托于幽咽的笛声中，每天都在这种百无聊赖的生活中打发时光。日复一日，年复一年，许多三十岁左右参军的壮士现在都已经白发苍苍了。一个"催"字，下得何等急促，一句"壮士心"，写得何等赤诚，一个反问句，显得多么无奈！在这急促催月的刁斗声中，在这如怨如泣的笛声中，隐含了壮士们盼望杀敌立功，尽快结束这种枯燥无味的生活，早日回归久别的家园的迫切心情，但这种心情，又有谁能理解呢？如果说存活者还可以有一丝幻想，那么对于死难者来说呢？"沙头空照征人骨"，一个"空"字，说明了战士们杀敌和归乡的诸种愿望，将随着老死边关、化做暴露于野的白骨而最终落空，也说明了他们的献出的青春与生命毫无价值。

第三层次：从写边防战士转到写人民，写在敌人统治下被奴役的北方人民即所谓遗民。主要描绘中原遗民含泪盼望复国的画面。"中原干戈古亦闻"，诗人首先展现了一幅遥远浩瀚的历史背景图：中原地区自古以来就是一个硝烟弥漫的战场，古代中华儿女为了抵御外辱，曾经在这里浴血奋战。紧接着，"逆胡传子孙"和"遗民忍死望恢复，几处今宵垂泪痕"构成一幅对比鲜明的情景：一边是占领中原的女真人在这里子孙成群，其乐融融，准备落地生根；另一边是中原遗民忍辱含泪，盼望统一，这两个情景两相对照，又融为一体。中原沦陷地区，胡人的甚嚣尘上和遗民的痛苦凄惨，无不揭示了"和戎诏"的巨大祸害，展现了遗民的复国愿望。遗民们深受异族蹂躏，生活在水深火热之中，支持他们的精神力量，就是盼望宋军能够挥戈北上，恢复祖国统一的局面。然而遗民们期待北伐，盼望恢复的愿望无法实现，他们只好空望着南方，伤心落泪。

《关山月》诗不仅有着深刻的思想，而且有充沛的感情，丰满的形象，生动的描写。具体说来，概括性强，抒情性强，语言精练自然，婉转流畅，是此诗的特点。同时也可以说是陆游在艺术上的共同特点。《关山月》诗的风格是沉郁、苍茫、悲凉、激越的。

游山西村 [1]

莫笑农家腊酒浑 [2]，丰年留客足鸡豚 [3]。

山重水复疑无路，柳暗花明又一村 [4]。

箫鼓追随春社近 [5]，衣冠简朴古风存。

从今若许闲乘月 [6]，拄杖无时夜叩门 [7]。

【注释】

[1] 山西村：在今浙江省绍兴市鉴湖附近。

[2] 腊酒：头年腊月所酿的酒。浑：浑浊，酒以清为贵，浊酒次之。

[3] 足鸡豚（tún）：菜肴很丰盛。豚：小猪。

[4] 柳暗：柳树茂密，柳色深绿。花明：花光红艳。

[5] 这句意指将近春社，村里忙着迎神赛会，村民在迎神的箫鼓声中你来我往。

[6] 闲乘月：趁着月明闲游。

[7] 无时：无一定时间，即随时。

【解读】

宋孝宗乾道二年（1166 年），陆游任隆兴（今江西省南昌）通判，因极力支持张浚北伐，被投降派劾以"交结台谏，鼓唱是非，力说张浚用兵"的罪名，罢归故里，居山阴（今浙江省绍兴），镜湖之三山村。这诗是第二年春天所作。对照灯红酒绿，虚伪奸诈的官场生涯，家乡淳朴的农家生活自然会激起诗人无限的诗情。

首句用"莫笑"二字于宗明义，点明了诗人对淳朴民风的赞赏。两句用"足鸡豚"更是形象地表达出了农家待客尽其所有的款款盛情。"山重水复疑无路，柳暗花明又一村"两句充满情趣和理趣。它一方面写出了诗人在到处都是林荫茂密，流水潺潺的山间行走，几乎找不到出路时，突然眼前一亮，看到前面有一个花红柳绿村庄的喜悦心情，另一方面也道出了一个深刻的人生哲理：人们在前进中常常会出现"山重水复疑无路"的困境，但如果锲而不舍，继续努力，就会出现"柳暗花明又一村"的新天地。陆游此诗，形象生动，对仗工整，富有理趣，达到了很高的艺术水平。第三联中，"社"为土地神。春社，在立春后第五个戊日。农家祭社祈年，满着丰收的期待。苏轼《蝶恋花·密州上元》也说："击鼓吹箫，却入农桑社。"可见到宋代还很盛行。诗人在这里更以"衣冠简朴古风存"，赞美着这个古老的乡土风俗，显示出他对吾土吾民之爱。

前三联写了外界情景，并和自己的情感相融。然而诗人似乎意犹未尽，故而笔锋一转："从今若许闲乘月，拄杖无时夜叩门。"无时，随时。诗人已"游"了一整天，此时明月高悬，整个大地笼罩在一片淡淡的清光中，给春社过后的村庄也染上了一层静谧的色彩，别有一番情趣。于是这两句从胸中自然流出：但愿而今而后，能拄杖乘月，轻叩柴扉，与老农亲切絮语，此情此景，不亦乐乎！一个热爱家乡，与农民亲密无间的诗人跃然纸上。

这首七律结构严谨，主线突出，全诗八句无一"游"字，而处处切"游"字，游兴十足，游意不尽。又层次分明。尤其中间两联，对仗工整，善写难状之景，如珠落玉盘，圆润流转，达到了很高的艺术水平。

书愤（早岁那知世事艰）

早岁那知世事艰 [1]，中原北望气如山 [2]。
楼船夜雪瓜洲渡，铁马秋风大散关 [3]。
塞上长城空自许 [4]，镜中衰鬓已先斑。
《出师》一表真名世，千载谁堪伯仲间！[5]

【注释】

[1] 世事艰：意指恢复中原之事，不断受到投降派的阻挠、破坏。

[2] 中原句：谓北望中原，收复失地的壮志豪情，有如山涌。

[3] 楼船二句：写宋兵在东南和西北两地抵抗金兵进犯事，宋高宗绍兴三十一年（1161 年）十一月，金主完颜亮南侵，宋将刘锜、虞允文等在瓜洲、采石一带拒守，结果，完颜亮为部下所杀，金兵溃退。楼船，指战舰。瓜洲，即瓜洲镇，在今江苏省邗江区南长江滨，与镇江斜相对峙，是江防要地。下句陆游自叙宋孝宗乾道八年（1172 年）在南郑参加王炎军幕事。铁马，披着铁甲的战马。大散关，在今宝鸡市西南。当时南宋与金，西以大散关为界。

[4] 塞上句：言少时以捍卫国家，扬威边地的名将自许，而今愿望落了空。南朝时刘宋名将檀道济，曾自称为"万里长城"。

[5]《出师》一表两句：赞叹诸葛亮坚持北伐，用以表明自己恢复中原的志愿。

【解读】

这诗是宋孝宗淳熙十三年(1186 年)春陆游居山阴时所作。从淳熙七年起，他被罢官已六年，挂着一个空衔在故乡蛰居。作此诗中，诗人已六十二岁高龄。诗中追述壮岁心情，自伤迟暮，感慨于世事多艰，小人误国，恢复中原的时机，一去而不可复得。

前四句概括了自己青壮年时期的豪情壮志和战斗生活情景，其中颔联撷取了两个最能体现"气如山"的画面来表现，不用一个动词，却境界全出，饱含着浓厚的边地气氛和高昂的战斗情绪。又妙在对仗工整，顿挫铿锵，且一气贯注，组接无痕，以其雄放豪迈的气势成为千古传诵的名联。

"早岁那知世事艰，中原北望气如山。"当英雄无用武之地时，他会回到铁马金戈的记忆里去的。想当年，诗人北望中原，收复失地的壮心豪气，有如山涌，何等气魄！诗人何曾想过杀敌报国之路竟会如此艰难？以为我本无私，倾力报国，那么国必成全于我，孰料竟有奸人作梗、破坏以至于屡遭罢黜？诗人开篇一自问，问出多少郁愤？

后四句抒发壮心未遂、时光虚掷、功业难成的悲愤之气，但悲愤而不感伤颓废。尾联以诸葛亮自比，不满和悲叹之情交织在一起，展现了诗人复杂的内心世界。

再看尾联。亦用典明志。诸葛坚持北伐，虽"出师一表真名世"，但终归名满天宇，"千载谁堪伯仲间"。追慕先贤的业绩，表明自己的爱国热情至老不移，渴望效仿诸葛亮，施展抱负。

回看整首诗歌，可见句句是愤，字字是愤。以愤而为诗，诗便尽是愤。《书愤》是陆游的七律名篇之一，全诗感情沉郁，气韵浑厚，显然得力于杜甫。中两联属对工稳，尤以颔联"楼船""铁马"两句，雄放豪迈，为人们广泛传诵。这样的诗句出自他亲身的经历，饱含着他的政治生活感受，是那些逞才摛藻的作品所无法比拟的。

临安春雨初霁

世味年来薄似纱，谁令骑马客京华？
小楼一夜听春雨，深巷明朝卖杏花[1]。
矮纸斜行闲作草，晴窗细乳戏分茶[2]。

素衣莫起风尘叹，犹及清明可到家^[3]。

素衣莫起风尘叹，犹及清明可到家 [3]。

【注释】

[1] 小楼两句：陈兴义《怀天经智老因访之》诗："杏花消息雨声中。"此化用其意。

[2] 矮纸两句：写春雨初晴，闲居无事，以写字、分茶作为消遣。矮纸：即短纸。草：草体字。细乳：指沏茶时水面泛起的白色泡沫。分茶：犹言品茶。分，鉴别的意思。

[3] 素衣两句：陆机《为顾彦先赠妇》诗："京洛多风尘，素衣化为缁。"不仅指羁旅风霜之苦，又寓有京城中恶浊，久居为其所化之意。此外反用其意。

【解读】

淳熙十三年（1186 年）春，陆游奉命权知严州（治所在今浙江省建德市），由山阴初召入京，这诗是诗人在临安住在西湖边上的客栈听候皇帝召见，在百无聊赖中所作。时陆游已六十二岁。少年时代的意气风发与壮年时的裘马清狂，都已随着岁月的流逝一去不复返了。他长期宦海沉浮，慨叹于世态炎凉，对南宋小朝廷的腐朽与黑暗，已经有了清醒的认识。诗中暗寓出诗人英雄无用武之地，百无聊赖，厌倦风尘之意。

颔联点出"诗眼"，也是陆游的名句，语言清新隽永。诗人只身住在小楼上，彻夜听着春雨的淅沥；次日清晨，深幽的小巷中传来了叫卖杏花的声音，告诉人们春已深了。绵绵的春雨，由诗人的听觉中写出；而淡荡的春光，则在卖花声里透出。写得形象而有深致。陆游这里写得更为含蓄深蕴，他虽然用了比较明快的字眼，但用意还是要表达自己的郁闷与惆怅，而且正是用明媚的春光作为背景，才与自己落寞情怀构成了鲜明的对照。

接下去的颈联就道出了他的这种心情。在这明艳的春光中，诗人只能做的是"矮纸斜行闲作草"，陆游擅长行草，从现存的陆游手迹看，他的行草疏朗有致，风韵潇洒。这一句实是暗用了张芝的典故。

尾联虽不像古人抱怨"素衣化为缁"（晋陆机作《为顾彦先赠好》："京洛多风尘，素衣化为缁"），但这联不仅道出了羁旅风霜之苦，又寓有京中恶浊，久居为其所化的意思。诗人声称清明不远，应早日回家，而不愿在所谓"人间天堂"的江南临安久留。诗人应召入京，却只匆匆一过，便拂袖而去。陆游这里反用其意，其实是自我解嘲。

十一月四日风雨大作二首
（其二）（僵卧孤村不自哀）

僵卧孤村不自哀^[1]，尚思为国戍轮台^[2]。
夜阑卧听风吹雨^[3]，铁马冰河入梦来^[4]。

【注释】

[1] 僵卧：当时陆游卧病在床，行动不便。

[2] 轮台：这里泛指边疆的要地。

[3] 夜阑（lán）：夜将尽，即夜深。

[4] 铁马冰河：披铁甲的马和冰封的河，这都是北方边塞常见的事物。

【解读】

这首诗作于宋光宗绍熙三年（1192年），当时陆游已是六十八岁的老人，此时虽已不做官，而且卧病在床，但仍念念不忘为国戍边，担心着国家的安危。绍熙三年十一月四日夜风雨大作，这本是日常生活的平凡之事，而陆游却触景生情，写下了这首诗。诗人把现实和梦境联系起来，抒发了不可遏止的爱国情思。

诗的前两句直接写出了诗人自己的情思。"僵卧"道出了诗人的老迈境况，"孤村"表明与世隔绝的状态，一"僵"一"孤"，凄凉之极，为什么还"不自哀"呢？因为诗人的爱国热忱达到了忘我的程度，已经不把个人的身体健康和居住环境放在心上，而是"尚思为国戍轮台"，犹有"老骥伏枥，志在千里"的气概。但是，他何尝不知道现实是残酷的，是不以人的意愿为转移的，他所能做的，只是"尚思"而已。这两句集中在一个"思"字上，表现出诗人坚定不移的报国之志和忧国忧民的拳拳之念！

后两句是前两句的深化，集中在一个"梦"字上，写得形象感人。诗人因关心国事而形成戎马征战的梦幻，以梦的形式再现了"戍轮台"的志向，"入梦来"反映了政治现实的可悲：诗人有心报国却遭排斥而无法杀敌，一腔御敌之情只能形诸梦境。但是诗人一点儿也"不自哀"，报国杀敌之心却更强烈了。日有所思，夜有所梦。因此，"铁马冰河"的梦境，使诗人强烈的爱国主义的思想感情得到了更充分的展现。

整首诗，诗人的满腹愁绪就这样通过大气的笔触一一展现，现实的理想就这样借助厮杀的梦境去实现，较少卿卿我我，无病呻吟。就连自身的病痛，大自然的凄风苦雨，也在老而不衰的爱国激情中，在铁马冰河的梦想中，变轻变淡，最终成为一种似有若无的陪衬，使得整首诗洋溢着一种豪迈悲壮的风格，积极向上的人生态度，这种豪迈悲壮之情，积极向上的人生态度永远给人以鼓励和激励。

沈园二首 [1]

其一

城上斜阳画角哀 [2]，沈园非复旧池台。
伤心桥下春波绿，曾是惊鸿照影来 [3]。

【注释】

[1] 沈园：山阴花园名，也叫沈氏园。旧址在今浙江省绍兴市禹迹寺的南面。

[2] 画角：古代一种军乐器，声音凄凉哀婉，一般用于城头上报时辰。

[3] 曾是句：指沈园会见事，意谓唐氏曾到过这池边。惊鸿：比喻美人体态轻盈。《文选》曹植《洛神赋》："翩若惊鸿。"李善注："翩翩然若鸿雁之惊。"

其二

梦断香销四十年^[1]，沈园柳老不吹绵^[2]。
此身行作稽山土^[3]，犹吊遗踪一泫然^[4]。

【注释】

[1] 梦断句：陆游和唐氏在沈园会见后，不久，唐氏即抑郁而死，故云"梦断香销"。会见时为宋高宗绍兴二十五年（1155 年），下距作诗时四十四年，这里说"四十年"，是取其整数。

[2] 不吹绵：绵，即柳絮。

[3] 此身句：意谓自己即将老死，埋骨稽山之下。这时陆游年已七十五岁，故云。稽山：即会稽山，在今浙江省绍兴市东南。

[4] 泫（xuàn）然：形容伤心流泪。

【解读】

陆游原配妻子唐氏，因婆媳不和，被迫离婚改嫁。绍兴二十五年春，陆游三十一岁时，偶与唐氏夫妇相遇于沈园，诗人感念旧情，赋《钗头风》一阕，题园壁间，唐氏见而和之，不久抑郁而终。这两首诗是宋宁宗庆元五年（1199 年）春陆游在山阴时重经旧地，感伤往事之作。此诗作时虽已距沈园邂逅唐氏已四十多年，但诗人对唐氏的缱绻之情丝毫未减，写得缠绵悱恻，凄婉哀绝，与陆游慷慨激昂的风格迥异，自成一体。

第一首诗的开头以斜阳和彩绘的管乐器画角，把人带进了一种悲哀的世界情调中。他到沈园去寻找曾经留有芳踪的旧池台，但是连池台都不可辨认，要唤起对芳踪的回忆或幻觉，也成了不可再得的奢望。桥是伤心的桥，只有看到桥下绿水，才多少感到这次来的时节也是春天。因为这桥下水，曾经照见像曹植《洛神赋》中"翩若惊鸿"的凌波仙子的倩影。可以说这番沈园游的潜意识，是寻找青春幻觉，寻找到的是美的瞬间性。

承接着第一首"惊鸿照影"的幻觉，第二首追问着鸿影今何在。"香消玉殒"是古代比喻美女死亡的雅词，唐氏离开人世已经四十余年了，寻梦或寻找幻觉之举已成了生者与死者的精神对话。在生死对话中，诗人产生天荒地老、人也苍老的感觉，就连那些曾经点缀满城春色的沈园杨柳，也苍老得不再逢春开花飞絮了。美人早已"玉骨久成泉下土"，未亡者这把老骨头，年过古稀，也即将化作会稽山（在今绍兴）的泥土，但是割不断的一线情思，使他神差鬼使地来到沈园寻找遗踪，泫然落泪。

　　梁启超读陆游那些悲壮激昂的爱国诗章时，曾称他为"亘古男儿一放翁"，岂料沈园诗篇又展示了这位亘古男儿也知儿女情长之趣，他甚至在被摧折的初婚情爱中、在有缺陷的人生遭遇中，年复一年地体验生命的青春，并且至老不渝。如果说《钗头凤》词在吟味稍纵即逝的相遇时，还未忘昔日山盟海誓，还有珍藏心头的锦书，隐约地发散着生命的热力的话，那么这里在体验惊鸿照影的虚无缥缈时，已感受到香消为土、柳老无绵的生命极限了。在生命限处，爱在申辩自己的永恒价值，这是《沈园》二首留给后人的思考。

梅花绝句

闻道梅花坼晓风 [1]，
雪堆 [2] 遍满四山中。
何方可化身千亿 [3]？
一树梅花 [4] 一放翁。

【注释】

[1] 闻道：听说。坼（chè）：裂开。这里是绽开的意思。坼晓风：（梅花）在晨风中开放。

[2] 雪堆：指梅花盛开像雪堆似的。

[3] 何方：有什么办法。千亿：指能变成千万个放翁（陆游号放翁，字务观）。

[4] 梅花：一作梅前。

【解读】

陆游写过不少咏梅诗，这是其中别开生面的一首。头两句写梅花绽放的情景。以白雪堆山喻梅花之盛，语言鲜明，景象开阔。而三、四两句更是出人意表，高迈脱俗：愿化身千亿个陆游，而每个陆游前都有一树梅花，把痴迷的爱梅之情淋漓尽致地表达了出来。

写此诗时诗人已七十八岁高龄，闲居在故乡山阴，借咏梅来宣泄自己落寞孤高的情愫。前两句的写梅是为后两句写人作陪衬。"化身千亿"长在梅前，与梅相连，心相印：人梅合一，凸现了诗人高标绝俗的人格。

范成大

　　范成大（1126—1193），字致能，自号石湖居士，吴郡（今江苏苏州）人。高宗绍兴二十四年（1154年）进士，任徽州司卢参军，累迁吏部员外郎。后出知处州，颇有政绩。孝宗乾道六年（1170年）以资政殿大学士出使金国，慷慨不屈，几乎被杀。后历任静江、成都、建康等地行政长官，淳熙时官至参知政事。晚年隐居故乡石湖。以诗著称，南宋诗坛四大家之一，与陆游、杨万里、尤袤齐名。亦工词，风格清逸婉峭，也有关心国事，愤慨苍凉之作。有《石湖诗》，词集《石湖词》。

州　桥

南望朱雀门^[1]，北望宣德楼^[2]，皆旧御路也^[3]。

州桥南北是天街^[4]，父老年年等驾回。
忍泪失声询使者："几时真有六军来^[5]！"

【注释】

[1] 朱雀门：汴京旧城南有三门，中曰朱雀。

[2] 宣德楼：宫城正南的门楼。金改称承天门。

[3] 御路：即御街。自宣德楼南去，经过州桥，通朱雀门。

[4] 天街：京城的街道。这里指州桥南北的街，是当年北宋皇帝车驾经行的御道。

[5] 六军：古时天子有六军，此指南宋军队。

【解读】

宋孝宗乾道六年（1170 年）范成大出使赴金，经过中原地区，写诗一卷和日记《揽辔录》一卷。诗凡七十二首，皆七言绝句，多举所见为题，以表达诗人怀念故国的深情。此诗为过汴京作。州桥，正名为天汉桥，在汴京宫城南，建筑在汴河上。《东京梦华录》卷一《河道》条载："州桥，正对于大内御街。其桥与相国寺桥皆低平不通舟船，唯西河平船可过。其柱皆青石为之，石梁、石笋、楯栏，近桥两岸，皆石壁，雕镂海马、水兽、飞云之状。桥下密排石术，盖车驾御路也。"

诗人通过描述沦陷区的见闻，反映了沦陷区人民强烈的爱国热情，也表现了对南宋统治者置遗民而不顾的腐朽。诗的前两句是诗人的所见，诗人来到的是宋时的京城，见到的是当年中原的父老。"年年等驾回"，写出了当年中原的父老，现在已是遗民的百姓的急切盼望，他们希望王师北伐，收复失地，不再受金人的蹂躏。诗的后两句写了中原父老悲痛的询问情景。"忍泪失声"写出了中原父老在金人压迫下不敢流露而又抑制不住的思念故国的感情。"几时真有六军来！"饱含着中原父老的希望，而一个"真"字却在这希望中流露出对朝廷的失望。它不仅表达了故国人民望眼欲穿期盼王师北回的迫切心情，也暗讽了偏安一隅，辜负人民期待的南宋朝廷。诗到此处戛然而止，余音袅袅，启人深思。

后催租行 [1]

老父 [2] 田荒秋雨里，旧时高岸 [3] 今江水。

佣耕 [4] 犹自抱长饥 [5]，的知 [6] 无力 [7] 输 [8] 租米。

自从乡官 [9] 新上来，黄纸放尽白纸催 [10]。

卖衣得钱都纳却 [11]，病骨 [12] 虽寒聊 [13] 免缚 [14]。

去年 [15] 衣尽到家口 [16]，大女临歧 [17] 两分首 [18]。

今年次女已行媒 [19]，亦复驱将换升斗 [20]。

室中更有第三女，明年不怕催租苦。

【注释】

[1] 后催租行：范成大在写此诗前，已写有《催租行》。

[2] 老父（fǔ）：老翁、老农。

[3] 高岸：防洪高堤。

[4] 佣耕：做雇农，为他人耕种。

[5] 抱长饥：经常遭受饥饿。

[6] 的知：确知。

[7] 无力：没有能力、无能为力。

[8] 输：交纳。

[9] 乡官：地方官。

[10] 黄纸放尽白纸催：皇帝的诏书免除灾区的租税，地方官吏的命令仍

旧紧催农民交纳。黄纸：豁免灾区租赋税的告示。白纸：地方官下令催收的公文。

[11] 纳却：纳了租税。

[12] 病骨：指多病瘦损的身躯。

[13] 聊：姑且，暂时。

[14] 缚：绑缚，指被官府抓走。

[15] 去年：刚过去的一年。

[16] 到家口：轮到卖家中的人口。

[17] 临歧：指在歧路上，引申为分别之处。

[18] 两分首：相互分离。意即大女儿已被迫嫁给他人。分首，作分离讲，"首"一作"手"。

[19] 行媒：本指媒人介绍，这里是订婚之意。

[20] 亦复驱将换升斗：也只好把她卖了换来少量粮食缴租。驱将，赶出去，这里指卖掉。将，助词。升斗，指很少的粮食。

【解读】

本诗题为"催租"，但重在写老农的"纳"租，而"纳"正是"催"的结果，这种艺术表现，别有反激、冷峻的效果。作品客观叙写，不着评论，但同情农家悲苦，抨击苛税残酷，揭露统治者的惨无人道等等意绪流荡于字里行间，深深拨动读者的心弦。

作品写出农民被迫出卖女儿以输租的惨状。这是农民的血泪控诉。末句是反语，中含无穷仇恨。"况闻处处鬻男女，割慈忍爱还租庸"（杜甫《岁晏行》），这种惨象，在封建社会原极普遍，但很少写得如此具体深刻。

全诗是围绕着缴租展开的。诗的前四句，交代因遭灾而无力缴租。第一句说，秋雨淹田，颗粒无收；第二句写江洪泛滥，灾难深重，难以恢复家园；第三句写不得不放弃家园，外出作佣，而佣耕又难以糊口。这样一层意思进逼一层意思，逼出了第四句："的知无力输租米。"从上面陈述的诸般景况中任何人都不得不承认这样的事实：无力缴租。对这一事实的坚定叙述，为下面描写纳租者的痛苦，批判官府的横征暴敛创造了前提。天灾与人祸古来是不单行的，而且天灾之年更能见出封建统治者的惨无人道，诗歌的后十句就分两步具体描写了缴租者的悲惨遭遇和凄苦心情。第一步，卖衣完租；第二步，衣服已尽，卖及人口。在写第二步时，诗人并没有粘着于今年，而是从眼前即将被卖的二女儿，联想到去年被卖的大女儿，又推知明年的三女儿。这种连年卖衣卖口的现实，就是对封建剥削的有力揭露。从去年、今年、明年，大女儿、二女儿、三女儿的诉说顺序中我们又可以感受到诗人更深刻的言外之意。试想一下，明年卖了三女儿，以后呢？是否还有第四个女儿？诗歌戛然而止，留下一个顺势即可补足的想象空间，我们不难想象这位老农的悲惨结局。而这，也正是当时广大劳动人民的共同命运。

这首诗内容上的特点就在于揭露的深刻。诗人写出了封建剥削的残酷和农民生活的悲惨，还揭露了在征敛问题上"黄纸放尽白纸催"的丑恶现象，这种现象在宋代是普遍的。租税问题是中唐以来尤其是宋代农村题材诗歌的重要主题，但是，像范成大这样揭露得深刻的诗作不是很多，这是范成大这一类诗歌的思想价值所在。

作为一篇揭露和讽喻的文字，诗人并没有像白居易新乐府"首章标目，卒章显志"那样直接点揭自己的观点，而是采用老农自我诉说的方式展开内容。诗人极力不露声色，在一种平静的、客观的叙述中沉痛地揭露。开头四句，用极平静而又是丝毫不容置疑的语气诉述一个确凿的事实，对事实的认定就是对官府的有力指责。第二、三两层次更是如此，卖衣卖口的事实就是最深刻的批判。特别值得注意的是，在平静的叙述中寄寓了反语的讥讽，诗人不渲染缴租的艰难，而是表现完租后的庆幸，把一个痛苦的经历以平静而略带庆幸的语气诉说出来，这是凄彻骨髓，痛入肺腑的表现。这种冷峻的嘲讽在更广泛的背景上揭露了官府催租的残暴。人们宁可忍饥挨冻，宁愿忍痛割爱，也不愿忍受催租的苦难，由此可以想知催租时的种种暴力和农民的诸般惨状。这种把深刻的揭露和批判寓于客观叙述之中的方法使批判具有更沉重的力量，反映了诗人严峻的批判态度。

诗中的叙述语言比较平实朴素，但也时见细致之处。如"病骨虽寒聊免缚"，不经意中交代了老农的疾病。大女、二女同是被卖，写来情况也见不同。虽然哪一个被卖都是惨痛的事，但大女儿年岁大一点儿，终能体察家境父情，在诀别之泪后默默地走上了牺牲的路，而二女儿年岁稍小，又有婚约，在生活中多了一份留恋和牵连，只是在父母的驱遣下才接受了被卖的现实。一种况味，两种情样在这些地方，从平淡的叙述之中都可以见出用笔的细致和练达。

杨万里（1127—1206）南宋诗人。字廷秀，吉州吉水（今属江西）人。绍兴二十四年（1154年）进士，曾多任官职，后闲居乡里长达十五年之久，宁宗即位后，屡次召他入朝任职，都坚辞不就。开禧二年（1206年）卒于家中。所著《诚斋集》一百三十三卷（包括《江湖集》《荆溪集》等十种诗集及其他各体文章），有《四部丛刊》影印宋钞本。又有《杨文节公诗集》四十二卷，清乾隆年间杨云采据明本校刻。《诚斋易传》二十卷，以曝书亭影宋本为佳。《诚斋诗话》一卷，有《历代诗话续编》本。

杨万里

小　池

泉眼[1] 无声惜[2] 细流，树荫照水爱晴柔[3]。
小荷[4] 才露尖尖角，早有蜻蜓立上头。

【注释】

[1] 泉眼：泉的出水口。

[2] 惜：珍惜。

[3] 晴柔：晴天时树影映在水中的柔和优美景色。

[4] 小荷：初生的荷叶。

【解读】

这首绝句，诗人描写初夏小池的优美风光，是一首细致有味，风趣活泼的好诗。诗人以新颖的构想和细腻的笔触，把小池塘及其周围景物，描绘得栩栩如生，像一位高明的摄影师，快速按下镜头，使小池边一瞬间妙趣横生的一幕成为永恒。

第一句，紧扣题目写小池的源泉，一股涓涓细流的泉水。泉水从洞口流出，没有一丝声响，当然是小之又小的。流出的泉水形成一股细流，更是小而又小了。这本来很寻常，然而诗人却凭空加一"惜"字，说好像泉眼很爱惜这股细流，吝啬地舍不得多流一点儿。于是这句诗就立刻飞动起来，变得有情有趣，富有人性。

第二句，写树荫在晴朗柔和的风光里，遮住水面。这也是极平常之事，可诗人加一"爱"字，似乎用她的阴凉盖住小池，以免水分蒸发而干涸，这样就化无情为有情了。而且，诗舍形取影，重点表现水面上的柔枝婆娑弄影，十分空灵。

三、四句把焦点缩小，写池中一株小荷以及荷上的蜻蜓。小荷刚把含苞待放的嫩尖露出水面，显露出勃勃生机，可在这尖尖嫩角上却早有一只小小蜻蜓立在上面，它似乎要捷足先登，领略春光。小荷与蜻蜓，一个"才露"，一个"早有"，以新奇的眼光看待身边的一切，捕捉那稍纵即逝的景物。

诗人触物起兴，用敏捷灵巧的手法，描绘充满情趣的特定场景，把大自然中的极平常的细小事物写得相亲相依，和谐一体，活泼自然，流转圆活，风趣诙谐，通俗明快。且将此诗写的犹如一幅画，画面层次丰富：太阳、树木、小荷、小池，色彩艳丽，还有明亮的阳光、深绿的树荫、翠绿的小荷、鲜活的蜻蜓，清亮的泉水。画面充满动感：飞舞的蜻蜓、影绰的池水，充满了诗情画意。

辽金元

辽金元是中国历史上少数民族建立的国家，统治时期曾短暂与汉文化融合，但因历史不长，成就相对不高。

辽先后与五代、北宋并立，写作诗文，始于建国之初。中原入辽的汉族文士有所撰著，一些契丹贵族，濡染于唐代文风，也颇喜吟咏。辽代文学作者多是帝王后妃和朝廷重臣，如道宗宣懿皇后萧观音、天祚之妃萧瑟瑟、秦晋国妃萧氏和耶律常哥皆以诗文著称。

女真首领完颜阿骨打于公元 1115 年建立金国，公元 1126 年攻占宋都城汴京后逐渐汉化，文化逐渐恢复和兴盛。由于金国基本上占据了原来宋朝的统治中心，因而文学上与宋代文学有继承关系，诗歌创作方面有所发展，但与唐宋相比，成就明显不高。金中叶文学出现繁荣景象，出现了王寂、王庭筠、刘迎、周昂等诗人。

元代历史短暂，从蒙古王朝灭金统一北方的公元 1234 年起到元朝灭亡的公元 1368 年，其间约一百三十四年。元代传统抒情文学样式诗仍是广大知识阶层表达思想情感、人生追求、审美趣味的主要文学形式，但与元代主流文学曲相比，要黯淡不少。元代初年，遗民诗人赵孟頫等人的诗作流露出沉痛的故国之思，格调较高；元代中期，特别是延祐年间（1314年—1320年），出现了虞集、杨载、范梈、揭傒斯，并称"延祐四大家"，或称"元诗四大家"；元代诗坛真正别开生面的当属一些少数民族诗人，比如耶律楚材、萨都剌等，他们的诗作标奇竞秀，遒俊豪放，对元诗发展做出了相当贡献；到元代末年，享有盛名的还有王冕、杨维桢等人，他们诗格高尚，为元末诗坛增添了光彩。

萧观音

　　萧观音（1040—1075），辽道宗耶律洪基的第一任皇后，父亲萧惠（辽兴宗母亲萧耨斤的弟弟），辽代著名女诗人。相貌颖慧秀逸，娇艳动人，个性内向纤柔，很有才华，常常自制歌词，精通诗词、音律，善于谈论。她弹得一手好琵琶，称为当时第一。也有诗作，被道宗誉为女中才子。重熙年间被燕赵国三耶律洪基纳为妃，生太子耶律濬。公元1055年（清宁元年）十二月立为皇后，尊号懿德皇后。由于谏猎秋山被皇帝疏远，作《回心院》词十首。公元1075年（大康元年）十一月，契丹宰相耶律乙辛、汉宰相张孝杰、宫婢单登、教坊朱顶鹤等人向辽道宗进《十香词》诬陷萧后和伶官赵惟一私通。萧观音被道宗赐死，其尸送回萧家。公元1101年（乾统元年）六月，天祚帝追谥祖母为宣懿皇后，葬于庆陵。

怀 古

宫中只数赵家妆[1]，败雨残云误汉王[2]。

惟有知情一片月，曾窥飞燕入昭阳[3]。

【注释】

[1] 数：数落、指责。赵家妆：汉成帝的皇后赵飞燕的装扮。

[2] 败雨残云：指赵飞燕和其妹。

[3] 昭阳：汉宫殿名。据传赵飞燕为了固宠，在宫中立住脚跟，与人私通，希望生个"太子"做靠山，事发后被打入冷宫。

【解读】

如诗题所示，这是一首怀古诗，从其字面上看，怀的是汉成帝的皇后赵飞燕。赵飞燕善歌舞，以体轻，号曰"飞燕"，被召入宫，先为婕妤，不久立为皇后。其妹赵合德亦为昭仪，姊妹专宠十余年。后因成帝倾心合德，飞燕渐被疏远。

全诗四句，字面意思分两层。一、二句为一层，写汉家宫中对赵飞燕的指责。"数"字，为两句的关键性动词，"赵家妆"和"败雨残云误汉王"都是"数"的"宾语"，即赵氏被指责的瑕疵。"赵家妆"，据《汉书·飞燕别传》等记载，赵氏在宫，妆饰奢华，"自后宫未尝有焉"，飞燕"喜隅步行，者入手执花枝颇顿然，他人莫可学也"，李白《清平调》"借问汉宫谁得似，可怜飞燕倚新妆"，亦谓赵氏装束之新奇。而赵合德则喜绾"欣感愁鬓"。"败雨"句盖指赵氏姊妹与轻薄子弟私通事。赵氏在宫，当时就有人骂为"祸水"，诗中用"只数"云云，已可见指责者之多。

三、四两句是第二层意思，在笔势和立意上都是个大转折，转而为赵氏申诉：在宫中舆论一边倒的指责声中，只有那"知情"的"一片月"，是亲眼看到赵飞燕是怎么样被汉成帝搞到昭阳宫的见证。飞燕出身甚微，本是阳阿主家的婢女。汉成帝到阳阿主家寻欢作乐，"见飞燕而说（悦）之"，硬是凭着皇帝的权威把飞燕弄到宫中，占为私有。后来，插进一个赵合德，迷住了成帝。飞燕为了固宠，为了在倾轧无常的宫中立住脚跟，才与人私通，希望生个"太子"做靠山。在当时的宫中，能够体谅飞燕这番良苦用心的，看来只有那"一片月"了。凡此，皆应是三、四两句的内涵。诗人萧观音在这里翻了一个历史大案，大胆地对赵飞燕表示了由衷的同情。这种同情，在诗的开头"只数"二字里已露端倪，"只数"云云，正是指出宫中舆论（指责）的偏颇，到了三、四两句，才正式转笔，一反历史的成见，缠绵而含蓄地袒露了自己深沉的思索。这样，单从字面意义上看，这首诗心存忠厚，思绪缠绵，用语含蓄，立义分明，气度和雅，确已显示了一定的思想和艺术的高度。

但这首诗并非单纯"怀古"，而是糅进了诗人的自我身世之感，借言人的酒杯，浇自己的块垒，所谓托意而作也。

王庭筠

王庭筠（1151—1202）金代文学家、书画家。字子端，号黄华山主、黄华老人、黄华老子，别号雪溪。金代辽东人（今营口熊岳），米芾之甥。庭筠文名早著，金大定十六年（1176年）进士，历官州县，仕至翰林修撰。文辞渊雅，字画精美，《中州雅府》收其词作十六首，以幽峭绵渺见长。

绝　句

竹影和诗瘦，梅花入梦香。
可怜今夜月，不肯下西厢。

【解读】

这首诗意境深邃、耐人寻味，可以说是金诗中境界最美的一首了。

前两句一从视觉、一从嗅觉的角度来描写诗人居处的清幽境界。"竹"
和"诗"，一为自然之物，一为社会之物，二者本无从比较，但诗人用一个
"瘦"字把二者紧密地联系在一起，竹具有清瘦的形象，诗具有清瘦的风格。
"瘦"字用得生新，为全诗定下了清瘦的意境氛围。而"入梦香"则将现实
与梦境联系起来，梅花夜间在月光的朗照下也喷出清香，已不同凡响，而这
香气还伴着诗人进入梦乡，则香气之浓郁、之悠长可以想见。将竹与梅这样
的自然物象与诗与梦这样的人为之物炼在一句之中，这就构成了情在景中、
景在情中，情景混融莫分的高妙意境。

前两句字面上完全没有"月"，但透过竹影和梅香，我们可以感受到"月"
自在其中。在后两句中，诗人便将"月"和盘托出。可怜者，可爱也。当诗
人信步庭院时，月光与竹影、梅香是那样的和谐；而回到西厢房时，这月光
却不能"下西厢"，这多么令人遗憾！诗中透露出一股月与人不能互通情愫
的遗憾或幽怨的情绪。诗人遗憾或幽怨的是什么？也许是有情人天各一方，
不能互通情怀；也许是君臣阻隔，上下无法沟通；也许什么都不是，只是诗
人置身此时此景之中的一种朦朦胧胧的感受而已。

赵孟頫

赵孟頫（1254—1322），浙江吴兴（今浙江湖州）人，字子昂，号松雪道人，又号水精宫道人、鸥波，中年曾作孟俯。汉族，宋太祖赵匡胤的第11世孙、秦王赵德芳的嫡派子孙。他的父亲赵与告（又名赵与訔），曾任宋朝的户部侍郎兼知临安府浙西安抚使。南宋灭亡后，归故乡闲居。元朝至元二十三年（1286年）行台侍御史程钜夫"奉诏搜访遗逸于江南"。元世祖赞赏其才貌，两年后任从四品的集贤直学士。至元二十九年（1292年）出任济南路总管府事。在济南路总管任上，元贞元年（1295年），因世祖去世，成宗需修《世祖实录》，赵孟頫乃被召回京城。可是元廷内部矛盾重重，为此，有自知之明的赵孟頫便借病乞归。大德三年（1299年），赵孟頫被任命为集贤直学士行江浙等处儒学提举。至大三年（1310年），赵孟頫的命运发生了变化。皇太子爱育黎拔力八达对他发生了兴趣。延祐三年（1316年），官居一品，名满天下。

赵孟頫是元代著名诗人、画家，楷书四大家（欧阳询、颜真卿、柳公权、赵孟頫）之一。赵孟頫博学多才，能诗善文，懂经济，工书法，精绘艺，擅金石，通律吕，解鉴赏。特别是书法和绘画成就最高，开创元代新画风，被称为"元人冠冕"。他也善篆、隶、真、行、草书，尤以楷、行书著称于世。

岳鄂王墓 [1]

鄂王坟上草离离 [2]，秋日荒凉石兽危 [3]。
南渡君臣轻社稷 [4]，中原父老望旌旗 [5]。
英雄已死嗟何及 [6]，天下中分遂不支 [7]。
莫向西湖歌此曲，水光山色不胜悲。

【注释】

[1] 岳鄂王墓：即岳飞墓。在杭州西湖边栖霞岭下，岳飞于绍兴十一年（1142 年）被权奸秦桧等阴谋杀害。宋宁宗嘉泰四年（1204 年)，追封为鄂王。

[2] 离离：野草茂盛的样子。

[3] 石兽危：石兽庄严屹立。石兽，指墓前的石马之类。危，高耸屹立的样子。

[4] 南渡君臣：指以宋高宗赵构为代表的统治集团。北宋亡后，高宗渡过长江，迁于南方，建都临安（今杭州），史称南渡。社稷：指国家。社，土地神。稷，谷神。

[5] 望旌旗：意为盼望南宋大军到来。旌旗，代指军队。

[6] 嗟何及：后悔叹息已来不及。

[7] 天下中分遂不支：意为从此国家被分割为南北两半，而南宋的半壁江山也不能支持，终于灭亡。

【解读】

这是一首怀古七律。此诗以岳坟的荒凉景象起兴，表达了对岳飞不幸遭遇的深切同情。并由此而联想到南宋君臣不顾国家社稷与中原父老，偏安东南一隅，以致最终酿成亡国惨剧。作为宋宗室，赵孟頫于亡国之际，面对岳坟追寻南宋衰亡之因，就不仅仅是客观的理性认识了。此诗结尾两句，即蕴涵着诗人无尽的家国之思、亡国之恨。

辽金元

这是一支悲愤的悼歌。岳飞的惨死是中国历史上的一大悲剧。岳飞虽然冤死，但他的英名却永远留在历代人民的心中。宋宁宗嘉泰四年（1204年），追封岳飞为鄂王，旷世冤案得以昭雪，离岳飞被害已六十二年。岳墓建在风景秀丽的西湖岸边，岳飞虽封王建墓，但由于连年战乱，陵园荒芜，景象凄凉。这首诗以反映这样的现实入笔。

首联以离离墓草渲染岳墓秋日的荒凉，冷硬屹立的石兽，更增添了几分悲思。写岳飞墓前荒凉之景，暗寓作者伤痛之情。接下来用南北君民作对比，写南宋君臣的倒行逆施及由此产生的恶果，一个"轻"字，谴责了南宋当局苟安享乐、不思北进，显示了作者的谴责、愤恨之情；一个"望"字，同情中原父老忍受煎熬，遥望南师。一"轻"一"望"，对比鲜明。颈联哀叹有望承担中兴重任的英雄岳飞悲惨死去，使天下南北中分以至南宋最终被蒙古人灭亡。作者在尾联悲痛地吟道："莫向西湖歌此曲，水光山色不胜悲。"满含湖光依旧，河山易主的深沉的感慨。末两句收结全篇，在气氛上是承应首两句，在感情上是绾合中四句。

语言特色方面来看，全诗即景生情，咏史抒怀，议论感慨，一气呵成，语言不事雕饰，通俗自然，哀婉深沉，感情强烈，颇具感染力。咏怀古人的诗作，一般都喜欢用典，但这首诗语言平易，基本上没有用典，真实地表达了作者的思想感情。作者以赵宋后裔的身份为冤死于赵宋王朝的岳飞，由衷地唱出这支哀痛伤惋的悼歌，分外感人。

虞集（1272—1348）元代著名学者、诗人。字伯生，号道园，人称邵庵先生。少受家学，尝从吴澄游。成宗大德初，以荐授大都路儒学教授，李国子助教、博士。仁宗时，迁集贤修撰，除翰林待制。文宗即位，累除奎章阁侍书学士。领修《经世大典》，著有《道园学古录》《道园遗稿》。虞集素负文名，与揭傒斯、柳贯、黄溍并称"元儒四家"；诗与揭傒斯、范梈、杨载齐名，人称"元诗四家"。

虞 集

挽文山丞相 [1]

徒把金戈挽落晖，南冠无奈北风吹 [2]。

子房本为韩仇出，诸葛宁知汉祚移 [3]。

云暗鼎湖龙去远，月明华表鹤归迟 [4]。

不须更上新亭望，大不如前洒泪时 [5]。

【注释】

[1] 文山丞相：即南宋末民族英雄文天祥，字宗瑞，号文山，公元 1276 年（德祐二年）任右丞相，至公元 1282 年（元十九年）在燕京就义。挽：原指助葬牵引丧车，引申为哀悼死者。

[2] 金戈挽落晖：《淮南子览冥训》："鲁阳公与韩构难，战酣，日暮，援戈而抚之，日为之反三舍。"后用于比喻人力胜天。此句反用其意，意谓落日难挽。此处以"落晖"比喻垂亡的宋朝。南冠：楚冠，喻囚犯。《左传成公九年》："晋侯观于军府，见钟仪，问之曰：'南冠而絷者，谁也？'有司对曰：'郑人所献楚囚也。'"北风：宋元诗文多以此比喻北方金、元之势力。以上两句意思是说，文天祥虽然竭力挽救宋朝的灭亡，但他已被俘成了囚徒，对元军席卷天下之势终于无可奈何。

[3] 子房：张良，字子房，家相韩五世。秦灭韩，张良谋为韩报仇，使刺客击秦始皇于博浪沙（今河南原阳县东南），误中副车。后佐刘邦灭秦兴汉。诸葛：指诸葛亮，诸葛亮佐蜀，曾六出祁山，谋恢复汉室。宁：岂。祚（zuò）：皇位。移：转移。杜甫《咏怀古迹》："运移汉祚终难复，志决身歼军务劳。"

[4] 鼎湖：传说黄帝铸鼎荆山下，鼎成，乘龙上天，后人因名其处曰鼎湖。（见《史记·封禅书》）后世遂以"鼎湖龙去"言皇帝之死，此处隐指南宋最后一个皇帝赵昺之死。"月明"句：《搜神后记》："丁令威本辽东人，学道于灵虚山，后化鹤归辽，集城门华表柱。时有少年举弓欲射，鹤乃飞，徘徊空

中而言曰：'有鸟有鸟丁令威，去家千年今始归，城郭如故人民非。'"华表：立在宫殿、城垣、坟墓前的石柱。迟：待而不至之词。鹤归迟：言其魂魄难归。此处借喻文天祥被俘而死。

[5] 新亭：又名劳劳亭，故址在今江苏南京市南。《世说新语》："过江诸人，每至美日，辄相邀新亭，藉卉饮宴。周侯（周顗，晋元帝时尚书右仆射）中坐而叹曰：'风景不殊，正自山河之异。'皆相视流泪。惟王丞相（王导，晋元帝时丞相）愀然变色曰：'当共戮力王室，克复神州，何至作楚囚相对！'"此处是说，南宋已亡，而今局势比偏安于江南一隅的东晋也大不如了。

【解读】

这是诗人哀悼宋末民族英雄文天祥的诗，歌颂了文天祥力图恢复宋室，至死不移的精神。

诗中首先感叹文天祥武装抗击难以挽救南宋没落的小朝廷，自己却成为元朝的囚犯。历史上张良为韩国复仇而抗秦，诸葛亮应知汉朝社稷已转移。"云暗鼎湖龙去远"这句引用黄帝升天的典故（鼎湖），大意指南宋灭亡皇帝死去。"月明华表鹤归迟"，华表又称擎天柱，在汉代时称桓表，是中国古时用以标志或纪念性的建筑物。天安门前那一对汉白玉雕刻着精美的蟠龙流云纹饰的柱子，就是华表。鹤归是用古人修道化鹤归来的典故。"不须更上新亭望"，新亭在六朝时最为著名，是六朝建康（今南京）西南的近郊军垒，新亭、白下，一南一北，为建康宫城的南北门户。有名的典故"新亭对泣"出自南朝宋·刘义庆《世说新语·言语》："过江诸人，每至美日，辄相邀新亭，藉卉饮宴。周侯中坐而叹曰：'风景不殊，正自有山河之异。'皆相视流泪。"此句大意表明南宋亡国后的悲惨情况，不堪回首。

揭傒斯

　　揭傒斯（1274—1344），元朝著名文学家、书法家、史学家。字曼硕，号贞文，龙兴富州（今江西丰城杜市镇大屋场）人。家贫力学，大德年间出游湘汉。延祐初年由布衣荐授翰林国史院编修官，迁应奉翰林文字，前后三入翰林，官奎章阁授经郎、迁翰林待制，拜集贤学士，翰林侍讲学士阶中奉大夫，封豫章郡公，修辽、金、宋三史，为总裁官。《辽史》成，得寒疾卒于史馆，谥文安，著有《文安集》，为文简洁严整，为诗清婉丽密。善楷书、行、草，朝廷典册，多出其手。与虞集、杨载、范梈同为"元诗四大家"之一，又与虞集、柳贯、黄溍并称"儒林四杰"。

寒夜作

疏星冻霜空，
流月湿林薄。
虚馆人不眠，
时闻一叶落。

【解读】

本诗作于元英宗至治元年（1321 年），时年诗人四十八岁，去乡从宦已经七年。小诗以寥寥四句二十个字，传神地描绘出一幅清夜客旅图：寒夜孤冷，风紧星疏，朦胧之月让林子披上薄薄一层冷光，人员稀少的旅馆，更显得孤寂难耐。

这首诗，描写了人在他乡的无奈与悲凉，反映了诗人的思乡之情。联系到诗人由宋入元，有改朝换代后的不适，"虚馆人不眠"，还为官有朝不保夕之感，"时闻一叶落"，也在诗中隐隐表现出来。诗中最令人欣赏的是一句"时闻一叶落"，落叶的声音很小，而一叶落的声音更小，还是"时闻"，真实反映了人不眠时，那种高度集中的精神状态。

萨都剌

萨都剌（约1272—1355）元代诗人、画家、书法家。字天锡，号直斋。回族（一说蒙古族）。其先世为西域人，出生于雁门（今山西代县），泰定四年进士。授应奉翰林文字，擢南台御史，以弹劾权贵，左迁镇江录事司达鲁花赤，累迁江南行台侍御史，左迁淮西北道经历，晚年居杭州。萨都剌善绘画，精书法，尤善楷书。有虎卧龙跳之才，人称雁门才子。他的文学创作，以诗歌为主，诗词内容，以游山玩水、归隐赋闲、慕仙礼佛、酬酢应答之类为多，思想价值不高。萨都剌还留有《严陵钓台图》和《梅雀》等画，现珍藏于北京故宫博物院。

上京即事[1] 五首（其三）（牛羊散漫落日下）

牛羊散漫落日下，
野草生香乳酪[2]甜。
卷地朔风[3]沙似雪，
家家行帐[4]下毡帘[5]。

【注释】

[1] 上京即事：描写在上京见到的事物。元代上京正式称为上都，是皇帝夏季祭天的地方，在今为蒙古自治区多伦附近。

[2] 乳酪：俗称奶豆腐，用牛羊奶制成的半凝固的食品。

[3] 朔风：大北风。

[4] 行帐：蒙古包，北方牧民居住的活动帐篷。

[5] 下毡帘：蒙古包底部的圆壁以栅木做骨架，外面用毡帘围成。夏季白天，将毡帘向上卷起，可以通风采光，到晚上或刮风下雨的时候再放下来。

【解读】

《上京即事》共有五首，本篇为其中的第三首，为诗人六十二岁时（1333年）作。诗歌描写塞外牧区风光和牧民生活，独特的自然风光和边疆风情完美融合，别具艺术魅力。

前两句写夕阳映照的草原牛羊遍地，野草生香，空气中布满乳酪的甜味。这是边疆风景中宁静和煦的一面；三、四句写北风劲吹，沙尘似雪，帐下毡帘，这是边疆风景中野性暴烈的一面。因此，诗歌就在对北国草原风景、气候的变幻、民俗风情的勾勒中，描绘中迥异于中原的风情，传达出新鲜的、刺激的美感。

本诗背景广阔，具有典型的北国特色，可与南北朝民歌《敕勒歌》相媲美。

辽金元

347

王冕

王冕（1287—1359），字元章（一作元肃），号竹斋、煮石山农、饭牛翁、梅花屋主等，元诸暨（今属浙江）枫山下人。元代著名画家、诗人，画坛上以画墨梅开创写意新风的花鸟画家。

墨梅[1]四首（其三）（我家洗砚池头树）

我家洗砚池[2]头[3]树，朵朵花开淡墨痕[4]。
不要人夸颜色好，只留清气[5]满乾坤[6]。

【注释】

[1] 墨梅：单用墨画的梅花。

[2] 洗砚池：洗毛笔、砚台的池塘。相传晋代大书法家王羲之临池学书，
频洗笔砚，池水竟为之黝黑。浙江会稽山下与江西临川均有洗砚池遗迹，传
说均曾为王羲之洗砚处。诗人是著名画家，以淡墨清雅写梅，因与王羲之同姓，
故称"我家"，并暗喻其功底。

[3] 池头：池边。

[4] 淡墨痕：淡黑色的痕迹，指花的颜色。

[5] 清气：清香的气味。

[6] 乾坤：指天地。

【解读】

这是一首题画诗。诗人赞美墨梅不求人夸，只愿给人间留下清香的美德。
实际上他是借梅自喻，表达自己的人生态度以及不向世俗献媚的高尚情操。

开头两句"吾家洗砚池头树，朵朵花开淡墨痕"直接描写墨梅。画中小
池边的梅树，花朵盛开，朵朵梅花都是用淡淡的墨水点染而成的。"洗砚
池"，化用王羲之"临池学书，池水尽黑"的典故。诗人与晋代书法家王羲之同姓，
故说"我家"。

三、四两句盛赞墨梅的高风亮节。它由淡墨画成，外表虽然并不娇艳，
但具有神清骨秀、高洁端庄、幽独超逸的内在气质；它不想用鲜艳的色彩去
吸引人，讨好人，求得人们的夸奖，只愿散发一股清香，让它留在天地之间。

辽金元

这两句正是诗人的自我写照。王冕自幼家贫，白天放牛，晚上到佛寺长明灯下苦读，终于学得满腹经纶，而且能诗善画，多才多艺。但他屡试不第，又不愿巴结权贵，于是绝意功名利禄，归隐浙东九里山，作画易米为生。"不要人夸好颜色，只留清气满乾坤"两句，表现了诗人鄙视流俗，独善其身，不求功勋的品格。

此诗最大的特点是托物言志。一、二句描绘墨梅的形象，三、四句写墨梅的志愿，于是一个外表并不娇妍，但内在气质神清骨秀、高洁端庄、幽独超逸的形象呈现在我们的面前。它不想用鲜艳的色彩去吸引人，讨好人，求得人们的夸奖，只愿散发一股清香，留在天地之间。诗人将画格、诗格、人格有机地融为一体，字面上在赞誉梅花，实际上是赞赏自己的立身之德。

明

明代从公元 1368 年太祖朱元璋开国到公元 1644 年思宗朱由检自缢，前后共计 277 年。明代诗歌总的来说是相当繁荣的，无论诗人或诗作的数量，都超过前代。但相对来讲，明代文学的显著特色是小说、戏曲等俗文学发展昌盛而以诗文为代表的雅文学相对衰微。

明初诗人虽然有的已表现出模拟唐人的趋势，但基本上还能"各抒心得"，做到"隽旨名篇，自在流出"。其中成就较大者是一些经历过元末社会大动乱的诗人，刘基、高启最为著名。刘基以雄浑奔放见长，高启则以爽朗清逸取胜。永乐至天顺年间，出现了台阁体诗歌，多数篇什是志满意得的无病呻吟。成化至正德年间，台阁体诗歌已为广大诗人所不满，以李东阳为首的茶陵诗派攻之于前，以李梦阳、何景明为代表的"前七子"反之于后。就在前七子复古运动大盛之际，江南有一批画家兼诗人，如沈周、文徵明、唐寅、祝允明，作诗不事雕饰、自己挥洒。嘉靖、隆庆年间，以李攀龙、王世贞等为代表的"后七子"再度兴起，诗必汉魏、盛唐的复古主义又统治了诗坛。崇祯及南明诸王年间诗歌的主要成就，表现在既是政治结社又是文学团体的复社、几社里的几位诗人身上。其中最为著名的是陈子龙和夏完淳，他们的诗歌有的对灾民流离失所的惨景寄寓了深切同情，有的对时事唱出慷慨的悲歌，苻有明显的时代色彩。

高启（1336—1374），明代诗人，字季迪，长洲（今
江苏苏州）人。明初受诏入朝修《元史》，授翰林
院编修。洪武三年（1370年）朱元璋拟委任他为户
部右侍郎，他固辞不赴，返青丘授徒自给。后被朱
元璋借苏州知府魏观一案腰斩于南京。高启为明初
著名诗人，与杨基、张羽、徐贲合称"吴中四杰"。
其诗雄健有力，富有才情，开始改变元末以来缛丽
的诗风。反映人民生活的诗质朴真切，富有生活气息。
吊古或抒写怀抱之作寄托了较深的感慨，风格雄劲
奔放。

高　启

登金陵[1]雨花台[2]望大江

大江来从万山中，山势尽与江流东[3]。

钟山[4]如龙独西上，欲破巨浪乘长风[5]。

江山相雄不相让，形胜争夸天下壮。

秦皇空此瘗黄金，佳气葱葱至今王[6]。

我怀郁塞[7]何由开，酒酣走上城南台[8]。

坐觉[9]苍茫万古意，远自荒烟落日之中来。

石头城[10]下涛声怒，武骑千群谁敢渡。

黄旗入洛[11]竟何祥，铁锁横江[12]未为固。

前三国[13]，后六朝[14]，草生宫阙何萧萧[15]！

英雄[16]乘时务割据[17]，几度战血流寒潮。

我生幸逢圣人[18]起南国，祸乱初平事休息[19]，

从今四海永为家[20]，不用长江限南北。

【注释】

[1] 金陵：今江苏南京市。

[2] 雨花台：在南京市南聚宝山上。相传梁武帝时，云光法师在此讲经，落花如雨，故名，这里地势高，可俯瞰长江，远眺钟山。

[3] 山势一句：这句说，山的走势和江的流向都是由西向东的。

[4] 钟山：即紫金山。

[5] 欲破一句：此句化用《南史·宗悫（què）传》"愿乘长风破万里"语。这里形容只有钟山的走向是由东向西，好像欲与江流抗衡。

[6] 秦皇二句：《丹阳记》："秦始皇埋金玉杂宝以压天子气，故名金陵。"瘗（yì），埋藏。佳气：山川灵秀的美好气象。葱葱：茂盛貌，此处指气象旺盛。王：通"旺"。

[7] 郁塞：忧郁窒塞。

[8] 城南台：即雨花台。

[9] 坐觉：自然而觉。坐，自、自然。

[10] 石头城：古城名，故址在今南京清凉山，以形势险要著称。

[11] 黄旗入洛：三国时吴王孙皓听术士说自己有天子的气象，于是就率家人宫女西上入洛阳以顺天命。途中遇大雪，士兵怨怒，才不得不返回。此处说"黄旗入洛"其实是吴被晋灭的先兆，所以说"竟何祥"。

[12] 铁锁横江：三国时吴军为阻止晋兵进攻，曾在长江上设置铁锥铁锁，均被晋兵所破。

[13] 三国：魏、蜀、吴，这里仅指吴。

[14] 六朝：吴、东晋、宋、齐、梁、陈均建都金陵，史称六朝。这里指南朝。

[15] 萧萧：冷落、凄清。

[16] 英雄：指六朝的开国君主。

[17] 务割据：专力于割据称雄。务，致力、从事。

[18] 圣人：指明太祖朱元璋。

[19] 事休息：指明初实行减轻赋税，恢复生产，使人民得到休养生息。事，从事。

[20] 四海永为家：用刘禹锡《西塞山怀古》"从今四海为家日"句，指全国统一。

【解读】

此诗作于公元 1369 年（洪武二年），明代开国未久之际。诗人生当元末明初，饱尝战乱之苦。当时诗人正应征参加《元史》的修撰，怀抱理想，要为国家做一番事业。当他登上金陵雨花台，眺望荒烟落日笼罩下的长江之际，随着江水波涛的起伏，思潮起伏，有感而作。这首诗以豪放、雄健的笔调描绘钟山、大江的雄伟壮丽，在缅怀金陵历史的同时，发出深深的感慨，把故垒萧萧的新都，写得气势雄壮；抒发感今怀古之情的同时，又表达了对祖国统一的喜悦。

"大江来从万山中"四句，写目之所见。浩浩的长江，从万山千壑中奔流而东，绵亘两岸的山势，也随之而宛转东向，只有那龙盘虎踞的钟山，挺然屹立在西边，好像要乘长风，破巨浪，挽大江而西向似的。大江要东流，钟山要西上，这就赋予了它们以人格的力量，赋予了它们以浩然的正气，一个要冲向大海作波涛，一个要屹立西天作砥柱；一个能惊涛拍岸，一个不随波逐流，于是在诗人的笔下，大江和钟山都成了自己的化身，气势之雄伟，器宇之轩昂，是江山的传神，也是诗人的写照。"江山相雄不相让"四句，分承"大江"与"钟山"两联。"相雄不相让"，正是对以上四句的高度概括；"形胜争夸"，则是对下文的有力开拓。

诗人的眼光从眼前的瑰实，一下转向深邃的历史。金陵的形胜，虽然依山带河，固若金汤；金陵的王气，虽然郁郁葱葱，至今不衰。然而守天下在德不在险，在于得人心而不在于什么"压之"之术。纵使秦始皇镇"金陵之气"，而金陵却依旧"佳气葱葱"，而为"我怀郁塞何由开"以下四句做了很好的铺垫。汉方全盛，而贾谊以为天下事可为痛哭者多；明方开国，而高启便有"我怀郁塞"之感，这是远谋深虑者能够居安以思危、见患于未形的表现。诗人在酒酣耳热之际，登上雨花台，蓦然在"荒烟落日之中"，萌发一种怀古的感情，重现了"金陵昔时何牡哉？席卷英雄天下来"的景象，不禁陷入了对现实和历史的沉思：那建都在这里的六代帝王，演出一幕一幕的悲剧，都在他的脑海里翻腾。"石头城下涛声怒"句，就是艺术地概括了在他脑海里重演的历史悲剧。南朝陈后主和三国吴孙皓的悲惨结局，正是诗人"我怀郁塞何由开"的导线。陈后主做了隋军的俘虏，这就是"武骑千群谁敢渡"的艺术概括。吴主孙皓先有"黄旗入洛"的历史笑柄，后有"铁锁横江未为固"的具体史实。这两位君主坐拥长江天险，而遗下笑柄，甚至亡国，这是诗人思索之因。

"前三国，后六朝"四句，是诗人进一步对六朝历史的探索和反思。如果说前四句是"点"，那么后四句就是"面"；前四句是典型的悲剧，后四句便是历史的普遍规律；前四句是铺陈史实，后四句便是深化主题。诗人认为不管是"前三国"也好，"后六朝"也好，它们都已经过去了，成了历史的匆匆过客，当时那些豪华宫阙，如今也已埋没在荒烟蔓草之中。那些务于"割据"的"英雄"们，曾经是"争城以战，杀人盈城；争地以战，杀人盈野"的。他们所建立起来的王朝，是无数老百姓的白骨垒起来的。"几度战血流寒潮"，不就是"兴，百姓苦；亡，百姓苦"的深沉感叹。这就是三国、

明

355

六朝的历史，这就是供诗人凭吊、供渔樵闲话的千秋历史。新建起来的明代，能否改变历史的规律？诗人不敢想，也不敢说，然而这正是诗人"我怀郁塞何由开"的真正原因。

诗人把笔锋一转，从历史的深沉反思中跳到对现实的赞美歌颂，而把那一段潜台词轻任地抹掉。"我今幸逢圣人起南国"四句，表面上是诗人对现实的歌颂，实则是诗人对国家的期望：他希望从此铸甲兵，为农器，卖宝刀，买耕牛，真正与民休息，让老百姓在和平的环境中愉快地生活着；他希望从此四海一家，再不要凭险割据，南北对峙，让老百姓在战火中流离失所。声调是欢快的，但欢快中带有一丝沉郁的感情；心境是爽朗的，但爽朗中蒙上了一层历史的阴影。既有豪放伟岸之气，又有沉郁顿挫之致。

唐　寅

唐寅（yín）（1470—1523），字伯虎，又字子畏，以字行，号六如居士、桃花庵主、鲁国唐生、逃禅仙吏等，苏州吴县（今江苏省苏州市）人，明朝著名的画家、诗人。据说他于明宪宗成化六年庚寅年寅月寅日寅时生，故取名为寅。

唐寅玩世不恭而又才华横溢，诗文擅名，与祝允明、文徵明、徐祯卿并称"吴中四才子"（即民间所说"江南四大才子"），画名更著，与沈周、文徵明、仇英并称"吴门四家"，又称为"明四家"。

桃花庵歌

桃花坞里桃花庵，桃花庵下桃花仙。

桃花仙人种桃树，又摘桃花换酒钱。

酒醒只在花前坐，酒醉还来花下眠。

半醉半醒日复日，花落花开年复年。

但愿老死花酒间，不愿鞠躬车马前。

车尘马足显者事，酒盏花枝隐士缘。

若将显者比隐士，一在平地一在天。

若将花酒比车马，彼何碌碌我何闲。

别人笑我太疯癫，我笑他人看不穿。

不见五陵豪杰墓，无花无酒锄作田。

【解读】

全诗画面艳丽清雅，风格秀逸清俊，音律回风舞雪，意蕴醇厚深远。虽然满眼都是花、桃、酒、醉等香艳字眼，却毫无低俗之气，反而笔力直透纸背，让人猛然一醒。唐寅诗画得力处正在于此，这首诗也正是唐寅的代表作。

全诗描绘了两幅画面，一幅是汉朝大官和富人的生活场景，一幅是明朝唐寅自己的生活场景。只用了"鞠躬车马前""车尘马足""碌碌"等十几个字，就把明朝大官和富人的生活场景传神地勾勒了出来。唐寅自己的生活场景描写得比较详细，"种桃树""摘桃花换酒钱""酒醒只在花前坐，酒醉还来花下眠""半醉半醒日复日""但愿老死花酒间，不愿鞠躬车马前""酒盏花枝隐士缘"。两幅画面孰优孰劣对比便知。

通观全诗，层次清晰，语言浅近，回旋委婉，近乎民谣式的自言自语，然而就是这样的自言自语，却蕴涵无限的艺术张力，给人以绵延的审美享受和强烈的认同感，不愧是唐寅诗中之最上乘者。这也正合了韩愈"和平之音淡薄，而愁思之音要妙；欢愉之辞难工，而穷苦之言易好"（《荆潭唱和诗序》）的著名论断。

　　这首诗中最突出，给人印象最深的两个意象是"花"和"酒"。桃花，最早见诸文学作品，当于《诗经·周南》之《桃夭》篇，本意表达一种自由奔放的情感。而至晋陶渊明《桃花源记》一出，桃花便更多地被用来表达隐逸情怀了。古代，桃还有驱鬼辟邪的意思，而"桃"与"逃"谐音，因有避世之意。

李梦阳

李梦阳（1473—1530），字献吉，号空同，汉族，祖籍河南扶沟，公元1473年出生于庆阳府安化县（今甘肃省庆城县），后又还归故里，故《登科录》直书李梦阳为河南扶沟人。他善工书法，得颜真卿笔法，精于古文词。明代中期文学家，复古派前七子的领袖人物。提倡"文必秦汉，诗必盛唐"，强调复古，《自书诗》师法颜真卿，结体方整严谨，不拘泥规矩法度，学卷气浓厚。李梦阳所倡导的文坛"复古"运动盛行了一个世纪，后为袁宗道、袁宏道、袁中道三兄弟为代表的"公安派"所替代。

秋　望

黄河水绕汉宫墙^[1]，河上秋风雁几行。

客子过壕追野马^[2]，将军弢箭^[3]射天狼^[4]。

黄尘古渡迷飞挽^[5]，白月横空冷战场。

闻道朔方^[6]多勇略，只今谁是郭汾阳^[7]。

【注释】

[1] 汉宫墙：实际指明朝当时在大同府西北所修的长城，它是明王朝与鞑靼部族的界限。一作"汉边墙"。

[2] 客子句："客子"指离家戍边的士兵；"过壕"指越过护城河；"野马"本意是游气或游尘，此处指人马荡起的烟尘。

[3] 弢（tāo）：装箭的袋子；弢箭，将箭装入袋中，就是整装待发之意。

[4] 天狼，指天狼星，古人以为此星出现预示有外敌入侵，"射天狼"即抗击入侵之敌。

[5] 飞挽（wǎn）：快速运送粮草的船只，是"飞刍（草）挽粟（粮）"的省说，指迅速运送粮草。

[6] 朔方：唐代方镇名，治所在灵州（今宁夏灵武西南），此处泛指西北一带。

[7] 郭汾阳：即郭子仪，唐代名将，曾任朔方节度使，以功封汾阳郡王。

【解读】

《秋望》这首诗描写了秋日边塞的风光，抒发了诗人强烈的忧国之情。

首联点明了环境和时令：黄河之水，奔腾东去；秋风瑟瑟，大雁南飞。整个画面广漠雄浑，渗透着几分悲凉，几分惨淡。颔联前句写身为游子的诗人来到郊外，只有野马似的游气，飞扬的尘埃与之相随，后句写将军佩带箭矢准备抵抗外来入侵之敌，其英雄霸气，跃然纸上。颈联极写战场的萧索景象，黄尘弥漫的原野地上，是古渡和在尘土飞扬中艰难行进的战车，而天上挂着的是一轮孤冷惨淡的"白月"。尾联以问句作结，意味绵长，从中寄托了诗人无限的感慨，表现了对国事的深深忧虑。

由此可见，这首诗不仅具有较高的艺术成就，而且蕴含着深刻的思想内容。

王世贞（1526—1590）字元美，号凤洲，又号弇州山人，汉族，太仓（今江苏太仓）人，明代文学家、史学家。"后七子"领袖之一，力主诗必盛唐，其后期思想发生某些变化，如对宋诗也不再完全排斥。官刑部主事，累官刑部尚书，移疾归，卒赠太子少保。好为古诗文，始于李攀龙主文盟，攀龙死，独主文坛二十年。有《弇山堂别集》《嘉靖以来首辅传》《觚不觚录》《弇州山人四部稿》等。

王世贞

登太白楼 [1]

昔闻李供奉 [2]，长啸独登楼 [3]。

此地一垂顾，高名百代留 [4]。

白云海色曙，明月天门秋 [5]。

欲觅重来者，潺湲济水流 [6]。

【注释】

[1] 太白楼：在今山东济宁。济宁，唐为任城。李白曾客居其地，有《任城县厅壁记》《赠任城卢主簿》诗。相传李白曾饮于楼上。唐咸通中，沈光作《李白酒楼记》，遂名于世。后世增修，历代名流过此，多有题咏。

[2] 李供奉：即李白。《新唐书·李白传》："贺知章见其文，叹曰：'子谪仙人也。'言于玄宗，召见金銮殿，论当世事，奏颂一篇。帝赐食，亲为调羹。有诏供奉翰林。"

[3] 啸：撮口发出悠长清越的声音。这里指吟咏。

[4] 此地两句：此楼自经李白一登之后，遂扬名千古。垂顾，光顾、屈尊光临。

[5] 白云两句：以天高海阔、白云明月，喻李白心胸博大、高朗。曙，黎明色。天门，星名，属室女座，此指天空。

[6] 潺湲（chán yuán）：水缓缓流动貌。济水：古水名，源出河南王屋山，东北流经曹卫齐鲁之地入海，下游后为黄河所占，今不存。济宁为古济水流经地域，金代为济州治所，故由此得名。

【解读】

这首诗大约作于明嘉靖三十二年（1553 年），此时王世贞在北京任刑部员外郎，借出差机会回太仓探亲，这年秋天，从运河乘船北上，途经济宁州

（今山东济宁），登太白楼，因有此作。

此时王世贞与李攀龙主盟文坛，名重天下。登太白楼，追寻前朝天才诗人的足迹，心中有很多感想。所以，诗的一开头就写当年李白登楼情景："昔闻李供奉，长啸独登楼。"不称"李太白"而称"李供奉"，称李白刚刚去职的官衔，这就巧妙地交代了李白登楼的时间和背景，李白到山东任城，是在任翰林供奉之后，并说明他虽然被"赐金放还"，却满不在乎，照样地纵情诗酒，放浪山水之间。"长啸独登楼"，"长啸"是魏晋时代阮籍嵇康的名士风度撮口发出悠长清越的声音。这个细节描写，突出了李白的潇洒风神。一个"独"字，更写出其超逸不群和"眼高四海空无人"的气概。

"此地一垂顾，高名百代留。"山不在高，有仙则名，水不在深，有龙则灵。这座本来不为人注意的济宁南城小楼，一经大诗人"垂顾"，从此百代留名了。这里流露了王世贞景慕、缅怀李白之情，在无限景慕中，也隐隐蕴蓄着诗人追踪比附之意。王世贞此时想的是：当年李太白垂顾此地，百代留名，我王世贞如今也来步他的后尘了。明里是颂扬前贤，暗里寄寓着个人的抱负。

"白云海色曙，明月天门秋。"王世贞写自己登楼望断天涯的情景。可是诗人笔下之景，并非全是济宁城楼及目所见，而更多的是诗人心中想象的一种海阔天高的境界。此时登上太白楼的王世贞思接千载，多么想与才华盖世的李太白精神上千古相接。于是，他也像李白那样，运用充满神奇幻想的浪漫主义笔法表现自己对这位天才诗人的神往。李白《登太白峰》："太白与我语，为我开天关。愿乘冷风去，直出浮云间。"王世贞在登临凭吊之际，也进入李白写的那种幻觉境界：仰望海天，明月当空，曙光朦胧，仿佛自己也听到诗仙李白的召唤，即将凌虚乘风而去，进入天界之门，去与他"相期邈云汉"了。

当他猛然从幻境中清醒过来时，又从天上跌落尘寰，不禁产生一种失落感。他感叹：像李白这样的天才多少年才出一个，酒楼啊酒楼，自李白光临之后，还会有像他这样的人再来登临，使酒楼重新蓬荜生辉吗？"杯欲觅重来者，潺缓济水流。"他心潮澎湃，望着东流入海的济水出神：那滔滔江水啊，洪波涌起，后浪逐前浪，一浪高一浪。"逝者如斯夫，不舍昼夜"，人类发展史文学发展史，也是这样。他感咽的神情中，大有"江山代有才人出，各领风骚几百年"之慨。

这首《登太白楼》写作上一个显著的特色，把李白当年登楼和自己今日登楼捏合到一起写，明写李白，暗写自己，写得极有才情，极富个性，表现了王世贞敢于与李白攀比的雄心、气魄。

陈子龙

陈子龙（1608—1647），明末官员、诗人、词人、散文家、骈文家、编辑。陈子龙于万历三十六年（1608年）六月初一出生于南直隶松江华亭（今上海市松江区），初名介，后改名子龙；初字人中，后改字卧子，又字懋中；晚号大樽、海士、轶符、於陵孟公等。崇祯十年进士，曾任绍兴推官，论功擢兵科给事中，命甫下而明亡，继而任南明弘光朝廷兵科给事中。清兵陷南京，他和太湖民众武装组织联络，于展抗清活动，事败后被捕，永历元年（1647年）五月十三投水殉国。

陈子龙不仅是明末著名烈士与英雄，也是明末重要作家，具有多方面的杰出成就，被公认为明代最后一个大诗人（明诗殿军），并对清代诗歌与诗学产生较大影响。陈子龙各体诗歌中，成就最突出的是七言律诗与七言古诗。陈子龙亦工词，为婉约词名家、云间词派盟主，被后代众多著名词评家誉为"明代第一词人"、清词中兴的开创者。陈子龙的骈文也有佳作，《明史》称其"骈体尤精妙"。陈子龙的奏疏与策论都有很深厚的功底，也很有成就。陈子龙的小品文自成一格，《三慨》等作品真切感人又寄托自己缠绵忠厚之情。陈子龙也是明末著名的编辑，曾主编巨著《皇明经世文编》，删改徐光启《农政全书》并定稿，这两部巨著具有很重要的史学价值。

小车行[1]

　　小车班班[2]黄尘晚，夫为推，妇为挽[3]。出门茫茫何所之[4]？青青者榆疗吾饥[5]。愿得乐土共哺糜[6]。风吹黄蒿，望见垣堵[7]，中有主人当饲汝[8]。叩门无人室无釜[9]，踟蹰[10]空巷泪如雨。

【注释】

[1] 本诗用汉乐府民歌的风格，反映了明崇祯末年天灾人祸带给人民的苦难。

[2] 小车班班：小车，即独轮车；班班，车行之声。

[3] 挽：牵拉的意思。

[4] 之：去、往的意思。

[5] 疗吾饥：也就是充饥。

[6] 愿得句：乐土，安乐之地。共哺糜（bǔ mí），一起喝粥。

[7] 垣堵：即屋墙。

[8] 饲汝：给你吃。

[9] 釜（fǔ）：铁锅。

[10] 踟蹰（zhí zhú）：徘徊不前。

【解读】

　　明崇祯十年（1637 年）六月，京城一带大旱。七月，山东遭受蝗灾，民不聊生。诗人目击哀鸿遍野的悲惨景象，怀着深切的同情心写下这首诗。

　　全诗分为三个层次，按时间顺序依次展开，以小车主人公的行动贯穿全篇。

　　第一层次为前三句。开头描写了一幅全景图画：日近黄昏，铺满黄尘的道路上出现了一辆独轮车，发出"班班"的声响。"晚"字有两层含义：一是天色将晚，二是小车已经行了很久。第二句将镜头推进，聚焦到人物身上：丈夫推车，妻子拉车绳，缓缓前行。首句七个字，后两句换为三字句，语句的停顿使我们感受到了这对逃难夫妻的艰难步履。

第二层次为接下来三句。这一层次有第三人称过渡到第一人称。"出门"句承上启下，承接了上文句意——到底要推车到哪里去？"茫然"也做了回答——不知此行何去——连主人公都不知道要去向何方，可见人物内心的悲哀了。随后两句说，夫妻二人眼前最急迫的目的便是用青青的榆叶来填塞辘辘饥肠了；而进一步的卑微理想则是能找到一块安乐之地，全家都能喝上一口热乎乎的稀粥。读到这里，我们才明白那逃难的小车上甚至连点充饥的食物都没有，真是非常可怜！那么，这心中的"乐土"在哪里呢？自然又引出了第三层次。

剩余部分为第三层次。推车的夫妻二人日夜兼程，食不果腹，早已疲惫不堪，他们是多么想找到一户人家，能充饥歇脚，缓一缓逃难的行程。于是，当他们看见了风吹蒿草，露出低矮的墙壁时，心头升起了希望——夫妻二人相互安慰：料想里面的主人会给点饭吃。这三句描写人物心理，通过猜想，使全诗的凄楚基调略略透出一点儿慰藉——愿望马上就会实现。然而"叩门无人室无釜"瞬间击垮了夫妻二人的心理，使全诗形成了一个大跌宕。两个"无"字及其精练地道尽了萧条破败的农村景象——饥民四起，民不聊生，这逃难的，又何止这推车的夫妻二人！结尾处，诗人展示了一个特写：夫妻二人徘徊空巷，相对垂泪。无声的眼泪取代了交织着悲哀的班班车声，绝望瞬间吞没了似乎可能会成为现实的希望。此诗天色已晚，又饿又累，这对夫妻又该何去何从呢？依然是茫然不知所之……读罢全诗，一幅和着血泪的农民逃荒图触目惊心地展现在我们眼前！

从艺术上看，这首诗玥显受到汉乐府民歌的影响。一是反映民生疾苦，与汉乐府一脉相承；二是其叙事性也是汉乐府的重要特色；三是其语言风格古朴，口语色彩浓，也令人联想到与汉乐府的继承关系。当然，从题材上看，汉乐府并没有专写逃荒的诗，这首诗有了新的突破和开拓。

清

明崇祯十七年（1644年），李自成率军攻陷北京，明朝灭亡。清朝乘机攻入山海关，揭开了中国最后一个封建王朝的帷幕。到清宣统三年（1911年）清朝灭亡，清王朝统治中国267年。

中国文学到清代经过数度变迁、数度形态各异的辉煌，有着丰厚而多彩的历史积累。鸦片战争以前的清代文学呈现出一种集中国古代文学之大成的景观，各种文体都再度辉煌，蔚为大观，诸多样式齐头并进，全面繁荣。可以说，举凡以往各代曾经盛行过、辉煌过的文学样式，大都在清代文坛上占有一席之地，诗歌亦是如此。

清初诗人可分为两类，一类是遗民诗人，他们的诗作反映了易代之际的惨痛史实与民族感情，笔力遒劲，沉痛悲壮，肇开清诗发展的新天地。顾炎武、黄宗羲、王夫之是其中的杰出代表。另一类是仕清又忏悔者，如钱谦益、吴伟业。钱谦益对确立有清一代诗风起了"导乎先路"的作用，被称为清诗的开山宗匠。吴伟业才华出众，其歌行诗"梅村体"风行一代。继遗民诗人之后出现的诗人有王士禛、朱彝尊、施闰章、宋琬、赵执信、查慎行等，其中最负盛名的是王士禛。乾嘉诗坛出现了众多的诗派和诗人，其中影响最大的是沈德潜的格调说、翁方纲的肌理说和袁枚的性灵说。沈德潜论诗以儒家诗教为宗，尊唐抑宋，重视诗歌的教化功能，推崇"温柔敦厚"。翁方纲倡导肌理，包括义理和文理。义理为"言有物"，指以六经为代表的符合儒家道德规范的思想和学问；文理指"言有序"，指诗歌的韵律、节奏、章法等。袁枚宣扬性情至上，作诗以才运笔、信手拈来、抒发性灵、议论新颖、笔调活泼、语言晓畅，从内容到形式都有一定的创新。时人赵翼、蒋士铨与袁枚并称"乾隆三大家"。

顾炎武（1613—1682），汉族，明朝南直隶苏州府昆山（今江苏省昆山市）千灯镇人，本名绛，乳名藩汉，别名继坤、圭年，字忠清、宁人，亦自署蒋山佣；南都败后，因为仰慕文天祥学生王炎午的为人，改名炎武。因故居旁有亭林湖，学者尊为亭林先生。

顾炎武是明末清初的杰出的思想家、经学家、史地学家和音韵学家，与黄宗羲、王夫之并称为明末清初"三大儒"。他一生辗转，行万里路，读万卷书，创立了一种新的治学方法，成为清初继往开来的一代宗师，被誉为清学"开山始祖"。顾炎武学问渊博，于国家典制、郡邑掌故、天文仪象、河漕、兵农及经史百家、音韵训诂之学，都有研究。晚年治经重考证，开清代朴学风气。其学以博学于文，行己有耻为主，合学与行、治学与经世为一。诗多伤时感事之作。其主要作品有《日知录》《天下郡国利病书》《肇域志》《音学五书》《韵补正》《古音表》《诗本音》《唐韵正》《音论》《金石文字记》《亭林诗文集》等。

顾炎武

精　卫 [1]

万事有不平，尔何空自苦 [2]？
长将一寸身，衔木到终古 [3]。
我愿平东海，身沉心不改。
大海无平期，我心无绝时。
呜呼！君不见西山衔木众鸟多，鹊来燕去自成窠！ [4]

【注释】

[1] 精卫：古代神话中所记载的一种鸟。相传是炎帝的小女儿，由于在东海中溺水而死，所以死后化身为鸟，名叫精卫，常常到西山衔木石以填东海。

[2] 尔：指精卫。

[3] 终古：永远。

[4] 呜呼三句：讽刺当时托名遗民，而实为自己利禄打算的人。鹊、燕，比喻无远见、大志，只关心个人利害的人。窠（kē），鸟巢。

【解读】

顾炎武从二十七岁起开始编纂两部巨著——《天下郡国利病书》（记载明代各地区社会政治经济状况的历史地理著作）和《肇域志》（全国性地理总志，《天下郡国利病书》姊妹作）。这首诗是顾炎武在三十六岁时根据《山海经》关于精卫鸟的故事写成的。

相传，精卫鸟是炎帝的女儿，被大海吞噬了生命。她的灵魂变成了一只精卫鸟，锲而不舍、不知疲倦地从高山采集石子和树枝衔在嘴里丢向东海。起首四句模拟他人问精卫：世间万事都有不平之处，你又何必自己为难自己，用自己小小的身躯，终日口衔木石直到永远呢？随后四句模拟精卫的回答：我的志愿就是将东海填平，即使身躯沉入大海，我填海之心也不更改，只要大海没有被填平，我就不会停止。在诗中，顾炎武把自己比喻为精卫鸟，决心以精卫鸟填海的精神，实现自己抗清复明和编写巨著的大业。当然，也有对那些为了一己利益"西山衔木众鸟多，鹊来燕去自成窠"的人不满和无奈。最后三句——教人伤心哪！你没看见吗？那西山上的鸟雀们都在各忙各的，为自己铸造安乐的巢穴呢。

精卫诗表达了他坚持气节，不向清王朝屈服的决心。顾炎武为了探索经国济民之道，跋山涉水，调查研究，做了大量笔录，孜孜以求，在历经三十年后，巨著终于完成。

吴伟业

吴伟业（1609—1672）字骏公，号梅村，别署鹿樵生、灌隐主人、大云道人，汉族，江苏太仓人。生于明万历三十七年，明崇祯四年（1631年）进士，曾任翰林院编修、左庶子等职。清顺治十年（1653年）被迫应诏北上，次年被授予秘书院侍讲，后升国子监祭酒。顺治十三年底，以奉嗣母之丧为由乞假南归，此后不复出仕。他是明末清初著名诗人，与钱谦益、龚鼎孳并称"江左三大家"，又为娄东诗派开创者。长于七言歌行，初学"长庆体"，后自成新吟，后人称之为"梅村体"。

圆圆曲

鼎湖[1]当日弃人间，破敌[2]收京下玉关[3]。恸哭[4]六军俱缟素[5]，冲冠一怒[6]为红颜。红颜[7]流落非吾恋，逆贼天亡[8]自荒宴[9]。电扫黄巾[10]定黑山[11]，哭罢君[12]亲[13]再相见。

相见初经田窦[14]家，侯门[15]歌舞出如花。许将戚里[16]箜篌伎[17]，等取将军油壁车[18]。家本姑苏[19]浣花里[20]，圆圆小字娇罗绮[21]。梦向夫差[22]苑里游，宫娥[23]拥入君王起。前身合[24]是采莲人[25]，门前一片横塘[26]水。横塘双桨去如飞，何处豪家强载归。此际岂知非薄命，此时唯有泪沾衣。薰天[27]意气连宫掖[28]，明眸皓齿无人惜。夺归永巷[29]闭良家[30]，教就新声倾[31]坐客。坐客飞觞[32]红日暮，一曲哀弦向谁诉？白皙通侯[33]最少年，拣取花枝[34]屡回顾。早携娇鸟出樊笼，待得银河几时渡[35]？恨杀军书抵死[36]催，苦留后约将人误。相约恩深相见难，一朝蚁贼[37]满长安[38]。可怜思妇[39]楼头柳，认作天边粉絮[40]看。遍索[41]绿珠[42]围内第[43]，强呼绛树[44]出雕阑。若非壮士[45]全师胜，争得[46]蛾眉[47]匹马还？

蛾眉马上传呼进，云鬟[48]不整惊魂定。蜡炬迎来在战场，啼妆满面残红印。专征[49]箫鼓向秦川[50]，金牛道[51]上车千乘[52]。斜谷[53]云深起画楼[54]，散关[55]月落开妆镜。传来消息满江乡，乌桕[56]红经十度霜。教曲伎师怜尚在，浣纱女伴[57]忆同行。旧巢共是衔泥燕，飞上枝头变凤凰。长向尊前悲老大[58]，有人[59]夫婿擅侯王。当时只受声名累，贵戚名豪竞延致[60]。一斛明珠万斛[61]愁，关山漂泊腰肢细[62]。错怨狂风扬落花，无边春色来天地。

尝闻倾国[63]与倾城[64]，翻使周郎[65]受重名。妻子岂应关大计，英雄无奈是多情。全家白骨成灰土，一代红妆[66]照汗青[67]。君不见，馆娃[68]初起鸳鸯宿，越女[69]如花看不足。香径[70]尘生乌自啼，屧廊[71]人去苔空绿。换羽移宫[72]万里愁，珠歌翠舞[73]古梁州[74]。为君别唱[75]吴宫曲[76]，汉水[77]东南日夜流！

【注释】

[1] 鼎湖：典出《史记·封禅书》。传说黄帝铸鼎于荆山下，鼎成，有龙垂胡须下迎黄帝，黄帝即乘龙而去。后世因称此处为"鼎湖"。常用来比喻帝王去世。此指崇祯帝自缢于煤山（今景山）。

[2] 敌：指李自成起义军。

[3] 玉关：即玉门关，这里借指山海关。

[4] 恸（tòng）哭：放声痛哭、号哭。

[5] 缟（gǎo）素：丧服。

[6] 冲冠一怒：即怒发冲冠，典出《史记·廉颇蔺相如列传》。

[7] 红颜：美女，此指陈圆圆。

[8] 天亡：天意使之灭亡。

[9] 荒宴：荒淫宴乐。

[10] 黄巾：汉末农民起义军，这里借指李自成。

[11] 黑山：汉末农民起义军，这里借指李自成。

[12] 君：崇祯帝。

[13] 亲：吴三桂亲属。吴三桂降清后，李自成杀了吴父一家。

[14] 田窦（dòu）：西汉时外戚田蚡、窦婴。这里借指崇祯宠妃田氏之父田宏遇。

[15] 侯门：指显贵人家。

[16] 戚里：皇帝亲戚的住所，指田府。

[17] 箜篌伎（kōng hóu jì）：弹箜篌的艺妓，指陈圆圆。

[18] 油壁车：指妇女乘坐的以油漆饰车壁的车子。

[19] 姑苏：即苏州。

[20] 浣（huàn）花里：唐代名妓薛涛居住在成都浣花溪，这里借指陈圆圆在苏州的住处。

[21] 娇罗绮（qǐ）：长得比罗绮（漂亮的丝织品）还群艳美丽。

[22] 夫差（fū chāi）：春秋时代吴国的君王。

[23] 宫娥：宫中嫔妃、侍女。

[24] 合：应该。

[25] 采莲人：指西施。

[26] 横塘：地名，在苏州西南。

[27] 熏天：形容权势大。

[28] 宫掖（yè）：皇帝后宫。

[29] 永巷（yǒng xiàng）：古代幽禁妃嫔或宫女的处所。

[30] 良家：指田宏遇家。

[31] 倾：使之倾倒。

[32] 飞觞（shāng）：一杯接一杯不停地喝酒。

[33] 白皙通侯：画色白净的通侯，指吴三桂。

[34] 花枝：比喻陈圆圆。

[35] 银河几时渡：借用牛郎织女七月初七渡过银河相会的传说，比喻陈圆圆何时能嫁吴三桂。

[36] 抵死：拼死、拼命。

[37] 蚁贼：对起义军的诬称。

[38] 长安：借指北京。

[39] 可怜思妇：意谓陈圆圆已是有夫之人，却仍被当作妓女来对待。

[40] 天边粉絮：指未从良的妓女。粉絮，白色的柳絮。

[41] 遍索：意谓李自成部下四处搜寻圆圆。

[42] 绿珠：晋朝大臣石崇的宠姬。

[43] 内第：内宅。

[44] 绛树（jiàng shù）：汉末著名舞妓。这里二人皆指陈圆圆。

[45] 壮士：指吴三桂。

[46] 争得：怎得、怎能够。

[47] 蛾眉：喻美女，此指圆圆。

[48] 云鬟（huán）：高耸的环形发髻。

[49] 专征：指军事上可以独当一面，自己掌握征伐大权，不必奉行皇帝的命令。

[50] 秦川：陕西汉中一带。

[51] 金牛道：从陕西沔县进入四川的古栈道。

[52] 千乘（qiān shèng）：这里指千辆，虚指车辆之多。

[53] 斜谷：陕西郿县西褒斜谷东口。

[54] 画楼：雕饰华丽的楼房。

[55] 散关：在陕西宝鸡西南大散岭上。

[56] 乌桕（jiù）：树名。

[57] 浣纱女伴：西施入吴宫前曾在绍兴的若耶溪浣纱。这里是说陈圆圆早年做妓女时的同伴。

[58] 尊：酒杯。老大：年岁老大。

[59] 有人：指陈圆圆。

[60] 延致：聘请。

[61] 斛（hú）：古代十斗为一斛。

[62] 细：指瘦损。

[63] 倾国：形容极其美貌的女子。

[64] 倾城：形容极其美貌的女子。典出《汉书·李夫人传》："北方有佳人，绝世而独立。一顾倾人城，再顾倾人国。"

[65] 周郎：指三国时吴国名将周瑜，因娶美女小乔为妻而更加著名。这里借喻吴三桂。

[66] 一代红妆：指陈圆圆。

[67] 照汗青：名留史册。

[68] 馆娃：即馆娃宫，在苏州附近的灵岩山，吴王夫差为西施而筑。

[69] 越女：指西施。

[70] 香径：即采香径，在灵岩山附近。

[71] 屧（xiè）廊：即响屧廊，吴王让西施穿木屧走过一条长廊以发出声响来倾听。在馆娃宫。

[72] 羽、宫：都是古代五音之一，借指音乐。这里是用音调变化比喻人事变迁。

[73] 珠歌：指吴三桂沉浸于声色之中。

[74] 古梁州：指明清时的汉中府，吴三桂曾在汉中建藩王府第，故称。

[75] 别唱：另唱。

[76] 吴宫曲：为吴王夫差盛衰所唱之曲，此指《圆圆曲》。

[77] 汉水：发源于汉中，流入长江。此句语出李白《江上吟》诗："功

名富贵若长在，汉水亦应西北流。"暗寓吴三桂覆灭的必然性。

【解读】

公元 1664 年初李自成在西安建国，号大顺。三月十八李自成攻占北京，陈圆圆被俘，因此吴三桂引清兵入关，反攻北京，复得陈圆圆。清顺治十六年，吴三桂封平西王镇守云南，陈圆圆跟随赴任。《圆圆曲》就是根据上述历史事实为题材而创作。

作为一首长篇叙事诗，全诗组织结构严谨，次序井然，前后照应，多用曲笔，叙事、抒情、议论交织在了一起，虽以陈圆圆、吴三桂的离合故事为主要内容，但也糅合进了明末清初的故事，抒发了诗人极其复杂的思想感情。

第一段为开头八句，写明崇祯皇帝吊死景山，吴三桂勾结清兵攻占北京，以"冲冠一怒为红颜"句切中吴三桂要害，并以此句为全诗的主旨。指明吴三桂打着复明的旗号，实际上是为了陈圆圆而降清的。诗一开篇就借"鼎湖当日弃人间"代指崇祯之死，然后就写吴三桂打败李自成："破敌收京下玉关"，极斩截利落。兴兵的名义是为崇祯报仇，然而骨子里却另有怀恨。"恸哭六军俱缟素，冲冠一怒为红颜"两句之妙，一在于对仗精整，以众形独，以素形红；二在于下句"立片言以据要，乃一篇之警策"。它不是靠夸张取胜，而是一针见血以事实胜雄辩，"冲冠一怒为红颜"这一事实是吴三桂本人也不敢正视的。为一己私情牺牲民族大节及全家性命，其行径比较《史记》中为护璧冲冠一怒的蔺相如和将行刺秦王"怒发上指冠"的荆轲，毕竟太卑微，出以吴三桂口吻的"红颜流落非吾恋"，辩解显得无力，"哭罢君亲再相见"的举止于是显得做作虚伪。

第二段从第九句至"争得蛾眉匹马还"，叙述吴三桂与陈圆圆悲欢离合的经历。用蝉联句法用作倒叙，写到吴陈初次见面："相初经田窦家，侯门歌舞出如花。许将戚里箜篌伎，等取将军油壁车。"当初吴三桂在田家宴会上对色艺双绝的陈圆圆一见钟情，田宏遇便顺水推舟，为他们牵线搭桥，定下这一段姻缘。这一段乃是以三桂为中心，对吴陈离合情事初陈梗概。写法是直书其事，大刀阔斧。"家本姑苏浣花里"，则有点染之妙，同时，也容易使人与西子浣纱发生其种联想。以下虚拟一梦，说陈圆圆是西施后身，最是闲中生色的笔墨。"梦向夫差苑里游，宫娥拥入君王起"两句大得《长恨歌》"侍儿扶起娇无力，始是新承恩泽时"之神韵。"采莲人"指西施，又与苏州的"横塘水"搭成联想，使人想见娇小的圆圆有过天真无邪的童年。以下四句仍用蝉联格起，转说圆圆长成，被豪门强载"塞翁失马，焉知非福"，但圆圆当时只是担惊受怕，又哪能预测未来？"此际岂知非薄命"已遥起后文"错怨狂风扬落花"，针线极为密致。"侯门一入深如海"。在权势通天的外戚之家，圆圆又一度被作为贡品献入宫中，但未获选。从此作为豪门女乐，精习弹唱，歌笑向客，用佐清欢。使陈圆圆绝处逢生，脱离苦海的契机终于到了，她遇到了少年得志的吴三桂，一拍即合彼此真是目成心许了。此即段所谓"相见初经田窦家"一节，这里便接过此线展开动情的唱叹："坐客飞觞红日暮，一曲哀弦向谁诉？"正在山重水复，忽然一径暗通："白皙通侯最少年，拣取花枝屡回顾"，相见恨晚，"早携娇鸟出樊笼，待得银河几时渡"。然而，好事多磨，这时三桂又奉旨出关抵御清兵："恨杀军书抵死催，苦留后约将人误。"这一节两句一转，一波三折，摇曳生姿。写三桂去后，陈圆圆在一场社会巨变之中跌进命运的深渊。

农民起义军入城，吴陈双方音讯隔绝，诗人兼用王昌龄《闺怨》（"春日凝妆上翠楼，忽见陌头杨柳色"）、沈佺期《杂诗》（"可怜闺里月，长在汉家营"）语意，写道："可怜思妇楼头柳，认作天边粉絮看。"更难堪的是她受声名之累，成为享乐思想滋长了的义军头领的猎物："遍索绿珠围内第，强呼绛树出雕栏。"绿珠是西晋石崇家妓，为孙秀所夺，不屈而死；绛树是魏时名妓，皆借指圆圆。二典偏重于绿珠事，意谓有人恃强夺三桂所好，而圆圆心实难从。"绛树"用来与"绿珠"对仗，工妙在于虚色辉映。再度沦落的经历不宜多写，诗人点到为止，即以迅雷不及掩耳之势，回到"电扫黄巾"的话头："若非壮士全师胜，争得蛾眉匹马还。"圆圆重新回到三桂怀抱，全凭爱情的神力。是悲是喜？是扬是抑？"壮士"之誉，属正属反？恐怕梅村也说不清楚。伟大的情人，渺小的国士这才是诗人给吴三桂的定性。诗人的彩笔主要用在烘托爱情至上的一面。

第三段从"蛾眉马上传呼进"到"无边春色来天地"，写吴三桂于战场迎接陈圆圆的恩宠有加的情景。先叙写迎接陈圆圆的盛大场面，出人意表地把两情重圆的无限温柔旖旎的场面，端端安排在杀声甫定的战场上，而且是在夜晚，打着火把找到似的，为情节增添了几分戏剧性。这里读者又看到逼肖《长恨歌》"闻道汉家天子使，九华帐内梦魂惊""玉颜寂寞泪阑干，梨花一枝春带雨"那样的妙笔："蛾眉马上传呼进，云鬟不整惊魂定。蜡炬迎来在战场，啼妆满面残红印。"到底是三桂救了圆圆，还是圆圆成就了三桂呢？从此吴三桂青云直上，持专征特权，移镇汉中。夫贵妻荣，陈圆圆也一直做到王妃。"斜谷云深起画楼，散关月落开妆镜"，诗人不写平西王府的豪华，偏偏取川陕道途之荒僻山川为背景，写圆圆的舒心如意，正是因难见巧极为别致的奇笔。你看彩云为之起楼，明月为之掌镜，"时来风送滕王阁"，似乎天地一切都是为圆圆而存在，这种心情本来就应该安排在吴陈重逢不久的一段时间。道途中感觉尚如此良好，遑论其余。以战场为背景，暗寓对吴三桂"冲冠一怒为红颜"的批判。

从"传来消息满江乡"到"无边春色来天地"是紧接上文作咏叹，诗人撇下了叙事，而凿空设想苏州故里的乡亲女伴听到圆圆飞黄腾达的消息所起的轰动、议论、妒忌以及对人生无常的感慨。温庭筠《西洲曲》"门前乌桕树，惨淡天将曙"写的是离别情景，圆圆自崇祯十五年春被豪家载去至顺治八年，恰为十年，故云"乌桕红经十度霜"。教曲伎师，浣纱女伴，都亲眼看到过圆圆的往昔不过尔尔，没想到时来运转，飞上高枝，叫人眼热："旧巢本是衔泥燕，飞上枝头变凤凰。长向尊前悲老大，有人夫婿擅侯王。"这里实际暗用王维《西施咏》"当时浣纱伴，莫得同车归"语意。而陈圆圆的遭遇之曲折，又远逾西施，更令人感慨。再用圆圆旧日女伴对她的艳羡，反衬出圆圆所享的荣华富贵之隆。最后六句写圆圆的自我咏叹，既有对自己复杂遭遇的感叹，也有对意外荣贵的茫然。这一段空间跳跃甚大，内涵极深，耐人寻味。如果说前一段主要是写纵向的起伏，那么这一段则主要是写横向的对照。

第四段即最后十四句，写诗人的议论与感慨。前六句进一步申述对吴氏"冲冠一怒为红颜"的批判，"尝闻倾国与倾城，翻使周郎受重名"起，借小说家言：曹操起铜雀台扬言要夺东吴二乔，使周瑜奋起抗曹，大获全胜于赤壁这故事，比方吴三桂"冲冠一怒为红颜"，歪打正着，为清朝立了大功。说这里有讽刺，当然确凿无疑。但讽刺只是冲着明代总兵吴三桂的。至于陈圆圆和陈吴爱情又当别论。应该指出，梅村的思想感情上也有困惑，也有矛盾，他也遇到了白居易作《长恨歌》的老问题：是歌咏爱情，还是政治讽刺？爱情的力量太强大了。它可以成就一个人，也足以毁灭一个人。但吴三桂是成功了，还是毁灭了？他赢得了爱情和显赫的地位，却毁了灵魂和后世之名。梅村从理智上要批判他。但从感情上又不免为之缓颊。"妻子岂应关大计"，江山重要；"英雄无奈是多情"，美人可恋。所谓英雄难过美人关。吴三桂便以"无君无父"的高昂代价，使陈圆圆成为历史人物："全家白骨成灰土，一代红妆照汗青。"后八句借用吴王夫差的故事，暗寓吴三桂的下场。诗人的预言，正好印证了二十多年后吴三桂叛乱被清王朝最后消灭的结局。

这首诗在艺术上也很有特色。首先，在叙事方面它突破了古代叙事诗单线平铺的格局，采用双线交叉、纵向起伏、横向对照的叙述方法。全诗以吴三桂降清为主线，以陈圆圆的复杂经历为副线，围绕"冲冠一怒为红颜"的主旨，通过倒叙、夹叙、追叙等方法，将当时重大的政治、军事事件连接起来，做到了开合自如，曲折有致。其次，诗的语言晓畅，艳丽多彩，且富于音乐的节奏。而顶针手法的熟练运用，不仅增强了语言的音乐美，而且使叙事如串珠相连，自然而洒脱。此外对照手法的运用也很有特色。

宋琬（1614—1674）清初著名诗人，清八大诗家之一。字玉叔，号荔裳，汉族，莱阳（今属山东）人。顺治四年进士，授户部主事，累迁永平兵仆道、宁绍台道。族子因宿憾，诬其与闻逆谋，下狱三年。久之得白，流寓吴、越间，寻起四川按察使。琬诗入杜、韩之室，与施闰章齐名，有南施北宋之目，又与严沆、施闰章、丁澎等合称为燕台七子，著有《安雅堂集》及《二乡亭词》。

宋　琬

清水道中（陇坂高无极）

陇阪高无极 [1]，清秋望更赊 [2]。

石林 [3] 千叠水，板屋几人家。

古驿 [4] 羊酥饭，空山燕麦花。

停骖问耆旧 [5]，井税 [6] 说频加。

【注释】

[1] 陇阪（lǒng bǎn）：山坡、高坡。陇，通"垄"。

[2] 赊：长、远。

[3] 石林：石头和树林。

[4] 驿：驿站。

[5] 停骖（cān）问耆（qí）旧：意思是停下车来问路边的老人。骖，古代驾在车前两侧的马。耆旧，年高望重者。

[6] 井税：田税。

【解读】

诗描写了在路上行走所见所闻。

此诗前两句着重在写景，以清新雅丽的文笔描绘了一幅远山秋景图，高耸的青山连绵不绝，在深秋的雾气里显得更加朦胧，为读者勾勒了宏大广阔的场景，渲染了宁静清新的氛围。颔联诗人以"石林""水""板屋""人家"等意象勾画了石林山水图，隐遁在深山中闲适的农家生活全都显现出来，有强烈的代入感，让读者仿佛置身于当时、当地、当景一般。活灵活现，跳脱一般。

后联中虽然没有直接写出一个主人公字眼，但实际上诗人却在暗中塑造了一个以马代足，游玩山村田野之间的人物，不管主人公是诗人本尊也好，还是另有其人，都让人物在暗中变得鲜活，并且如同全诗中营造的静谧氛围一样充满了些许神秘感。古老偏僻的驿站接待远来的行人过客，店家以美味的羊酥饭为行者解乏充饥，不远处的花香沁人心脾。

全诗由头至尾都充满一种平静悠然的氛围，诗人勾勒了一幅世俗之外的桃源之景，借此诗抒发了自己内心对田园山居的喜爱和向往之情。

施闰章

施闰章（1619—1683）清初著名诗人。字尚白，一字屺云，号愚山，媿萝居士、蠖斋，晚号矩斋，后人也称施侍读，另有称施佛子。江南宣城（今属安徽）人，顺治六年进士，授刑部主事。十八年举博学鸿儒，授侍讲，预修《明史》，进侍读。文章淳雅，尤工于诗，与同邑高咏等唱和，时号"宣城体"，有"燕台七子"之称，与宋琬有"南施北宋"之名，位"清初六家"之列，处"海内八大家"之中，在清初文学史上享有盛名。著有《学余堂文集》《试院冰渊》等。

泊樵舍 [1]

涨减 [2] 水愈急，秋阴未夕昏 [3]。

乱山成野戍 [4]，黄叶自江村。

带雨疏星见，回风绝岸 [5] 喧。

经过多战舰，茅屋几家存？

【注释】

[1] 樵舍：谓打柴人家。

[2] 涨减：潮涨潮落。

[3] 未夕昏：不到傍晚，天色已经昏暗。

[4] 野戍：野外驻扎，此处指官兵野外驻扎之地。

[5] 绝岸：陡峭的岸。

【解读】

这大约是在康熙六年（1667年），施闰章正从江西参议任上被裁归乡。虽是被裁，但可以复归故乡，此刻他的梦魂恐怕早已萦绕在故乡宣城的青山、草庐间，可见他的心情无疑是舒快的。但当他来到南昌，却因时局动荡，而迟迟不能发舟。面对着凄清秋景和黯淡时局，诗人的心境顿又变得苍凉、沉重了。《泊樵舍》便正是他带着这种心境，在归乡途中夜泊的感喟之作。

一杆孤独的帆影，在阴郁的秋空下飞驶，这时正当潮落，浩荡的江流挟裹着滚滚的浪波，愈加见得汹汹湍急起来。倘若是在晴日，则船浮碧流、帆飞青缈，展开在诗人眼际的，该是绚丽晚景。但诗人此刻置身的，却是阴沉沉的雨秋，还不到傍晚时分，天色就已一片昏暗。此诗起笔"涨减水愈急，秋阴未夕昏"，正以黯淡的色彩，给全诗笼罩了一重拂不去的愁思。它似乎预示着，诗人的这次途中夜泊，决非如他所想象的那般舒快。

当诗人在薄暮的阴郁中放目江岸时，这愁思便因萧条的岸景，而变得更加惨淡、苍凉了。"乱山成野戍"，展出的是岸上的连绵山影，它本该青翠艳丽，而今却成了驻守江岸的清兵野戍之地！旌旗处处、剑戟森森，简直把山野搅得一片凌乱了。句中以一个"乱"字状貌岸山，正隐隐传达着诗人目击中的这种震愕之感。"黄叶自江村"，则是在乱山映衬下江岸近景，那江边的小村，本来也该是宁和欣悦之境，现在却一片死寂，见不到几处炊烟，只有疏落的杂树和风吹瑟瑟的黄叶，在勉强标志着这里曾是一片村落，这句中一个"自"字含义深刻：衰黄的树叶能自成一村，可见这江村中，竟没有比黄叶更具生气的象征了！

时间就这样在暮色中延续，诗人却还久久地伫立船头沉思，忽然听到细微的淅沥之声，原来已下起了稀疏的雨。举首仰天，沉沉夜空还剩下几颗暗淡的星，仍在迷蒙中幽幽闪烁。它似乎在诗人黯然的心上，投进了几丝希冀和亮色。这大约就是"带雨疏星见"，所带给诗人的渺茫感觉吧。可惜江上的风，却又猛烈刮起，向着高高的江岸撞去，终又逆折回来，发出一片凄厉的喧鸣。这打破幽寂的喧声，无疑也惊醒了诗人的凝思，把他从悠远的仰望中，拉回到凄苦的现实。

施闰章是一位颇关注民生疾苦的清吏。他在驻守临江时，曾为地方办了不少好事，被百姓呼为"施佛子"。而今，当他夜泊樵舍，亲眼看见沿江一带民生凋敝的景象时，又怎能不感到深切的哀愤？这一路船行所经之处，只见官家"剿乱"的幢幢舰影，无辜百姓则屡遭劫难，更有几家茅屋得以在战火下幸存？这便是诗之结句所发出的诘问和慨叹。

诗人善于造境，此诗所描摹的，几乎都是夜泊所见之景，而绝少诗人情感直接抒写。然而，阴郁的秋夕，湍急的江流，与乱山、黄叶、苦雨、凄风的交织相汇，又无处不浸染着诗人那黯然神伤的情感色彩。这情感本来很容易引向一般的客旅孤清之思，但诗人却在关键处着以"野戍""战舰"之语，揭出了凄凉岸景与动乱时局间的内在联系，从而将这情感内涵，升华为远比一般的客旅之思深沉广大的忧时悯乱之慨了。

朱彝尊（1629—1709），清代诗人、词人、学者、藏书家。字锡鬯，号竹垞，又号驱芳，晚号小长芦钓鱼师，又号金风亭长。汉族，秀水（今浙江嘉兴市）人。康熙十八年（1679年）举博学鸿词科，除检讨。二十二年（1683年）入直南书房。曾参加纂修《明史》。博通经史，诗与王士祯称南北两大宗。作词风格清丽，为浙西词派的创始者，与陈维崧并称朱陈。精于金石文史，购藏古籍图书不遗余力，为清初著名藏书家之一。

朱彝尊

出居庸关^[1]

居庸关上子规^[2]啼，饮马流泉落日低。
雨雪自飞千嶂^[3]外，榆林只隔数峰西^[4]。

【注释】

[1] 居庸关：在北京市昌平区西北，为长城重要关口，历代兵家必争之地。

[2] 子规：鸟名，一名杜鹃。鸣声凄切，能动旅客归思。

[3] 嶂：似屏障的山峰。

[4] 榆林：榆林堡。在居庸关西五十五里。

【解读】

这是一首写景小诗。

起句看似平平叙来，并未对诗人置身的关塞之景作具体描摹。但对于熟悉此间形势的读者来说，"居庸关"三字的跳出，正有一种雄关涌腾的突兀之感。再借助于几声杜鹃啼鸣，便觉有一缕辽远的乡愁，浮升在诗人的高岭独伫之中。清澈、明净的泉流，令你忘却身在塞北；那徐徐而奏的泉韵，简直如江南的丝竹之音惹人梦思。但"坐骑"咴咴的嘶鸣，又立即提醒你这是在北疆。因为身在山坂高处，那黄昏"落日"，也见得又圆又"低"，如此高远清奇的苍莽之景，就决非能在烟雨霏霏的江南，所可领略得到的了。

不过最令诗人惊异的，还是塞外气象的寥廓和俊美。"雨雪自飞千嶂外"句，即展现了那与"饮马流泉落日低"，所迥然不同的又一奇境——剪影般的"千嶂"近景后，添染上一笔清莹洁白的"雨雪"作背景，更着以一"飞"字，便画出了一个多么寥廓、高洁、竣奇而不失轻灵流动之美的世界！

诗人久久地凝视着这雨雪交加的千嶂奇景，那一缕淡淡的乡愁，就如云烟一般飘散殆尽。此次出塞，还有许多故址、遗迹需要考察，下一程的终点，该是驰名古今的"榆林塞"了吧？诗之结句把七百里外的榆林，说得仿佛近在咫尺、指手可及，岂不太过夸张？不，它恰正是人们在登高望远中所常有的奇妙直觉。这结句虽然以从唐人韩翃"秋河隔在数峰西"句中化出，但境界却高远得多：它在刹那间将读者的视点，提升到了诗人绝后的绝高之处；整个画面的空间，也因此猛然拓展。于是清美、寥廓的北国，便带着它独异的"落日"流泉、千嶂"雨雪"和云海茫茫中指手可及的榆林古塞，苍苍莽莽地尽收你眼底了。

王士禛

王士禛（1634—1711），原名王士禛，字子真，一字贻上、豫孙，号阮亭，又号渔洋山人，人称王渔洋，谥文简。汉族，新城（今山东桓台县）人，常自称济南人，清初杰出诗人、文学家。博学好古，能鉴别书、画、鼎彝之属，精金石篆刻，诗为一代宗匠，与朱彝尊并称。书法高秀似晋人。康熙时继钱谦益而主盟诗坛。论诗创神韵说。早年诗作清丽澄淡，中年以后转为苍劲。擅长各体，尤工七绝。但未能摆脱明七子摹古余习，时人诮之为"清秀李于麟"，然传其衣钵者不少。好为笔记，有《池北偶谈》《古夫于亭杂录》《香祖笔记》等。

秋柳（秋来何处最销魂）（其一）

秋来何处最销魂？残照西风白下门[1]。

他日差池春燕影，只今憔悴晚烟痕[2]。

愁生陌上黄骢曲，梦远江南乌夜村[3]。

莫听临风三弄笛，玉关哀怨总难论[4]。

【注释】

[1] 秋来两句：以问答形式写南京秋柳最使人感伤。李白《忆秦娥》有"何许最关人，乌蹄白门柳"之句，为诗意所本。白下：白下城，故址在今南京市西北。

[2] 他日两句：写春日燕子在柳丝中穿翔，秋来柳枝在晚风中摇荡。差池：参差不齐。《诗经·邶风·燕燕》："燕燕于飞，差池其羽。"

[3] 愁生两句：写流离丧乱之感。黄骢曲：《乐府杂录》："黄骢叠，唐太宗定中原所乘马，征辽马毙，上叹息，命乐工撰此曲。"乌夜村：古乐府《杨叛儿》："杨柳可藏乌。"徐爰注：海盐南三里有乌夜村。

[4] 莫听两句：也用有关杨柳的典故，以写别离、漂泊之事。

【解读】

王士禛的《秋柳》诗共四首，公元1657年（清顺治十四年）秋作于济南大明湖上。王士禛在其《菜根堂诗集序》中云："顺治丁酉秋，予客济南，诸名士云集明湖。一日会饮水面亭，亭下杨柳千余株，披拂水际，叶始微黄，乍染秋色，若有摇落之态。予怅然有感，赋诗四首。"这里清楚地说明，《秋柳》诗是在大明湖水面亭所作。据考证，所谓"水面亭"，全名应该是"天心水面亭"，在当今大明湖南岸稼轩祠附近，早已毁佚。

这四首诗，意韵含蓄，境界优美，咏物与寓意有机地结合在一起，有着极强的艺术感染力。第一首写秋柳的摇落憔悴，从而感叹良辰易逝，美景难留。全诗辞藻妍丽，造句修整，用曲精工，意韵含蓄，风神高华，境界优美，咏物与寓意有机地结合在一起，有着极强的艺术感染力。更叫人叹绝的，是全诗句句写柳，却通篇不见一个"柳"字，表现出诗人深厚的艺术功底。因此为一时绝唱。

白下门，指今江苏南京。那是六朝的首都。后来虽还是有名的城市之一，但比起其长期作为首都的六朝时代来，当然可说是没落了。所以，在古代的诗词中，经常被用来作为抒发今昔盛衰之感的对象。在王士禛的时代，南京又经过了一番剧变。原来，在李自成起义军攻陷北京，明朝的宗室朱由崧即皇帝位于南京；但到第二年南京就被清兵占领，并遭到严重破坏。所以，诗的开头两句暗示，昔日富丽无比，不久之前又成为政治、经济中心，冠盖云集的南京，转瞬之间，只剩下了西风残照，一片荒凉。无比令人销魂、断肠，换言之，此诗从一开始就把读者带进了巨大的幻灭感中。

下面两句，又运用典故，把昔日的充满生命力的景象"杨柳垂地燕差池"（此为沈约《阳春曲》中语，也即"他日差池春燕影"句之所本）与此时的憔悴、迟暮相对照，以进一步强化幻灭感。但是，秋天之后又是春天，可是，这样的憔悴，迟暮还是不会转为兴旺。黄骢是唐太宗的爱马，此马死后，太宗命乐人作黄骢叠曲，以示悲悼。乌夜村是晋代何准隐居之地，其女儿即诞生于此，后来成为晋穆帝的皇后。对这位皇后来说，这个普通的农村乃是其后日的荣华富贵的发祥之地。诗人在此加上"梦远"二字，则意味着这样的荣华富贵之梦已永远不可重现，正如死去的骏马黄骢已永远不可复生一样。

所以，诗人所感到的，并用来传给读者的，乃是彻底的，不存在的任何希望的幻灭，压得人喘不过气来的幻灭。于是，剩下来的唯一的路就只能是逃避。"莫听临风三弄笛"，也就是说，不要再听那悲哀的音乐，想那些悲哀的事情了。然而，"玉关哀怨总难论"，幻灭的哀愁是深深潜藏在心底，又逃避不了，逃避本身也不得不归于幻灭，而诗人与读者也就是只能永远沉浸于幻灭的悲哀之中。下面的三首，所表现的都是同样的感情。

王士禛写《秋柳》四首时，才二十四岁，在这之前，他已经高中进士，并以众多诗作声名在外，然而真正使他举国"文"名的，却是这《秋柳》四首。此诗传开，影响巨大，大江南北一时应和者甚众，连顾炎武也由京抵济，作《赋得秋柳》唱和。由于各地众名家对《秋柳》诗的唱和，因此产生了享誉当时文坛的文社——"秋柳诗社"。"秋柳诗社"在中国文学史上留有彩色的印记。

郑燮

郑燮（1693—1765）清代文学家、书画家。字克柔，号板桥，兴化（今属江苏）人。康熙年间秀才、雍正年间举人、乾隆元年（1736年）进士。曾任山东范县知县，又调知潍县。为官同情平民，抑制富豪，初到潍县，遇大饥荒，即开仓赈贷；乾隆十八年，因请赈触忤大吏而辞官。去官之日，百姓遮道挽留，并立生祠。

郑燮有多方面的文学、艺术才能，擅画竹、兰、石。又工书法，用隶体参入行楷。他的诗、书、画，人称为"三绝"。生平狂放不羁，多愤世嫉俗的言论与行动，被称为"扬州八怪"之一。终老扬州。郑燮所作诗反映社会黑暗，同情人民疾苦，富有现实意义，大量题画诗都有寄托。他诗歌的特点是：不傍古人，多用白描，明白流畅，通俗易懂。郑燮的词多写景状物以及酬赠之作，也有一些佳篇，多写百姓疾苦，语言风格接近于他的诗。

竹　石 [1]

咬定 [2] 青山不放松，立根原在破岩中。
千磨万击还坚劲 [3]，任尔东西南北风 [4]。

【注释】

[1]《竹石》是一首题画诗。

[2] 咬定：比喻根扎得结实，像咬着不松口一样。

[3] 磨：折磨。坚劲：坚定强劲。

[4] 尔：那。这句意思说：随那东南西北风猛刮，也吹不倒它。

【解读】

这首诗题于作者郑板桥自己的《竹石图》上。这首诗在赞美岩竹的坚忍顽强中，隐喻了作者藐视谷见的刚劲风骨。

诗的第一句："咬定青山不放松"，首先把一个挺立峭拔的、牢牢把握着青山岩缝的翠竹形象展现在了读者面前。一个"咬"字使竹人格化。"咬"是一个主动的，需要付出力量的动作。它不仅写出了翠竹紧紧附着青山的情景，更表现出了竹子那和不畏艰辛，与大自然抗争，顽强生存的精神。紧承上句，第二句"立根原在破岩中"道出了翠竹能傲然挺拔于青山之上的基础是它深深扎根在破裂的岩石之中。在这首诗里，竹石形成了一个浑然的整体，无石竹不挺，无竹山不青。这两句诗也说明了一个简单而深刻的哲理：根基深力量才强。

有了前两句的铺垫，很自然地引出了下面两句："千磨万击还坚劲，任尔东西南北风。"这首诗里竹有个特点，它不是孤立的竹，也不是静止的竹，而是岩竹，是风竹。竹子经受着"东西南北风"一年四季的千磨万击。但是由于它深深扎根于岩石之中而仍岿然不动，坚韧刚劲。什么样的风都对它无可奈何。诗人用"千""万"两字写出了竹子那种坚韧无畏、从容自信的神态，可以说全诗的意境至此顿然而出。这时挺立在我们面前的已不再是几杆普通的竹子了，我们感受到的已是一种顽强不息的生命力，一种坚韧不拔的意志力，而这一切又都蕴涵在那萧萧风竹之中。

诗中的竹实际上也是作者郑板桥高尚人格的化身，在生活中，诗人正是这样一种与下层百姓有着较密切的联系，疾恶如仇、不畏权贵的岩竹。作者郑板桥的题画诗如同其画一样有着很强的立体感，可作画来欣赏。这首诗正是这样，无论是竹还是石在诗人笔下都形象鲜明，若在眼前。那没有实体的风也被描绘得如同拂面而过一样。但诗人追求的并不仅在外在的形似，而是在每一根瘦硬的岩竹中灌注了自己的理想，融进了自己的人格，从而使这竹石透露出一种畜外的深意和内在的神韵。

全诗语言简易明快，执着有力。

袁枚（1716—1798），字子才，号箭斋，浙江钱塘人。少负才名，善诗文，亦工骈（pián）体。当过知县。后辞官居江宁，筑室小仓山下，曰随园，世称随园先生。与蒋士铨、赵翼并称"江右三大家"。著有《小仓山房诗文集》《随园诗话》等。

袁　枚

马嵬（莫唱当年长恨歌）（其一）

莫唱当年长恨歌[1]，人间亦自有银河[2]。
石壕村里夫妻别[3]，泪比长生殿上多[4]！

【注释】

[1] 长恨歌：唐代大诗人白居易写的一首关于唐玄宗、杨贵妃爱情悲剧的叙事长诗，侧重于同情。

[2] 银河：天河。神话传说中，牛郎织女被银河隔开，不得聚会。

[3] 石壕村：唐代大诗人杜甫的诗篇《石壕吏》中的一个村庄，村里有户人家在唐王朝的暴政下，害得家破人亡。《石壕吏》的历史背景就是安史之乱，即《长恨歌》写到的那个时候。

[4] 长生殿：华清宫的一座殿。唐玄宗和杨贵妃有感于牛郎织女被银河分隔，七月七日在殿里海誓山盟，表示永世不分。这两句说：像石壕村那样的夫妻诀别数也数不清，老百姓的泪水比长生殿上洒的那点泪水多得多了！

【解读】

乾隆十七年（1752 年）袁枚赴陕西候补官缺，路过马嵬驿，作《马嵬》四首。

唐玄宗李隆基与贵妃杨玉环之间悲欢离合的故事，不知引发了多少文人墨客的诗情文思。白居易著名的《长恨歌》，在揭示唐玄宗宠幸杨贵妃而造成政治悲剧的同时，也表达了对二人爱情悲剧的同情。袁枚此诗却能不落俗套，另番新意，将李、杨爱情悲剧放在民间百姓悲惨遭遇的背景下加以审视，强调广大民众的苦难远非帝妃可比。

"莫唱当年长恨歌，人间亦自有银河"两句，用两典故："长恨歌"，指的是白居易著名长诗《长恨歌》，其中把唐玄宗与杨贵妃的爱情写得缠绵悱恻，令人同情；"银河"，则是指牛郎织女的故事，他们被银河阻隔，也是很悲惨的。这两句对比，表现了诗人对下层百姓疾苦的深切同情。"石壕村里夫妻别，泪比长生殿上多"又用两典："石壕村"，是指杜甫所写的《石壕吏》，诗中有一对老夫妻，因官府抓人当兵而分离；"长生殿"，是唐皇宫中的一座宫殿，《长恨歌》中有诗句："七月七日长生殿，夜半无人私语时"，是说唐玄宗与杨贵妃在一起海誓山盟。这两相对比，一以帝王生活为题材，一以百姓遭遇为主旨，恰好构成鲜明的对照。这两句的落脚点在"泪比长生殿上多"一句，揭露了社会上的种种不幸迫使诸多夫妻不能团圆的现实。

此诗虽为抒情之作，实际是议论之诗。前两句借马嵬为题提出论点，后面两句借用典故论证上述观点。论点和论据的材料本来都是旧的，但诗人化陈腐为新奇，使其为自己提出新的观点服务，旧的也变为新的，颇有点铁成金之妙。全诗正如诗人自己所云："借古人往事，抒自己之怀抱。"

赵　翼

　　赵翼（1727—1811），清代诗人、史学家。字云崧，一字耘崧，号瓯北，阳湖（今江苏常州）人。乾隆二十六年（1761年）进士，授翰林院编修。曾任镇安、广州知府，官至贵西兵备道。乾隆三十八年辞官家居，曾一度主讲扬州安定。

论诗五首（李杜诗篇万口传）[1]（其一）

李杜诗篇万口传，至今已觉不新鲜。
江山[2]代有才人出，各领风骚[3]数百年。

【注释】

[1] 组诗约作于乾隆四十九年（1784 年），这首论诗因时代而变。

[2] 江山：如言天地间。

[3] 领风骚：为诗坛领袖，开一代风气。

【解读】

赵翼论诗提倡创新，反对机械模拟，此诗就体现了这一点。

"李杜诗篇万古传，至今已觉不新鲜"两句是对"李杜"诗篇的评价。李白、杜甫毫无疑问是中国古代最杰出的诗人代表，其诗篇历代传诵，诗人赵翼首先公平地对此做出评价，作者用历史唯物主义的观点肯定了李杜在中国古代文坛（诗坛）上的崇高地位。"至今"笔锋一转，时代在发展变化，诗歌也应随着时代的变化而变化，如果一味地尊崇古人，脱离时代生活实际，当然也会落后于时代。需要强调的是，作者并没有贬斥李杜之意，而是在提倡文学应有时代特点，反映时代内容。

"江山代有才人出，各领风骚数百年"两句是作者的议论。诗人认为：历史在向前发展，那么诗歌也要随之变化，没有亘古不变的文调，没有亘古不变的创作原则、手法。如果一味迷信、去模仿，反而会令诗歌僵死的。

此诗用平实的语言揭示了一个并不十分深奥的道理，体现了作者的学者风格。

　　黄景仁（1749—1783），字仲则，晚号鹿非子，江苏武进（今江苏常州）人。他四岁丧父，少孤家贫，自幼聪明好学，十六岁应童子试，三千人中名列第一，十七岁补博士弟子员，但从此屡应乡试都不中。二十岁即有诗名。因为他一生坎坷不遇，长期漂泊江湖，寄人篱下，困顿终生。所以其诗多穷愁悲苦之音，抑塞愤激之气，风格清越自然，哀怨凄楚。

黄景仁

杂感（仙佛茫茫两未成）

仙佛茫茫两未成，只知独夜不平鸣 [1]。
风蓬 [2] 飘尽悲歌气，泥絮招来薄幸名 [3]。
十有九八堪白眼，百无一用是书生 [4]。
莫因诗卷愁成谶 [5]，春鸟秋虫自作声。

【注释】

[1] 仙佛两句：说自己既不能成仙，又不能成佛，深夜独处，便抒情抒愤。

[2] 风蓬：蓬草随风飘转，比喻人被命运拨弄，踪迹不定。

[3] 泥絮：被泥水沾湿的柳絮，比喻不会再轻狂。薄幸：对女子负心。

[4] 书生：诗人自谓。

[5] 谶（chèn）：将来会应验的话。

【解读】

此诗作于青年时期，为抒发怀才不遇的悲愤情怀而作。情真语工，含蕴深沉，是黄景仁的代表作品之一。

首联开门见山，点出本诗基调：无法参禅得道，心中的不平亦不能自抑。一个"只"字仿佛自嘲，实是发泄对这个世界的不平。"仙佛茫茫两未成，只知独夜不平鸣。"不平鸣，韩愈在《送孟东野序》中说："大凡物不得其平则鸣……人之言也亦然。有不得已者而后言，其歌也有思，其哭也有怀。"自己成仙成佛的道路渺茫，都无法成功，只能在深夜独自作诗，抒发心中的不平。

风中飞蓬飘尽悲歌之气，一片禅心却只换得薄幸之名。宋道潜诗有云："禅心已作沾泥絮，不逐春风上下狂。"如此清妙之音被诗人如此化用，倒成了牢骚满腹的出气筒。风蓬飘尽悲歌气，泥絮沾来薄幸名。风蓬，蓬草随风飘转，比喻人被命运拨弄，踪迹不定。泥絮，被泥水沾湿的柳絮，比喻不会再轻狂。薄幸，对女子负心。漂泊不定的落魄生活，把诗人诗歌中慷慨激昂之气消磨而尽。万念俱寂、对女子已经没有轻狂之念的人，却得到负心汉的名声。

颈联更是狂放愤慨：世上的人十之八九只配让人用白眼去看，好似当年阮籍的做派；"百无一用是书生"更是道出了后来书生的酸涩心事，此句既是自嘲，亦是醒世。

尾联说不要因为诗多说愁，成了谶语，春鸟与秋虫一样要作声。不是只能作春鸟欢愉，秋虫愁苦一样是一种自然。此句传承以上愤慨之气，再次将诗人心中的不平推至高潮。莫因诗卷愁成谶，春鸟秋虫自作声。

黄景仁短暂的一生，大都是在贫病愁苦中度过的。他所作诗歌，除了抒发穷愁不遇、寂寞凄苦的情怀，也常常发出不平的感慨。七言律诗《杂感》就是这样的一首诗。

参考文献

［1］ 萧涤非等.唐诗鉴赏辞典.上海：上海辞书出版社，1983 年 12 月第 1 版本

［2］ 王步高主编.唐诗鉴赏.南京：南京大学出版社，2006 年 7 月第 1 版

［3］ 王步高主编.唐宋词鉴赏.南京：南京大学出版社，2006 年 7 月第 1 版

［4］ 袁世硕，张可礼主编.中国文学史（上下）.北京：中国人民大学出版社，2006 年 11 月第 1 版

［5］ 姜亮夫等撰.先秦诗鉴赏辞典.上海：上海辞书出版社，1998 年 12 月第 1 版

［6］ 吴小如等编著.汉魏六朝诗鉴赏辞典.上海：上海辞书出版社，1992 年 9 月第 1 版

［7］ 缪钺等撰.宋诗鉴赏辞典.上海：上海辞书出版社，1987 年 12 月第 1 版

［8］ 周汝昌等著.唐宋词鉴赏辞典（唐、五代、北宋）.上海：上海辞书出版社，2011 年 3 月第 2 版

［9］ 周汝昌等著 唐宋词鉴赏辞典（南宋、辽、金）.上海：上海辞书出版社，2011 年 3 月第 2 版

［10］ 钱仲联等撰.元明清词鉴赏辞典.上海：上海辞书出版社，2002 年 12 月第 1 版

［11］ 陈振鹏，章培恒主编.古文鉴赏辞典（先秦、两汉、魏晋南北朝、隋唐五代）.上海：上海辞书出版社，1997 年 7 月第 1 版